Zürcher
Verschwörung

Michael Moritz, 1968 in Freiburg geboren und am Kaiserstuhl aufgewachsen, schreibt und produziert seit zwanzig Jahren Theaterstücke und Kurzfilme. Als Schauspieler war er an den grossen deutschsprachigen Bühnen (Staatstheater Stuttgart, Schauspielhaus Zürich, Burgtheater Wien) engagiert, im Fernsehen gibt er meist den Bösewicht und den üblichen Verdächtigen («Tatort», «SOKO Köln», «Die Sitte», «Post Mortem»). Am Max Reinhardt Seminar und am Konservatorium der Stadt Wien unterrichtet er Schauspiel. Im Emons Verlag erschienen «Tod in der Rheinaue», «Roter Regen», «Weinselig» und «Lost Place Vienna».

MICHAEL MORITZ

Zürcher Verschwörung

emons:

Bibliografische Information der Deutschen Nationalbibliothek
Die Deutsche Nationalbibliothek verzeichnet diese Publikation in der Deutschen Nationalbibliografie; detaillierte bibliografische Daten sind im Internet über http://dnb.d-nb.de abrufbar.

MIX
Papier aus verantwortungsvollen Quellen
FSC® C083411
FSC
www.fsc.org

Umschlagmotiv: photocase.de/judigrafie
Umschlaggestaltung: Tobias Doetsch
Druck und Bindung: CPI – Clausen & Bosse, Leck
Printed in Germany 2012
ISBN 978-3-89705-972-6
Kriminalroman
Originalausgabe

Gesetzt den Fall,
Sie haben nie einen Menschen umgebracht:
Wie erklären Sie sich,
dass es dazu nie gekommen ist?
(Max Frisch)

1

Stahl bekreuzigte sich. Die Frau neben ihm sah von der Modezeitschrift auf und schenkte ihm einen Blick feinen Spotts. Stahl war kein Feigling, aber Katholik. Er wusste, dass der Himmel nicht über den Wolken hing, aber er hatte sich den Respekt vor dem Fliegen bewahrt.

Der Pilot verstand seinen Job, das Flugzeug setzte sanft auf. Es war es wert gewesen, sich zu bekreuzigen.

Stahl sah auf die Boulevardzeitung, die er sich zu Beginn des Fluges vom Stapel genommen hatte, und dachte beim wiederholten Lesen der Schlagzeile, dass er sich auch für Albin bekreuzigt hatte. Einmal bekreuzigen für eine Landung und für den Tod eines alten Freundes. Das konnte man effizient nennen. Und Effizienz war es auch, was Stahl von Albin gelernt hatte: keine unnötigen Aktionen, keine Kapriolen, keine Schnörkel.

«Junkie erschlägt Gardisten mit Boule-Kugel!» Die Buchstaben sprangen fett aus dem Papier. Albin wäre das zu schrill gewesen. Ein leiser Nachruf im Kreise der Veteranen hätte ihm genügt. Jetzt sorgte Albin für Aufregung und eine erhöhte Auflage: Ein ermordeter Ex-Gardist der Schweizergarde war immer ein gefundenes Fressen für die Presse. Sofort kramten die Journalisten den spektakulären Doppelmord von 1998 aus den Archiven. Damals wurden Oberst Alois Estermann, der Kommandant der Schweizergarde, und seine Frau Gladys Meza Romero ermordet. Als Täter hatte man Vizekorporal Cédric Tornay ausgemacht. Das Motiv sei Rache gewesen. Estermann war erst zehn Stunden vor seinem Tod von Papst Johannes Paul II. zum Kommandanten gekürt worden. Tornay, dem selbst wegen schlechter Führung die Verdienstmedaille verweigert worden war, war daraufhin ausgerastet und hatte sich durch die zwei Morde Gerechtigkeit verschafft. So jedenfalls hatte es die Garde des Vatikans ermittelt. Die Öffentlichkeit wollte sich damit nicht zufriedengeben. Alles, was aus dem Vatikan drang, roch nach mehr, bauschte die Phantasie all jener auf, denen der Eintritt in die inneren Gemächer versagt blieb.

Ein Mysterium: ein Staat auf einem Hügel von vierundvierzig

Hektaren gelegen, der undurchsichtiger operierte als fünf Geheimdienste zusammen. Es blieb nicht aus, dass man hinter der Tragödie um Estermann mehr vermutete: Homosexualität, Verbindung zur Staatssicherheit der ehemaligen DDR, düstere Rituale von Opus Dei oder die ganz grosse Weltverschwörung. Es gab sogar Menschen, die vermuteten, dass im Vatikan Ausserirdische beherbergt wurden.

Stahl wusste nur: Estermann war am 4. Mai getötet worden. Zwei Tage später, am 6. Mai 1998, war Stahl als dritter Rekrut zur Fahne der Garde geschritten, hatte mit der linken Hand die waagrecht gehaltene Stange umfasst und mit der rechten die drei Finger zum Eid gespreizt. Kaplan Weiss hatte die Eidesformel vorgelesen:

«Ich schwöre, treu, redlich und ehrenhaft zu dienen dem regierenden Papst, Johannes Paul II., und seinen rechtmässigen Nachfolgern, und mich mit ganzer Kraft für sie einzusetzen, bereit, wenn es erheischt sein sollte, selbst mein Leben für sie hinzugeben. Ich übernehme dieselbe Verpflichtung gegenüber dem Kollegium der Kardinäle während der Sedisvakanz des Apostolischen Stuhls. Ich verspreche überdies dem Herrn Kommandanten und meinen übrigen Vorgesetzten meine Achtung, Treue und Gehorsam. Ich schwöre, alles das zu beachten, was die Ehre meines Standes von mir verlangt.»

Und Stahl hatte wiederholt: «Ich, Rekrut Roger Stahl, schwöre, alles das, was mir soeben vorgelesen wurde, gewissenhaft und treu zu halten, so wahr mir Gott und seine Heiligen helfen.»

«Könnte ich bitte durch?», fragte die Frau vom Fensterplatz, die es offenbar eilig hatte. Erst jetzt bemerkte Stahl, dass die übrigen Passagiere bereits ausgestiegen waren.

«Entschuldigen Sie vielmals, ich war in Gedanken.» Er stand auf und liess die Frau an sich vorbei. Sie reckte sich zum Gepäckfach, um ihren Koffer herauszunehmen. Dabei spannten sich die Waden ihrer schlanken Beine zu kleinen Kugeln, die beige Bluse rutschte aus dem Bund des kurzen Rockes und liess ein Stück nackter Haut blitzen.

«Warten Sie, ich helfe Ihnen», sagte Stahl und griff nach ihrem Koffer. Stahl mass knapp eins neunzig, sein durchtrainierter Körper wirkte trotz der langen Extremitäten keineswegs schlaksig; vielmehr tänzerisch.

«Danke», sagte die Frau, nahm den Koffer entgegen und warf einen Blick auf die silberne Rolex. «Mit der Schweizer Pünktlichkeit ist es auch vorbei. Das sind ja Verhältnisse.»

Stahl wusste nicht, ob sie ihn oder den Piloten für die Verspätung des Flugzeugs verantwortlich machte. Er sah noch mal auf ihre Beine, die hinter dem schmalen Rollkoffer bei jedem Schritt aufblitzten, und sprang in Gedanken von ihren Waden zur Boule-Kugel, die Albin erschlagen haben sollte. Dann nahm er seinen dunkelblauen Trenchcoat, den er sich von Lézard für diesen Sommer gekauft hatte. Er warf den leichten Mantel lässig über den Unterarm und ging auf die beiden Stewardessen zu, die ihm einen schönen Aufenthalt in Zürich wünschten und ihm zum Abschied ein Tablett mit Schokolade entgegenstreckten. Er griff sich zweimal «Zartbitter» und lächelte dazu doppelt so süss. Dann trat er auf die Metalltreppe hinaus.

Er hielt kurz inne und inhalierte die frische Luft: Zürich im September. Heimat. Es schien ihm eine Ewigkeit, dass er hier gewesen war.

Cecilia starrte auf den Bücherschatz und holte tief Luft. Wo beginnen? Das Regal vor ihr hatte eine Länge von etwa sechs Metern und reichte bis unter die hohe Decke. Die Tablare, feiner italienischer Nussbaum, glänzten schlicht und zurückhaltend; die Bücher sollten zur Geltung kommen. Das taten sie. Unzählige Erstausgaben, edle Sammlungen von Denkern und Dichtern: streitsüchtige Philosophen bedrängten friedvolle Theologen, Praktiker konkurrierten mit Theoretikern, Wissenschaftler feilschten mit Künstlern.

Cecilia musste aufpassen, sich nicht bei jedem Buch zwischen den Seiten zu verlieren, sondern das zu tun, wozu sie hier war: die Folianten in Kartons zu verpacken, um sie dann ins Antiquariat zu transportieren. Allein konnte sie das niemals schaffen. Linus hatte sich mal wieder verspätet. Er würde dem Verkehr die Schuld geben, aber Cecilia ahnte Arges. Er hatte wieder begonnen zu saufen. Das Ende des Sommers war eingeläutet. Sobald die Altweiber ihre Fäden spannten, griff Linus zur Flasche. Pünktlich zu Weihnachten würde er sich dann selbst auf Entzug setzen und mit seiner Ungeniessbarkeit die Familienfeier zerstören. So lief es jedes Jahr. Am besten ertrug man ihn von Mai bis Ende August. Heute war aber der 5. September und Sonntag dazu. Cecilia mochte nicht daran denken, dass sie täglich mit Linus zu tun haben würde. Aber sie hatte Tante Hedwig versprochen, so lange auszuhelfen, bis sie nicht mehr an Krücken gehen musste. Das neue Hüftgelenk durfte nicht zu früh belastet werden, wollte Hedwig wieder die Alte werden. Und mit fünfundsechzig heilten die Wunden eben nicht mehr so schnell. Vor allem, wenn man, statt sich zu bewegen, lieber unzählige Zigarren nebst einer Flasche Rotwein genoss und sich tagein, tagaus im Ohrensessel zum Literaturstudium lümmelte.

Ohne die finanzielle Unterstützung und die Kontakte von Tante Hedwig hätte sich Cecilia ihr Studium niemals leisten können. Viele wollten Journalisten werden, aber nur wenige schafften es, gelesen zu werden. Hedwig kannte Leute, die wichtig waren, und Cecilia hatte es sich längst abgeschminkt, nur mit ihren Fähigkeiten allein Karriere zu machen. Sie wusste, dass man auch Gelegenheiten ergreifen musste, wenn man es nach oben schaffen wollte. Lange genug hatte sie für die «Fabrikzeitung» geschrieben. Jetzt war sie neunundzwanzig und wollte Leitartikel verfassen, die diskutiert wurden. Am liebsten hätte sie aber ein grosses Projekt gehabt, für das sie recherchieren durfte. Wie ein Regenwurm im Komposthaufen konnte sie sich in Quellentexten verkriechen und sich von einer Information zur nächsten fressen. Allerdings waren solche Geschenke keinem Verleger der Welt abzutrotzen. Zumindest nicht, wenn man Cecilia Fetz hiess und bislang nur Porträts über Underground-Bands und Graffiti-Künstler vorzuweisen hatte, und nebenbei für ein Juwelier-Magazin alte Kriminalfälle auf eine Seite zusammenstutzen musste. Ein grosses kulturelles Thema, besser noch ein Skandal, der die Gesellschaft interessieren und bewegen würde, bei dem man Zeit hatte, sauber zu arbeiten – das wäre was. Wenn Hedwig mit ihrem Erbe vorzeitig rausrücken würde, könnte Cecilia sich das Projekt sogar auf eigene Faust finanzieren. Danach wäre sie dick drin im Geschäft.

Cecilia wischte ihren Tagtraum mit einem Atemzug weg und warf das dicke Buch, das sie gerade aus dem Regal genommen hatte, in den Karton zu den anderen Folianten. Es klatschte auf und staubte.

Im Schloss der Wohnungstür drehte sich ein Schlüssel. Besass Linus auch einen? Cecilia dachte, Hedwig hätte nur einen von Albin

Studer erhalten. Der Tod des alten Gardisten wäre vielleicht auch eine Story, aus der man mehr machen könnte. Aber die hatten sich längst andere geschnappt; ausserdem war es nur eine Geschichte für allenfalls drei Tage: «Junkie erschlägt Ex-Gardisten». Manche würden die alten Diskussionen um den Drogenmissbrauch und die Beschaffungskriminalität heraufbeschwören. Dabei würden sie in den Archiven der achtziger und neunziger Jahre kramen. Alles schon gesagt.

Sie drehte sich nicht um, als sie Schritte hinter sich hörte.

«Du kannst die ersten Kartons direkt runterbringen. Ich würde gerne vor Mittag die erste Fuhre in den Laden schaffen», sagte sie und nahm den Schopenhauer, um ihn in einem der Kartons zu verstauen.

Während sie auf den wilden Haarschopf des Philosophen sah, spürte sie einen Schlag auf den Hinterkopf, und Schopenhauers Konterfei tauchte in tiefes Schwarz.

Stahl hatte die Fahrt mit dem Taxi durch seine Heimatstadt genossen. Er war einer der wenigen, denen es gelungen war, aus dem Kanton Zürich in der Garde aufgenommen zu werden. Die kleine Armee wurde von Wallisern dominiert. Der Vatikan hatte sie über die Jahrhunderte bevorzugt, weil sie als Erzkatholiken galten. Es war nicht leicht, sich zwischen ihnen einen Platz zu verschaffen. Aber Stahl hatte sich durchgebissen. Mehr als das. Er war zum Sonderdiplomat für spezielle Einsätze erkoren worden und genoss dadurch einen besonderen Status. Er erhielt seine Aufträge direkt vom Camerlengo. Das hatte ihm nicht nur Respekt, sondern auch Neider beschert. Vor allem die Walliser hatten nicht verstanden, warum nicht einer aus ihren Reihen dieses Vertrauen genoss.

Er zahlte und wartete, bis der Fahrer ihm sein Gepäck aus dem Kofferraum hob. Der untersetzte Mann mit dem verschwitzten Hemd ächzte unter dem Gewicht des Koffers. Stahl nahm ihm das Gepäckstück aus der Hand, ehe es auf den Asphalt schlagen konnte. Der Fahrer lächelte dankbar. Für das grosszügige Trinkgeld, das Stahl ihm gegeben hatte, durfte er das erwarten.

Stahl sah zur Schweizer Flagge über dem Eingang des Hotels hinauf, die von zwei blau-weissen Fahnen flankiert wurde. Er nahm den Koffer und steuerte auf den «Schweizerhof» zu. Vierhundert

Franken pro Nacht konnte er sich leisten. Er wollte nur drei Tage hierbleiben, ehe er wieder mit wesentlich kleinerem Gepäck an Orten zu übernachten hatte, an denen man sich schon freute, wenn es überhaupt fliessend Wasser gab.

Ein Yuppie-Pärchen verliess eben das Hotel und lachte hochglanz. Ihm gehörte die Welt, es konnte sich den Luxus leisten. Stahl sah ihm nach, dann blickte er wieder auf den Eingang des Hotels. Nein, er würde hier nicht übernachten können. Dieses Zürich war nie seine Heimat gewesen, und er wollte sie sich jetzt auch nicht erkaufen. Er packte seinen Rollkoffer und zog ihn hinter sich her, entlang der Löwenstrasse. Eine Viertelstunde würde es zu Fuss dauern, dann wäre er dort, wo er einst zu Hause gewesen war.

Zürich am Sonntag war noch immer so beschissen und tot wie eh und je. Daran hatte sich nichts geändert. Die Sihl wälzte hellbraune Brühe. Das gestrige Gewitter hatte den Schlamm aufgewühlt und nach oben gedrückt. Der Fluss zeigte, dass es in der Stadt auch noch andere Farben als die des Geldes gab, und erlaubte sich bisweilen, das Stadtbild zu trüben. Stahl überquerte bei der Gessnerallee die Sihl und bog in die Militärstrasse ein. Allmählich kam er ins Schwitzen. Die Septembersonne brannte stärker, als er erwartet hatte. Er könnte seinen Trenchcoat ausziehen, aber dann müsste er ihn tragen.

Hinter der Kaserne blieb er kurz stehen. Der Platz war bevölkert mit Wohnwagen, die ein Zelt mit der Aufschrift «Broadway» umzingelten. Artisten in knappen Höschen spielten Volleyball über eine gespannte Schnur und vertrieben sich die Zeit bis zur Nachmittagsvorstellung.

Stahl setzte seinen Marsch fort und spürte in der Magengrube, wie sich etwas zu einem Kloss verdichtete. Er war sich nicht mehr so sicher, ob der «Schweizerhof» nicht doch die bessere Adresse gewesen wäre. Allmählich änderte sich das Strassenbild. Die ersten Afrikanerinnen mit gestellten Brüsten und hochhackigen Absätzen zwinkerten ihm zu, einige verkaterte Zuhälter diskutierten laut über die gestrige Niederlage des FC Zürich gegen Erzfeind Basel, und zwei Junkies wackelten auf Stahl zu, um sich von ihm mit einem devoten Lächeln eine Zigarette zu schnorren.

Er griff in die Innentasche seines Trenchcoats und fingerte ein silbernes Etui hervor. Er liess es aufschnappen und streckte es den

Jungs entgegen. Der eine nahm mit zittrigen Fingern gleich vier Kippen, die er mit seinem Kollegen teilte. Sie trotteten davon. Stahl ging die letzten Meter in Richtung Heimat und stand in der Langstrasse, direkt vor dem Hotel «Rothaus». Der rote Backstein lud ein, das Gewimmel auf der Strasse liess den bigotten Sonntag vergessen. Hier würde er sich wohlfühlen, redete er sich ein, und steuerte auf den Eingang zu.

Um an die Rezeption zu gelangen, musste Stahl durch den Frühstücksraum, der eher wie eine dunkle Bierstube aussah.

Die Frau an der Rezeption hatte den Gast bereits wahrgenommen, liess sich durch sein Auftreten aber nicht hetzen. Sie verglich Belege in einem Ordner mit Daten auf dem Bildschirm.

«Einen Moment, bitte. Bin gleich da», sagte sie, und Stahl wurde jetzt richtig flau im Magen. Diese Stimme war Heimat. Rau wie ein angerostetes Reibeisen, und dennoch warm wie die Septembersonne. Unverhofft schweisstreibend.

Er hatte nach ihr recherchiert, wollte wissen, was sie trieb, ob und wo sie lebte. Es war ein Leichtes gewesen, es herauszukriegen. Aber im Voraus hatte er lange mit sich gerungen, ob er es tun sollte. Jetzt stand er hier, vor ihr. Sie hatte ihn noch nicht erkannt. Ob er doch besser wieder umkehren sollte? Noch war Gelegenheit dazu.

«Sie wünschen?», fragte Regula und lächelte ihn an, wie nur sie es konnte. Ein Lächeln, das entwaffnete. Immer und jederzeit. Solange sie diese Waffe noch besass, musste er sich um sie keine Sorgen machen.

Das Lächeln fror ein, dafür weiteten sich ihre Augen. Lähmende Stille, die ein Jubelschrei zerschnitt: «Roger! Gopfridstutz. Das gibt's doch nicht.» Regula kam hinter der Rezeption hervorgerannt und umarmte Stahl. Dann sah sie ihn wieder an, lachte und drückte ihm einen dicken Kuss auf den Mund. Sie löste sich von ihm, trat einen Schritt zurück, und Skepsis machte sich auf ihrem Gesicht breit. «Läss. Uu-läss gsesch us. Wie de Mister Bond persönlech. Besch of gheimer Mission? Oder wer hed di is Soho gscheckt? »

«Wie geht's dir?», fragte Stahl und wischte sich mit dem Ärmel den Schweiss von der Stirn.

«Gut. Eigentlich ganz gut.»

«Eigentlich?»

«Na ja. Geldsorgen, Männer, das Übliche. Alltag eben.»

Stahl nickte.

«Weisst du überhaupt, was das ist: Alltag?», fragte Regula und schob angriffslustig den Kiefer nach vorne. «Dem wolltest du doch immer entkommen. Hast du es geschafft?»

Stahl zuckte mit den Schultern. «Irgendwann wird auch das Nichtalltägliche zum Alltag. Wie die Sucht nach Freiheit ein Gefängnis ist.»

«Trotzdem lieber frei als im Heim oder im Gefängnis. Oder?»

Regula sah ihn an, und in ihren Blicken flackerten Bilder der Vergangenheit. Für Regula war Stahl nicht der Erste gewesen, aber sie hatte ihm gezeigt, wie man küsste und Sex ohne Bezahlung geniessen konnte. Zwei Jahre lang waren sie im Heim so etwas wie ein Paar gewesen. Eine richtige Beziehung zu leben, das hatte sie bis dahin niemand gelehrt, und sie waren jung und hatten sich vor Nähe gefürchtet. Stahl war zwei Jahre vor Regula aus dem Heim entlassen worden. Er hatte ihr versprochen, auf sie zu warten. Aber das Leben hatte beiden die Zeit nicht gegönnt. Für junge Menschen, die gelernt hatten, Versprechen zu brechen, war ein Liebesgelübde im Kampf um den nächsten Bissen Brot schnell vergessen.

Sie waren sich noch einmal begegnet, vor zehn Jahren. Stahl war bereits in Rom und war nur für eine Stippvisite nach Zürich gekommen. Es war Zufall gewesen, dass sie sich über den Weg gelaufen waren. Sommerkino am Helvetiaplatz. Ausgerechnet «Rocco und seine Brüder» hatten sie sich angesehen. Danach waren sie wieder im Bett gelandet. Eine Abschiedsnummer auf vergangene Zeiten. Sie hatten sich versprochen, sich nie wieder zu begegnen. Jeder sollte von nun an seinen eigenen Weg gehen. Und jetzt stand Stahl vor ihr. Wieder hatte er ein Versprechen nicht gehalten. Und wieder nahm es ihm Regula nicht übel.

«Brauchst du etwa ein Zimmer?», fragte Regula.

«Für drei Tage.»

«Siehst aus, als könntest du dir etwas Besseres leisten.»

«Hab's versucht. Aber ich fühl mich dort zu allein.»

«Scheissstallgeruch, was? Irgendwie kommt man nie davon los. Willst du deinen Alten besuchen?»

Stahl schüttelte den Kopf.

«Meiner ist vor zwei Jahren gestorben. Komisches Gefühl. Ich war tatsächlich auf der Beerdigung. Dabei hatte ich mir geschworen, das niemals zu tun. Aber ich war es meinem Sohn schuldig.»

«Du hast einen Sohn?»

«Richy. Er ist fünf.»

«Und der Vater?»

Regula lachte. Es war ein Überlebenslachen. «Huere Siech. Mängmol isch es halt wie emmer. Endlosschlaufe.»

Stahl hob fragend die Brauen. Er verstand nicht.

Regula biss sich auf die Unterlippe, dann verzog sie die Lippen wie ein Clown und sagte: «Jamaikaner. Sitzt seit einem Jahr.»

«Drogen?»

«Was sonst.»

«Wie steht es mit dir? Bist du sauber?»

«Vom Heroin bin ich schon lange weg. Manchmal ein wenig Koks, damit ich weiss, dass ich der Boss der Langstrasse bin.» Sie presste die Lippen zusammen und hob die Brauen.

«Und wer ist sonst der Boss der Langstrasse?»

«Ist derzeit nicht ganz klar. Dein Alter jedenfalls nicht mehr. Der hat Gnadenfrist. Vielleicht solltest du ihn doch mal besuchen. Die Alten gehören nun mal zu einem, ob man will oder nicht.»

Stahl sah sie an. Sie hatte ihr rotes Haar noch nicht nachgefärbt. Es glänzte so feurig wie einst. Ihre hellgrünen Augen strahlten aus dem Sommersprossengesicht, das auch im Hochsommer keine Bräune annahm. Ihre vollen Lippen schürzten sich, als warteten sie auf einen Kuss, und das selbst gestochene Tattoo, das sich aus ihrem Dekolleté räkelte und auf dem Stahl manche Nacht geschlafen hatte, hob sich mit jedem Atemzug.

«Zimmer 301 wäre frei. Hundertneunundzwanzig Franken pro Nacht. Bezahlung im Voraus», sagte Regula.

«Internet?»

«Drei Franken zusätzlich. Gilt aber die ganze Woche.»

«In Ordnung.» Stahl bezahlte mit Karte und füllte den Meldeschein aus.

«Im Lift drückst du auf die Vier. Dann musst du eine Stiege hinunter, um auf die Dreihunderter zu kommen.»

Regula reichte ihm den elektronischen Schlüssel und berührte ihn leicht.

«Schön, dich zu sehen.»
«Vielleicht könnten wir ja mal –»
«Besser nicht.»

Palm sah sich um. Viel war nicht los. So ein Renner, wie Stahl angepriesen hatte, schien der Mittagstisch hier nicht zu sein. Die «Kronenhalle» an der Rämistrasse wäre ihm lieber gewesen. Nicht nur, weil er dort unverbindlich Geschäftsleute treffen konnte und dabei mitbekam, was gerade so lief; auch das Geschnetzelte war sensationell. Alles stimmte, Preis-Leistung ohne Risiko. Das liebte Palm. Für diese Kategorien war er zuständig, damit kannte er sich aus. Die Risiken sollten andere eingehen. Seine Aufgabe war, davon zu profitieren oder rasch Abstand zu nehmen. Nur solange er dieses Gespür hatte, begehrten ihn seine Kunden. Und sein Gespür verriet ihm, dass dieser Laden eher Verdruss als Genuss bringen würde. Schon der Name: «Krummes Kreuz». «An seinem Namen sollst du ihn erkennen», murmelte Palm. «Kronenhalle», das klang nach grossem Orchester. Palm assoziierte mit «Krummes Kreuz» sofort einen geschundenen Jesus, dem sich das Kreuz unter dem Kreuz bog, während er es über den Leidensweg schleppte. Palm spürte umgehend ein Ziehen bei der Wirbelsäule in der Lendengegend. Die Bandscheiben zwischen L3 und L5 waren ihm erst vor einem Jahr herausgesprungen. Schmerzen, die er nie mehr vergass, und die ihn bei jedem Erwachen daran ermahnten, seine Morgen-Gymnastik zu machen. Heute hatte er sie ausgelassen, zum zweiten Mal in dieser Woche. Am Donnerstag war es die Ermordung von Albin Studer gewesen, heute war es Stahls Ankunft, die ihn hinderten, sich in Ruhe und Hingabe dem aufsteigenden Prana zu widmen. Er ahnte, dass sich das rächen würde. Vor allem, wenn er sich in dem Schuppen umsah, in den ihn Stahl beordert hatte. Säufer und Nutten, wohin man sah. Und viele leere Plätze.

Er hatte die Langstrasse noch nie gemocht. Sie gehörte für ihn nicht zu Zürich, sondern zur Dritten Welt. In seinem Boss-Anzug und der dunkelblauen Krawatte kam er sich vor wie ein saftiges Steak inmitten eines Hyänenkäfigs. Gleich würden sie ihn beschnuppern. Erst die Nutten, dann deren Zuhälter. Sein Geld war er so oder so los. Hauptsache, er kam mit dem Leben davon. Was bildete Stahl sich ein, ihn hierherzubestellen. Und warum war er so

blöde gewesen, dieser Aufforderung zu folgen? Überhaupt war es ein Witz, dass Stahl entschied, wo man ass. Immerhin war Palm der Auftraggeber. Aber Stahl hatte diese Art, der Palm nicht widerstehen konnte. Er war Stahl ausgeliefert. Sie hatten ihn im Vatikan nicht nur an den Waffen geschult, sondern auch in listiger Diplomatie und schwarzer Rhetorik. Als hätte ihn Benedikt selbst unter der Fuchtel gehabt. Sicher aber war, dass er Studers Schüler war. Und dass Studer mit allen Wassern gewaschen gewesen war, war kein Geheimnis. Dass ihn aber ausgerechnet ein Junkie mit einer Boule-Kugel erschlagen haben sollte, mochte glauben, wer wollte. Aber es war die einfachste Lösung für alle. Der Vatikan hatte keine Lust auf eine grössere öffentliche Geschichte, die Zürcher Polizei gab sich mit dem Junkie zufrieden, dessen Fingerabdrücke man auf der Kugel gefunden hatte. Nur ein Geschäftsmann aus Zug, der Palm einen Anwalt in die Kanzlei geschickt hatte, glaubte nicht an die einfache Lösung. Deshalb sass Palm nun hier und wartete auf Stahl. Und wegen Alfred.

«Was trinkst du?», fragte eine Kellnerin in knappen Höschen und mit einem geschwollenen Auge, das durch den dunklen Teint ihres Gesichtes nicht blau, sondern violett schimmerte.

«Ich warte noch auf jemand.» Palm spielte auf Zeit. Er sah nicht ein, warum er etwas bestellen sollte, wenn er sich noch nicht einmal sicher war, ob Stahl hier überhaupt auftauchen würde. Vielleicht hatte er ihn nur zum Scherz hierherbestellt.

«Die Mädchen warten auch», sagte die Kellnerin und deutete mit dem Kopf zu einigen Frauen, die gelangweilt rauchten und auf Kundschaft hofften.

Palm hatte nichts gegen bezahlte Liebe. Auch er genehmigte sich hin und wieder ein Mädchen. Das lag allerdings zwei Preisklassen höher und gehörte einem Escort Service an. Man konnte sogar mit ihnen in die Oper gehen und sie vor Geschäftspartnern als aktuelle Beziehung ausgeben. Aber was er hier sah, sprach ihn überhaupt nicht an, es schauderte ihn. Wenn die ihn erst einmal in den Schwitzkasten nahmen, wäre es mit den Bandscheiben ein für alle Mal vorbei.

Palm blickte nervös auf die Uhr. Es war bereits zehn nach eins. Ein geplatztes Cordon bleu ging an den Nebentisch. Der Käse quoll eitrig aus der Panade. Bevor sich eine der Ladys an seinen Tisch setzte, bestellte er sich lieber auch ein Cordon bleu. Übler konnte ihm davon auch nicht werden.

Stahl sah sich um, als er das «Rothaus» verliess. Er hatte das Gefühl, beobachtet zu werden. Berufskrankheit? Konnte gut sein. Von Anfang an hatte ihn Albin darauf getrimmt, wachsam zu sein. Aber warum sollte ihn jemand beschatten? Er war nur gekommen, um einem alten Freund die letzte Ehre zu erweisen. Ein Mann mit einem grauen Mantel und einer Sonnenbrille fiel ihm auf. Er stand an der Bushaltestelle und las im «Sonntagsblick». Stahl wartete, da der Bus gerade kam. Er verdeckte den Mann. Dann fuhr er weiter. Der Mann war verschwunden.

Stahl sah auf seine Uhr. Eine kleine Verspätung würde ihm Palm wohl verzeihen. Albins Wohnung lag um die Ecke, an der Engelstrasse 88. Stahl wollte wissen, wie sein alter Mentor gelebt hatte. Fünf Jahre lang hatte er nichts mehr von Albin gehört. Er hatte dem Veteranen immer wieder geschrieben; nicht nur per E-Mail, auch postalisch. Aber Albin hatte nie darauf geantwortet. Vor zwei Jahren hatte Stahl dann weitere Versuche unterlassen. Vielleicht hätte er sich mit Albins Schweigen nicht zufriedengeben dürfen. Ja, er hätte nach Zürich fahren und Albin fragen sollen, warum er schwieg. Stahl machte sich jetzt Vorwürfe, aber er hatte auch Entschuldigungen; mehr als genug. Er war im Dauereinsatz. Urlaub kannte er nicht. Wenn er nicht für den Vatikan unterwegs war, erledigte er Depeschen für Palm. So gefiel ihm sein Leben. Ein Tag jagte den anderen, er fühlte sich am Puls der Zeit: wichtig und nützlich. Manchmal berauschte ihn das Gefühl, selbst am Rädchen des Weltenlaufs zu drehen, weil er die Leute zusammenbrachte, die an den Fäden hinter den Kulissen zogen. Stahl wusste selten, was gespielt wurde, er war nur der Kurier. Es war besser, nicht zu wissen, ob er mit einem Koffer Dynamit oder mit Depeschen unterwegs war, die einer Region bessere Lebensumstände versprachen. Jetzt hatte er keine Depesche dabei, dafür Erinnerungen an einen verstorbenen Freund, den er gern noch etwas gefragt hätte.

Stahl besass keinen Schlüssel für Albins Wohnung. Aber als Agent des Papstes beherrschte er das Handwerk, Türen auch ohne zu öffnen. Prangten auf dem Wappen des Vatikans nicht die beiden Schlüssel Petri? Stahl musste jedes Mal daran denken, wenn er sich

an einem Schloss zu schaffen machte. Es klackte. Die Riegel sprangen unter dem Druck der Schliesswerkzeuge auf.

Es roch nach Vatikan in der Wohnung. Anders wusste Stahl den Geruch nicht zu beschreiben, der ihn umhüllte. Vielleicht hatte Albin ein italienisches Putzmittel benutzt. Jedenfalls glich die scharfe Sauberkeit, die in Stahls Nase biss, sehr den Duftnoten seines Arbeitgebers. Eine Vertrautheit breitete sich in Stahl aus, die ihn zugleich rührte. Es war Trauer, die das Wissen um die eigene Vergänglichkeit auslöste: Jahre, die wie im Flug an ihm vorbeigerast waren ohne Innehalten, ohne dem Fragen nach dem Morgen und dem Ziel. Jetzt bahnten sich Fragen den Weg an die Oberfläche. Gleichzeitig schleppten sie schwere Tränen mit. Stahl hustete sie aus. Er wollte nicht, dass sie ihm über die Wangen liefen, wischte sie weg, noch ehe sie genug Tropfen waren, um das Lid zu verlassen.

Er tastete nach dem Lichtschalter und knipste ihn an. Eine Jugendstillampe erhellte den Flur und zeigte ein halb leer geräumtes Bücherregal. Stahl erkannte, dass der Moder der Folianten die Duftnote des Potpourris war, die ihn an Rom erinnerte. Er selbst hatte die alten Schinken nie gemocht. Sie waren ihm zu schwerfällig. Er war ein Mann der digitalen Welt. Er mochte auch die Folklore der Gardisten nicht. Wie war er froh gewesen, als er endlich nicht mehr mit der Hellebarde und dem blau-gelben Gewand Wache schieben und exerzieren musste.

Es lag ihm fern, eines der Bücher anzufassen. Sie erinnerten ihn zu sehr an die drei Jahre, in denen er in der Bibliothek des Vatikans aushelfen musste. Zuerst hielt er es für reine Zeitverschwendung. Nicht nur, dass er die Bücher schleppen musste – der Camerlengo forderte von Stahl auch, das ein oder andere davon zu lesen und mündlich zusammenzufassen. Aber auch damit nicht genug: Der Kämmerer selbst zitierte ihn alle zwei Wochen zu sich und forderte ihn auf, Stellung zu beziehen. Mal zu Augustinus, dann zu Thomas Hobbes, das nächste Mal zu Ignatius von Loyola, Franz von Assisi oder Immanuel Kant. Und wenn es der Camerlengo ganz lustig meinte, konnte er in einer Sitzung ansatzlos von Mussolini zu Sergio Leone und von Brecht zu Max Frisch springen.

Stahl spürte, wie ihm allein bei dem Gedanken an die alten Verhöre der Schweiss auf die Stirn stieg. Erst später begriff er, wozu diese «Inquisitorischen Sitzungen», wie sie der Kämmerer scherzhaft zu nennen pflegte, nützlich waren. Stahl erhielt nicht nur ein Studium in Philosophie, Theologie und Literatur auf zweitem Bildungsweg, er lernte auch, Wissen zu verknüpfen und schlagfertig damit rhetorische Waffen zu schmieden. Man hatte ihn nicht nur militärisch geschult, sondern auch seinen Geist geschärft. Und das war die Voraussetzung, dass er sich nun als Spezialagent des Vatikans in feinere Stoffe hüllen durfte.

Er stieg über einen mit Büchern gefüllten Karton und ging in den angrenzenden Salon. Auch hier knipste er das Licht an und war überrascht, eine bewusstlose Frau auf dem Ardakan-Teppich liegen zu sehen.

Palm säbelte mit einem stumpfen Messer durch die Kruste des Cordon bleu, spiesste die eroberte Ecke auf die Gabel und zögerte, ehe er sie sich in den Mund schob. Er witterte Salmonellen, so wie er den noch immer lauernden Nutten Filzläuse der dritten Generation unterstellte. Immerhin liess es sich kauen. Wenn es erst einmal drin war, war es egal. Sein Handy fiepte. Stahl.

«Ja?»

Während er dem Anrufer zuhörte, bestellte er per Handzeichen eine Stange. Die Kellnerin mit dem violetten Auge tat geschäftig.

«Verstehe. Polizei? Wieso Polizei? … Wie du willst. Aber mich hältst du da raus … nein, ich komme nicht vorbei. Ich brauche keine Fragen von der Polizei … Wir sehen uns morgen zum Frühstück … Nein, nicht im ‹Rothaus›. Auf keinen Fall. Mir reicht die Langstrasse einmal in fünf Jahren … das ‹Felix› wär mir lieber. Und: Halt dich da raus, so weit du kannst. Es gibt Wichtigeres.»

Er legte auf. Die Kellnerin hatte nicht gewartet, bis Palm sein Gespräch beendet hatte. Sie hatte das Bier so auf den Tisch geknallt, dass es leicht überschwappte und Flecken auf Palms abgelegte Sonnenbrille klebte. Palm griff nach dem Glas, trank einen Schluck, legte eine Zwanziger-Note auf den Tisch und setzte sich die bekleckerte Brille auf. Die Flecken auf dem Brillenglas veränderten den Blick auf das Lokal kaum. Palm verliess den Schuppen.

Stahl war überrascht, wie flink die Wildkatze ihre Krallen nach ihm ausgefahren hatte. Nur einen Moment lang war er nicht achtsam gewesen, hing dem Gespräch mit Palm nach. «Es gibt Wichtigeres»,

hatte Palm gesagt. Stahl fragte sich, wie man «Wichtigeres» definierte. Und aus welcher Perspektive Umstände für den einen weniger wichtig, für den anderen hingegen existenziell wurden. Albin war tot, und jetzt, da er in dessen Wohnung den Vatikan und Jahre seiner Prägung roch, schien ihm nichts wichtiger, als dem toten Freund die letzte Ehre zu erweisen und ihm im Nachhinein Zeit zu widmen.

Er hatte die bewusstlose junge Frau auf dem Teppich vergessen. Seine rechte Wange brannte von den Fingernägeln, die sich dort hineingekrallt hatten. Er wollte ihr nicht das Handgelenk brechen, aber sie würde ihren Griff nur lockern, wenn sie ihrerseits Schmerz spürte. Stahl löste sich aus der Klammer. Die junge Frau schrie auf und hielt sich schmerzverzerrt die rechte Achselhöhle. Dort hatte ihr Stahl mit den Fingerkuppen seiner Linken hineingestossen, wohldosiert. Er packte ihre Handgelenke, drückte sie auf den Teppich und raunte mit dem Tonfall eines Tierbändigers: «Ruhig, ganz ruhig. Ich tue Ihnen nichts. Ich habe Sie hier nur gefunden.»

Die Frau schien ihm nicht zu glauben. Die Sätze klangen nach Vorabendserie. Sie versuchte nun, ihn mit ihren Knien unten am Rücken zu treffen. Stahl riss sie mit einem Ruck vom Boden, dass sie überraschend auf den Füssen zu stehen kam. Dann wirbelte er sie einmal im Kreis und liess ihre Handgelenke los. Sie landete auf einem abgewetzten Sofa. Er nutzte den Augenblick ihrer Verblüffung, nahm sein Handy und wählte eine Nummer. «Guten Abend. Schicken Sie bitte jemanden in die Engelstrasse 88. In der Wohnung von Albin Studer gab es einen Einbruch.»

Während er sprach, behielt er die Wildkatze fest im Blick. Sie rührte sich nicht, sondern wartete gespannt, was als Nächstes geschehen würde.

«Haben Sie wirklich die Polizei angerufen?», fragte sie.

«Ja. Warum sollte ich nicht?»

«Wer sind Sie?»

«Ein Freund von Albin Studer.»

«Er ist tot.»

«Ich weiss. Und wer sind Sie?»

«Cecilia Fetz. Ich arbeite für meine Tante. Sie hat ein Antiquariat. Und Studer hat ihr seine Bibliothek vermacht.»

«Sie sind aber schnell. Albin ist noch nicht unter der Erde, und

Sie räumen ihm schon die Wohnung aus. Dazu am heiligen Sonntag.»

«Es geht nicht anders. Ich muss nächste Woche mit meiner Diplomarbeit beginnen. Und meine Tante kann die Bücher nicht allein ausräumen. Ausser mir hat sie niemanden.»

«Wieso waren Sie bewusstlos?»

«Schlag auf den Hinterkopf.»

«Haben Sie den Täter gesehen?»

«Nur gehört, wie er reinkam. Aber ich dachte, es sei Linus. Der wollte beim Tragen helfen.»

«Wer ist Linus?»

«Mein Onkel. Hedwigs Bruder.»

«Und wo ist er jetzt?»

«Vermutlich besoffen. Er trinkt manchmal gern über den Durst.»

«Die Polizei wird gleich hier sein. Vielleicht sehen wir uns vorher ein wenig um? Meinen Sie, Sie sehen, wenn hier etwas fehlt?»

«Ich weiss nicht. So gut kenne ich die Wohnung nicht. Ich bin zwar seit heute Morgen hier, habe mich aber nur um die Bücher gekümmert.»

«Wenn eines der Bücher fehlen sollte, würde Ihnen das auffallen?»

«Wieso sollte eines fehlen?»

«Weil sie wertvoll sind. Das müssten Sie doch wissen. Und Ihre Tante weiss das bestimmt noch besser. Sonst hätte sie es nicht so eilig damit, sie abzuholen.»

«Haben Sie eine Zigarette?», fragte Cecilia.

Er griff in die Innentasche seines Jacketts und brachte sein Etui zum Vorschein. Er näherte sich damit Cecilia und liess es vor ihrer Nase aufspringen. Sie nahm sich eine Zigarette. Stahl schob sich ebenfalls eine zwischen die Lippen und gab erst Cecilia, dann sich Feuer.

Cecilia inhalierte nervös, während Stahl den Rauch lange in den Lungen behielt.

Es läutete. Stahl ging zur Tür und öffnete. Er vernahm die Schritte der Polizisten tief unten im Flur. Sie hatten es nicht eilig.

«Haben Sie angerufen?», fragte der ältere der beiden Uniformierten.

«Ja. Kommen Sie doch rein.»

2

Stahl wunderte sich, dass Palm sich verspätete. Er knabberte an seinem Gipfeli und nippte an der Schale. Das «Felix» war ihm zu bunt und zu verspielt. Aber es hatte Charme. Er blätterte die NZZ durch, aber das Gedruckte liess ihn kalt. Es war viel los in der Welt. Stahl wusste, dass er nicht einmal ein Drittel davon glauben durfte, was geschrieben wurde.

Palm wich zwei Touristen aus, die das Café gerade verlassen wollten, und stiess dabei beinahe mit der Kellnerin zusammen. Er schien nervös.

«Entschuldige, aber ich hatte noch Dringendes zu erledigen. Ich nehme auch eine Schale», rief er durch den Raum. «Diese Beerdigung passt mir gar nicht.» Er setzte sich.

«Du brauchst ja nicht mit.»

«Ich bin es ihm schuldig.»

Stahl rutschte ein spöttisches Lachen raus.

«Was soll das? Ich kannte Albin mindestens so gut wie dich.»

«Und das will was heissen.»

«Was soll dieser Zynismus? An deine Beerdigung käme ich auch.»

«Und dich dabei beklagen.»

«Ich habe nun mal wenig Zeit. Ich kann meine Kunden nicht vertrösten. Und du profitierst nicht schlecht davon.»

«Hat Albin auch davon profitiert? In letzter Zeit, meine ich.»

«Ob er für mich noch gearbeitet hat? Zwei-, dreimal. Aber nur Kleinigkeiten. Alles hier im Umfeld. Kleine Depeschen, für die man nicht gerne die öffentliche Post oder den Velokurier nimmt, du verstehst.»

«Waren oder Informationen?»

«Waren, in denen Informationen stecken.»

«USB-Sticks, Festplatten?»

Palm verzog seine Mundwinkel. «Du bist zu modern. Und da glaubt man immer, die Knaben aus eurem Chor würden die Zehn Gebote noch in Stein meisseln. Bücher. Es ging um Bücher.»

«Was für Bücher? Geschäftsbücher? Philosophiebücher? Neue Evangelien?»

Palm zuckte mit den Achseln. «Keine Ahnung. Ich muss nicht immer wissen, was in den Umschlägen drin ist.»

Stahl sah auf das Zifferblatt seiner Jaeger-LeCoultre Reverso. Ein Original von 1931. Ein Geschenk von Albin zu Stahls dreissigstem Geburtstag. Damals hatte Stahl von der Leibwache zur Sondereinheit gewechselt. Albin hatte gesagt, die Uhr hätte er von einem ehemaligen Polospieler aus Indien gekauft. Es sei die Uhr mit dem «Dreh». Und so hätte auch Stahl sich von nun an zu verhalten. Weil das Glas der Uhr beim Polospiel oft zerbrach, hatten die Uhrmacher diesen Dreh entwickelt: In gefährlichen Momenten konnte man das Glas nach innen gegen die Haut drehen.

«Wir müssen los.»

«Ich habe noch keinen Kaffee getrunken.» Palm wirkte gereizt.

Stahl winkte der Kellnerin und zahlte, dann erhob er sich und wartete, bis Palm sich ebenfalls aus dem Stuhl bewegte. Der trotzte aber wie ein kleines Kind. «Ich kann nicht auf eine Beerdigung ohne was im Bauch.»

«Dann kommst du eben nach. Sieht immer gut aus. Verspätete Trauergäste sind besonders unauffällig.»

Palm knirschte mit den Zähnen und hob sich maulend aus dem Stuhl. Sie verliessen das Café.

Cecilia fühlte sich schlecht. Die Beule am Hinterkopf schmerzte. Wenn sie sich schnell erhob, erschrak sie jedes Mal, weil sie dachte, jemand würde ihr mit einer Sticknadel ins Hirn stechen. Jetzt stand sie hier, auf dem Friedhof Witikon, und musste der Beerdigung eines Menschen beiwohnen, den sie nicht gekannt hatte. Nur weil Hedwig wegen ihrer Hüfte im Spital war und Linus noch seinen gestrigen Rausch ausschlief. Aber einer vom Geschäft müsse zugegen sein, hatte Hedwig lamentiert. Er sei ein so grossartiger Kunde gewesen, und was er ihnen vermacht habe, so Hedwig, sei ein kleines Vermögen. Solche Leute würden wieder andere kennen. Diese träfe man auf Beerdigungen. Beerdigungen und Hochzeiten seien besser als alle Messen und Märkte zusammen. Die wahren Geschäfte würden an Beerdigungen und Hochzeiten getätigt. Bünde fürs Leben und für die Ewigkeit geschlossen.

Wenn Hedwig pathetisch war, widersprach man ihr besser nicht. Vor allem weil ihre ökonomischen Argumente einleuchteten. Wenn

Cecilia tatsächlich mal ein Jahr lang für ein Projekt im Ausland recherchieren wollte, müsste das finanziert werden.

Cecilia irritierte, dass Albin Studer seine Bücher schon an Hedwig vermacht hatte, ehe er verschied. Wusste er etwa, dass er sterben würde? Wieso sollte man sonst einen solchen Bücherschatz einfach an ein Antiquariat abgeben?

Cecilia entdeckte die Trauergemeinde und gesellte sich dazu. Sie wunderte sich, dass Studer auf dem Friedhof Witikon begraben wurde. Sie kannte ihn nicht, aber jemand mit Vatikanvergangenheit und einer solchen Sammlung wertvoller alter Bücher hätte sie eher in Höngg vermutet. Sie kannte den Friedhof hier recht gut. Sie hatte 2004 für die Rote Fabrik einen Artikel geschrieben, in dem es um die erste zugelassene Muslim-Grabstätte in Zürich ging. Ein heisses Thema war das gewesen. Die Debatte um das Minarettverbot fünf Jahre später war noch hitziger gewesen. Da hatte sie bereits nicht mehr für die Szene geschrieben.

Zwei Felder mit je hundertsechzig Grabeinheiten hatte man gebaut. Cecilia erinnerte sich vor allem an den Versammlungsplatz mit Brunnen und an den Raum für die rituelle Waschung. Und dass man immer wusste, wo Mekka lag, weil die Gräber danach ausgerichtet waren.

Sie näherte sich der Gruppe, die sich um das Grab von Studer versammelt hatte. Der Pfarrer war mit seiner Predigt am Ende. Die ersten Trauergäste warfen Erde auf den Sarg, murmelten ein paar Worte, bekreuzigten sich und gingen weiter, um sich in Grüppchen zu versammeln. Auch Stahl war dabei. Er blieb länger stehen als die anderen. Er schien ein Gebet zu memorieren. Seine Lippen bewegten sich lautlos. Dann zog er etwas aus der Tasche und warf es ins Grab. Cecilia konnte nicht erkennen, was es war. Sie nahm sich vor, Stahl danach zu fragen, falls sich Gelegenheit bot. Sie hatte sich noch gar nicht bei ihm bedankt oder entschuldigt. Immerhin hatte sie ihm die Wange aufgekratzt. Die kleinen Wunden standen ihm aber. Sein Gesicht war sonst zu schön. Sie traute schönen Männern nicht. Männer mussten einen Makel haben. Bei Stahl schien alles perfekt. Auch wie er sich auf der Polizei benommen hatte. Ohne Tadel. Die Beamten hatten ihm aus der Hand gefressen. Vielleicht lag es am Pass, der ihn als Bürger des Vatikanstaates auswies. Sie wäre blöd, wenn sie sich nicht bei Stahl entschuldigte –

oder bedankte. Sie musste an ihm dranbleiben. Sie witterte eine Story. Eine Story, für die sie nicht ins Ausland fahren musste, die sie hier vor Ort recherchieren und für teures Geld und mit viel Publicity verhökern könnte. Ein Gardist, der von einem Junkie erschlagen worden war, sorgte nur für ein paar Tage für Schlagzeilen. Nach Insiderinformationen aus dem Vatikan leckten sich die Chefredaktoren jedoch die Finger. Und Cecilia roch, dass Stahl die Eintrittskarte in das Geschichtenlabyrinth Roms war. Sie wäre eine schlechte Journalistin, hätte sie dafür keinen siebten Sinn.

Wer war der Kerl, der nach Stahl ans Grab trat? Cecilia glaubte das Gesicht zu kennen. Vielleicht aus der Presse? War es ein Politiker? Oder jemand aus der Wirtschaft? Sie war sich nicht sicher. Er schien unbeteiligt dem Ritual zu folgen und gesellte sich zu Stahl. Die restlichen Trauergäste sagten ihr nichts. So mochte es auf jedem Begräbnis sein. Ein paar ältere Frauen, die weinten, ein paar Männer, die ihre schmalen Lippen zusammenpressten und die Stirnfalten krauser zogen, als sie es im Alltag ohnehin schon taten, und ein paar Unbekannte, die vielleicht am falschen Grab standen.

Jetzt kam sie an die Reihe. Sie trat ans Grab, nahm die Schaufel in die Hand und warf einen Haufen Erde auf den Sarg. Es war verlogen. Die Leute beobachteten sie. Auch Stahl. Cecilia wollte von ihm gesehen werden. Sie wollte ihm gefallen. Nur so konnte sie wieder mit ihm ins Gespräch kommen. Für einen Augenblick spielte sie mit dem Gedanken, einen Ohnmachtsanfall vorzutäuschen. Sie hätte es auf den gestrigen Schlag schieben können. Es schien ihr aber albern. Also richtete sie sich auf, atmete tief ein und zeigte so viel Würde und Achtung, wie sie für einen unbekannten Toten aufbringen konnte, und bekreuzigte sich. Dann sah sie vom Grab auf in Richtung Stahl und lächelte unmerklich, als sie sah, dass er ihren Blick erwiderte. Auch er lächelte. Cecilia war sich sicher, dass er sie noch ansprechen würde.

Stahl hatte alle Trauergäste nacheinander sondiert. Da waren die Veteranen der Sektion 13 aus Zürich, samt Kaplan Weiss, der Stahl 1998 vereidigt hatte. Mit ihm wollte er noch reden. Er war ein guter Freund von Albin gewesen. Vielleicht wusste er, wie es Albin gegangen war, bevor man ihn erschlagen hatte. Und die Veteranen waren immer neugierig, was aus den alten Gemäuern zu hören war.

Tratsch und Anekdoten wirkten bei ihnen wie eine Verjüngungskur. Wenn sie hörten, wie es in ihrer alten Arena zu- und herging, fühlten sie sich wie mittendrin und fanden für Augenblicke ihre alten Kräfte und Ideale wieder, auf die sie einst ihr Leben geschworen hatten.

Kaplan Weiss kam auf Stahl zu und reichte ihm die Hand zum Gruss. Stahl schlug ein, Erinnerungen kamen in ihm hoch. Es schien ihm, als umfasste er erneut die Fahnenstange des Banners zum Schwur.

«Eine sehr bewegende Rede, Kaplan. Albin hätte sie sich nicht besser wünschen können.»

«Ja, er war etwas Besonderes. Aber das weisst du selbst am besten.»

Stahl schwieg. Ja, er wusste es. Nach und nach spürte er die Leere, die Albins Tod bei ihm hinterliess. Obwohl sie sich fünf Jahre nicht mehr gesprochen und gesehen hatten – Albin war ein alter Freund, und nun, da er aus der Welt gegangen war, klaffte eine Lücke.

«Kommst du aus dem Dschungel?», fragte der Kaplan.

«Ich? Nein. Wieso?»

«Dein Gesicht sieht aus, als hätte dich ein Panther angegriffen.»

«Oh. Eine Raubkatze war es schon. Ist aber nicht so wild.» Stahls Blick suchte unwillkürlich Cecilia. Als er sie gefunden hatte, raunte er dem Kaplan zu. «Dort hinten steht sie. Jemand hatte ihr gestern einen deftigen Schlag verpasst, als sie in Albins Wohnung Bücher einpackte. Als ich sie dort fand und sie die Augen aufschlug, dachte sie, ich wäre der Hinterhältige gewesen.»

«Bücher? Sie hat Albins Bücher?» Der Kaplan drehte sich zu Cecilia um. Sie stand verloren unter einer Pinie und rauchte eine Zigarette.

«Albin wollte uns die Bücher vermachen. Er hatte es sogar in seinem Testament vermerkt.»

«Vielleicht hatte er nur ein paar Bücher ans Antiquariat verhökert, weil er Geld brauchte. Immerhin lebte er ja noch, als er mit dem Antiquariat ins Geschäft kam.»

«Das sieht ihm ähnlich. Gauner. Von uns hatte er bereits einen Vorschuss aus der Veteranenkasse erhalten.» Der Kaplan schüttelte den Kopf und lachte. «Vergelt's ihm Gott. Das soll ihn nicht hindern, an Petrus vorbeizukommen.»

Stahl nickte und sagte nichts. Die Debatten um Himmel und Hölle hielt er schon lange von sich fern. Er lebte im Hier und Jetzt – und es gab Fragen, auf die er jetzt Antworten suchte.

«Wie ging's Albin denn in letzter Zeit? Ich meine, war er in Form?»

«Ausgezeichnet in Form. Er ging sogar zweimal pro Woche boxen. Kannst du dir das vorstellen? Wenn du mich fragst, war er besser in Form als je zuvor. Es schien fast so, als hätte er etwas Grosses vor. Er trainierte wie vor einem Einsatz. Es fiel mir auf, weil er zwei Jahre davor in einem absoluten Depressionsloch steckte. Er hatte sich für Monate eingeschlossen, Bücher gewälzt und niemanden an sich herangelassen. Nur ich durfte zweimal in der Zeit zu ihm, um ihm die Beichte abzunehmen. Mit einem Mal, vor etwa einem Jahr, kam er wieder regelmässig zu unseren Treffen, ging in den Boxclub und knüpfte neue Kontakte. Er war wie ein anderer Mensch. Und dann ein solches Ende.»

«Glaubst du das?»

Der Kaplan zuckte mit den Schultern. «Die Polizei glaubt's. Sie will den Fall erledigt wissen. Wenn einem von uns was passiert, will man nicht lange mit der Lupe drauf. Das müsstest du doch wissen.»

«Wie heisst der Täter? Ist er inhaftiert?»

«In der Klinik. Auf Entzug. Peter Demenga.»

«Wo?»

«Klinik am Zürichberg.»

Stahl pfiff durch die Zähne. «Auf Staatskosten?»

«Reiches Elternhaus.»

Ein untersetzter, kahlköpfiger Mann kam hinzu. Er zog an einer Davidoff und stellte sich vor: «Karl Summ, ich war vor Ihrer Zeit in Rom. Habe noch Paul VI. beschützt. War eine schöne Zeit, aber ich wollte noch was anderes erleben.» Er streckte Stahl die Hand entgegen. Stahl spürte den kräftigen Händedruck des erdigen Menschen und antwortete: «Angenehm. Stahl.»

Summ lachte laut. «Das weiss ich. Bei Gott, das weiss ich. Sie sind eine Legende. Nur darf man nicht hochmütig werden. Richtig? Die Demut, ich weiss, die Demut.» Er lachte wieder. «Deswegen bin ich damals auch wieder abgehauen. Demut war für mich nichts. Ich wollte immer gross hinaus. Geld machen, verstehen Sie? Der Vatikan macht zwar auch ordentlich Geld, aber er versteht es nicht, Geschäftserfolge öffentlich zu feiern. Darf er auch nicht mehr, gehört zu seiner Unternehmensphilosophie. Ich feiere meine Erfolge gerne. Scheiss auf die Demut. Habe ich recht, Weiss?» Er zwinkerte dem Kaplan zu und lachte erneut sehr laut. Einigen Trauergästen schien das barocke Lachen von Summ pietätlos, aber es passte in die Tradition einiger Kardinäle, denen Stahl schon begegnet war und die es in früheren Zeiten noch häufiger gegeben haben musste. Jene Spezies, die gerne ausschweifend gelebt und sich einen Deut um die Armut der Gläubigen geschert hatte. Stahl wusste, dass auch er diese lebensfrohe Neigung in sich trug, sie aber immer wieder durch strenge Disziplin zähmte. Einzig in der Wahl seiner teuren Kleidung brach sie durch. Er konnte sich seinem Hang zur Eleganz nicht entziehen. Er taugte eben nicht zum Bettelmönch.

«*Sanum Summ*. Mit zwei ‹m›. So heisst mein Unternehmen. Schon mal davon gehört?»

«Die Wässerchen von Lourdes?»

«Genau.» Summ lachte wieder, sog an seiner Zigarre und drückte dann seine dicken Lippen gegeneinander.

«Sind Sie nicht insolvent?»

Summ drehte sich zu dem Mann um, der sich bislang dezent im Hintergrund gehalten hatte. Es war Palms Frage, die die Miene des fröhlichen Summ plötzlich gefrieren liess. Nur die dunklen Augen funkelten heiss.

«Ist abgewendet. Wir haben zum Gegenschlag ausgeholt. Die Verleumdungen einiger Widersacher wird diese teuer zu stehen kommen. Sehr teuer», sagte Summ, biss von seiner Zigarre ab und spuckte den Tabak auf den Kies. Dann drehte er sich zu Weiss. «Ich kann leider nicht mehr mit zum Leichenmahl. Wir sehen uns am Mittwoch im ‹Werdguet›», sagte er und drückte dem Kaplan die Hand. Er drehte sich zu Stahl. «Es war mir eine Ehre. Melden Sie sich doch mal bei mir.» Er streckte Stahl eine Visitenkarte entgegen. Stahl nahm sie, warf einen Blick darauf und steckte sie ein. «Werde ich bestimmt.»

Summ nickte Palm zu und drehte ab.

«Hatte ganz schön Stress in letzter Zeit», sagte Weiss. «Er hat grosses Glück, dass er überhaupt noch lebt. Schlaganfall. Ein wahres Wunder, dass er wieder so auf die Beine gekommen ist.»

«Tja, das machen die Wässerchen von Lourdes.» In Palms Stimme schwang Gift mit. Der Kaplan drehte sich zu ihm. «Es sind isopathische Mittel, die Summ vertreibt und die sich nicht hinter den homöopathischen verstecken müssen.»

«Habe ich etwa Werbung für die Homöopathie gemacht?»

«Glauben Sie an Gott?», fragte der Kaplan.

Palm schwieg.

«Was sind das für Leute dort hinten? Die zwei Männer mit der Frau?», fragte Stahl und deutete mit dem Kinn hinüber, wo sich eine Dreiergruppe in der Nähe von Cecilia angeregt unterhielt.

«Gehören nicht zu uns», antwortete Weiss. «Vielleicht welche, mit denen Albin Boule gespielt hat. Oder aus dem Boxclub. Ich muss los. Kommst du nachher noch zum Essen?»

«Bestimmt.»

«Also. Bis dann.» Er nickte Stahl zu, an Palm ging er vorbei. Stahl sah ihm nach und erinnerte sich wieder an seine Vereidigung.

«Muss ich jetzt nach Canossa pilgern?», fragte Palm.

«Du kannst nicht einen von ihnen angreifen, ohne den anderen zum Gegner zu kriegen.»

«Und du? Habe ich dich jetzt auch als Gegner?»

«Sind wir das nicht schon immer gewesen?»

«Stimmt.» Sie schwiegen einen Moment. Jeder hing seinen Gedanken nach. Stahl dachte darüber nach, ob er zu der Dreiergruppe hinübergehen sollte. Wenn es Boule-Kollegen waren, konnten sie ihm vielleicht etwas über die letzte Partie mit Albin erzählen.

«Ich habe immer noch keinen Kaffee gehabt», sagte Palm.

«Kannst ja schon mal zum Essen vorgehen. Ich komme nach.»

«Einen Teufel werd ich tun. Ich war auf dem Begräbnis. Das war ich Albin schuldig. Aber mit dem Rest der Sippe will ich nichts zu tun haben. Die sind mir zu heilig. Ich fahr in die Stadt. Hab ausserdem noch zu tun.»

«Kannst du mich in der Klinik am Zürichberg anmelden? Du bekommst da sicher eher einen Termin mit Demenga als ich.»

«Du willst ihn offiziell verhören? Das ist Polizeiarbeit. Da sollten wir uns nicht einmischen.»

«Ich will einfach nur von ihm wissen, was passiert ist.»

«Es gibt einen Polizeibericht. Den könnte ich für dich anfordern. Da habe ich einen guten Kontakt.»

«Ich will persönlich mit ihm reden.»

Palm atmete schwer. «Das macht nur unnötigen Wirbel. Den kann sich der Vatikan doch nicht leisten.»

«Seit wann scherst du dich um den Vatikan?»

«Er ist mein bester Klient.»

«Glaubst du an Gott?», wiederholte Stahl die Frage von Weiss und liess Palm damit zurück.

Cecilia zog einen Spearmint-Kaugummi aus der Packung, steckte ihn sich in den Mund und wusste nicht, wohin mit dem Zigarettenstummel. Sie wollte die Kippe nicht einfach in den Kies werfen. Sonst tat sie das schon. Aber hier war sie nicht auf dem Helvetiaplatz, sondern auf dem Friedhof.

Der Mann, der die Grabrede für Albin Studer gehalten hatte, kam auf sie zu und blieb vor ihr stehen. «Weiss», sagte er und reichte ihr die Hand. Cecilia drückte sie und achtete darauf, dass ihr Händedruck nicht stärker, aber auch nicht schwächer war als der ihres Gegenübers. Hedwig hatte ihr einmal gesagt, dass man es so machen müsste, wenn man mit einem Menschen ins Gespräch kommen wollte. Passte man den eigenen Händedruck dem andern an, würde der sich wohlfühlen, weil er glaubte, er schüttle sich selbst die Hände. Jedenfalls hielt es Cecilia seitdem so, obwohl sie sich nicht sicher war, ob sie mit dem faltigen Doggengesicht, das sie jetzt verkniffen anlächelte, überhaupt ins Gespräch kommen wollte.

«Man hat mir gesagt, Sie wurden überfallen, als Sie Albins Bücher einpacken wollten?»

«Ja. Ein Schlag auf den Hinterkopf. Ich war für einen Moment bewusstlos.»

«Schrecklich. Zum Glück war es keine Boule-Kugel.» Er kniff die Augen zusammen, eine Schar Krähenfüsse scharrte um seine Augenwinkel. Ein makabrer Kerl, dachte Cecilia. Was wollte er von ihr?

«Albin hat Ihnen also seine Bücher verkauft.»

«Nein, er hat sie unserem Antiquariat vermacht. Er wollte kein Geld dafür.»

«Ach. Das sieht ihm aber gar nicht ähnlich. Uns hat er seine Bibliothek nämlich ebenfalls vermacht. Aber von uns hat er vor einem Jahr ein hübsches Sümmchen als Anzahlung bekommen.»

Cecilia wurde unwohl. Sie hatte mit dem Geschäft nichts zu tun. Das war Hedwigs Angelegenheit. Sie wusste nicht, wie es Hedwig gelungen war, Albin den Bücherschatz abzuschwatzen. Dass es nur ihr Händedruck allein gewesen war, bezweifelte Cecilia. Hedwig konnte äusserst charmant sein. Und berechnend. Wer wusste, was sie Studer alles versprochen hatte.

«Vielleicht können wir uns ja einigen und den Bestand gerecht untereinander aufteilen?», fragte Weiss. Es klang wie ein Angebot, das man besser nicht ablehnte. «Uns interessieren nur ein paar wenige Bücher. Die haben eher inhaltlichen Wert als antiquarischen. Es geht dabei vor allem um die Garde. Für unsere Veteranen-Sektion hat das einen Wert, es ist Tradition. Wir werden uns da bestimmt einigen können, nicht wahr?»

«Da müssen Sie mit meiner Tante reden.»

«Wo sind Sie ansässig?»

«Im Niederdorf, in der Kirchgasse, hinter dem Grossmünster.»

«Oh, bei Zwingli. Schöne Lage. Sicherlich nicht günstig.»

«Alter Familienbesitz.»

«Dann wissen Sie ja, was Tradition bedeutet.»

Er kniff die Augen noch immer zusammen. Cecilia wünschte, dass es so blieb. Denn sie fürchtete sich vor der Kälte, die hervorschiessen würde, wenn er die Lider ganz öffnete. Schon das Eis in seiner Stimme genügte, Cecilia frösteln zu lassen.

«Verkaufen Sie nichts von dem Bestand. Ich werde morgen bei Ihnen vorbeikommen. Und passen Sie auf Ihren schönen Kopf auf.»

Er reichte ihr zum Abschied nicht die Hand. Cecilia war froh. Mit diesem Menschen musste sie nicht ins Gespräch kommen. Sie sah ihm nach, wie er zu einer Gruppe älterer Männer stiess, mit denen er den Friedhof verliess.

Sie wusste nicht, was sie hier noch sollte. Mit wem sollte sie hier Geschäfte anbahnen? Es war eine Schnapsidee von Hedwig gewesen, sie hierherzuschicken. Der Einzige, mit dem sie gerne näher in Kontakt gekommen wäre, war Stahl. Ihr Retter oder Finder. Oder war er doch der Täter, der sich nur als Retter und Finder ausgegeben hatte? Wenn sie genauer hinsah, hatte er etwas an sich, was geheimnisvoll wirkte. Die äusserliche Schönheit schwand, und etwas anderes schimmerte hindurch. Ein Janusgesicht. Sicherheit und

Gefahr, Stärke und Weichheit, Vertrauen und Heimtücke. Cecilia konnte sich nicht entscheiden. Er sah einfach gut aus und wirkte souverän. Alles andere war Cecilias journalistisches Abenteuerdenken. Nichts durfte sein, wie es auf den ersten Blick schien. Dahinter hatte stets etwas zu lauern, das es aufzudecken galt.

Sie sah Stahl, wie er auf die Dreiergruppe zusteuerte, die sich etwas abseits der Veteranen aufhielt. Gerne hätte sie gehört, was dort gesprochen wurde. Vielleicht sollte sie hinübergehen, um sich bei Stahl wegen gestern zu bedanken? Nein, er sollte zu ihr kommen. Er hatte ihr ja schon zugelächelt. Also würde er auch kommen und sich bei ihr nach der Beule erkundigen. Geduld. Sie liess den Zigarettenstummel fallen und scharrte mit dem Fuss Kies darüber.

Die Frau wischte sich mit dem Taschentuch die verheulten Augen trocken. Dann atmete sie tief durch und suchte nach Worten.

«Es trifft immer die Falschen.» Es war der dicke Mann, der neben ihr stand und ausdrückte, was ihr nicht aus dem Mund fallen wollte. «Wäre ich nur noch bei ihm geblieben», sagte der Dritte und schüttelte dabei den Kopf, während er im Kies mit der Fussspitze scharrte. Er trug Cowboystiefel und hatte sein weisses Haar zu einem kräftigen Pferdeschwanz gebunden.

«Sie haben also mit ihm an dem Abend Boule gespielt?», fragte Stahl.

«Ja. Jeden Donnerstag, von vier bis acht. Im Winter von zwei bis fünf. Weil es da früher dunkel wird», sagte der Weisshaarige.

«Wir haben aber auch schon im Winter bis um acht gespielt. Unter einer Laterne. Albin konnte nicht eher aufhören, bis eine Partie zu Ende war. Da war er konsequent.»

«Haben immer nur Sie gespielt, oder gab es noch andere, die sich regelmässig trafen?»

«Am Anfang waren noch andere dabei. Aber Boule ist auch eine Sache des Temperaments, der Chemie», antwortete der Dicke, der eine schwarze Weste trug, deren Knöpfe jederzeit drohten vom Faden zu hopsen. «Es hat sich so ergeben, dass am Ende nur wir vier spielten. Sogar die Partner haben irgendwann nicht mehr gewechselt.»

«Wie war denn die Konstellation?»

«Regine und Albin gegen uns beide», sagte der Weisshaarige.

«Das war die spannendste Kombination. Man konnte nie voraussehen, wer gewinnen würde.»

«Da entschied die Tagesform.»

«Er konnte so gut schiessen», sagte Regine mit dünner Stimme. «Ich habe meine Kugel immer platziert, und er hat abgeräumt, was mir zu nahe kam. Er war ein richtiger Bodyguard, verstehen Sie? Ich fühlte mich sehr sicher mit ihm.»

Stahl verstand, was sie meinte. Auch ihm, der am Anfang überhaupt nicht wusste, ob er bei der Garde am richtigen Ort gelandet war, hatte Albin Rückhalt gegeben. Ohne ihn wäre Stahl in Rom niemals so rasch gewachsen und aufgestiegen. Albin hatte Mut gemacht, Vertrauen geschaffen, die eigenen Kräfte geweckt, dass man hin und wieder glaubte, man könnte den Erdball auf dem Finger drehen. In Regines Gesicht konnte Stahl nun lesen, wie sehr Albins Tod auch für sie ein Verlust war.

«Warum ist er am letzten Donnerstag allein zurückgeblieben? Wollte er noch jemand treffen?»

«Er blieb fast immer noch unter der grossen Linde sitzen. Er nannte es seine Art der Meditation. Dabei schrieb er in ein kleines schwarzes Buch. Teilweise zeichnete er dazu», sagte Regine.

«Einmal wollte ich ihm dabei Gesellschaft leisten und habe mich neben ihn gesetzt. Ich habe nichts gesagt, bin nur gesessen und habe geschwiegen. Er hat das Buch sofort eingepackt und ist ohne sich zu verabschieden gegangen. Seitdem traute ich mich nie mehr, mich nach einem Spiel neben ihn auf die Bank zu setzen.» Der Dicke blickte traurig in die Runde. «Hätte ich es am Donnerstag nur getan. Dann wäre er noch am Leben.»

«Spielten Sie immer am Platzspitz? Oder wechselten die Spielorte?»

«Manchmal auch am Helvetiaplatz. Wenn dort anschliessend was Gutes im Kino lief. Sonst immer am Platzspitz. Es lag für alle am günstigsten.»

«Ausserdem ist es dort clean», sagte der Weisshaarige und konnte sich einen zynischen Unterton nicht verkneifen. «Zu meiner Zeit war da noch was los. Jetzt findest du dort eher Trüffel als einen Junkie.»

«Wenn jemand stört, dann sind es die Touristen», sagte der Dicke.

«Und trotzdem war es ein Junkie, der Albin erschlagen hat», sagte Stahl.

Der Weisshaarige lachte heiser. «Nie im Leben. Für die Polizei ist das die schnellste Lösung. Das war es immer. Was glauben Sie, wie oft sie mich einlochen wollten, nur weil ich dort abgehangen bin, während ein feiner Wichser eine Minderjährige vergewaltigt hat? Das geht ganz schnell. Aber auch ich bin aus gutem Hause. Mit den Anwälten von meinem Alten war da nicht zu scherzen.»

«Aber der Kerl, der Albin erschlagen haben soll, hat wenig Aussicht auf ein Entkommen. So gut können seine Anwälte gar nicht sein», sagte Regine.

«Der ist fertig.» Der Dicke schürzte die Lippen und nickte in die Runde.

«Man kann es schaffen. Ich habe es auch geschafft.» Der Weisshaarige reckte energisch sein Kinn.

«Du hattest Glück. Der Kerl, den sie geschnappt haben, soll sogar Fingerabdrücke auf der Boule-Kugel hinterlassen haben. Da gibt's nichts zu rütteln. Wenn er noch in den Knast kommt, kannst du ihn gleich zu Albin legen.» Regine hatte es ohne Vorwurf gesagt. Die anderen schwiegen. Auch der Weisshaarige erwiderte nichts.

«Hat jemand von Ihnen mit dem Verdächtigen gesprochen?», fragte Stahl. Die drei sahen sich an, dann brach der Weisshaarige das Schweigen. «Ich habe versucht in die Klinik zu kommen. Meiner Familie gehören Anteile des Unternehmens. Aber ich kam nicht durch. Die Polizei lässt niemanden an ihn ran. Sie haben ihn auf kalten Entzug gesetzt. Vermutlich wollen sie, dass er durchdreht und alles gesteht, was man von ihm will. Damit wäre der Fall erledigt.»

«Warum sollte die Polizei daran Interesse haben?»

«Sind Sie so naiv, oder wollen Sie uns verarschen?»

«Wenn ich Ihre These ernst nehme, muss ich diese Frage stellen. Nur so komme ich auf das Motiv eines anderen Täters.»

«Die Polizei hat viel zu tun. Jeder gelöste Fall ist ein guter Fall. Je schneller, umso besser. Ausserdem ist ein Junkie schnell vom Tisch. Stellen Sie sich vor, hinter dem Mord stünde ein Boss aus Politik oder Wirtschaft? Dann die Verbindung zum Vatikan. Das wäre ein unliebsamer Dauerbrenner.»

«Sie stellen Ihre Fragen nicht grundlos, oder?», fragte Regine. «Sind Sie nur der interessierte Freund? Oder haben Sie Angst, dass Albins Tod den Vatikan in den Schmutz ziehen könnte? Wir sind nicht blöd, wir wissen, wer Sie sind. Albin hat uns oft genug von Ihnen erzählt. Sogar Fotos hat er uns gezeigt. Er war ziemlich stolz auf Sie. Wie auf einen Sohn. Wir wunderten uns nur, dass Sie in all den Jahren niemals hier waren.»

«Einmal haben wir Albin gefragt, warum Sie ihn nie besuchten. Da hatte er die Boule-Kugeln mitten in einer Partie eingepackt und ist gegangen. Seither hatte er uns nie mehr etwas von Ihnen erzählt», sagte der Dicke.

Stahl atmete tief durch. Er fühlte sich ohnehin miserabel. Die Moralpredigt, die er da gerade zu hören bekam, gab ihm den Rest.

«Sie glauben also nicht, dass der Junkie Albin getötet hat? Haben Sie das der Polizei erzählt?»

«Es hat keinen interessiert», sagte der Weisshaarige.

«Wie heisst der Polizist, der den Fall bearbeitet?»

«Hürlimann. Unangenehmer Kerl.»

«Sich mit ihm anzulegen, macht für uns wenig Sinn. Aber Sie haben einen anderen Pass. Für Sie wäre das vielleicht eine Leichtigkeit?» Regine sah Stahl mit einem durchdringenden Blick an. Wenn sie nur einmal so in Albins Herz gesehen hatte, dann war zwischen den beiden mehr gewesen als nur das Boule-Spiel.

«Roger!», rief eine knorrige Stimme hinter Stahl, und sofort spürte er eine Pranke auf seiner Schulter. Stahl drehte sich um und erkannte die platte Nase des alten Buffy.

Sie umarmten sich und massen dabei, wer stärker drücken konnte. Dann setzte Buffy eine kurze Serie angedeuteter Boxhiebe und lachte. «Komm mal bei uns vorbei. Fuzzy würde sich bestimmt auch freuen.»

Er zwinkerte Stahl zu und ging. Stahl sah ihm nach. Als er sich wieder den dreien zuwenden wollte, waren sie weg.

Er sah sich auf dem Friedhof um. Mittlerweile hatten sich alle verflüchtigt. Nur Palm wartete noch an der Stelle, an der Stahl ihn zurückgelassen hatte. Er scharrte sicher schon mit den Füssen, weil ihm der Magen knurrte. Stahl würde ihn allein zu den Veteranen schicken; ob der nun wollte oder nicht. Er selbst hatte anderes vor.

Cecilia hatte nicht länger darauf gewartet, bis Stahl sie entdecken und auf sie zukommen würde. Es hatte für ihn wichtigere Trauergäste gegeben. Sie hätte gerne gewusst, was Stahl mit der Dreiergruppe gesprochen hatte. Die drei hatten sich von den übrigen Gästen unterschieden. Sie wirkten bunter als die anderen, obwohl sie ebenfalls Schwarz trugen. Der hagere Kerl mit dem weissen Pferdeschwanz und den Cowboystiefeln erinnerte sie an Gestalten aus den Siebzigern und Achtzigern, die sie von Fotos kannte, als noch Pflastersteine flogen, der Dickwanst mit der hohen Stirn ähnelte Dürrenmatt. Bestimmt rauchte er auch Pfeife, wenn auch nicht immer nur mit reinem Tabak versetzt. Die Frau in der Mitte musste mal eine Schönheit gewesen sein. Sie strahlte noch immer von innen heraus, versuchte sich schick zu halten, auch wenn man sehen konnte, dass ihr für den neusten Stand das Geld fehlte. Sie spielte mit dem Flair einer heruntergekommenen Gräfin. Nirgendwo konnte man so rasch erkennen wie in Zürich, wenn jemand nicht genug Kohle hatte. Gerade Understatement war für manche unbezahlbar.

Cecilia hatte Glück. Sie kam noch bei Orange über die Kreuzung und blieb am VW-Bus dran, in dem die drei Richtung Zentrum fuhren. Sie wusste nicht recht, warum sie ihnen folgte, aber sie war Journalistin, und sie roch eine Story.

Der VW-Bus fuhr nach Westen, in Richtung Kreis Vier. Cecilia ahnte, wohin er wollte, und fand sich bestätigt, als der Wagen vor ihr in die Engelstrasse einbog. Sie fuhr geradeaus weiter und parkierte ihren klapprigen Golf. Dann stieg sie aus und ging zu Fuss die paar Meter zurück, bis sie den Hauseingang neben der «Mephisto-Bar» beobachten konnte. Nur der Cowboy und Dürrenmatt verschwanden im Haus. Die Gräfin blieb im VW-Bus zurück. Vermutlich sollte sie Schmiere stehen. Ob es einer von den dreien gewesen war, der Cecilia gestern eins auf den Deckel gegeben hatte? Aber warum kreuzten sie jetzt schon wieder in der Wohnung auf? Hatten sie etwas vergessen? Oder hatten sie nicht gefunden, wonach sie gesucht hatten?

Cecilia überlegte, wie sie an der Gräfin vorbei ins Haus gelangen konnte, um die anderen beiden zu beobachten. Da tauchte eine vierte Person auf, die sie eben noch bei der Beerdigung gesehen hatte: Kaplan Weiss. Er verschwand ebenfalls im Hauseingang.

Cecilia sah zum VW-Bus und wollte wissen, wie die Gräfin auf Weiss' Erscheinen reagierte. Die Gräfin zückte ein Handy, wählte eine Nummer und sprach ein paar Worte. Kurze Zeit später erschienen ihre beiden Kollegen und stiegen in den Wagen. Der VW-Bus startete und fuhr davon.

Cecilia entschied sich, ihnen nicht weiter zu folgen, sondern auf den Kaplan zu warten. Als er nach zwanzig Minuten nicht aus der Wohnung kam, wurde sie misstrauisch. Wo blieb er? War es zum Kampf zwischen den beiden Männern und dem Kaplan gekommen? Lag der nun bewusstlos in Studers Wohnung? Oder gar tot?

Sie ging auf das Haus zu und stieg die Stufen zu Studers Wohnung hoch. Die Tür lehnte an, jemand hatte sie aufgebrochen. Vorsichtig drückte sie die Tür nach innen, schob sich in den Flur und war auf das Schlimmste gefasst.

Weiss schrak herum, als er Cecilia hinter sich erkannte.

«Um Gottes willen, wollen Sie mich umbringen?», schrie er auf, und sein Gesicht war kreidebleich.

«Ich dachte, Sie wären schon tot», sagte Cecilia, erleichtert, keine Leiche gefunden zu haben.

«Ich? Wieso?»

Sie schämte sich plötzlich für die Räubergeschichte, die sich in ihrem Hirn zusammengebraut hatte.

«Na ja, ich hatte hier gestern einen Schlag auf den Kopf bekommen. Und Studer wurde ebenfalls erschlagen», sagte Cecilia. Sie wollte die beiden Männer nicht erwähnen. Vielleicht waren sie sich begegnet und teilten ein Geheimnis. Wäre das der Fall, brauchte Weiss nicht zu wissen, dass sie die beiden anderen hier gesehen hatte.

«Was machen Sie eigentlich hier?», fragte Cecilia.

«Das wollte ich Sie gerade auch fragen.»

«Ich wollte die restlichen Bücher einpacken.»

«Ich dachte, wir hätten uns verstanden. Die Bücher gehören uns. Wir haben bereits dafür gezahlt.»

«Wir haben dafür eine erbliche Vollmacht.»

«Einen Prozess mit uns können Sie sich gar nicht erlauben. So lange halten Sie nicht durch. Die Kosten werden doppelt so hoch sein wie der Wert der Bücher. Sie werden drauflegen und verbluten.»

«Nicht, wenn wir den Prozess gewinnen.»

«Sie können ihn nicht gewinnen, glauben Sie mir.»

Es entstand ein Schweigen, bei dem sich beide taxierten. Weiss ergriff wieder das Wort: «Wir können uns bestimmt einigen. Uns interessieren nur einige Bücher, die für Sie vermutlich wertlos sind.»

«Welche Bücher sind das?»

«Lateinische Schriften. Alte Predigten. Wertlos für Laien. Historisches über die Garde, das sagte ich doch bereits.» Er schien genervt und unter Zeitdruck.

«Suchen Sie die Bücher raus. Ich werde sie dann zu meiner Tante bringen, damit sie darüber entscheidet. Sie ist die Expertin.»

«Einverstanden», sagte Weiss. «Haben Sie schon welche weggebracht?», fragte er.

«Nein. Dazu kam es gestern nicht mehr. Ich wollte soeben damit weitermachen. Deswegen bin ich hier. Wieso fragen Sie? Vermissen Sie etwas?»

«Nein, nein. Überhaupt nicht. Ich wollte nur wissen, ob der Bestand noch zusammen ist.»

«Gut. Dann suchen Sie Ihre Bücher heraus. Sie sagten, Sie suchten nur nach lateinischen. Dann kann ich die anderen ja einpacken.»

«Ja. Sicher. Machen Sie nur.»

Weiss wirkte gereizt. Es behagte ihm nicht, dass er nicht in Ruhe durch Studers Nachlass forsten konnte. Cecilia liess sich ihren Verdacht nicht anmerken und begann, die deutschsprachigen Folianten aus Studers Bestand in Kartons zu packen, während sie Weiss immer wieder aus dem Augenwinkel beobachtete. Sie merkte, dass er es ihr gleichtat, und so baute sich eine Spannung auf, die auf den entladenden Blitz wartete.

«Wo ist es?», fragte Weiss plötzlich, als Cecilia «Über den Umgang mit Menschen» von Knigge in Händen hielt.

«Was?»

«Wo ist das Buch?»

«Welches?»

«Es ist nicht hier. Sagen Sie die Wahrheit. Haben Sie es?»

«Ich weiss nicht, wovon Sie reden.»

«Für wen arbeiten Sie?» Weiss packte Cecilia am Kragen und drückte sie gegen das Regal. Sie liess den Knigge fallen. Das Buch klatschte zu Boden und öffnete sich. Einige Blätter über den guten Ton lösten sich heraus.

«Für wen arbeiten Sie?», fragte Weiss erneut, diesmal aber schärfer und spitzer.

«Für meine Tante. Antiquariat Fetz.»

«Sie sind Journalistin, ich habe mich erkundigt. Sie schnüffeln hier herum. Für wen?»

«NZZ. Die wissen auch, dass ich hier bin. Nach dem Vorfall gestern, habe ich um Deckung gebeten.»

Weiss lockerte seinen Griff, behielt aber die Schärfe in seinem Ton. «Sie haben Glück. Ich bin kein Killer. Aber die Sache, in die Sie da hineingerutscht sind, ist keine Homestory. Wer einen Profi wie Albin Studer einfach aus dem Weg räumt, der spielt in einer anderen Liga. Ich kenne die Menschen, ich habe sie studiert, ihnen die Beichte abgenommen. Nicht irgendwelchen Leuten, sondern den Gardisten des Vatikans. Soldaten des kleinsten und dennoch mächtigsten Staates der Erde. Können Sie sich vorstellen, welcher Druck auf diesen Seelen liegt? Die töten, ohne mit der Wimper zu zucken. Gestern haben Sie nur eins auf den Schädel gekriegt. Wenn diese Leute aber wissen, dass *Sie* haben, was ihnen gehört, wird es nicht bei der Beule bleiben.» Er sah sie eindringlich an.

«Ich habe kein Buch. Jedenfalls nicht wissentlich. Vielleicht ist es bereits verpackt.» Die Worte des Kaplans zeigten Wirkung: Cecilia zitterte am ganzen Leib.

«Hier, das ist meine Karte. Wenn Ihnen etwas einfallen sollte, rufen Sie mich an. Ich bin bekannt dafür, jederzeit die Beichte abzunehmen.» Es sollte ein kleiner Scherz sein, aber Cecilia fand ihn nicht lustig. Weiss verschwand.

Cecilia glitt mit dem Rücken am Bücherregal hinunter und versuchte durch tiefes, langsames Atmen das Zittern in den Griff zu bekommen. Sie starrte auf die losgelösten Blätter, die aus dem Knigge gefallen waren. Sie nahm ein Blatt und las. Es gehörte gar nicht zum Buch. Es waren handschriftliche Notizen, die mit Tinte geschrieben waren. Cecilia versuchte die Schrift zu lesen, konnte aber nur die Bedeutung einzelner Worte entziffern. «Index … Freimaurer … Zensur …», murmelte sie. Sie gab sich Mühe, auch den Rest lesen zu können. Aber die Schrift war sehr klein, die Buchstaben eng aneinandergepresst. War das Studers Schrift? Hatten die Notizen Bedeutung? Oder waren es nur Gedanken, die beim Lesen eines Buches notiert worden waren?

Sie nahm den Knigge in die Hand und blätterte darin. Es befanden sich keine weiteren losen Blätter im Band. Sie legte das Buch beiseite und nahm andere Folianten. Sie wollte prüfen, ob sich auch in ihnen solche Zettel fanden. Aber jedes Buch, das sie untersuchte, war ohne Beilage. Brachte sie das nun weiter? Sie ging zum Schreibtisch und suchte nach Notizen, die Studer gemacht haben mochte – und wurde fündig. Ein Einkaufszettel lag zerknüllt im Papierkorb. Sie glättete das Papier und verglich die Handschrift darauf mit der auf dem Zettel. «Zwiebeln ...», las sie. Das «Z» in «Zwiebeln» glich dem «Z» in «Zensur» aufs Haar. Cecilia war sich sicher: Es war Studers Handschrift. Aber was fing sie damit an? Sollte sie wegen drei Worten, die sie mehr erraten als gelesen hatte, gleich eine Weltverschwörung in ihrem Hirn spinnen? Hatte sie andere konkrete Hinweise?

Ihre Phantasie wollte gerade einen neuen Illuminaten-Roman dichten, da überfiel sie wieder das Zittern. Über ihre Neugierde hatte sie vergessen, was der Kaplan gesagt hatte. Sie schwebte in Gefahr. Jemand war hinter einem Buch her. War es der Knigge gewesen? Warum hatte der Kaplan nicht in den Kartons nachgesehen und es plötzlich eilig gehabt zu verschwinden? Hatte er selbst Angst gehabt, dass jemand hier auftauchen würde, der ihm unangenehme Fragen stellen konnte?

Sie musste hier raus. Sie raffte sich auf, rannte aus der Wohnung, die Stiegen hinunter und aus dem Haus. Erst als sie in ihrem Wagen sass, schien sie wieder zu atmen. Sie steckte den Zündschlüssel ins Schloss und drehte ihn. Der Motor machte keinen Mucks.

«Scheisskiste!»

«Fluchen Sie nicht. Das hört der liebe Gott nicht gern. Vor allem, wenn er Schutzengel gesandt hat», sagte eine Stimme vom Rücksitz.

Cecilia schreckte herum und sah in Stahls Gesicht. Er hielt etwas Seltsames in Händen und streckte es ihr entgegen.

«Wissen Sie, was das ist? Sprengstoff. Der reicht, um zwei Wohnungen in die Luft zu jagen. Der klebte an Ihrem Anlasser.»

Cecilia schluckte. Wo war sie hineingeraten?

3

Palm haderte mit Stahls Absichten. Zwar wollte der Auftraggeber, der Palm kontaktiert hatte, ebenfalls, dass über den Tod von Studer Klarheit herrschte, aber Stahls Methoden waren Palm zu harsch. Es war das erste Mal, dass er so nah an Stahls Arbeit dran war. Ansonsten hatten sie sich entweder in Rom oder Frankfurt getroffen. Palm nannte ihm Ware und Zielort, und Stahl erledigte den Dienst. Palm hatte nie interessiert, wie es dabei zu- und herging. Diesmal hing er aber mit drin. Mehr als je zuvor. Und die Sache lief in Zürich über die Bühne. Das passte ihm nicht. Hier gab es zu viele Unbekannte, mit denen man sich anlegen musste. Und wofür? Für das, was Stahl «Wahrheit» nannte. Er sprach nicht von Millionen von Franken, sondern einfach von Wahrheit. Aber was war schon Wahrheit? Wahrheit war, was auf dem Bankkonto lag, alles andere war Geschwätz. Von Lippenbekenntnissen konnte keiner leben. Jedenfalls nicht in dem Stil, wie Palm es liebte. Das war kein Zynismus, sondern ein Fakt. Und Stahl wurde plötzlich sentimental. So kannte Palm ihn bislang nicht. Allein die Tatsache, dass Stahl sich freiwillig ins «Rothaus» begab, fand Palm unprofessionell. Aber Alfred hatte es so vorausgesagt. Sonst waren dem Dandy nur die teuersten Hotels gut genug, und jetzt hatte er sich mitten im Milieu einquartiert. Stahl blockte immer, wenn Palm ihn nach Persönlichem fragte. Was ging in Stahl vor? Palm kannte ihn zu wenig. Er musste in dieser Sache den anderen vertrauen. Aber kannten die Stahl tatsächlich so gut, dass er für sie berechenbar war?

Oder lag es an der hübschen Journalistin? *Journalistin*, etwas aufgeblasen für eine Schreiberin, die aus alten Juwelierdiebstählen Kurzkrimis zimmerte. Palm hatte sich erkundigt. Viel hatte er nicht erfahren. Im Grunde wusste er nur, dass Cecilia diese Krimis schrieb und Journalismus studierte. Und dass ihre Eltern vor fünfzehn Jahren bei einem Autounfall ums Leben gekommen waren. Auch ihr Vater war Journalist gewesen. Er hatte allerdings Krimis anderen Kalibers geschrieben. Manche munkelten, dass er einer Korruptionsgeschichte auf der Spur gewesen war, die einige Dogen aus Politik und Wirtschaft den Kopf gekostet hätte.

Die Polizei hatte ihm Volltrunkenheit am Steuer nachgewiesen. Der Beamte, der den Fall untersuchte damals, hiess Hürlimann. Dessen Karriere nahm danach mächtig an Fahrt auf. Palm reimte sich den Rest zusammen. Er wusste auch, dass Cecilia Fetz noch so gut schreiben mochte, sie trug ihren Stempel. Man würde ihr immer unterstellen, dass sie das Erbe ihres Vaters antreten wolle. Und der Medienmarkt war hart umkämpft. Kein Verleger wagte da ein unnötiges Risiko. Wäre dieser Makel nicht, Cecilia hätte bestimmt das Zeug, Karriere zu machen. Sie war klug und sah gut aus. So gut, dass Palm sie nicht in seiner Wohnung aufnehmen wollte; auch wenn sie über zwei Etagen ging und bald mehr Bäder als Zimmer besass. Er hatte keine Lust auf eine Mieze, die in knappen Höschen und losem T-Shirt barfuss über sein Parkett strich, während er sich Sorgen machen musste, dass Stahl auch so tickte, wie es Alfred vorausgesagt hatte.

Cecilia kam in einem übergrossen dunkelblauen Morgenmantel aus dem Bad. Um ihren Kopf hatte sie ein weisses Handtuch gewickelt. Ihre nackten Füsse hinterliessen feuchte Abdrücke auf dem Terrakotta.

«Gehört die Wohnung Ihnen?», fragte Cecilia sichtlich beeindruckt von Grösse und Design.

«Mieten würde sich nicht rentieren. Rentiert sich übrigens nie.»

«Rentiert sich Besitzen?»

«Bis zu einem gewissen Zeitpunkt schon. Rendite bezieht sich immer auf einen gewissen Zeitpunkt.»

«Und im Falle des Besitzens?»

«Der Tod. Wie immer.»

«Rentiert sich überhaupt etwas?»

«Wenn Sie einen Glauben haben, der den Zeitpunkt über den Tod hinaus verschiebt.»

«Glauben Sie etwa an Gott?»

«Sie sind innerhalb von vierundzwanzig Stunden die dritte Person, die mich das fragt. Allmählich beginne ich mir darüber Gedanken zu machen.»

«Sie mögen mich nicht, stimmt's?»

«Das hat nichts mit Ihnen zu tun. Ich habe lediglich einen anderen Fahrplan. Würde ich gerade Ferien machen, könnte ich mir kaum etwas Netteres vorstellen, als Sie halb nackt durch meine Wohnung hüpfen zu sehen.»

«Es war nicht meine Idee.»

«Sie haben sich aber auch nicht gerade mit Vehemenz dagegen gewehrt.»

«Wo ist er?»

«Unnötigen Ärger machen.»

Stahl war froh, dass er Palm zuvor allein zum Leichenmahl geschickt hatte und seinem Instinkt gefolgt war. Er hatte Cecilia auf dem Begräbnis gesehen, sie aber absichtlich nicht angesprochen. Dafür hatte er so getan, als würde er den Friedhof verlassen, und wartete, was sie als Nächstes tun würde. Weil Weiss so heftig auf den Verkauf von Albins Büchern an das Antiquariat reagiert hatte und Cecilia am Sonntag beim Einpacken der Bücher überfallen worden war, lag es nahe, dass er in dieser Richtung weiterzusuchen hatte. Er glaubte nicht an den Junkie als Täter. Die Nummer war ihm zu durchsichtig.

Er hatte Palms Wagen genommen und sich an Cecilia gehängt. Dass diese wiederum dem VW-Bus nachgejagt war, hatte dem Ganzen schon den Anstrich einer Verfolgungsjagd gegeben, wenn auch bei bescheidenen fünfzig Stundenkilometern; denn geblitzt wollte keiner werden. Vielleicht hatte der Kaplan deswegen das Tram genommen? Im Auto wäre er zu hastig gefahren. Oder besass Weiss gar keinen Führerschein? Stahl erinnerte sich nicht. Er dachte an die Sprengstoffbombe. Ein billiger Trick, aber er hatte ihr genügend Angst eingejagt, um sie davon zu überzeugen, dass sie bei Palm derzeit sicherer aufgehoben war. Ob es Palm nun passte oder nicht. Stahl wollte Cecilia aus der Schusslinie ziehen. Was sie ihm über Weiss und seine Suche nach dem unbekannten Buch erzählt hatte, beunruhigte ihn. Bücher waren seit jeher eine Gefahr für seinen Arbeitgeber. Es gab ganze Listen von Schriften, die noch immer auf dem Index der katholischen Kirche standen. Von manchen wusste die Öffentlichkeit gar nicht, dass es sie überhaupt gab. Da hatten die Inquisitoren so gute Arbeit geleistet, dass sie nur noch in geheimen Kammern des Vatikans schimmelten. Sollte es sich bei diesem Buch um eines davon handeln, könnten viele Lager daran interessiert sein, es in ihre Hände zu bekommen. Die einen, bei denen Stahl unter Vertrag stand, würden es bestimmt gerne wieder nach Hause holen, die anderen würden versuchen, über Erpressung Kapital daraus zu schlagen, und den dritten, den Wahrheitsfanatikern, würde es genügen, es an die Öffentlichkeit zu bringen. Alles gesetzt den Fall, es handelte sich um eines dieser Bücher.

Stahl wusste nicht einmal, wie diese Schinken hiessen. Er erinnerte sich, dass Albin eine Zeit lang in der Bibliothek gearbeitet hatte. In einige Kammern war Wasser getreten. Um die Bücher, die ohnehin schon kurz vor der Kompostierung standen, zu retten, waren sie unter hohen Sicherheitsvorkehrungen in sauerstoffarme Gemächer verfrachtet worden. Albin hatte damals die Aufsicht. Vielleicht hatte er bei dieser Gelegenheit einen der Folianten stibitzt und dachte, ihn sich nach der Pensionierung zu vergolden? Warum nicht? Wer im Vatikan arbeitete, wusste, wie weltlich es auch dort zuging.

Stahl hatte nur Vermutungen, keine Beweise. Er könnte Weiss auf die Zehen treten und ihn fragen, um was für ein Buch es sich handelte, auf das er so scharf war. Aber der Kaplan würde eher seine Zunge verschlucken, als ihm die Wahrheit zu erzählen. Es sei denn, Weiss würde ihn als Gardisten betrachten – als einen von ihnen. Er würde die Sektion aufsuchen, am Mittwoch, wenn sich der harte Kern im «Werdguet» traf.

Jetzt parkierte er Palms Wagen vor der Klinik am Zürichberg. Der Weisshaarige hatte gesagt, dass die Polizei den Junkie scharf bewachte und niemanden zu ihm liess. Stahl musste sich also etwas ausdenken, um an ihn ranzukommen. Ob der Kerl überhaupt fähig war, etwas Klares zu denken, geschweige denn mitzuteilen, war zu bezweifeln. Trotzdem wollte Stahl ihn sehen. Er sollte immerhin Albins Mörder sein.

Stahl ging über den langen Parkplatz auf das Gebäude zu. Hier oben konnte man sich erholen. Die Luft roch gut, der Blick über die Stadt suggerierte ein Gefühl von Freiheit und Macht.

Stahl erkannte zwei Polizisten in Zivil, die sich neben der Rezeption die Langeweile mit dem Blättern in Zeitschriften totschlugen. Als er eintrat, sahen sie kurz auf und versuchten ihre Neugierde zu überspielen, indem sie noch interessierter in die Zeitschriften stierten als zuvor.

«Dr. Palm. Ich bin der Zusatzanwalt, den die Familie Demenga angefordert hat, um ihren Schützling zu verteidigen. Kann ich mit Herrn Demenga sprechen?» Palm würde toben, wenn er wüsste, dass Stahl seinen Namen und Titel benutzte, um sich auf diese Weise Zutritt zum Verdächtigen zu schaffen. Um die Sache abzurunden, schob er eine von Palms Visitenkarten über den Tresen. Die Frau hinter der Rezeption wollte die Karte entgegennehmen, aber andere Finger waren schneller.

«Sie sind also Dr. Palm?», sagte der Mann mit der spitzen Nase und den eng zusammenliegenden grauen Augen. Seine Familie musste über Generationen zuhinterst in einem Tal gelebt haben. Die Inzucht stand ihm ins Gesicht geschrieben. Er sah nicht klug aus, aber seine wachen Äuglein schienen es zu sein. Sie sprangen von der Visitenkarte zu Stahl und wieder zurück. «Ich kenne jemand, der sieht aus wie Sie, heisst aber nicht Palm, sondern Stahl», sagte er.

Es half nichts, die Komödie weiterzuspielen. Der Blick, der aus dem asymmetrischen Gesicht des Gegenübers stach, schien nichts von Scherzen zu halten. Stahl begriff auch, dass man ihn hier bereits erwartet hatte. Wie konnte er so naiv sein? Natürlich hatte auch die Polizei Trauergäste aus Rom erwartet. Sie hatten Erkundigungen eingezogen und wussten, dass er hier war und sich im «Rothaus» einquartiert hatte. Ihm fiel der Mann an der Bushaltestelle ein. Er sah zu den beiden Polizisten, die noch immer in den Zeitschriften blätterten. Keiner der beiden ähnelte dem Kerl.

«Hürlimann. Kriminalpolizei Zürich.»

«Stahl. Offizier der Schweizergarde.»

«Und wer ist Palm?»

«Ein befreundeter Anwalt.»

«Was wollen Sie von Herrn Demenga?»

«Er ist der Mörder von Albin Studer. Ich wollte ihn fragen, warum er ihn getötet hat.»

«Warum wollen Sie das wissen?»

«Studer war mein Freund. Es interessiert mich, warum ein Freund plötzlich gehen muss. Ich glaube nicht an Zufälle.»

«Etwa an die Vorsehung?»

«An Ursache und Wirkung.»

«Seit wann gebrauchen die Gläubigen ihren Verstand?»

«Galilei ist schon lange her, die Kirche verbindet längst Wissenschaft mit Glauben. Sogar Einstein tat es.»

«Mir reichen Fakten», sagte Hürlimann.

«Und die wären?»

«Demenga ist tot. Vor zwei Stunden gestorben an einer Überdosis Heroin.»

Er streckte Stahl die Visitenkarte entgegen. «Grüssen Sie Herrn Palm, er braucht nun niemanden mehr zu verteidigen. Der Fall ist erledigt.»

Stahl nahm die Karte entgegen und steckte sie ein. «Aber wie kam er an das Heroin? Haben Sie ihn nicht bewacht? Ich komme nicht einmal an der Rezeption vorbei. Demenga ist hier auf Entzug und schafft es, sich eine Überdosis zu spritzen?»

Hürlimann verzog keine Miene. «Das hier ist ein Krankenhaus. Hier gibt es Medikamente und Drogen. Und wenn einer Drogen will, dann kriegt er sie.»

Stahl sah an Hürlimann vorbei. Die Sache begann immer mehr zu stinken.

«Lassen Sie die Finger von der Sache. Sie ist erledigt. Ersparen Sie sich die vergebene Liebesmüh und garantierten Ärger. Und grüssen Sie mir den Papst.»

Er gab den beiden Zivilen ein Zeichen und verliess mit ihnen das Krankenhaus. Stahl sah ihnen nach, noch immer die Visitenkarte Palms in den Fingern.

Palm war schon seit einer Stunde weg. Cecilia dachte gar nicht daran, sich hier in dem goldenen Käfig einsperren zu lassen. Sie hatte sich bloss auf das Spiel eingelassen, um nah an Stahl sein zu können. Er hatte sie zweimal gerettet. Und zweimal gab es keine Beweise, dass er nicht auch der Täter sein konnte. Eine Autobombe; das war spektakulär. Cecilia hatte keinen Schimmer, ob das Knetpäckchen, das ihr Stahl unter die Nase gehalten hatte, auch tatsächlich Sprengstoff gewesen war. Aus Panik, ebenfalls im Auto zu sterben wie ihre Eltern, hatte sie aber nichts Besseres gewusst, als auf Stahls Rettung zu vertrauen.

Sie drehte den Zündschlüssel des Golfs. Der Motor sprang an. Sie atmete durch und sah auf die Uhr neben dem Tachometer. Sie war spät dran. Hedwig würde meckern.

Über den Zeltweg und die Forchstrasse wäre der schnellere Weg zur Schulthess-Klinik; aber Cecilia entschied sich, am See entlangzufahren. Sie brauchte den Blick auf das Wasser, bildete sich ein, dadurch klare Gedanken zu gewinnen. Sie konnte sich gar nicht vorstellen, wie Menschen klar denken konnten, die keinen See oder Fluss in der Stadt hatten.

Am Utoquai badeten einige, die den Sommer noch nicht verloren gaben. Cecilia verspürte Lust, sie dabei zu unterstützen. Aber sie konnte Hedwig nicht länger warten lassen. Sie wusste, wie eilig Hedwig es hatte, aus dem Krankenhaus zu verschwinden.

Hinter ihr hupte einer. Die Ampel war längst auf Grün gesprungen. Cecilia hatte nur das Blau des Sees gesehen. Sie trat heftig aufs Gas und liess die Kupplung zu schnell los. Der Motor würgte ab. Erneutes Hupen. Stakkato. Cecilia zündete den Motor. Eine Fehlzündung knallte. Sie erschrak. Ein Kavalierstart brachte sie bei Orange über die Kreuzung. Der Wagen hinter ihr hatte wieder Rot. Er hupte wilder. Cecilia sah sein zorniges Gesicht im Rückspiegel und verschwand.

Die Fehlzündung erinnerte sie erneut an Stahl. Gerne würde sie ihm vertrauen, aber ihre innere Skepsis warnte sie. Stahl war der Dreh- und Angelpunkt der Geschichte. Wollte er wirklich nur die Wahrheit herausfinden, wie er behauptete? Oder steckte mehr dahinter? War auch er auf der Jagd nach dem Buch? Was für ein Buch? Welche Bedeutung konnte heute ein von der katholischen Kirche zensiertes Buch noch haben? Interessierte es heute noch ernsthaft jemanden, wenn einer Gott anzweifelte?

Cecilia glaubte nicht an das zensierte Buch. «Es geht nie um die Idee. Es geht immer darum, wie viel Kapital man aus einer Idee schlagen kann.» Das hatte Hedwig einmal gesagt, und Cecilia konnte sich noch gut an den Streit erinnern, den sie danach hatten. Sie hatte Hedwig eine zynische alte Vettel geschimpft, und Hedwig hatte ihr an den Kopf geworfen, dass sie eine naive, verwöhnte Göre sei, die noch an den Weihnachtsmann glaube, und erst einmal Wilhelm Busch richtig lesen solle, ehe sie sich an die Philosophen und Staatstheoretiker wage. Einen Monat hatten sie danach nicht mehr miteinander gesprochen. Cecilia war es in der Zeit schlecht gegangen. Die Funkstille war ihr wie zwei Jahre vorgekommen. Mit Hedwig im Clinch zu sein war furchtbar. Hedwig war mehr als eine Tante: Ersatzeltern, Mentorin, Gewissen und Kaffeesatzleserin. Eine Frau, die sich gegen die Männer durchgesetzt hatte und ihren Weg gegangen war, gegen den Druck ihrer Familie. Mit einem fahrenden Bücherstand hatte sie begonnen und sich nach und nach ihr gut florierendes Reich zwischen Dichtern und Denkern geschaffen. Dass sie nun eine künstliche Hüfte brauchte, selbst das schien sie nicht zu kümmern. Es war der Lauf der Welt, lachte sie und behauptete, dass auch Aristoteles seine besten Ideen erst gehabt habe, als er am Stock gegangen war.

Jetzt schob Hedwig einen Rollator vor sich her und wartete darauf, dass Cecilia ihr die Autotür öffnete.

«Mit der Kiste kannst du aber nicht mehr herumfahren. Die ist furchtbar. Eine Königin muss wie eine Königin aussehen», sagte sie.

«Sobald mir meine reiche Tante mein Erbe auszahlt, werde ich mir einen Jaguar mit zwei Tanks kaufen.»

«Warum brauchst du das Geld deiner Tante dazu? Bist doch selbst Frau genug.»

«Weil ich keine Geschäftsfrau bin, sondern Geschichten nachjage.»

«Mit der Karre fängst du höchstens den abgestandenen Tratsch von gestern.»

«Willst du zu Fuss gehen?»

«Auch ich habe Rädchen an meinem Gefährt. Pass auf, dass ich dich damit nicht überhole.»

Cecilia gewährte Hedwig das letzte Wort und öffnete die Beifahrertür. Hedwig zwängte sich unter leichtem Stöhnen in den Golf. Cecilia verstaute den Rollator im Kofferraum und stieg ebenfalls in das Auto. Ehe sie zündete, dachte sie wieder an den Sprengstoff, der ihr laut Stahl gestern am Anlasser geklebt haben sollte. Sie merkte, wie ihr Herz zu pochen begann, kleine Schweissperlen auf die Stirn traten. Sie drehte den Schlüssel. Der Motor sprang an. Ohne Explosion, ohne Fehlzündung. Erleichtert fuhr sie los.

«Hast du eine Zigarette?», fragte Hedwig.

«Wolltest du nicht gesünder leben?»

«Ich habe eine neue Hüfte, keinen Lungenschaden.»

«Im Handschuhfach.»

Hedwig versuchte das Handschuhfach zu öffnen. Vergebens. Cecilia beugte sich zur Beifahrerseite und klopfte zweimal fest auf die Konsole. Das Handschuhfach sprang auf und offenbarte zwischen zwei Strafzetteln und einer kaputten Sonnenbrille eine halb leere Zigarettenschachtel.

«Keine selbstgedrehten?»

«Ich rauche kein Hasch. Das weisst du.»

«Meinst du etwa, die Betäubungsmittel, die sie mir bei der Operation verpasst haben, sind harmloser?»

«Sie operieren dich ja nicht stündlich.»

Hedwig schlug die Klappe des Handschuhfachs energisch zu. «Auf die Giftstängel kann ich verzichten.»

Sie schwiegen, bis sie ins Niederdorf einfuhren.

«Ist Linus da?», fragte Hedwig.

«Ich weiss es nicht. Habe ihn seit drei Tagen nicht mehr gesehen.»

«Hat er dir nicht beim Ausräumen der Bücher geholfen?»

«Nein.»

«Ich werde ihn enterben und es dir gutschreiben.»

«Ich weiss.»

«Bist du sauer auf mich? Wegen der Zigis?»

«Quatsch.»

«Wegen des Geldes? Es wäre einfach dumm, das Geld jetzt aus dem Fonds zu ziehen. Das Geld muss arbeiten, sonst wird es mager. Der Franken ist wie ein Bauchmuskel. Man muss ihn ständig bewegen. Regel Nummer eins?»

«Kaufe einen Franken zu fünfzig Rappen.»

«Richtig. Und nur, wenn du das nicht nur herunterleierst wie eine abgedroschene Lateinregel, sondern auch beherzigst, wirst du einmal aus eigener Kraft einen Jaguar mit Doppeltank fahren dürfen.»

«Wir sind da.»

Cecilia stieg aus und holte den Rollator aus dem Kofferraum.

Hedwig wartete, bis ihr von Cecilia die Tür geöffnet wurde, und kämpfte sich mit ihrer Unterstützung aus dem Sitz.

«Bleibst du noch auf ein Glas?», fragte Hedwig.

«Eigentlich müsste ich noch mal in die Wohnung von Studer. Die Bücher sind noch immer dort.»

«Du hast recht. Nach dem, was du mir erzählt hast, wäre es besser, die Schätze einzufahren. Aber nimm Linus mit. Hast du versucht, ihn zu erreichen?»

«Er geht nicht ans Telefon.»

«Dann hat es ihn richtig erwischt. Den kannst du vergessen.»

«Richtig.»

«Und der Gardist? Kann der nicht anpacken?»

«Der verlangt bestimmt einen horrenden Stundensatz.»

«Dann musst du es doch allein machen. Tja, so ist das Leben.»

Sie hakte sich bei Cecilia unter und liess sich von ihr die Stufen hinauf bis in die Wohnung führen, die ans Antiquariat anschloss. Sie versuchte das Ächzen, das ihr bei jedem Schritt entschlüpfte, zu unterdrücken und sagte: «Der Schmerz macht einfach bissig. Schopenhauer muss ungeheure Schmerzen ertragen haben.»

Auf halber Höhe hielt sie inne und schnaufte. «Ein Gläschen? Die Bücher sind schon so alt, die können auch ein Stündchen länger warten.» Sie sah Cecilia mit ihren hellblauen Augen an und wartete scheinbar auf Antwort. Cecilia war aber klar, dass Hedwig nicht auf Antwort wartete, sondern bereits wusste, dass ihre Nichte auf den Wunsch eingehen würde. Diese Augen waren Hedwigs Trumpf. Sie hatte sie ihr ganzes Leben eingesetzt, um das zu bekommen, was sie wollte.

«Aber nur ein Glas. Wenn du einen Saufkumpan brauchst, musst du auf Linus warten.»

Sie stiegen den Rest der Treppe nach oben und verschwanden im Biedermeier.

Palm goss nach. Sein Kaffee konnte es mit jeder italienischen Bar aufnehmen. Er braute wie ein Weltmeister. Und wenn sich Stahl recht erinnerte, nahm Palm sogar an Kaffeemeisterschaften teil.

«Hast du eigentlich gewonnen, letztes Jahr?», fragte er, als er die Tasse an seine Lippen führte.

«Fünfter. Ein Liechtensteiner gewann den Titel», antwortete Palm gereizt. Stahl hörte den Unterton, konnte aber nicht einschätzen, ob Palm dem Liechtensteiner seinen Sieg missgönnte oder ob es etwas anderes war, das Palm nervte.

«Bist du in diesem Jahr wieder dabei?»

Palm zuckte mit den Schultern, Stahl nippte an der Tasse.

«Sehr gut. Ich weiss gar nicht, wie einer um fünf Plätze besser sein soll. Wie soll ein Kaffee denn noch schmecken?»

«Ich bin kein Kindermädchen», sagte Palm; endlich war es heraus.

«Ich mach dir auch keinen Vorwurf. Ich wollte nur, dass sie die Möglichkeit hat, sich aus der Schusslinie zu ziehen. Wenn sie selbst wieder auf das Schlachtfeld drängt, ist das ihre Sache.»

«Mir passt es aber auch nicht, dass sie sich hierher zurückziehen kann. Ich mache meine Geschäfte nicht nur im Büro. Manchmal liegen auch hier Papiere rum, die nicht für die ganze Welt bestimmt sind.»

«Kaffeerezepte? Verstehe. Das hätte der Liechtensteiner bestimmt auch nicht gerne, wenn einer bei ihm kiebitzte.»

Er rang Palm mit dem doppeldeutigen Witz ein schmales Lächeln ab. «Nur noch bis übermorgen. Dann war ich auf der Versammlung der Veteranen.»

«Was hat das damit zu tun?»

«Ich glaube, dass mir ein Besuch bei den alten Kameraden einen Überblick verschaffen wird, wie gefährlich die Lage für sie tatsächlich ist.»

«Der Kaplan?»

«Sie sagte, er hätte fast Schaum vor dem Mund gehabt, als er das ominöse Buch nicht finden konnte. Weiss hat nie auf eigene Rechnung gearbeitet. Er braucht immer Schäfchen, die ihm das Weltliche erledigen. Da unterscheidet er sich in Nichts von meinem Boss.» Er trank die Tasse aus und setzte sie auf dem kleinen Tisch ab, der zwischen Palm und ihm stand.

«Mit der Garde ist nicht zu spassen», sagte Palm.

«Ich weiss, sie haben nur die Besten in ihren Reihen.»

Palm verdrehte die Augen.

«Meinst du, sie stecken hinter dem Tod von Albin und Demenga?»

«Wenn sie glauben, dass der Junkie Albin getötet hat, könnte ich mir durchaus vorstellen, dass sie Demenga ins Jenseits befördert haben. Jemanden im weissen Kittel ins Krankenhaus zu schmuggeln ist für sie eine leichte Übung», sagte Stahl und streckte seine leere Tasse Palm entgegen. Palm nahm sie, stand auf und ging zu seiner verchromten Macchiavalley, um einen zweiten Espresso für Stahl zu brauen. Das Gerät schnurrte und schnorchelte.

«Und wenn es die Gardisten selbst waren, dann würde es Sinn machen, den Junkie zu töten, ehe der etwas erzählen könnte, was sich nicht reimen lässt.»

«Vielleicht hatte Demenga schon etwas gesagt? Wir müssten Hürlimann fragen. Wenn es jemand protokolliert hat, dann er», sagte Stahl.

«Hürlimann glaubt keinem Junkie, egal, was der behauptet. Er ist froh um jeden Einzelnen, der aus der Stadt verschwindet.»

«Und dabei sieht man ohnehin kaum mehr einen. Wenn ich mich da noch an die frühen Neunziger erinnere. Der Letten, die Kerzen an der Limmat. Über wie viele Halbtote ich da immer steigen musste, um in meine Wohnung zu kommen», sagte Stahl und nahm den Espresso entgegen.

«Warst du denn schon dort, seit du hier bist?», fragte Palm. «Immerhin hast du dich gleich um die Ecke einquartiert.»

Stahl inhalierte die Blume des Kaffees und schüttelte verneinend den Kopf. «Dorthin zieht mich nichts mehr.»

«Willst du nicht wissen, wie es ihm geht?»

«Uns verbindet nichts mehr. Beinahe hätte er mich so weit gehabt, dass ich bei ihm eingestiegen wäre. Albin hat mich davor bewahrt.»

«Er ist dein Vater.»

«Der Kaffee schmeckt bitter», sagte Stahl und stellte die Tasse auf den Tisch. «Du tust gerade so, als ob ihr euch kennen würdet. Läuft da was zwischen euch?»

«Er hat herausgefunden, wer ich bin, und mich in der ‹Kronenhalle› angesprochen. Er würde sich freuen, wenn er dich mal treffen könnte.»

«Er hat herausgefunden, wer du bist? Ich frage mich, wie du all deine anderen Geschäfte abwickelst, wenn mein Alter schon herauskriegen kann, wer du bist und wo du dich aufhältst. Vermutlich hast du recht. Es ist keine gute Idee, Cecilia hier unterzubringen. Da kann ich sie ja gleich in ein Schaufenster stellen.»

«Besuch ihn. Es wird dir dann besser gehen», sagte Palm.

«Er ist ein dreckiger, verkommener Dealer, der unzählige Seelen auf dem Gewissen hat.»

«Er hat dafür gesessen.»

«Meinen besten Jugendfreund hat er an die Nadel gebracht. Aus Rache, weil ich nicht in sein Geschäft einsteigen wollte. Wir sind quitt.»

«Er wird nicht mehr lange leben. Leberkrebs.»

«Für mich ist er schon lange tot.» Sie schwiegen. «Und meinen eigentlichen Vater habe ich heute beerdigt», sagte Stahl.

Hedwig wollte nachschenken, aber Cecilia hielt die Hand aufs Glas. «Ich sagte: eins.»

Hedwig seufzte und goss sich selbst ein. «Du musst das Geniessen auch lernen. Man wirft uns Schweizern immer vor, wir würden nur schaffen und könnten nicht geniessen. Sei du kein Beispiel für dieses Klischee. Dazu bist du zu hübsch. Die Bigotten sind hässlich.»

«Ist das nicht auch ein Klischee?»

«Na und? Wenn es stimmt, ist es kein Klischee, sondern die Wahrheit. Zum Wohl.» Hedwig trank und schmeckte den Tropfen ab, als wäre es das erste Glas. Dann kniff sie die Augen zusammen und sah Cecilia eindringlich an.

«Du bleibst bei diesem Anwalt wohnen. Spiel noch verscheuchter, das weckt den Beschützerinstinkt und macht die Männer unvorsichtig.»

«Aber Palm ist nicht der, um den es geht. Ich muss an Stahl dranbleiben. Ich bin mir sicher, er weiss, wo das Buch sein könnte.»

«Bist du hinter dem Buch her oder hinter der Story?»

«Das Buch gibt die Story.»

«Das bleibt zu überdenken.»

«Wie meinst du das?»

«Ob die Story so viel Wert ist wie das Buch.»

«Wenn das Buch wertvoll ist, ist es die Story auch.»

«Wenn du die Geschichte aber nicht bringst, dann wirst du mit einem Schlag reich und kannst dich selbst verlegen.»

«Aber es geht doch nicht nur um Geld im Leben.»

«Worum denn?»

«Um Werte: Wahrheit zum Beispiel.»

«Aha. Und warum spielst du dem Gardisten dann so eine Komödie vor?»

«Ich habe ihm nichts vorgespielt. Es war seine Idee, dass ich besser bei dem Anwalt wohnen sollte, bis die Angelegenheit sich geklärt hätte.»

«Aber du hast ihm nicht gesagt, dass dir seine Idee ganz gelegen kommt, weil du einen Braten riechst.»

«Schweigen heisst nicht lügen.»

«Jetzt wird es aber philosophisch. Und politisch.» Hedwig trank und hielt ihren Blick weiterhin auf Cecilia gerichtet.

«Ich gehe jetzt», sagte Cecilia und stemmte sich aus dem Sessel.

«Willst du nicht versuchen, Linus zu erreichen?», fragte Hedwig.

«Und was soll ich ihm sagen, falls er abnimmt? Dass er mir beim Schleppen helfen soll? Oder dass er dir hilft, den Wein zu leeren?»

«Du kannst vielleicht eine Nudel sein.»

Cecilia schwieg und nahm ihre Jacke.

«Tut mir leid, Ceci. Aber ich glaube, ich bin nur so kriegslustig, weil ich mich nicht mehr richtig bewegen kann. Was glaubst du, wie gerne ich selbst in dieser Geschichte schnüffeln würde. Ich bin neidisch, das ist alles. Pass auf dich auf.» Sie goss sich nach und sah zu Cecilia auf, die ihr einen warmen Blick schenkte.

«Guck nicht so. Ich bin keine Säuferin. Ich trink das Zeug nur aus, bevor Linus kommt.» Sie lachte und trank.

Cecilia drückte Hedwig einen Kuss auf die Wange und ging.

4

Der feine Kies spritzte unter der Landung der Kugel zur Seite. Das Klacken von Metall hallte nach.

«Der war nicht schlecht, Josef», sagte der Weisshaarige und spuckte auf seine Kugel, die er mit einem Tuch nachputzte. Dann nahm er Mass, ging in die Knie und warf die Kugel in Richtung der anderen beiden. Sie schoss knapp an der besser Platzierten vorbei und landete weit weg von der kleinen Roten, in deren Nähe sie eigentlich hätte zu liegen kommen sollen.

«Konrad, wenn ich dir einen Rat geben darf …», sagte der kleine Dicke, lachte und verstummte, während der Weisshaarige seine dritte Kugel konzentriert mit dem Lappen bearbeitete.

«Schadensbegrenzung», sagte Konrad. Dann schwieg er und starrte mindestens zwanzig Sekunden auf das Spielfeld, ehe er wieder in die Knie sank und zum Wurf ausholte. Diesmal schoss er aber nicht, sondern zog die Kugel in einem hohen Bogen gen Himmel, dass sie wie ein Apfel vom Baum zu fallen schien und knapp zwischen Josefs und der kleinen Roten zu liegen kam.

Ein Pfiff der Anerkennung entglitt Josefs Lippen. Konrad sagte nichts, sondern wartete, wie Josef reagieren würde. Der Dicke hatte noch zwei Kugeln. Er könnte kaum besser platzieren. Konrad lag zu nahe an der Roten. Aber Josef war ein begnadeter Schütze. Er hatte noch zwei Kugeln. Mit der ersten könnte er sowohl die eigene als auch Konrads wegputzen, mit der zweiten dann platzieren und mit einem Punkt das Spiel für sich verbuchen.

Es kam, wie Konrad befürchtete. Mit einem Blitz fegte Josef beide Kugeln aus dem Feld. Jetzt schickte er sich an, die letzte zu setzen. Reine Formsache. Aber beim Rückschwung des Arms verzog er die Kugel unverhofft, sie schlidderte an der Roten vorbei und rollte auf eine kleine Senke zu, die es zu meiden galt. Wenn es die Kugel noch schaffte, vorher zu bremsen, hatte Josef dennoch gewonnen. Konrad blickte gespannt auf die rollende Kugel. Josef hingegen hatte längst einen anderen Punkt gefunden, den er fixierte.

«Sie hatten schon gewonnen, ehe Sie geschossen hatten», sagte Stahl. «Das dürfen Sie nie tun. Fühlen Sie sich niemals Ihres Sieges gewiss, ehe Sie ihn nicht tatsächlich errungen haben. Die Vorfreude ist tückisch.»

Konrad bemerkte Stahl erst jetzt und konnte sich über seinen Sieg nicht mehr so freuen, wie er es gern getan hätte.

«Was wollen Sie?», fragte Josef.

«Ihnen ein paar Fragen stellen.»

«Das haben Sie doch beim Begräbnis schon», sagte Konrad und putzte eine seiner Kugeln, die er für die nächste Runde bereits eingesammelt hatte.

«Da lebte der Junkie auch noch. Und da waren Sie noch nicht in Albins Wohnung gewesen», sagte Stahl. «Was wollten Sie dort?»

Bei Josef bildeten sich Schweissperlen auf der Stirn. Ihm fiel keine Antwort ein. Konrad sprang ein. «Die Boule-Kugeln von Albin holen. Wir dachten, es wäre ein hübsches Andenken.»

«Und? Haben Sie die Kugeln geholt?» Stahl richtete die Frage bewusst an Josef. Der sah hilfesuchend zu Konrad. Konrad wollte etwas sagen, da zerschnitt eine andere Stimme die Luft.

«Ja, wir haben sie. Hier.» Es war Regine. Sie stand unter einer Kastanie, deren Laub sich bereits verfärbte. «Er hatte sie mir versprochen. Ich wollte davon nie etwas wissen. Aber er sagte: ‹Wenn mir etwas zustösst, dann sind es deine.› Ein sehr kostbares Geschenk.»

Es war ein bizarres Bild. Das Gegenlicht reduzierte Regine zu einer Silhouette mit scharfen Konturen. In beiden Händen hielt sie ein Holzköfferchen, als wollte sie auf Reisen gehen; mit zwölf Kugeln im Gepäck.

«Kommen Sie, spielen Sie eine Partie mit uns. Gönnen Sie uns unsere Art des Gedenkens», sagte Regine und hielt ihm eines der Holzköfferchen entgegen. Er erkannte am eingebrannten Wappen des Vatikans, dass es Albins Kugeln waren. Albin und er hatten oft gespielt. Zwischen der Kaserne und der Vatikanbank gab es einen kleinen Kiesweg. An lauen Sommerabenden verbrachten sie manchmal Stunden, sich beim Zielen zu messen. Es war immer mehr als nur ein Spiel gewesen. «Die Reichen spielen Golf, um dabei Geschäfte zu machen, die Klugen Boule, um das Wesen der Welt zu verstehen», hatte Albin gesagt.

Er nahm das Köfferchen, legte es auf die Parkbank, auf der sich bereits die Taschen von Josef und Konrad befanden, und öffnete das Kistchen. Albins Kugeln glänzten matt. Nur mehr verwaschen und abgeschossen konnte man die beiden Petri-Schlüssel, die auf den Kugeln eingraviert waren, erkennen.

Regine nahm sich die Kugeln mit den Rauten. «Das waren immer meine. Albin spielte mit den glatten.»

«Ich weiss», sagte Stahl mehr zu sich und griff nach den glatten.

«Auf elf?», fragte Regine in die Runde.

«Auf elf», antwortete Konrad, und Josef nickte.

«Sie müssen eine weglegen. Beim Duo spielt bei uns jeder nur mit zwei.»

«Ach so? Ich muss Ihnen etwas gestehen. Ich habe noch nie im Team gespielt. Ich bin ein chronischer Solist.»

«Das dachte ich mir. Dann lassen Sie sich mal überraschen, welche Vorzüge ein Duo haben kann», sagte Regine, warf die Rote und platzierte ihre Kugel so dicht, dass Josef seine ganze Konzentration aufbringen musste, wollte er sie wegputzen.

Cecilia merkte mit jedem Schritt, den sie die Treppen hinaufstieg, wie weich ihr die Knie wurden. Es war waghalsig, wieder allein in die Wohnung von Studer zu gehen. Aber Linus war unauffindbar, von Stahl hatte sie keine Handynummer, und Palm wollte sie nicht sagen, was sie gerade trieb. Sie traute ihm nicht.

Im ersten Stock öffnete sich eine Tür. Zwei angetrunkene Krawattenträger torkelten, untergehakt von drei Animiermädchen, über den Flur. Die Mädchen kicherten. Sie hatten bestimmt etwas eingeworfen. Wie sollten sie ihren Dienst am Mann sonst aushalten.

Cecilia ging einen Schritt zur Seite und liess die fünf an sich vorbei. Eines der Mädchen zog einen Schlüssel und öffnete die Tür, die auf der gleichen Ebene des Stockwerks gegenüber der Wohnung lag, aus der die Gruppe gerade gekommen war. Aus dem Dunkel pochten dumpfe Bässe. Die Wohnung lag direkt über der «Mephisto-Bar». Vermutlich besass sie einen Durchbruch nach unten, sodass man von der Theke direkt nach oben verschwinden konnte. Und wenn es eng wurde, wich man auf das andere Appartement aus. Heute mochte es so sein. Erneut kamen zwei Pärchen über den Flur. Sie beachteten Cecilia nicht, sondern verschwanden direkt im Dunkel der Bässe. Dann schloss sich die Tür, die Bässe verstummten, auf dem Flur roch es nach Kohl.

Cecilia stieg nach oben und hielt inne, ehe sie sich daranmachte, die Tür von Studers Wohnung zu öffnen. Dann lauschte sie. Es war nichts zu hören. Langsam trat sie ein und stutzte. Die Kartons samt den Büchern waren verschwunden.

Es war Stahls letzte Kugel. Regine wurde von Josef bereits zweimal weggefegt. Konrad lag mit seinen beiden Kugeln am nächsten an der Roten. Es stand zehn zu neun für Regine und Stahl. Würde Stahl verfehlen, hätten die beiden anderen mit elf zu zehn gewonnen. Platzierte er selbst die Kugel, gehörte der Sieg ihm und Regine.

Ja, es war tatsächlich etwas anderes, ob man allein spielte oder im Team. Wäre Stahl jetzt allein, er würde Kopf und Kragen riskieren und zum Finale ansetzen. Er würde versuchen, die Rote wegzufegen und die eigene gleichzeitig dicht dahinter zu halten. Ohne Angst, dabei zu verlieren. Aber die Augen Regines hielten ihn davon ab. Er spürte, dass er stellvertretend für Albin diese Partie spielte. Vielleicht war es albern. Stahl glaubte zu wissen, dass Regine ihn testen wollte. Sie wollte wissen, ob er Albins würdig war. Sie wusste etwas, das ihr Albin anvertraut hatte. Nun stellte sie Stahl auf die Probe. Konnte er sein Temperament zügeln? Würde er auf ein Unentschieden gehen, um im nächsten Spiel die Entscheidung zu suchen? Albin hätte vermutlich so gehandelt: einfach eine Kugel von Konrad wegschiessen und die Gegner einen Punkt heranrücken lassen.

Stahl wollte es genauso halten. Er schwang den Arm durch und zielte auf Konrads Kugel. Im letzten Moment zuckte er jedoch herum, änderte seine Absicht und schleuderte die Kugel knapp über Konrads hinweg. So fegte er die Rote aus der Mitte und sah gebannt, wie seine Kugel der kleinen Roten folgte und sich auf eine Handlänge näherte.

Niemand sagte etwas. Allen war klar, was da eben passiert war. Und Stahl hätte sich am liebsten geohrfeigt. Es war ihm nicht gelungen, sich zu verstellen, sich anzupassen, im Team zu arbeiten. Er hatte gewinnen wollen. Mit einem Meisterschuss. Und der war ihm gelungen. Das Spiel hatte er gewonnen, Regines Vertrauen nicht.

Es war nur ein Spiel. Aber Spiele offenbarten den Charakter. Und es nutzte nichts, dass man dies wusste, wenn man nicht dagegen anging. Grosse Spieler waren imstande, sich auf Situationen einzustellen. Sie beherrschten das Spiel. Stahl wollte immer gewinnen, um jeden Preis. Das beherrschte ihn. Den Moment seines Triumphes konnte er nicht geniessen, weil er wusste, dass er gerade das Vertrauen Regines, das es eigentlich zu gewinnen galt, verspielt hatte.

Die Stille wurde durch einen artigen Applaus der Mitspieler gebrochen. Es war ein schaler Beifall. Stahl schluckte ihn hinunter.

Die drei anderen sammelten die Kugeln ein, putzten sie und verstauten sie in ihren Taschen und den beiden Köfferchen. Regine ging auf Stahl zu und streckte ihm das Kistchen mit Albins Kugeln entgegen. «Albin wollte, dass Sie die Kugeln kriegen. Und Sie verdienen sie auch», sagte sie, ohne einen Hauch von Wärme.

«Hätte er auch geschossen?», fragte Stahl.

«Das wissen Sie genau. Ich habe gesehen, dass Sie erst nicht schiessen wollten. Aber keiner kann wider seine Natur.»

«Haben Sie mir sonst noch etwas zu sagen? Von Albin? Vielleicht über ein Buch?»

«Vielleicht wäre mir noch etwas eingefallen. Aber Sie haben die Erinnerung weggeschossen.»

«Es gibt immer noch eine Partie.»

«Für Albin war das die letzte.» Sie drehte sich zu den beiden anderen um und nickte ihnen zu. Grusslos verliessen sie den Platz. Stahl sah ihnen nach und bemerkte erst jetzt, dass es bereits dunkel geworden war.

«Ich werde mich darum kümmern. Machen Sie sich keine Sorgen», sagte Palm in sein iPhone und legte es auf den grossen Schreibtisch. Er lehnte sich im Drehstuhl zurück und knabberte an einem Bleistift. Das alles passte ihm nicht in den Kram. Jetzt rief auch noch der Vatikan an und wollte wissen, warum Stahl den verdienten Gardisten Studer nicht in Frieden ruhen liesse. Dass der Heilige Stuhl sich nicht direkt an Stahl gewandt hatte, beunruhigte Palm zusätzlich. Man nahm an, dass er einen besonderen Einfluss auf Stahl hätte. Darüber konnte er nur lachen. Stahl war ein sturer Bock. Das konnte eine Stärke sein, wenn man ihn für sich eingespannt hatte, aber eine Qual, wenn er plötzlich eigene Wege ging.

Es konnte dem Vatikan nicht recht sein, dass ihr bester Agent in

Zürich Staub aufwirbelte. Palm musste mit Hürlimann reden. Der Polizist hatte sich in Rom gemeldet und sich über Stahls Auftreten in der Klinik irritiert gezeigt. Ein Wink mit dem Zaunpfahl, gleichzeitig aber auch ein Hinweis, dass im Falle Albin Studer tatsächlich etwas faul war. Palm sass in der Zwickmühle. Auf der einen Seite der Auftraggeber, der wollte, dass sich Stahl dezent um die Angelegenheit Studer kümmerte, auf der anderen Seite der Vatikan, der keinen Wirbel wollte. Und dann war da noch Alfred, dem er aus anderen Gründen verpflichtet war. Palm wollte von allen profitieren. Trotzdem musste er Stahl in der Wahl der Mittel bremsen, wollte er verhindern, dass dessen Kapriolen Schatten auf die Geschäftsbeziehungen zwischen Palm und dem Vatikan warfen. Der Heilige Stuhl war ein ausgezeichneter Geschäftspartner. Palm wollte es sich mit ihm auf keinen Fall verscherzen. Er hatte bereits 2009 ein unglückliches Bild abgegeben, als er mit Ex-Gardist und Waffen-Lobbyist Sägemaier die versprochenen zweihundert «Smart Guns» nicht an die Schweizergarde verschenken konnte. Der grosse Deal mit der Nationalarmee war geplatzt, die Werbegeschenke für den Vatikan somit ebenfalls. Es hatte ein Jahr gedauert, bis er wieder mit den Römern ins Geschäft gekommen war. Seither lief es wie geschmiert. Jetzt aber drohte Stahl die Beziehung zu strapazieren.

Der Schlüssel drehte sich in der Wohnungstür. Palm wusste nicht, ob seine neue Mitbewohnerin einen vom Brett genommen hatte, als sie die Wohnung verlassen hatte. Er stand hinter seinem Schreibtisch auf und ging aus dem Arbeitszimmer, um nachzusehen, ob sie es war. Fehlanzeige. Dafür grinste ihn Stahl an.

«Du solltest ein besseres Schloss haben», sagte er. «Das hier knackt dir jede Oma mit der Stricknadel.»

«Hättest gerne auch läuten können.»

«Hättest du geöffnet?»

«Ich glaube kaum.»

«Was ist passiert? Warum so reserviert? Ist der Kaffee teurer geworden?» Er sah sich um. «Wo ist sie?»

«Bin ich ihr Kindermädchen? Ich weiss es nicht. Sie ist weg. Bummeln vielleicht. Oder Detektiv spielen und Hürlimann dabei auf die Zehen treten wie ihr grosser Freund.»

«Rede klar. Was ist los?»

«Freunde aus Rom haben angerufen und mich gebeten, dir auszurichten, dass wir Albins Seele tunlichst gen Himmel fahren lassen sollen.»

Stahl biss sich auf die Lippen und dachte nach.

«Hat Hürlimann in Rom angerufen? Oder Weiss?», fragte er.

«Hürlimann. Aber wer, spielt keine Rolle. Wichtiger ist für mich, dass Rom *hier* angerufen hat, verstehst du, was ich meine?»

«Du hast recht. Egal, wer gepetzt hat – es beweist nur, dass wir auf der richtigen Spur sind. Albin wurde nicht von Demenga wegen ein paar Kröten für Stoff erschlagen. Er musste wegen etwas anderem sterben. Ausserdem war Albin ein Profi. An den schleicht sich ein Junkie nicht einfach heran, um ihm dann in aller Seelenruhe eins verpassen zu können. Er musste seinen Mörder gekannt haben. Vielleicht hatte er sogar eine Partie Boule mit ihm gespielt, und dabei ein Geschäft besprochen.»

«Um was für ein Geschäft ging es dabei? Ist es vielleicht eines, von dem wir beide und der Rest der Welt besser nichts wissen sollten? Eines, für das sogar der scharfe Hürlimann einen falschen Täter riskiert?» Palms Stimme überschlug sich. Er rang nach Atem und löste seinen obersten Hemdknopf.

«Eines, das mich zu interessieren beginnt. Und dich könnte es auch interessieren. Weil es dabei bestimmt um viel Geld geht», sagte Stahl.

«Ich kann auch mal auf Geld verzichten, wenn ich dadurch ruhiger schlafen kann.»

«Seit wann hast du Gewissensbisse?»

«Das hat nichts mit meinem Gewissen zu tun. Ich habe einfach Angst.»

«Schon seltsam, was? Solange Leute wie Albin oder ich für dich an die Front gehen, ist es ein ganz normales Geschäft. Wenn sich aber die Grenzen von Südafrika oder Mexiko in dein Wohnzimmer verschieben, wird dasselbe Geschäft plötzlich heiss.»

Palm schwieg. Was sollte er auch sagen? Er hatte keine Lust, abzustreiten, dass er die Schusslinie gerne mied. Na und? Es musste auch Köpfe geben, nicht nur Draufgänger. Er operierte gut aus der Distanz. Der Blick blieb klarer, objektiver und weiter. Und man konnte rasch ins nächste Flugzeug steigen, um sich in die friedliche, neutrale Heimat zurückzuziehen. Jetzt aber schien sein Frieden in

Gefahr. Ausserdem war er in diesem Fall längst mehr involviert, als er Stahl gegenüber offen zugeben durfte.

«Ich war Boule spielen.»

«Und? Gewonnen?»

«Ist noch offen.» Er stellte den Koffer mit den Boule-Kugeln auf Palms Schreibtisch.

«Sind das seine?»

Stahl nickte. «Regine hat sie mir gegeben. Albin hätte ihr gesagt, dass ich sie kriegen soll, falls ihm etwas zustossen sollte.»

«Hat sie das wirklich so gesagt? *Zustossen sollte?*»

«Nein. Ich erinnere mich nicht mehr genau. Ist doch auch egal. Jedenfalls hat er mit ihr über mich gesprochen und gewollt, dass ich die Kugeln im Falle seines Todes bekomme.»

«Und jetzt? Bist du emotional noch mehr befangen. Roger, da will dich doch nur jemand für sich einspannen.»

«Wenn du das sagst. Wie man das macht, weisst du schliesslich am besten.»

Palm überhörte die Spitze. Er war es gewohnt, dass Typen wie Stahl ihre Zynismen über ihn ergossen; aber was wären sie ohne ihn. Dumpfe Krieger, die verarmt und desillusioniert von der Sozialhilfe lebten. Palm kannte genügend von ihnen. Ehemalige Elitesoldaten, Legionäre und Gardisten, die ihren Kopf auf den Schlachtfeldern der Welt riskiert hatten. Erst hatte man sie mit Blechorden geehrt, dann, als sie verbraucht waren, noch nicht einmal mehr mit dem Arsch angeschaut. Stahl würde es auch so gehen, wenn er in die Jahre käme. Noch war er einer der Besten, im richtigen Alter: im Saft, aber bereits mit Erfahrung. Noch zehn Jahre blieben ihm, um sich den Lebensabend zu versilbern – wenn er sich nicht dumm anstellte. Und er war gerade dabei, sich besonders dumm anzustellen. Das stand ausser Zweifel. Er war zu laut. Und er wollte sich nicht in die Richtung drängen lassen, in der ihn Palm gerne hätte.

«Lass uns einen Kaffee trinken und alles in Ruhe durchgehen», sagte Palm und legte Stahl die Hand auf die Schulter. «Oder hast du Hunger? Soll ich eine Pizza bestellen?»

Stahl öffnete den Koffer mit den Kugeln und nahm eine davon heraus. Er starrte auf das eingravierte Vatikansiegel. «Du glaubst, dass es mit mir auch einmal so enden wird, hab ich recht?»

«Was nimmst du? Margherita? Oder Al Mare?»

«Egal.» Er legte die Kugel wieder zurück und schloss den Koffer. «Ich werde nicht so enden. Das verspreche ich dir. Ich höre früher auf und habe mein Heu im Trockenen.»

«In den Rennweg 5. Klingel 12», sagte Palm in sein iPhone. «Einmal Funghi und einmal Margherita. Und vier Dosen Hürlimann.» Er legte das Handy beiseite und kam wieder zu Stahl.

«Wenn du dich an meinen Finanzierungsplan hältst, bist du in drei Jahren frei. Dann kannst du dir nicht nur das Weingut in Bergerac kaufen, sondern bis an dein Lebensende dort auch in Frieden Boule spielen.»

«Ich werde aber keinen Frieden haben, solange ich nicht weiss, wer Albin umgebracht hat – und aus welchem Grund.»

«Ich wollte es nur gesagt haben.» Kurzes Schweigen.

«Meinetwegen bleib dran. Es steckt vermutlich tatsächlich ein Batzen in der Sache. Aber mach es so, dass sich Rom nicht mehr bei mir meldet.»

Weiss dachte wieder an die Katakomben Roms, während er Günther stumm anzeigte, wo er die Kartons hinstellen sollte. Heller war es dort hinten auch nicht.

Seit drei Jahren lebte er schon in diesem finsteren Souterrain. Aber mehr konnte er sich nicht leisten. Sicher, er hätte in irgendeinem Kloster unterkommen können. Aber er hatte die Schnauze voll von der Geistlichkeit. Die Robe hatte er innerlich schon lange abgelegt. Und äusserlich zog er sie nur noch zu bestimmten Anlässen an: bei den Veteranen oder wenn er irgendwo den Schein der Heiligkeit erwecken wollte. Ansonsten waren seine Zeiten als Diener Jesu vorbei.

«Wie viele sind es noch?», fragte er Günther.

«Noch zwei.»

«Beeil dich. Ich hab noch zu tun.»

Günther verliess das Kellerloch und stieg die Treppen hoch. Weiss öffnete einen der Kartons. Er kannte den Geruch, der ihm entgegenschwappte, nur zu gut. Fünfunddreissig Jahre hatte er in Rom verbracht. Sehr viel Zeit davon in den Bibliotheken des Vatikans. Er wusste nicht, ob er heulen oder würgen sollte. Was war falsch gelaufen? Warum hatte er nicht wie andere Karriere gemacht?

Netzwerke aufgebaut? Er könnte jetzt in grosszügigen Eigentumswohnungen in Rom, Paris, London und New York residieren. Stattdessen verdarb er sich die Augen, weil er sogar tagsüber hier unten elektrisches Licht anschalten musste.

Er nahm einen Schinken aus dem Karton und las den Titel. Schon beim Namen «Augustinus» warf er das Buch wieder zurück. Sollte er wirklich alle diese Bücher durchforsten, um das zu finden, wonach er suchte? Aber wonach suchte er? Er wusste nur, dass Albin etwas Grosses vorhatte. Beim letzten Veteranentreffen hatte er im Suff damit geprahlt, dass er bald in Geld schwimmen würde. Er war sehr böse geworden, als ihn die anderen ausgelacht hatten. Keine zwei Wochen später hatte ihn jemand mit der Boule-Kugel erschlagen. Niemand von den Veteranen glaubte die Geschichte mit dem Junkie. Dafür hatten sie den alten Haudegen zu gut gekannt. Albin hätte sogar besoffen drei Demengas zum Frühstück verputzt. Es musste also etwas anderes dahinterstecken. Und wenn Roger Stahl auch noch in der Nähe war und herumschnüffelte, konnte es gar keinen Zweifel geben, dass es hier um einen Batzen ging.

Warum hatte Albin die Bücher dem Antiquariat vermacht, obwohl er sie bereits an die Sektion der Veteranen verscherbelt hatte? Es musste etwas mit den Büchern zu tun haben. In einem dieser Bücher musste etwas sein, was besonders wertvoll war. Oder war es doch ein einzelnes Buch? Er hatte die Kleine aus dem Antiquariat mit der Frage überraschen wollen. Auf gut Glück. Aber der Bluff hatte ins Leere gestochen. Jedenfalls hatte sie nicht auf seine Frage reagiert. Vielleicht hatte sie auch nur gut gespielt? Dann musste sie aber verdammt gut gespielt haben. Denn Weiss machte so leicht niemand etwas vor. Immerhin hatte er sein Leben lang verlogenen Seelen die Beichte abgenommen. Da wusste man Lügen von Halbwahrheiten zu unterscheiden.

Günther kam mit den letzten beiden Kartons herein und stellte sie zu den übrigen. Der Kaplan drückte ihm eine Fünfziger-Note in die Hand. Aber Günther lehnte ab. «Das kann ich nicht nehmen.»

«Nimm's für deine Kinder», sagte Weiss, und seine Stimme bekam etwas Salbendes.

«Die haben genug. Merci, Vater.» Günther streckte Weiss die Note entgegen. Weiss rührte sie nicht an. Günther legte die fünfzig Franken auf den weissen Küchentisch. Der Kaplan schwieg.

«Aber eine winzige Bitte hätte ich», sagte Günther und zog ein Foto aus seinem Portemonnaie. Er hielt es Weiss unter die Nase. «Meine Familie. Vorne links ist meine älteste Tochter mit ihrem Sohn. Der ist eins und hat den grünen Star. Die Ärzte sagen, er werde blind.»

Der Kaplan nickte, sagte aber nichts.

«Könnten Sie das Foto segnen? Er ist doch noch so klein und hilflos.»

Der Kaplan lächelte milde und segnete das Foto. Günther stand das Wasser in den Augen. Er steckte das Foto wieder ins Portemonnaie zurück, verbeugte sich vor Weiss und verschwand aus dem Souterrain.

Weiss nahm die fünfzig Franken vom Küchentisch, faltete die Note und schob sie in die Gesässtasche. Er öffnete das Fenster. Das Gras war nicht gemäht und trug die nächtliche Feuchtigkeit in den Keller. Weiss atmete die klamme Luft ein und hustete gereizt. Das Loch hier würde ihn umbringen. Er musste hinter Albins Geheimnis kommen, wollte er noch eine Chance haben. Auf Gottes Segen allein durfte er nicht vertrauen.

«Wir sind nicht ihr Kindermädchen», sagte Palm. «Wir haben ihr die Möglichkeit gegeben, sich aus der Sache rauszuhalten. Wenn sie das nicht will, ist es ihre Sache.»

Stahl antwortete nicht. Er las gerade die Informationen über Cecilia, die er über seinen Dienst angefordert hatte. Viel war es nicht, was da in den Netzarchiven zu finden war. Jedenfalls nichts, was ihm darüber Aufschluss geben konnte, inwieweit sie vielleicht doch mehr in der Sache stecken könnte, als er bislang angenommen hatte. Nicht einmal bei Facebook war sie zu finden.

«Lass sie einfach, und wir widmen uns unserem Rohstoffhändler.»

Stahl klappte den Laptop zu und sah Palm an. «Rohstoffhändler», wiederholte Stahl langsam, als würde dieses Wort des Rätsels Lösung sein. «Hatte Albin auch Botengänge für Glenn gemacht?»

«Ab und zu. Aber nur Kleinigkeiten. Nicht in deinem Stil. Die Grossen hat er nie zu Gesicht bekommen.»

«Aber er war in Zug?»

«Zwei-, dreimal. Glaubst du etwa –?»

«Warum nicht. Wir wissen doch, wie die Welt hinter der Fassade tickt. Die richtigen Informationen sind für die Händler der teuerste Rohstoff an der Börse. Und noch teurer können Informationen sein, die man besser mit ins Grab nimmt.»

«Albin wird doch nicht so naiv gewesen sein, Glenn zu erpressen», sagte Palm und verdrehte die Augen, um die Absurdität des Gedankens zu unterstreichen.

«Warum nicht?», fragte Stahl.

«Weil er gar nicht weiss, wer tatsächlich hinter den verspiegelten Büros des Konzerns steht.»

«Ging Glenn nicht kürzlich an die Börse? Ich glaube, eine Aktie ging mit sechs Euro aufs Parkett. Dann ist sie eingebrochen. Glenn hat mit dem Börsengang immerhin acht Milliarden Cash generiert.»

«Und? Das ist etwas ganz Normales. Glenn braucht Bares, um weiter zu expandieren. Ohne Cash geht im Rohstoffhandel gar nichts. Mit den internen Aktionären hätten sie den nächsten Schritt nicht geschafft.»

«Was ist der nächste Schritt?»

«Mehr Gewinn zu machen.»

«Aber wie?»

«Weiss ich das? Sitze ich bei Glenn im Vorstand?»

«Vielleicht wusste Albin, welche Gesichter sich hinter der Glaswand treffen?»

«Blödsinn. Glenn ist mindestens so schalldicht wie der Vatikan. Und nicht nur das. Wenn du verfolgt hast, wie die in den letzten vierzig Jahren operiert und expandiert haben, erinnert auch das an deinen Arbeitgeber.»

«Wie viel Umsatz machen sie im Jahr?»

«Hundertfünfzig Milliarden Euro.»

Stahl pfiff durch die Zähne.

«Glaube mir, Albin hätte sich nie daran gewagt, den Konzern zu melken.»

«Warum nicht? Ein Promille vom Umsatz – wen würde das kratzen?»

«Es geht dabei ums Prinzip. Das weisst du. Ein Unternehmen, das sich erpressen lässt, ist bereits tot. Albin wäre niemals so dumm gewesen.»

«Das glaube ich eben auch. Albin hat sich abgesichert. Das Buch. Weiss fragte Cecilia nach einem Buch. Es könnte auch ein Bilanzbuch sein.»

«Das ist sehr spekulativ.»

«Mindestens so spekulativ wie die Annahme, es könnte ein Illuminaten-Schinken sein, der auf dem Index des Vatikans steht.»

«Dann überlassen wir die ganze Sache doch einfach Hürlimann und den Leuten, die mehr wissen.»

Stahl sah Palm scharf an. «Ich dachte, du wolltest Geld verdienen.»

«Nicht, wenn du Glenn aufs Korn nimmst. Er ist ein guter Kunde.»

«Albin war mein Freund. Ich will wissen, was wirklich passiert ist. Kapierst du das endlich?» Stahl war laut geworden.

Palm schluckte. Er wusste, dass es keinen Sinn hatte, Stahl die Sache auszureden. Gleichzeitig fand er, dass er seine Rolle gut spielte. Stahl hatte angebissen, er lag emotional bereits wund. Alfred hatte ihn richtig eingeschätzt.

«Und was machen wir mit der Kleinen?», fragte Palm.

«Sie ist Journalistin. Wir streuen ihr unauffällig ein paar Vermutungen und gucken, wie sie reagiert. Wenn sie sauber ist, springt sie darauf an. Sollte sie doppelt spielen, kriegen wir das raus.»

«Verstehe ich nicht. Was hast du vor?»

«Ich stosse ihre Nase auf Glenn. Ein gefundenes Fressen für jeden Journalisten. Mindestens so heiss wie unsere Firma.»

«Du bist verrückt. Glenn ist einer unserer besten Partner.»

«Deswegen soll ja auch sie den Stosstrupp machen.»

«Aus dir werde ich nicht schlau. Gehörst du nun zu den Guten oder zu den Bösen?»

«Zu den Pragmatischen. Du vergisst, für wen ich arbeite.»

«Für den Papst.»

«Nein, ich meinte dich.»

Palm verzog keine Miene. Er sah auf seine Breitling. «Es ist nach Mitternacht. Sie ist immer noch nicht hier. Wenn ihr etwas zugestossen ist, dann kannst du deinen Plan ändern.» Er blickte Stahl provokant in die Augen und dachte an Alfred. Er würde ihn anrufen und ihm sagen, dass alles nach Plan lief.

«Wir müssen das anzeigen», sagte Hedwig und brach den Filter der Gauloises ab. Dann erst steckte sie sich die Zigarette in den Mund und zündete sie mit dem schweren silbernen Tischfeuerzeug an. Sie paffte, als würde sie eine Zigarre anrauchen, dann fingerte sie sich kleine Tabakfussel von der Lippe und nahm einen Schluck Rotwein.

Cecilia verfolgte abwesend eine Fliege, die sich nicht darauf einigen konnte, ob sie nun die Deckenleuchte oder die Stehlampe als Sonne anerkennen sollte. Der Wasserhahn tropfte. Sie stand vom Tisch auf und drehte mit Hilfe eines Lappens am Hahn, bis der Tropfen versiegte.

«Das bringt doch nichts», sagte Cecilia. «Die Polizei wagt sich niemals an die Schweizergarde. Das ist tabu. Das tangiert zu viele Seilschaften.»

«Gerade deshalb sollten wir es machen. Das Wespennest ein wenig mit dem Stock schlagen, verstehst du?»

Cecilia sah wieder der Fliege nach. Jetzt flog sie um die Stehlampe und versuchte unter dem Stoff an die Glühbirne zu gelangen.

«Zu gefährlich. Die machen uns mit einem Stich kalt. Je weniger wir uns offiziell darum scheren, umso grösser ist die Chance, dass wir hinter das Geheimnis kommen.»

«Dann haben wir überhaupt keine Chance. Der Kleine hat nur mit dem Druck der Öffentlichkeit die Möglichkeit, gegen die Grossen anzutreten. Als Einzelkämpfer im Verborgenen wird er entweder geschluckt oder gekauft.» Hedwig fuchtelte mit der Zigarette, als würde sie damit ihre These in den Raum schreiben.

«Seit wann hast du etwas gegen Kaufen?», fragte Cecilia und schenkte sich einen Schluck Wein nach. Hedwig blies eine Rauchwolke gegen die Decke und rückte mit der anderen Hand ihre Brille zurecht. «Willst du etwa mit denen ins Geschäft kommen?», fragte sie. Dann lachte sie laut und zeigte dabei ihre grossen Backenzähne, aus denen das Gold blitzte. «Nicht schlecht. Nicht schlecht. Noch keinen geraden Artikel geschrieben und schon korrupt. Kommst doch nach mir.»

«Nicht ganz, Tantchen. Der Handel ist nur eine Falle. Sobald sie angebissen haben und ich Beweise in der Hand habe, lasse ich sie alle hochgehen.»

Hedwig gefror das Lachen. Verärgert drückte sie ihre Kippe im gläsernen Aschenbecher aus. «Du bist noch blöder als dein Vater! Hätte er sich damals nicht so weit aus dem Fenster gelehnt, könnte er sich jetzt selbst um seine bockige Tochter kümmern.»

«Das war kein Mord. Es war ein Unfall. Und das weisst du», sagte Cecilia. «Ich habe alle Unterlagen eingesehen. Für mich ist die Sache erledigt.»

«Ist sie eben nicht. Tief in dir drin glaubst du noch immer, dass man sie umgebracht hat. Sonst wärst du jetzt vernünftiger.»

Cecilia hielt sich am Weinglas fest und sah in das dunkle Rot. Sie wollte nicht an das Blut denken, das über die toten Gesichter ihrer Eltern gelaufen war. Aber diese Erinnerungen hatten sich in ihr Hirn gefressen. Da half kein psychologischer Lappen, sie zu putzen. Warum hatte Cecilia nicht mit ihnen sterben dürfen? Warum hatte sie das Schicksal beim Überschlagen des Wagens aus der Heckscheibe auf die Wiese katapultiert und nicht ebenso wie ihre Eltern samt dem Mercedes um die Kastanie gewickelt? Das Leben war ein Würfelspiel. Sie fürchtete den Tod nicht. Er war vielleicht die Erlösung von dem Gefühl der ewigen Schuld.

«Es war ein Unfall», sagte sie und trank. Es knisterte unter dem Lampenschirm. Die Fliege hatte ihre Sonne gefunden.

5

Hürlimann tat es leid um den toten Fuchs. Er hatte keine Ahnung, warum man ihn neben Weiss gelegt hatte. Hatte Weiss sich für zu schlau gehalten? Hatte man ihm deswegen die Kehle durchgeschnitten? Was suchten diese verdammten Bücher hier? Hürlimann hatte sie doch schon in Studers Wohnung gesehen. Allmählich hatte er von dieser Angelegenheit genug. Studers Tod konnte er noch mit dem Junkie klein halten. Der Tod Demengas war ebenfalls nach aussen einfach zu erklären. Aber das hier war kaum mehr zu übertünchen. Das war eine Hinrichtung. Ein Fuchs. Warum ein Fuchs?

Hürlimann musste hier unten raus. Er hasste Kellerlöcher.

«Braucht ihr noch lange?», fragte er die Kollegen der Spurensicherung.

«Wenn wir jedes einzelne Buch durchblättern, kann es sich nur um Jahre handeln.»

Hürlimann fand keinen Spass am Humor des Kollegen. Er stieg die Treppen hoch und atmete den Duft des sonnigen Septembermorgens tief ein.

Aus der Distanz betrachtete er die Asiatin, die bei Weiss putzte und ihn gefunden hatte. Der Kollege nahm gerade das Protokoll auf. Hürlimann mochte keine Asiaten. Noch weniger die, die den Schweizern die Arbeit stahlen. Aber so war es nun mal. Er würde jedenfalls nicht mit ihr reden. Die Reinschrift des Kollegen würde ihm reichen. Er fühlte sich hier fehl am Platz. Er hatte einen Fall, den es gar nicht geben durfte. Diese Geschichte platzte auf wie eine Bratwurst, die zu lange auf dem Grill gelegen hatte.

Man würde ihn wieder anrufen. Von oberer Stelle. Ein Vorgesetzter, der von einem anderen Vorgesetzten dringend gewarnt worden war. Hürlimann hatte sich gefälligst etwas auszudenken, um den Fall ja nicht nach dem aussehen zu lassen, was er tatsächlich war: ein Mordfall, in den der Vatikan verwickelt war. Nicht nur der Vatikan, auch die Schweizergarde – und somit auch die Schweiz. Und das in Zeiten, in denen das Bankgeheimnis wackelte, über die Rolle der Neutralität lauter nachgedacht wurde und Asiaten wie Pilze aus dem Boden schossen.

«Der Fuchs war tollwütig, hatte den Kaplan angefallen und war kurz darauf selbst verreckt», sagte Hürlimann halblaut vor sich hin und wünschte, dass er damit wenigstens ansatzweise durchkäme.

«Chef», sagte ein Mann in weissem Overall. «Die Bücher sollten eigentlich ins Antiquariat Fetz ins Niederdorf. Jedenfalls haben wir die Adresse auf den Kartons gefunden.»

«Sonst noch was?»

«Zwei Visitenkarten in der Brieftasche des Toten.» Er streckte sie Hürlimann entgegen. Er nahm sie und las. «Albin Studer, Engelstrasse 88.» Diese konnte er vergessen. Dafür konnte er die andere vielleicht gebrauchen: «Roger Stahl. Diplomat.» Keine Adresse, aber eine Handynummer. Er wählte und wartete. Er dachte nicht daran, auf die Combox zu sprechen. Das tat er nie. Er würde es später wieder versuchen.

«Ihr solltet bei einem Umzugsunternehmen anheuern», rief Hürlimann einem der Spurensicherer zu, der zum wiederholten Male einen Karton mit Büchern aus dem Souterrain schleppte und in einen Transporter lud. Als er wieder an Hürlimann vorbeikam, blieb er stehen. «Sollen wir wirklich auf allen Seiten nach Spuren suchen?», fragte er.

«Nein. Macht nur das Gröbste.»

Der Spurensicherer nickte und ging wieder seiner Arbeit nach. Hürlimann sah auf sein Handy und wiederholte den Anruf bei Stahl.

Stahl genoss die kalte Dusche nach seinem morgendlichen Training. Er atmete rasch und stiess einen kurzen Schrei aus. Er drehte das Wasser ab und stieg aus der Kabine. Die Handtücher waren ihm ein My zu flauschig. Er mochte das Frotteetuch, wenn es auf der Haut kratzte. Ein Blick in den Spiegel verriet ihm, dass er gestern zu lange bei Palm gewesen war, und dass er zu viel getrunken hatte. Es war der Whisky gewesen, der plötzlich auf dem Tisch stand. Vermutlich hatten auch die Zigarren Schuld, dass Stahls Gesicht trotz kalter Dusche noch nicht so frisch wirkte, wie er es sich wünschte. Fünfunddreissig war noch kein Alter, aber wie Ende zwanzig fühlte er sich eben auch nicht mehr. Ihm fehlte der Schlaf, und er trank mehr als früher. Das zeigte Wirkung. Immerhin absolvierte er noch täglich sein Training. Obwohl er immer öfter den inneren Schweinehund überwinden musste, um es durchzuziehen. Würde er nicht in diesen verdammten Spiegel gucken, er hätte sich frisch gefühlt. Aber die Tränensäcke unter seinen grünbraunen Augen sprachen deutlich: Er musste allmählich behutsamer mit sich umgehen. Das Draufgängertum der letzten zehn Jahre sollte er besser gegen Besonnenheit tauschen. Er schnitt seinem Spiegelbild eine Grimasse. Es tat es ihm gleich. Die Nassrasur würde ihn verjüngen.

Er hörte das Klingeln seines Handys, das er auf dem Nachttisch abgelegt hatte, und verschob die Rasur. Ein Blick auf das Display verriet, dass er zwei Anrufe verpasst hatte. Die Nummern waren unterdrückt, die Combox leer. Es war kurz nach zehn Uhr. Zum Frühstück im Hotel würde es ihm wohl nicht mehr reichen. Er wählte die Nummer des Antiquariats. Sie war besetzt.

Stahl ging ins Bad zurück und rasierte sich, während er darüber nachdachte, wo Cecilia steckte. Zu Palm war sie gestern Nacht nicht zurückgekommen. Deswegen hatte er selbst dort so lange ausgeharrt und sich vom Winkeladvokaten abfüllen lassen. Sie hatte wohl keine Lust, Personenschutz anzunehmen. Ihre Sache. Trotzdem wollte Stahl gerne wissen, wo sie gerade war und was sie trieb. Abgesehen davon, dass er sie attraktiv fand, brauchte er zu wissen, welches Spiel sie spielte.

Die Klinge war stumpf und kratzte die Stoppeln mehr von der Wange, als dass sie schnitt. Rasieren war eine Schur. Er wusch sich den Restschaum aus dem Gesicht und trocknete sich ab. Jetzt tat das flauschige Handtuch ganz wohl. Er entschied sich für das Aftershave Balsam mit Lavendel. Es war nicht zu süss, durchaus noch männlich. Er rieb sich auch die Augenlider damit ein und glaubte zu erkennen, dass sich das Wasser aus den Tränensäcken bereits etwas verflüchtigt hatte.

«Heilige Eitelkeit», sagte er zu sich. «Demut, De-mut!»

Das Handy klingelte. Er sah, dass es Palm war, und nahm ab.

«Ja? Oh … ich sagte doch, dass da mehr dahintersteckt. Soll ich zu dir kommen? … Fleissig, fleissig … Gut, ich komme dorthin.»

Es klopfte an der Tür. Stahl legte auf, wickelte sich das Handtuch um die Hüften und öffnete.

Regula lächelte ihn an, ein Tablett mit Gipfeli, Ei, Schinken, Melone und Kaffee in den Händen.

«Wie im ‹Schweizerhof›, oder?»

«Das ist aber nicht nötig.» Stahl machte ihr den Weg frei. Sie trat ein.

«Kostet dafür Zuschlag.» Sie stellte das Tablett auf der langen Tischplatte ab, die das Zimmer an der Stirnwand säumte.

«Das habe ich aber nicht bestellt.»

«Hast du im Leben schon mal bekommen, was du bestellt hast? Für dich hat das Füllhorn doch immer im Überfluss ausgeschüttet.» Sie sah ihn herausfordernd an. Er grinste und dachte kurz an die Vertrautheit aus alten Zeiten. Regula schien es ähnlich zu gehen. Sie hielt einen Moment seinem Blick stand, schwenkte ihn auf Stahls Brusthaar und kniff die Augen zusammen. «Sehe ich dort etwa das erste Grau?»

Stahl sah an sich herunter auf die Brust. Regulas Finger durchkämmten den dichten Wald. Unter Stahls Handtuch regte sich sein Schwanz und drückte gegen das Frottee.

«Hier. Hier ist es. Siehst du?» Regula zog an einem grauen langen Haar, bis es spannte. Sie sah Stahl in die Augen. «Du bist echt noch gut in Form», sagte sie, und Stahl konnte es nicht erwarten, bis sie ihm endlich das Handtuch von den Hüften riss. Und sie riss. Aber nicht am Handtuch, sondern an dem grauen langen Brusthaar. Stahl jaulte auf. Regula lachte laut. «Bis später.»

Stahl grummelte und sah ihr nach. Dann stibitzte er sich ein Stück Melone vom Tablett und war froh, dass es nicht dazu gekommen war.

Hürlimann fühlte sich unwohl in der «Kronenhalle». Das Parkett war ihm hier zu öffentlich. Er zog Quartier-Cafés vor. Aber Palm bestand darauf, dass sie sich hier trafen; vermutlich hatte er später einen anderen wichtigen Termin um die Ecke. Sie nippten beide wortkarg an ihrer Schale und warteten, bis Stahl endlich auftauchte.

«Guten Morgen, die Herren», sagte Stahl, als er dem unterschiedlichen Paar gegenübertrat. Keiner der beiden erwiderte den Gruss. Während Hürlimann durch die schmalen Lippen flüsterte, verzog Palm seinen Mund nur zu einem formalen Lächeln.

«Eine Schale und ein Gipfeli», sagte er zur Kellnerin, die gerade vorbeihuschte. Er wandte sich den beiden Männern zu.

«Und? Wie heisst der Junkie, der den Kaplan auf dem Gewissen hat?» Er wusste, dass es besser wäre, sich diese Frage zu verkneifen, aber er konnte nicht anders.

«Wollen wir zusammenarbeiten oder um die Wette schreien, wer der Beste ist?» Hürlimann bewegte kaum die Lippen.

«Zusammenarbeit ist immer gut», sagte Stahl. «Aber arbeiten wir auch für dieselbe Seite?»

«Gibt es noch Seiten? Ich dachte, die wären mit der Mauer längst gefallen.»

«Wir leben noch immer hinter Mauern.»

«Der Vatikan?»

«Die Schweiz.»

«Können wir das lassen?», fuhr Palm dazwischen und versuchte die beiden Gockel zu bändigen.

Stahls Blick wanderte von Palm zu Hürlimann und wieder zurück. «Ihr seid euch also einig?», sagte er schliesslich. «Ich soll die Sache ruhen lassen. Gut. Dann will ich aber von euch wissen, wer euch beiden Druck macht.»

Palm und Hürlimann sahen sich an. Keiner schien erpicht darauf, seine Lobbyisten bekannt zu geben.

«Interessensgruppen», sagte Palm endlich.

«Und bei Ihnen?», wandte sich Stahl an Hürlimann. «Sie stehen doch unter Druck, wenn die Presse plötzlich von drei Morden spricht, die in einer Linie stehen.»

«Drei? Ich sehe nur zwei», sagte Hürlimann mit gedämpfter Stimme. Es war ihm sichtlich unangenehm, hier über die Angelegenheit zu verhandeln. Die Kellnerin brachte Stahl die Schale und das Gipfeli. Stahl wartete, bis sie weg war, und nahm den Faden wieder auf. «Demenga.»

«Der Junkie hat sich selbst eine Überdosis gegeben. Der Staatsanwalt sieht den Selbstmord als Eingeständnis.»

«Und Demengas Geist hat nun den Kaplan getötet? Oder hat Weiss sich am Ende auch selbst umgebracht?»

«Hör auf mit der Polemik», sagte Palm ungewöhnlich laut.

«Erst, wenn ihr beide mir Namen nennt.»

«Geht nicht. Ist gegen die Spielregeln. Das weisst du.»

«Und wozu treffen wir uns hier?»

Palm sah zu Hürlimann. Dem war anzusehen, dass er etwas zu

sagen hatte, das ihm schwerfiel. «Wir wollen, dass Sie den Fall Weiss für uns lösen. Uns sind da die Hände gebunden.»

Stahl traute seinen Ohren nicht. Er bröselte beim Abbeissen Krumen des Gipfelis auf sein Jackett und wischte sie mit dem Handrücken vom Revers. Dann trank er in aller Ruhe einen Schluck Kaffee.

«Allerdings ohne in der Öffentlichkeit den Mord an Studer anders darzustellen, als wir es bereits getan haben.»

«Vatikan oder Big Player aus der Wirtschaft?», fragte Stahl und achtete auf jede Regung, die er in Hürlimanns Gesicht lesen konnte. Der Polizist verriet sich in nichts. Nicht einmal ein spöttisches Kneifen um die Augenwinkel entfuhr ihm, aus dem Stahl hätte lesen können, dass er völlig falschlag. Von Palm würde er nichts erfahren, der lebte von Verschwiegenheit.

«Welche Hinweise haben Sie bereits zum Mord am Kaplan?», fragte Stahl. Es machte keinen Sinn, den Provokateur zu geben. Wenn er selbst weiterkommen wollte, musste er jetzt in das Spiel einsteigen.

«Aufgeschlitzte Kehle und ein toter Fuchs», antwortete Hürlimann.

«Ein toter Fuchs?»

«Wissen Sie, was das bedeuten könnte?»

«So bestraft man einen Verräter, der sich für besonders schlau gehalten hat», sagte Stahl.

«Ich dachte, denen schneidet man die Zunge raus?», sagte Palm.

«Es ist eine katholische Metapher für den Verrat. Sie stammt aus dem Mittelalter. Rotes Haar galt als Symbol des Bösen. Judas stellte man oft rothaarig dar. Und diese negative Symbolik hatte man dann auf den Fuchs übertragen. Übrigens auch auf das Eichhörnchen.»

Stahl warf sich den Rest des Gipfelis in den Mund und spülte mit der Schale nach. «Sonst noch was?»

«Studers Bücher haben wir bei Weiss gefunden. Wohin soll ich sie schicken? Zu Ihnen?» Er meinte Palm.

«Was sollen sie bei mir? Ich lese nicht.»

«Schicken Sie die Bücher doch ins Antiquariat. Albin hat sie der Händlerin vermacht. Und wer weiss, vielleicht lag sogar Absicht darin, dass die Bücher dort landen? Ich bin mir noch immer nicht sicher, ob das Antiquariat in der Sache nicht tiefer drinsteckt. Wir sollten die beiden Frauen im Auge behalten. Und die Bücher sind ein guter Grund, um näher in Kontakt zu treten.»

«Wie wollen Sie erklären, dass Sie die Bücher haben? Niemand darf wissen, dass sie beim Kaplan waren», sagte Hürlimann.

«Da wird mir etwas einfallen.»

«Bringen Sie die Bücher selbst dorthin?»

«Gute Idee. Ich sehe schon, wir werden ein Super-Team abgeben. Vielleicht arbeiten wir ja bald öfters zusammen? Auch im Ausland. Palm kann da sicher etwas arrangieren.» Stahl wischte sich mit einer Papierserviette den Mund, stand auf und verliess die «Kronenhalle».

Cecilia kam nicht weiter. Alles, was sie im Internet über verbotene Bücher finden konnte, wucherte umgehend zu Weltverschwörung und Geheimbünden. Das war ihr nicht fundiert genug. Phantastische Spinnerei. Sie klappte ihren Laptop zu und lehnte sich zurück. Sie würde wieder bei Palm einziehen müssen, wenn sie an Stahl und der Story dranbleiben wollte.

Das Bimmeln an der Tür im Verkaufsraum des Antiquariats zwang sie aufzustehen. Hedwig war mit Linus nach Brig gefahren, um einen Nachlass zu begutachten. Deswegen musste Cecilia heute Morgen den Laden hüten.

Der Mann, der den Raum betreten hatte, lachte nicht oft. Seine Lippen zeichneten einen dünnen Strich und spannten sich nach unten. Die zwei Furchen, die sich parallel aus den Mundwinkeln neben dem harten Kinn eingruben, schienen auf ewig festgezurrt.

Er nickte unmerklich und sah sich im Laden um.

«Suchen Sie was Bestimmtes?», fragte Cecilia.

Der Mann antwortete nicht, sondern steuerte auf das Regal zu, in dem die Bücher zum Thema Theologie und Kirche standen. Seine Augen glitten rasch über die Buchrücken. Er schien aber nicht fündig zu werden. Cecilia erschrak, als er sich ruckartig zu ihr drehte und sie anfauchte. «Stehen Sie nicht so nah hinter mir. Das macht mich nervös.»

«Entschuldigung. Ich dachte, ich könnte Ihnen behilflich sein.»

Der Mann musterte Cecilia misstrauisch. «Sie sind noch jung. Sehr jung. Zu jung für ein Antiquariat. Sie können noch gar nichts gelesen haben, was von Bedeutung wäre. Dazu braucht es Zeit. Jahre. Ich bin fast siebzig und habe viel gelesen, sehr viel. Aber die wichtigen Bücher, die wirklich wichtigen, aus denen man wahre Erkenntnis schöpft, die suche ich noch immer. Und Sie glauben, Sie könnten mir helfen?»

«Manchmal hilft sogar ein schlichter Kalenderspruch zur Erkenntnis. Man muss ihn nur verstehen», antwortete Cecilia, und es machte ihr überhaupt nichts aus, dass ihr Unterton mehr als schnippisch klang. Sie beobachtete die Mundwinkel des Fremden und überlegte, ob die sich noch weiter nach unten biegen konnten. Jedenfalls reagierten sie nicht auf Cecilias Provokation.

«Über den Vatikan haben Sie nichts?»

«Historisches? Politisches? Aktuelles?»

«Insiderwissen.»

Der Mann war nahe an Cecilia herangetreten. Sie roch die Mischung eines billigen Parfüms mit Altersschweiss. Seine Augen waren einst blau gewesen, lagen jetzt aber in einem milchigen Wasser und versuchten, scharf zu blitzen. Cecilia ging automatisch einen Schritt zurück. Der Mann setzte nach. In der rechten Tasche seines Trenchcoats zeichnete sich der Lauf einer Pistole ab, deren Mündung in Richtung Cecilias Bauch wies.

«Wo ist es?»

«Ich weiss nicht, wovon Sie sprechen.» Cecilia starrte auf die Ausbuchtung in der Manteltasche.

«Das Buch mit den sieben Siegeln.»

«Johannes? Wir haben einige Evangelien hier.» Was redete sie?

«Studers Evangelium.»

«Was?»

«Sein Buch. Seine Aufzeichnungen. Her damit. Sie müssen sie haben. Wir scherzen nicht. Uns linkt niemand. Wir haben keine Angst vor dem Sterben, wir sind längst tot. Aber es geht ums Erbe. Die Idee muss weiterleben. Die einzige Möglichkeit, die Zeit zu besiegen. Der Vatikan weiss das schon lange. Das ist mit dem Jenseits gemeint. Das Leben nach jeder Generation, die weiterlebende Idee. Und Ideen brauchen Geld und Struktur. Ansonsten bleiben es Träume, oder sie versinken im Schlund der Geschichte. Also, her damit.»

Während er gesprochen hatte, hatte er Cecilia durch das Labyrinth der Regale gedrängt. Jetzt stand sie mit dem Rücken an einer

Bücherwand und suchte nach passenden Worten, die ihr eine Chance gaben, heil aus der Situation herauszukommen. Es fiel ihr nichts ein.

Sie hatte nur Angst. Sie schluckte, der Mund gab keinen Speichel. Sie wollte denken, hörte aber nur das Pochen ihrer Schläfen. Kein Gedanke, keine Rettung.

Der Mann fuhr herum. Er schien etwas gehört zu haben.

«Hallo? Ist da jemand?», rief eine weibliche Stimme.

Der Fremde drehte sich zu Cecilia. «Ich komme wieder. Und dann will ich es haben.» Er huschte durch die Regalreihen davon. Das Bimmeln an der Tür verriet, dass er nach draussen verschwunden war.

«Hallo? Keiner da?», rief es erneut.

Cecilia löste sich schwer atmend vom Regal und ging langsamen Schrittes zur Ladenmitte. Ihre Knie waren noch ganz weich. Sie musste sich kurz an einem Regal festhalten. Dann sammelte sie sich und ging auf die Frau zu, die sie sogleich wiedererkannte. Es war die Frau aus der Dreiergruppe, mit der Stahl auf Studers Begräbnis gesprochen hatte. Die Gräfin. Sie lächelte.

«Ich bin eine Freundin von Albin Studer», sagte die Frau. «Albin hat Ihnen seine Bücher vermacht. Es sind einige darunter, für die ich mich interessiere. Er hatte sie mir schenken wollen, aber ich wollte sie lieber kaufen. Ich wusste, dass Albin kein Geld hatte, aber er war zu stolz, um Geld anzunehmen. Er dachte, ich kaufe die Bücher nur, um ihm ein Almosen zu geben. Aber sie interessieren mich wirklich.»

«Tut mir leid. Wir haben die Bücher nicht. Sie wurden gestohlen.»

Die Frau wurde fahl unter ihrem zarten Make-up. «Was? Von wem? Ich meine …»

«Keine Ahnung. Ich wollte sie gestern Abend holen, da waren sie schon weg.»

«Das ist ja furchtbar. Wer tut denn so etwas?»

«Wer erschlägt jemanden mit einer Boule-Kugel? Ist das nicht die dringendere Frage?»

«Junkies machen alles, die können nicht anders», sagte die Gräfin fast nebenbei. Tatsächlich wälzte sie andere Gedanken.

«Sie konnten keinen einzigen Karton retten? Nicht einen?»

«Nicht einen, tut mir leid. Für uns ein Riesenverlust. Wir hatten Studer schon bezahlt.»

«Verstehe. Das tut mir leid für Sie. Tja, da kann man nichts machen.» Sie nickte Cecilia zu, den Kopf immer noch irgendwo anders, und verliess das Geschäft.

Cecilia musste sich erst einmal setzen. Sie wusste, dass Hedwig es nicht mochte, wenn man im Laden rauchte; obwohl der Gestank von Hedwigs täglichem Tabakkonsum kalt aus dem Hinterzimmer hereinschwappte. Aber heute kümmerte Cecilia sich nicht darum. Sie suchte auf dem überladenen Schreibtisch einen Aschenbecher und steckte sich dann eine Zigarette an. Was war das eben gewesen? Ihre Hand zitterte selbst noch nach dem dritten Zug. Sie inhalierte tief und schreckte sich fast zu Tode, als es zum dritten Mal bimmelte. «Wenn der Hahn drei Mal kräht», schoss es ihr durch den Kopf. Wie sollte man nicht an die Bibel denken, bei all der Thematik.

Der Mann war weder miss- noch frohgelaunt. Er tat einfach seine Arbeit. «Ich habe ein paar Kartons abzugeben», sagte er. «Antiquariat Fetz, richtig?»

Cecilia nickte.

«Sind Sie Frau Fetz?»

«Ja.»

«Dann brauche ich hier eine Unterschrift von Ihnen.»

Er streckte ihr ein Papier hin. Cecilia nahm einen Kugelschreiber aus dem Glas, das neben dem Aschenbecher stand, und bestätigte den Empfang der Bücher. Zwei andere Männer kamen in den Laden und trugen die Kartons herein. Sie stapelten sie rasch, und noch ehe Cecilia nur einen Karton geöffnet hatte, waren alle drei Packer schon wieder verschwunden.

Da hatte Hedwig schnell zugeschlagen. Cecilia wunderte sich nur, dass sie einen Kurierdienst beauftragt hatte. Vermutlich hatte Linus schlappgemacht und liess sich in irgendeiner Beiz in Brig volllaufen. Cecilia überlegte, ob sie mit dem Auspacken der Ware anfangen sollte. Eigentlich war das immer Hedwigs Vorrecht. Aber mit ihrer Hüfte wäre sie sicher froh, wenn ihr schon jemand die Vorarbeit abnähme. Cecilia näherte sich dem ersten Karton und öffnete ihn. Sie erschrak, als sie den Schopenhauer sah, den sie selbst eingepackt hatte, ehe ihr jemand eins verpasst hatte. Sie überprüfte hastig den übrigen Inhalt. Kein Zweifel, es waren Studers Bücher.

Wie kamen sie hierher? Woher kamen sie? Und wer hatte sie geschickt?

Stahl schlenderte durchs Niederdorf. Er war lange nicht mehr hier gewesen. Vor einem Schuhgeschäft blieb er stehen und besah sich die Auslage. Er würde sich ein neues Paar Alden leisten, wenn er mit der Sache hier durch wäre.

Es war eine gute Idee, die Bücher von Albin ins Antiquariat zu schicken. Dort lagen sie auf dem Präsentierteller, und man hatte gleichzeitig jemand, der das Interesse an ihnen beobachtete. Jetzt hatte Stahl selbst Interesse, sich die Bücher in Ruhe anzugucken. Ausserdem wollte er die neue Besitzerin der Folianten näher kennenlernen. Wenn er Cecilia unter Verdacht hatte, galt das auch für deren Chefin.

Stahl drückte die Tür des Antiquariats auf und trat ein. Cecilia tauchte hinter einem Regal hervor, zwei Bücher in den Händen. Sie sah gut aus. Erst jetzt hatte Stahl Zeit, sie zu scannen. Für mehr aber nicht. Vielleicht würde sich das noch ergeben. Später. Wie so vieles, auf das man hoffte. Er dachte einen Moment an Regula.

«Wir haben uns schon Sorgen um Sie gemacht», sagte Stahl.

«Ich bin kein Kind mehr. Trotzdem, danke.» Cecilia schob die Bücher ins Regal und holte zwei andere aus einem Karton.

«Schon was rausgefunden?», fragte Stahl.

«Was meinen Sie damit? Bin ich Polizistin?»

«Schlimmer. Journalistin. Wenn Polizisten etwas herausfinden, verstaubt es im Archiv, bei Journalisten muss es gleich die ganze Welt wissen.»

«Dann werden Sie der Einzige sein, der es nicht erfährt.»

«Warum so forsch? Ich habe Ihnen vielleicht das Leben gerettet.»

«Vielleicht, ja. Und genau da liegt der Punkt: vielleicht. Vielleicht waren aber auch Sie es, der mir eine verpasst hat und dann den Retter gespielt hat, damit ich ihm vertraue.»

«Wozu sollte ich das tun?»

«Damit ich Ihnen vertraue.»

«Was hätte ich davon?»

«Ich könnte Ihnen etwas verraten, das Sie wissen wollen. Oder zu jemandem führen, der etwas weiss.»

«Und was wäre das?»

Cecilia warf ihm ein Buch hinüber. Stahl fing es geistesgegenwärtig auf. Es war Sokrates.

«Ich weiss, dass ich nichts weiss», sagte Cecilia. «Stellen Sie ihn bitte neben den Platon.»

«Der Satz hat ihm auch nicht geholfen. Er musste den Schierlingsbecher trotzdem trinken.»

Cecilia ging auf Stahl zu. Etwas zu nahe, wie er fand. Jedenfalls roch sie zu gut, als dass sie es wagen durfte, einem Mann wie ihm so nahe zu kommen. Er fixierte ihre blauen Augen und den sinnlich geschwungenen Übergang der Nasenwurzel zu den Brauen. Er hatte ein Faible für diesen Teil des Gesichts. Vielleicht lag es daran, dass er zu lange durch die Rundbögen des Vatikans geschritten war. Aber der Schwung einer wohlgeformten Nasenwurzel hypnotisierte ihn geradezu. Da war er machtlos. Ausserdem war er noch aufgeheizt von Regula. Er würde Cecilia gleich an sich ziehen und küssen. Sie legte es darauf an. Jetzt näherte er sich. Sie wich nicht zurück, hielt die Nähe aus, forderte schweigend, dass er noch näher kam. Er tat es, und ihre Lippen berührten sich für einen kurzen Moment, da brachte sie das Bimmeln der Ladentür wieder auf angemessenen Abstand.

«Reine Zeitverschwendung! Konsalik und Simmel und jede Menge Glauser.» Es war Hedwig, die auf ihren Krücken hereingehumpelt kam. «Dafür mache ich mich mit dem Säufer nach Brig auf.» Sie kämpfte sich an Cecilia und Stahl vorbei, warf die Krücken in die Ecke hinter dem Schreibtisch und liess sich in den ledernen Drehstuhl plumpsen. Sie ächzte, riss die Schublade des Tisches auf und brachte eine Schachtel Davidoff zum Vorschein.

«Ich dachte, hier drin wird nicht geraucht», sagte Cecilia. Hedwig schnüffelte wie ein Kaninchen.

«Du hast doch auch schon gepafft. Oder rauchen hier jetzt schon die Bücherwürmer.» Sie nickte zum Aschenbecher, der vor ihr stand. «Aber keine Zigarre.»

«Na und? Wen stört's?»

«Die Kunden.»

«Sehe ich hier Kunden? Einer. Und der kann gehen, wenn es ihm nicht passt. Es sei denn, er kauft mir den ganzen Kram hier ab.»

Hedwig drehte sich zu Stahl. «Und? Wie ist Ihr Angebot?» Dann lachte sie und fluchte kurz, weil sie kein Feuer fand.

Stahl reagierte schnell und zündete sein Feuerzeug unter Hedwigs Nase. Sie zog viermal, bis sich die Flamme auf das Ende der Davidoff übertrug, kurz züngelte und dann in Glut überging.

«War was los?», fragte Hedwig.

«Einer wollte mich erschiessen, weil er das Buch wollte», sagte Cecilia. Hedwig lachte wieder. «So ist der Mensch. Da wimmelt es von Büchern, aber er will das eine, das es nicht gibt. Er denkt, man verwehrt es ihm. Und sonst? War sonst noch was?»

«Ich meine das ernst. Es war wirklich jemand da, der gedroht hat, mich zu töten, wenn er das Buch nicht bekäme.»

Hedwig nahm die Zigarre aus dem Mund. «Welches Buch?»

«Ich weiss es nicht. Irgendeines muss sich in diesen Kartons befinden oder befunden haben, das für mehrere Menschen sehr wertvoll sein muss.»

«Mehrere Menschen?», fragte Stahl.

«Er sprach von *uns*. Deshalb gehe ich davon aus, dass es eine Gruppe ist, die an dem Buch interessiert ist.»

«So sehr, dass sie zwei Gardisten und einen Drogensüchtigen umbringen.»

«Was? Der Mörder von Studer ist ebenfalls tot? Und wer ist der zweite Gardist?»

«Überdosis. Und der zweite Gardist ist Kaplan Weiss. Man hat ihm die Kehle aufgeschlitzt, nachdem er die Bücher aus Studers Wohnung gestohlen hatte.» Er beobachtete Cecilia genau, um zu sehen, welche Wirkung diese Neuigkeit auf sie machte. Sie erschrak nicht, wirkte vielmehr apathisch.

«Ich weiss, dass sie weg waren, und habe mich gewundert, weil sie vorhin hier angeliefert wurden», sagte sie.

«Die Polizei fand, dass die Bücher Ihnen gehören. Albin hat sie Ihnen vermacht.»

Cecilia wurde wieder wacher und kniff die Augen zusammen. Das stand ihrer Nasenwurzel überhaupt nicht. «Oder haben Sie es veranlasst, um uns als Köder zu benutzen?»

«Hätte ja geklappt.» Er lächelte und entnahm seinem Etui eine Zigarette. «Ich darf doch?», fragte er und sah dabei zu Hedwig. «Jaja, machen Sie ruhig. Heute ist es egal», sagte sie und nuckelte an der Zigarre, dass Schwaden sie umhüllten.

Cecilia sah Stahl durch den Nebel an. «Die Autobombe war nicht echt, habe ich recht?», fragte sie ihn.

«Sie hätte aber echt sein können.»

«Wenn die mich hätten umbringen wollen, hätten sie es bereits getan. Aber sie haben mich nur niedergeschlagen. Damit sie eine Option haben, falls sie das Buch nicht finden. Auch jetzt haben sie mir nur gedroht, weil sie das Buch noch nicht haben.»

«Wenn es ein und dieselben sind, die hinter Albins geheimnisvollem Schatz her sind.»

«Mehrere Parteien?»

«Der Kaplan hätte Ihnen eine verpassen können, als er das erste Mal in Albins Wohnung kam, um sich um die Bücher zu kümmern. Er hatte gesagt, dass Albin sie der Garde bereits verkauft hätte. Er sah Sie beim Einpacken, schlug Sie nieder und hat das Buch gesucht. Aber er hat nichts gefunden. Dann hat er mich gehört und ist abgehauen.»

«Beim zweiten Mal hat er mich nach dem Buch gefragt.»

«Beim dritten Mal hat er sie alle mitgenommen.»

«Und wurde dafür ermordet.»

«Und jetzt stehen die Schinken bei mir und schleppen mir statt anständigen Kunden Gesindel in den Laden», sagte Hedwig und klopfte ein grosses Stück Asche in den Becher.

«Sie meinen doch hoffentlich nicht mich?», fragte Stahl mit einem Anflug von Koketterie, in der er sich gefiel.

«Das wird sich zeigen. Für wen arbeiten Sie?»

«Für den Papst.»

Hedwig lachte lauthals. «Da ist Gesindel ja noch untertrieben.»

Stahl erwiderte nichts. Er kannte die Vorurteile und nahm sie gelassen hin. Die Kirche war nun mal ein Unternehmen, an dessen Händen das Blut von fast zweitausend Jahren klebte. Daran war nichts zu beschönigen.

Man hatte schlechte Karten, wollte man die historischen Argumente entkräften. Man konnte sie nur mit stoischer Gelassenheit hinnehmen und dann zum Wesentlichen kommen. Eine Technik, die ihn der Camerlengo gelehrt hatte. Sie soll von Seneca gewesen sein. Nach Sokrates war er schon der zweite Weise, der sich gezwungenermassen umgebracht hatte.

«Wollen wir nach dem Buch suchen?», fragte Stahl.

«Es könnte jedes sein.»

«Ich glaube nicht. Ich glaube vielmehr an Aufzeichnungen von

Studer, die aktuelle Wichtigkeit besitzen. Nicht an historische Schriften, die auf dem Index stehen und eine Weltverschwörung aufdecken sollen.»

«Und warum nicht?»

«Weil es eine Weltverschwörung in dem Sinne nicht gibt. Es gibt Interessensgruppen, die sich mal arrangieren und mal gegeneinander arbeiten. Je nach Lage des Profits. Mehr nicht. Alles andere ist Phantasie. Sehnsucht der Menschen, die dem realen Leben nichts abgewinnen können. Sie blasen die Dinge auf, um sich der eigenen Verantwortung zu entziehen.»

«Da hat er nicht unrecht», sagte Hedwig, die Stahl die Zigarre hinhielt, damit er sie noch einmal anzündete. Sein Feuerzeug flammte auf. Hedwig sog, paffte und sagte: «Die katholische Kirche lebt genau von diesem Phänomen. Geschichten aufblasen, die längst platzen müssten vor Unglaubwürdigkeit. Die aber trotz allen Versuchen der Aufklärer noch immer blähen und neue Fürze kreieren.»

Stahl übte sich wieder in der Technik des Stoikers und liess Hedwigs Spott unerwidert. Er würde im Raum erkalten wie der Tabak der Davidoff und in einem Winkel des Ladens verpuffen.

«Warum interessiert Sie das Buch? Ist es für den Vatikan so wichtig?», fragte Cecilia.

«Ich weiss nicht, ob es für uns wichtig ist. Ich vermute aber, dass das Buch mich zum Mörder von Albin bringen wird.»

«Alte Männerfreundschaft?», fragte Hedwig und verzog spöttisch den Mund.

«Ja», sagte Stahl. Er dachte nicht daran, sich provozieren zu lassen. Allmählich würde der alten Giftspritze das Serum ausgehen. Spätestens wenn sie ihre Zigarre zu Ende gepafft hatte. Sie würde nach Rotwein schreien, noch ein paar zynische Phrasen zwischen Nietzsche und Oscar Wilde dreschen und dann darauf hoffen, dass er das Buch finden würde. Sie handelte mit Geschichten. Ihre Neugierde machte sie korrupt.

«Suchen Sie von mir aus. Und du hilfst ihm. Ich muss mich hinlegen», sagte Hedwig, drückte die Zigarre aus und stemmte sich aus dem Stuhl. Sie griff nach ihren Krücken und verschwand durch die Tür in den hinteren Teil des Ladens.

Stahl drehte sich zu Cecilia: «Also. Fangen wir an?»

«Sie nehmen die Theologen, ich die Philosophen und Literaten.» Dabei zeigte sie auf die jeweiligen Kartons.

Die fremde Atmosphäre des Chinagartens löste in Palm Unbehagen aus. Er war ans Zürichhorn bestellt worden und sollte hier warten. Jetzt sass er auf einer Parkbank im Nordosten des Gartens und blickte auf den Sechseck-Pavillon mit den Phoenix-Motiven. Zweimal war er in seinem Leben bislang in China gewesen; wenn man Hongkong überhaupt zu China zählen durfte. Der Vatikan gehörte ja auch nicht zu Italien. Der Vergleich hinkte. Sehr sogar. Aber Palm hatte ihn gezogen; weil er jetzt jemanden aus dem Vatikan erwartete. Hier, in Hongkong, das weder etwas mit China noch mit dem chinesischen Garten zu tun hatte, und mit Zürich überhaupt nichts. Aber der Bambus wiegte sich mal links, mal rechts unter dem leichten Wind, und die Winterkirschen ähnelten in nichts den Baumbeständen der Schweizer Vegetation. Er war also nicht in der Schweiz, nicht in Zürich, nicht in Hongkong und nicht im Vatikan. Er war nirgendwo. Und er wartete auf jemanden, den es nicht gab. Palm sah auf seine Armbanduhr. Der Niemand hatte sich verspätet. Palm nahm es gelassen. Die Italiener waren eben anders. Denn Italiener war er, auch wenn er für den Vatikan arbeitete.

«Entschuldigen Sie die Verspätung, Dottore.» Der Mann, der eben noch nicht da war, musste aus dem Boden gewachsen sein. Er setzte sich neben Palm auf die Bank.

«Ich befürchtete schon, Sie seien schon weg.»

«Hier vergisst man die Zeit. Plötzlich ist man in China, Zeit und Raum werden relativ», sagte Palm.

«Himmel und Hölle auch.»

Palm sah den Fremden irritiert an. «Wo es keine klaren Werte mehr gibt, ist es doch egal, wo man ist, finden Sie nicht?», sagte der gross gewachsene Mann mit dem gepflegten, dünnen Schnäuzchen.

Palm war es überhaupt nicht egal, wo er war. Am liebsten war er in Zürich. Er hasste es zu reisen. Deswegen hatte er auch einen Mann wie Stahl, der die unliebsamen Wege mit Freuden auf sich nahm. Aber was sollte sich Palm jetzt auf solch geartete Diskussionen einlassen? Er diskutierte nicht. *Wer diskutiert – verliert.*

«Ist Stahl dabei?», fragte der Fremde.

«So, wie Sie es gewünscht haben.»

«Er ist hoch angesehen beim Camerlengo.»

«Bei mir auch.»

«Es gibt Gruppen bei uns, die ihn weniger mögen.»

«Oder ihn gerne auf ihrer Seite wüssten?»

«Mag sein. Jedenfalls braucht er nicht zu wissen, dass er für uns arbeitet.»

«Ich weiss gar nicht, wer Sie sind», sagte Palm.

«Sie wollen es auch nicht wissen. Sie sind klug. Und deswegen arbeiten wir auch mit Ihnen zusammen.»

Palm schwieg. Die Einleitung war durch. Jetzt konnte der Kerl endlich zur Sache kommen. Er wusste, dass er keine Anzeichen der Neugierde durchschimmern lassen durfte. Das gehörte zum Spiel.

«Es handelt sich um ein Buch, in dem sich Aufzeichnungen befinden, die in der Öffentlichkeit nichts zu suchen haben.»

«Was für Aufzeichnungen?»

«Tut nichts zur Sache. Es geht um Besitz des Vatikans. Er wurde entwendet und soll wieder dorthin zurück.»

«Zum selben Besitzer?», fragte Palm.

Der Fremde lächelte. «Der Vatikan ist der Besitzer.»

«Der Vatikan ist der Papst», sagte Palm.

«Richtig. Und der liebe Gott hat einen weissen, langen, gekräuselten Bart.»

Palm biss sich auf die Zunge. Er hätte sich den Satz mit dem Papst sparen können, nein müssen. Aber der Typ neben ihm provozierte ihn geradezu. Es strahlte eine Arroganz von diesem Menschen aus, die Palm unerträglich war. Und das, obwohl Palm selbst eine gesunde Hoffart an sich nicht leugnen konnte. Oder fiel ihm die Selbstgefälligkeit des anderen gerade deswegen so auf?

«Sobald Sie es haben, werden Sie es mir persönlich übergeben. Hier, in der Provinz Yunnan.»

«Wie viel darf Stahl davon wissen?»

«Sagen Sie ihm, es ist für den Camerlengo.»

«Ich belüge ihn nicht gern.»

«Dann tun Sie es eben ungern. Oder schweigen Sie. Wer schweigt, der lügt nicht. Das müssten Sie als Schweizer doch wissen.»

«Freiherr von Knigge», las Stahl und wusste nicht, wohin er das Buch legen sollte. «Stand übrigens auch mal auf dem Index des Vatikans.»

«Hatte der Vatikan etwa Angst, die Regeln des Anstands könnten der Bibel als Bestseller den Rang ablaufen?», fragte Cecilia und drückte Schillers «Kabale und Liebe» neben einen «Don Carlos». Die Einbände schliffen gedrängt aneinander. Ob die Forderung nach Gedankenfreiheit dennoch ihren Platz im Regal fand?

«Vielleicht befürchtete man, dass die Anleitung den Menschen direkt in den Himmel führte und man so kein Druckmittel für Ablassbriefe hatte», sagte Stahl.

«Wegen der Ablassbriefe wurde bekanntlich das andere Buch geschrieben.»

«Richtig. Ich hatte das auch nicht ernst gemeint. War vielmehr ein Scherz auf Kosten der eigenen Firma. Ich wollte ihn machen, bevor *Sie* ihn machen.»

«Sie sind sehr sensibel, was solche Scherze anbelangt.»

«Die Zeiten sind schwer, für jedes Unternehmen. Aber kein Trust der Welt hat eine so grosse Tradition im Krisenmanagement wie wir. Das schafft man nur mit erhöhter Sensibilität.» Stahl reichte Cecilia den Knigge.

«Er stand auf dem Index, weil er den Freimaurern angehörte. Nicht das Buch, der Autor war die Gefahr. Er war immerhin ein grosser Verfechter der Aufklärung», sagte Stahl.

«Und dagegen war die katholische Kirche bekanntlich immer.»

«Welche Gruppe, die Macht anstrebt oder erhalten will, ist absolut transparent? Waren die Aufklärer nicht ebenso verschworen? Konnte der Mythos um die Illuminaten nicht eben dadurch erst wachsen, weil sie sich ebenfalls den Deckmantel der Verschwiegenheit und der heimlichen Logen gaben? Was unterscheidet ihre Struktur von anderen?»

«Sie waren gezwungen, im Untergrund zu arbeiten, wenn nicht, hätte man sie sofort kaltgemacht.» Cecilia faltete einen leeren Karton zusammen, um ihn dann auf einen Stapel anderer zu legen. Sie öffnete einen neuen Karton und griff einen antiquarischen Schinken heraus. «Ignatius von Loyola», las sie laut. «Gehört Ihnen.» Sie warf das Buch zu Stahl hinüber, der bereit war, es zu fangen. Aber ein Windstoss, verursacht durch das Öffnen der Ladentür, klappte den Einband des Schmökers nach oben, sodass der eine andere Flugrichtung erhielt. Stahl fasste den Einband an einer Ecke. Das Buch entglitt, klatschte zu Boden, einige Blätter rutschten heraus.

«Guten Tag, ich suche etwas von Max Frisch», sagte der junge Mann, der eingetreten war.

«Tut mir leid, aber der ist noch zu jung für uns. Wir führen nur antiquarische Bücher.»

«Aber der ist doch schon tot.»

«Nein, noch sehr lebendig. Den finden Sie hier überall. An allen Ecken und Enden.»

«Nur hier nicht?»

«Hier nicht.»

«Na dann. Wiedersehen.»

«Wiedersehen.» Cecilia sah ihm nach, wie er den Laden verliess, dann drehte sie sich zu Stahl um, der sich die aus dem Buch gefallenen Blätter besah.

«Kann man die wieder einkleben?», fragte sie.

«Die waren nie drin. Das sind andere Blätter. Handschriftliche Notizen», sagte Stahl.

«Zu den Exerzitien?»

«Kann gut sein.»

«Auf Deutsch?»

«Latein.»

«Können Sie das?»

Stahl sah auf und wusste nicht, was die Frage sollte. Natürlich konnte er Latein. Er war schwach gewesen, als er in Rom vorgesprochen hatte. Aber der Camerlengo hatte mit ihm gepaukt. Im Vatikan war Latein noch immer nicht tot. Mindestens so lebendig wie Max Frisch in Zürich. Wer wirklich verstehen wollte, was im Vatikan gesprochen wurde, der musste die alte Sprache beherrschen. Und nicht nur Latein. Auch Altgriechisch war Pflicht. Die Macht der katholischen Kirche berief sich längst nicht mehr auf den Kriegszug. Dazu war ihr Heer zu klein. Ihre Stärke begründete sich in der Kraft der Sprache. Im Anfang war das Wort: als Waffe, als Werkzeug und als Heilmittel. Nirgendwo stand Rhetorik so hoch im Kurs wie in den Gängen des Petersdoms. Manch einer verwechselte dies mit Geschwätzigkeit und vergass dabei, dass dem nicht gesprochenen Wort eine besondere Kraft zukam. Und Latein war nicht geschwätzig. Es plapperte nicht. Es traf Aussagen. Im Gegensatz zu seinem verweichlichten Nachkommen: Italienisch.

Stahl musste sich mit Gewalt von den Reflexionen in die Gegenwart zwingen, um nicht den einstigen Vortrag des Camerlengos weiter abzuspulen. Sie hatten sich tief eingefressen, die Lektionen des Kämmerers. Sein anderer Meister hatte weniger vom Wort als von der Tat gehalten. Und er musste etwas getan haben, das ihm den gewaltsamen Tod gebracht hatte. Aber was? Und wen hatte es so aufgeschreckt, dass er dafür mordete?

Stahl versuchte die kleinen lateinischen Buchstaben zu entziffern, die auf den Blättern fein säuberlich zu Reflexionen aneinandergereiht standen. Auf die Schnelle konnte er nur erkennen, dass der Schreiber kein Freund von Ignatius gewesen sein konnte. Er äusserte sich kritisch über die Exerzitien und die Jesuiten; zweifelte an den Praktiken des Ordens und unterstellte ihm gieriges Machtstreben unter dem Vorwand, den Glauben der Katholiken zu verbreiten. Nichts Neues. Mit diesen Anschuldigungen waren die Jesuiten belegt, seit sie angetreten waren, die Gegenreformation zu betreiben. Reformer hatten immer Gegner. Egal, in welche Richtung sie krempelten.

«Und? Was Interessantes? Könnten die Aufzeichnungen von Studer sein?», fragte Cecilia.

«Das ist älter. Es ist nicht seine Schrift.»

«Wäre zu einfach gewesen, wenn er uns hier alle Lösungen aufgeschrieben hätte.»

«Welche Lösungen hätten Sie denn gern?»

«Den Mörder, als Auftragskiller einer Weltverschwörungsgemeinschaft. Samt allen Namen der oberen Loge. Das wäre eine Story. Dagegen wäre Watergate eine Gutenachtgeschichte.»

«Denken Sie nur an die Story?»

«Ich denke an Knigge und an Kant. An Aufklärung.»

«Ohne die Konsequenzen zu bedenken?»

«Dieses Argument ist abgedroschen und gehört den Mächtigen.»

«Ist es deswegen falsch?»

«Es geht von einem Menschenbild aus, das veraltet ist. Der Mensch ist mittlerweile mündig geworden.»

«Solange er zu essen hat.»

«Wollen wir streiten?»

«Gehen wir lieber essen.»

Cecilia lachte. «Ich hasse Wortverdreher.»

«Warum sind Sie dann Journalistin geworden?»

«Um ihnen das Handwerk zu legen.»

«En garde.»

Stahl sah sie an, und er wusste, dass sie wusste, was nun kommen würde. Aber sie machte kein Anzeichen. Weder in die eine noch in die andere Richtung. Sie wartete ab. Clever. Und er handelte. Unklug. Aber er küsste sie, weil sie einfach zu reizvoll war. Während sie ihm vorwarf, er würde Worte verdrehen, hatte sie ihm längst Gleiches mit seinem Kopf getan. Wenigstens in Ansätzen. Er drückte seine Lippen auf die ihren und war überrascht, wie schnell sich ihr Mund öffnete und seine Zunge tief ins warme Dunkel sog. Sein Herz klopfte, in der Hose wurde es eng. Ihre Brüste drückten gegen ihn, er glitt mit seinen Händen über ihre wohlgerundeten Pobacken und drückte sie an sich. Sie sollte seine Erektion spüren. Ihre Hand fuhr mit den Krallen, die ihm eben erst noch die Wange zerkratzten, durch den Nacken, während die andere ihn durch die Hose am harten Schwanz packte. Nur mit Mühe konnte er sich dem nächsten Schritt erwehren. Aber es gelang ihm, sich von ihr zu lösen. Sie sahen sich beide an. So war es nicht geplant. Noch hatten sie die Möglichkeit, anzuhalten und umzudrehen. Dafür musste aber etwas passieren. Ein Kunde könnte wieder eintreten, Hedwig ihr Nickerchen beendet haben oder ein Bücherregal einfach umkippen. Aber es geschah nichts dergleichen. Ihre Hitze würde sie gleich in eine geschützte Ecke des Ladens treiben, und sie wären nicht mehr zu halten.

Stahls Handy klingelte. Manchmal waren diese Dinger doch zu was nütze. Er löste sich von Cecilia und nahm das Gespräch entgegen. «Ja? Gut. In einer Viertelstunde bin ich dort.»

Er legte auf und sah sie an. «Und ich bin jetzt also auch für die Theologen zuständig?», fragte sie, strich sich die aus der Form geratenen Haare aus dem Gesicht und nahm ein neues Buch aus dem Karton.

Stahl war zu Fuss gegangen. Es war nicht weit vom Niederdorf bis zum Boule-Platz am See. Er genoss den Spätsommer. Die Luft war hier viel klarer und frischer als in Rom. Am See noch besser. Dort vermischte sie sich mit einem Hauch von Tang, den Stahl tief in die Lungen sog. Er sah auf seine Uhr und wunderte sich, warum Regine nicht hier war. Sie hatte aufgeregt geklungen und wollte ihn dringend treffen. Mehr hatte sie nicht gesagt. Ihr war hoffentlich nichts zugestossen.

«Entschuldigen Sie die Verspätung», rief sie schon von Weitem. «Aber der VW-Bus ist mal wieder nicht angesprungen. Wenn ich den für eine Verfolgungsjagd bräuchte, wäre ich aufgeschmissen.»

«Meinen Sie denn, dass Sie ihn dafür brauchen werden?», fragte Stahl und sah Regine an.

«Man weiss nie. Gehen wir ein paar Schritte?»

Sie wartete Stahls Antwort nicht ab, sondern lief los. Stahl folgte ihr und holte sie ein. Er fragte nichts. Sie würde schon zu reden beginnen. Denn sie hatte ihn angerufen, um ihm etwas Wichtiges mitzuteilen. Aber sie schwieg lange. Sie schien den richtigen Einstieg zu suchen.

«Mögen Sie Kastanien?», fragte sie schliesslich.

«Rosskastanien oder Marroni?»

«Marroni natürlich. Albin mochte sie sehr. Er konnte es nie erwarten, bis der Spätsommer vorüber war und er endlich heisse Marroni kaufen konnte. Wenn wir im Herbst und im Winter gespielt haben, hat er uns damit eingedeckt. Er hat immer viel zu viel gekauft. Die konnten wir gar nicht alle essen. Aber wir durften sie auch nicht einfach wegwerfen. Das hätte er nicht verstanden.»

Sie steuerten auf ein Pärchen zu, das gerade mit einem Zentimetermass zu beweisen versuchte, welche Kugel näher an der Roten lag.

«Die zanken sich immer», sagte Regine leise. «Bei uns gab es nie Streit. Wenn einer sagte, er hätte gewonnen, war das so. Ich habe so etwas nie zuvor erlebt. Es war Albin, der diesen Geist verströmte. Mit ihm zu spielen war ein Genuss. Selbst wenn man ihn als Gegner hatte. Man wuchs an ihm. Es war kein Wettkampf, es war Meditation.» Sie schwieg und sah an einer Kastanie hinauf, an deren Stamm ein Eichhörnchen klebte. «Sie glauben, ich spinne, was?»

«Nein, warum?»

«Hört sich bestimmt wie Eso-Geplapper an.»

«Ganz und gar nicht. Jeder Spieler bringt seine eigenen Qualitäten mit. Und je stärker seine Persönlichkeit, umso mehr prägt er die

Stimmung eines Spiels. Das ist beim Boule nicht anders als im Leben», sagte Stahl. Er hätte jetzt gerne gefragt, warum sie ihn bestellt hatte, aber Regine hatte ihm deutlich zu verstehen gegeben, wie sie tickte. Also wartete er ab, während sie Albin nachspürte und in sich hineinhorchte, ihrer inneren Stimme lauschend, wann es denn so weit wäre, die Katze aus dem Sack zu lassen.

«Haben Sie die Kugeln nicht mitgebracht?», fragte sie plötzlich, nachdem das Eichhörnchen im Laub der Krone verschwunden war.

«Die Kugeln? Wieso?»

«Hatte ich das nicht erwähnt? Ich dachte, wir wollten eine Partie spielen. Das hatte ich doch gesagt?»

«Ich hielt das für eine Metapher», sagte Stahl und war irritiert.

Sie lächelte und sah ihn herausfordernd an. «Wir brauchen keine Kugeln. Wir spielen ohnehin schon. Das wissen Sie ebenso gut wie ich.»

Stahl war beruhigt. Regine war klar im Kopf. Mehr als das. Sie spielte nicht nur und hatte ihre Kugel näher an der Roten, sondern war auch eine kühle Strategin.

«Albin hat es mir beigebracht. Ich dachte erst, er sei verrückt. Aber er sagte, wenn man Schach im Kopf spielen kann, kann man es auch mit Boule. Jedes Spiel, bei dem es um den Sieg ginge, hätte dieselben Prinzipien: Argumente und Gegenargumente, Finten und Taktiken.»

«Beim Schach gibt es aber die Möglichkeit von unendlich vielen Zügen. Beim Boule nur drei Würfe.»

«Das macht es besonders reizvoll. Die klassische Dramaturgie der drei Akte. Oder die Dreifaltigkeit. Das müssten Sie doch kennen.»

«Und wie viele Kugeln haben Sie bereits geworfen? In welchem Akt sind wir? Liegen Sie an der Roten? Habe ich noch einen Wurf?»

Regine schwieg. Sie schien selbst zu überlegen. Vielleicht legte sie jetzt gerade innerlich das Massband, um zu überprüfen, wer näher am Sieg lag.

«Ich bin nicht Albin. Ich glaube niemandem, der behauptet, er habe gewonnen, wenn ich näher dran bin», sagte Stahl.

«Wenn ich näher dran läge, glauben Sie, ich hätte Sie dann angerufen?»

«Vielleicht brauchen Sie jemanden, der einen anderen wegputzt?»

Sie schwieg. Stahl hatte getroffen.

Sie waren an einem Platz angekommen, von dem man weit über den See blicken konnte. Ein Fernrohr, durch das man gegen Einwurf von einem Franken über den See schwenken konnte. Wozu es diese Dinger noch gab, wo doch jeder Zweite mit einer Fotokamera bewaffnet die Welt an sich zoomte? Stahl kramte in seiner Hosentasche nach Kleingeld und fütterte das städtische Fernrohr damit. Er sah hindurch, fegte über den See und richtete das Rohr gen Himmel, wie es einst Galilei und Kepler getan hatten. Die Nachmittagssonne wurde regelmässig von dicken Quellwolken bedeckt. Jetzt öffneten sie gerade wieder eine Lücke und liessen gebündeltes Licht auf den See schlagen.

«Darf ich auch mal?», fragte Regine. Stahl trat einen Schritt zur Seite, Regine besah sich das Lichtspiel durch das Fernrohr. «Ist das nicht barock? Verstehe einer, warum wir Protestanten sind. Glauben Sie an die Existenz von Engeln?»

Stahl antwortete nicht.

«Ich glaube mittlerweile daran. Was sollte das Leben sonst für einen Sinn machen? Ich wünsche mir, dass Albin dort oben auf einer Wolke sitzt und mit ihnen Boule spielt.»

«Ich hoffe, seine Kugeln fallen uns nicht auf den Kopf», sagte Stahl trocken.

Regine lachte. «Das war gut. Sie haben ja Humor.» Sie tauchte hinter dem Fernrohr auf und sah Stahl an. Ihr Lachen fror ein. «Ja, kann gut sein, dass Sie bald einen wegputzen müssen. Aber er hat bisher nur gedroht, noch nicht geschossen.»

«Wer?»

«Ich kenne ihn nicht.»

«War er bei Ihnen? Wie sieht er aus?»

«Er hat angerufen und gesagt, dass er das Buch haben will. Es wäre seins.»

«Und? Haben Sie es?»

«Ja.»

«Dabei?»

«Nein.»

«Wollen Sie es mir geben?»

«Ich weiss es nicht.»

«Und warum treffen Sie mich und erzählen mir das?»

«Weil ich herauskriegen will, ob ich Ihnen vertrauen kann.»

«Schwierige Aufgabe. Entweder Sie tun es oder Sie lassen es. Und zwar sofort. Ich habe keine Zeit für einen Fragebogen.»

«Schade, dass Sie die Kugeln nicht dabeihaben. Wir könnten es ausspielen. Dann wäre ich mir sicher. Im Kopf bin ich noch nicht so gut wie Albin.»

Stahl wurde ungeduldig. Er atmete tief durch und hob dann einen flachen Kiesel auf, den er über die Wasseroberfläche hüpfen liess.

«Man kann das Boule-Spiel auch als eine Art I Ging lesen», sagte Regine.

«Statt Kaffeesatz? Sie halten mich zum Narren. Sagen Sie endlich, was Sache ist. Ich habe den Verdacht, Sie halten mich hier hin und lenken mich ab, während anderswo etwas Wichtiges passiert.»

Stahl glaubte ein leichtes Zucken im Mundwinkel gesehen zu haben, und er ahnte, dass er mit seiner Vermutung richtiglag. Aber er liess es sich nicht anmerken. Regine bluffte. Sie besass das Buch überhaupt nicht. Hatte sie ihn aus dem Antiquariat gelockt, um freie Bahn zu haben? Er war ein Idiot. Da quartierte er Cecilia erst wichtig bei Palm ein, und dann liess er sie mit den Büchern allein im Laden zurück. Er blitzte Regine an, drehte sich auf dem Absatz um und begann rasch durch den Kies zu laufen, in der Hoffnung, noch rechtzeitig zu kommen.

6

Schon wieder Bücher. Wie war Hürlimann froh gewesen, dass die Aktenordner allmählich aus dem Polizeirevier verschwanden und sich in digitale Dateien verwandelten. Jetzt stand er wieder inmitten einer muffigen Papierhalde. Verbrennen. Alles verbrennen, dachte er. Er meinte damit keineswegs die Inhalte, nur das Medium. Er atmete so flach er konnte. Auch weil er Nichtraucher war, was der Alten vor ihm aber einerlei schien; denn sie sog wie ein junges Kalb an dem Zigarrenstummel, der zwischen ihren vergilbten Fingerspitzen klemmte.

«Sie haben also gar nichts gehört?», fragte Hürlimann.

«Überhaupt nichts. Wenn ich schlafe, könnte man glauben, ich sei tot.»

Hürlimann sah sich um. Was sollte er die Alte noch fragen? Sie wusste nichts. Hatte nichts gehört und nichts gesehen. Aber als sie in den Laden gekommen war, hatte sie dieses Durcheinander vorgefunden. Im Grunde sah es hier gleich aus wie bei Weiss. Dieselben Kartons, dieselben durchwühlten Bücher. Nur, dass keine Leiche mit aufgeschlitzter Kehle und einem toten Fuchs dalag. Die Nichte der Alten, die mit den Büchern beschäftigt gewesen war, war verschwunden. Deswegen hatte ihre Tante die Polizei gerufen. Und da es das Antiquariat war, dem Hürlimann die Bücher heute Morgen überstellt hatte, hatten die Kollegen den Anruf gleich an ihn weitergeleitet. Der Polizeiapparat funktionierte einfach gut. Das war auch sein Verdienst. Und die Digitalisierung. Ein Hoch darauf. Warum konnte es sich nicht um einen Datensatz handeln, dem alle nachjagten? Warum musste es ausgerechnet ein altmodisches Buch sein, das schon unzählige Finger eingefettet hatten?

Die Ladentür ging auf. Obwohl Kollegen davorstanden, kam der Kerl hier rein. Es war Stahl. Einer der Polizisten, die vor der Tür abgeschirmt hatten, folgte ihm und wollte etwas Erklärendes sagen, aber Hürlimann winkte ab und deutete dem Beamten, dass er wieder vor die Tür gehen könne. Er gehorchte.

«Wo ist sie?», fragte Stahl sofort.

«Keine Ahnung. Jedenfalls nicht hier.»

«Dann hat sie jemand entführt.»

«Oder sie hat das Buch gefunden und ist damit durchgebrannt», sagte Hürlimann.

«Und das Chaos hat sie als Finte hinterlassen?»

«Wer Bücher liebt, tut so etwas nicht», sagte die Alte, die Zigarre im Mundwinkel. «Und sie liebt Bücher. Das hat sie von mir.»

«Stahl, kann ich mit Ihnen mal kurz unter vier Augen reden?», fragte Hürlimann.

«Gehen Sie nur, ich komme Ihnen mit meinen Krücken sowieso nicht hinterher.» Hedwig brummte und kaute am Rest der Davidoff.

Stahl folgte Hürlimann vor den Laden. Hürlimann schnappte nach Luft, als ob er gerade drei Minuten unter Wasser gewesen wäre. «Wir ziehen uns aus dem Fall zurück. Das war schon abgemacht. Es ist Ihre Angelegenheit. Wir haben nichts mehr damit zu tun. Für uns ist das noch machbar, weil es sich bei den Toten um zwei ehemalige Gardisten handelt. Da können wir sagen, das ist Sache des Vatikanstaats. Wenn aber Cecilia Fetz entführt oder ermordet worden sein sollte, bin ich gezwungen zu handeln. Verstehen Sie? Ich habe überhaupt keine Lust, mich in diesen Fall einzumischen. Der stinkt bis zum Himmel. Da kann man sich nur die Finger verbrennen. Und ich habe noch etwas vor in meinem Leben. Kümmern Sie sich um die Sache und schaffen Sie das Buch herbei. Damit hier wieder Ruhe einkehrt.»

Er nickte seinen beiden Kollegen zu und verschwand mit ihnen in einem Dienstwagen. Stahl blickte dem Wagen nach, wie der sich über das Kopfsteinpflaster leise aus der Geschichte stehlen wollte, und ging in den Laden zurück.

Cecilia sah nichts unter dem Sack, den man ihr über den Kopf gestülpt hatte. Er roch nach Kartoffeln, die Jute kratzte an ihren Wangen. Sie dachte für einen Moment an Stahls Kinn. Auch er kratzte. Eine Nacht mit ihm würde ihr das Gesicht aufschürfen.

Der Wagen bremste. Cecilia wurde vor und zurück geworfen. Sie lag gefesselt auf der Rückbank. Man fuhr mit ihr durch die Stadt. Das häufige Bremsen und Anfahren, die zahlreichen Kurven und das Hupen anderer Autos bestätigten es.

Es war schnell gegangen, aber sie hatte einen der beiden Entführer erkennen können. Sie hatte ihn auf der Beerdigung von Studer gesehen: Dürrenmatt. Der andere musste demnach der Cowboy sein. Auf der Beerdigung und in Studers Wohnung waren sie zu dritt gewesen. Die Gräfin fehlte noch. Cecilia war sich sicher, dass es der VW-Bus war, mit dem man sie durch die Stadt kutschierte. Der Viertaktmotor hämmerte typisch. Sie hatte lange Zeit den alten Käfer von Hedwig gefahren, bis der auseinandergefallen war. Auch der VW-Bus klapperte. Seine Tage waren gezählt. Er mühte sich gerade eine Steigung hinauf. Cecilia merkte es, weil sie in die Rückbank gedrückt wurde. Der Motor stöhnte, der Fahrer fluchte.

«Scheisskiste! Die macht schlapp.»

«Halt kurz an. Wir füllen Wasser nach», sagte der andere.

«Idiot. Der hat Luftkühlung.»

«Dann gibt's nur eins: Heizung an.»

«Was?»

«Abwärme über die Heizung. Das kühlt den Motor.»

«Ach so?»

«Dreh auf. Mach schon.»

Cecilia merkte, wie die Temperatur im Wagen anstieg. Es war ohnehin stickig unter dem Sack; mit der muffigen Hitze wurde es unerträglich.

«Na? Geht doch.»

«Ich verreck gleich. Mach dein Fenster auch auf.»

«Dann entsteht Durchzug. Das vertrag ich nicht.»

Sie schwiegen. Cecilia bekam es mit der Angst zu tun. Bislang war sie damit beschäftigt gewesen, einzuordnen, was geschehen war. Jetzt begriff sie, in welcher Lage sie sich befand, und weigerte sich, an die nahe Zukunft zu denken.

«Du hast dich verfahren.»

«Merke ich auch gerade. Das liegt an dieser Hitze. Ich vertrage das nicht. Mein Hirn konnte sich noch nie konzentrieren, wenn es heiss wurde.»

«Deswegen geben die Schulen ja auch hitzefrei.»

«Bei welcher Temperatur war das noch mal?»

«Dreissig Grad, um elf Uhr.»

«Du weisst auch alles.»

«Und dann steht es im Ermessen des Lehrers, ob er eine Stunde hitzefrei gibt.»

«Bei uns hatte es bestimmt oft über dreissig Grad, schon um acht. Aber hitzefrei gab es nie.»

«Dann hattet ihr Scheisslehrer.»

«Das sowieso.»

«Fahr da vorne rechts.»

«Ist Einbahn.»

«Wenn du dich hier so gut auskennst, warum verfährst du dich dann?»

«Arschloch.»

Sie schwiegen wieder. Einer drehte das Radio an. Céline Dion erklang scheppernd aus den Boxen. *«Ne partez pas sans moi.»* Jemand sang mit. Ziemlich falsch, dafür laut. Das Radio wurde lauter gedreht, sodass der Sänger wieder leiser war als Céline. Nach dem Lied kam Werbung. Das Radio wurde abgedreht.

«Weisst du noch, wann das war?», fragte die Stimme, die so laut mitgesungen hatte und alles wusste.

«Habe mich nie für solche Schnulzen interessiert.»

«1988. In Dublin. Das war der zweite Sieg für die Schweiz beim Eurovision Song Contest.»

«So?»

«Weisst du, wann der erste war?»

«Seh ich so aus?»

«1956, in Lugano. Lys Assia mit dem Lied ‹Refrain›. Fürchterlicher Schmalz. Ein Witz. Wenn du mich fragst, war das eine gekaufte Sache.»

«Und wenn ich dich nicht frage?»

«Erzähl ich es dir trotzdem. Das Jahr darauf nahm sie nämlich wieder teil. In Deutschland wurde sie Vorletzte.»

«Vielleicht war ihr Lied einfach schlecht?»

«Noch schlechter als ‹Refrain›?»

«Warum war der erste Contest ausgerechnet in der Schweiz?»

«Die Unschuld der Neutralität. Nach dem Krieg wollte man vermutlich neutral mit der Marke Europa beginnen. Ausserdem sprechen wir schon drei Sprachen. Das ist ein Europa für sich.»

«Du quatschst nur Müll. Zudem haben wir vier Sprachen. Rätoromanisch musst du dazunehmen.»

«Sackgasse.»

«Scheisse.»

«Mit dir will ich nicht auf der Flucht sein.»

Cecilia merkte, wie der Wagen wendete und weiterfuhr. Die beiden sagten nichts mehr. Auch das Radio blieb still. Die Kurven nahmen ab, die geraden Strassen wurden länger. Es ging stadtauswärts.

Die Stimmen wurden merklich leiser, als Stahl das Hinterzimmer der Gaststätte betrat. Viele wussten, wer er war. Entweder sie hatten ihn noch persönlich als Rekruten erlebt, oder sie kannten ihn von Geschichten. Wäre er unter anderen Umständen gekommen, sie hätten ihn mit Begeisterung empfangen. Jetzt aber störte er. Sie ahnten, was er wollte.

Ein weisshaariger Mann mit einem buschigen Schnauzbart trat Stahl entgegen. Es war der ehemalige Oberstleutnant Vatter. Er hielt sich noch immer aufrecht, streckte den Rücken durch, um seiner stattlichen Statur Geltung zu verschaffen.

«Das ist aber eine Überraschung», sagte er und behielt die Hände verschränkt hinter dem Rücken. «Wie oft haben wir dich in den letzten fünf Jahren eingeladen?» Er hob dabei seine Brauen und grub die Stirn in tiefe Falten.

«Ich hatte keine Zeit», sagte Stahl.

«Und jetzt? Hast du jetzt Zeit?»

«Nein.»

«Dachte ich mir. Mit wem willst du sprechen?»

«Mit Wenger. Der stand Albin am nächsten.»

«Wenger ist nicht da. Der kommt schon seit über einem Jahr nicht mehr.»

«Gründe?»

«Musst ihn selbst fragen. Aber ob er dir antwortet, ist eine andere Sache.»

«Was ist mit ihm?»

«Alzheimer.»

«Ist er bei seiner Familie?»

«Welcher Familie?»

«Hatte er nicht eine Tochter?»

«Lebt in Rom und interessiert sich einen Dreck für ihren Vater.»

«Wo ist er jetzt?»

«Memory Klinik, Paradiesstrasse. Aber du kannst dir die Mühe sparen. Es ist ein Elend. Was der Kerl alles wusste. Und jetzt ist es weg, oder er erschlägt dich ungefragt mit einem Redeschwall, dass dir bang wird. Trinkst du eins mit?»

«Wir sind ihm vermutlich nicht fein genug», stach eine spitze Stimme von der Seite ins Gespräch. Stahl drehte sich nach ihr um. Das Gesicht eines Nagetieres versuchte sich an einem Lächeln und scheiterte kläglich.

«Major Bachler. Das ist aber eine Überraschung. Wusste gar nicht, dass Sie der Zürcher Sektion angehören?», sagte Stahl und tat nicht nur verwundert, sondern war es auch, Bachler hier zu treffen.

«Bin zu Besuch. Sie sind ja auch noch kein Veteran und sind hier. Wer ist da verdächtiger?»

«Eindeutig Sie. Die Walliser sind immer verdächtig.»

Vatter lachte laut.

«Wie meinen Sie das?», fragte Bachler.

«Nirgendwo ist die Vetterngemeinschaft so ausgeprägt wie im Wallis. Oder kommt es von ungefähr, dass seit 1825 allein achtzig Gardisten aus Naters gekommen sind?»

«Ein abgedroschenes Thema.»

«Aber nie zu Ende diskutiert.»

«Wie so vieles, was uns betrifft. Das liegt im Kern der Sache. Oder legen Sie all Ihre Taten offen, für die Sie im Namen des Vatikans unterwegs sind?»

Stahl schwieg. Bachler ebenfalls. Sie fixierten sich, wie sie es seit jeher getan hatten, seit Stahl dem Major einst zugewiesen worden war. Bachler, der Chef der Sicherheit gewesen war, hatte Stahl damals abgelehnt und hatte einen Walliser aus Naters protegieren wollen. Aber der Camerlengo selbst hatte darauf bestanden, dass Stahl den Posten erhielt. Bachler hatte ihn kleinhalten und blossstellen wollen. Aber Stahl war zäh gewesen und hatte dank des Unterrichts beim Camerlengo viel über menschliches Verhalten begriffen und es in seinem Sinne umzusetzen gewusst. Trotzdem wäre er irgendwann unter den Schikanen des Majors zusammengebrochen, wenn Albin ihm nicht zur Seite gestanden wäre. Für einen Moment glomm kalter Hass in seinen Augen, Dutzende alter Rechnungen blitzten auf und verschwanden sogleich wieder hinter einem Lidschlag. Der Major aber hatte sie registriert und war gewarnt.

«Oberstleutnant Vatter. Es war sehr nett, Sie wieder einmal zu sehen. Kommen Sie doch beizeiten auch bei uns vorbei. Mein Weinberg braucht immer Erntehelfer», sagte Bachler.

«Sagen Sie das nicht zu laut, sonst rücken wir mit der ganzen Kompanie an und überfallen Ihre Trauben wie Rebläuse.»

«Hauptsache, Sie lassen *ihn* daheim. Bei seinem Anblick wird der Wein zu Wasser.» Er salutierte und verliess den Raum. Zwei Männer um die dreissig hatten an einem kleineren Tisch auf Bachler gewartet und verschwanden nun mit ihm.

«Ich kenne die beiden. Die sind aus Rom», sagte Stahl.

«Nein, aus dem Wallis», sagte Vatter und lachte.

«Was machen die hier?»

«Bachler könnte zwar schon in Pension, aber er hat sich noch nicht zur Ruhe gesetzt. Wer lässt schon gerne von der Macht.» Er atmete tief durch. «Aber ich glaube, dass er hier für jemanden auf separate Rechnung arbeitet.»

«Für jemanden aus Rom?»

«Vermutlich. Albin hatte mal so etwas angedeutet, aber nicht mehr gesagt. Du weisst ja, wie er war: Wissen, wagen, wollen – schweigen. Das hat er beherzigt wie kein Zweiter. Und jetzt schweigt er für immer. Und dir wird es nicht besser gehen, du bist der gleiche Dickschädel. Lass Bachler in Ruhe. Der ist noch gefährlicher als früher.»

«Für wen arbeitet er?» Stahl liess nicht locker.

Vatter zuckte mit den Schultern. «Und selbst wenn ich es wüsste, ich würde es dir nicht sagen.»

«Und was ist mit Weiss? Warum hat man ihn umgebracht und ihm einen toten Fuchs danebengelegt?»

«Woher soll ich das wissen? Zwei von unseren Leuten wurden kaltgemacht, da will man seine Ruhe haben. Verstehst du das denn nicht? Wir haben lange genug unseren Arsch hingehalten. Irgendwann sind auch wir müde.»

«Namen. Ich brauche Namen. Hat Bachler etwas damit zu tun?»

«Keine Ahnung, wer dahintersteckt.»

«Weil du mit drinsteckst?»

«Weil ich meinen Lebensabend noch geniessen will. Mir reichen meine Pension, mein Rosengarten und meine Pfeife. Abenteuer brauche ich keine mehr. Aber dein Auftritt hier könnte Unruhe in meine Beschaulichkeit bringen. Und das lasse ich nicht zu. Es war nett, dich wieder einmal gesehen zu haben. Falls aus unserem Verteiler wieder Einladungen an dich gehen sollten, ignoriere sie einfach für mindestens weitere fünf Jahre. Versprochen?»

Vatter drehte sich ab und ging auf eine Gruppe Veteranen zu, die sich angeregt, aber leise unterhielten.

Stahl liess seinen Blick im Raum schweifen, fand jedoch keinen unter den Anwesenden, mit dem er über Albin hätte sprechen können. Der einzige war Wenger. Und der kämpfte in der Memory Klinik um jeden Millimeter grauer Zellen.

Der VW-Bus bremste. Der Viertakt verstummte. Cecilia lauschte, was als Nächstes geschehen würde.

«Bringen wir sie rein?», fragte der Fahrer.

«Natürlich. Oder willst du sie die ganze Zeit mit dem Sack über dem Kopf im Wagen liegen lassen?»

«Wäre mir am liebsten. Sie muss nicht wissen, wie wir aussehen.»

«Das weiss sie ohnehin. Jedenfalls kennt sie dein Gesicht. Mich hat sie nicht gesehen. Wenn jemand also darauf bestehen könnte, weiterhin anonym zu bleiben, dann bin ich das. Es geht nur darum, dass sie nicht weiss, wo wir sind, kapiert?»

«Gar nichts hab ich kapiert. Ich weiss noch immer nicht, was das Ganze soll.»

«Hast du Schiss vor den Bullen?»

«Du etwa nicht?»

«Nie gehabt. Stell sie dir ohne Uniform vor – und sie sind harmlos. Kleider machen Leute. Und Nackte zeigen Seele.»

Der Fahrer stieg aus, der andere richtete sich an Cecilia.

«Keine Sorge, schöne Frau. Wir tun dir nichts. Dafür musst du brav sein. Versprochen?»

Die Schiebetür des Busses wurde aufgezogen. Der Fahrer maulte: «Packst du mal mit an, oder schwingst du nur Reden?»

«Willst du sie etwa tragen? Sie hat doch Füsse.»

«Sie ist gefesselt. Soll sie hüpfen?»

«Mal was anderes. Sackhüpfen mit dem Sack auf dem Kopf.» Er lachte. Cecilia merkte, wie ein Messer ihr die Fessel von den Knöcheln schnitt. Dann packten sie zwei Hände bei den Schultern und setzten sie hin. Sie wurde am Arm gefasst und aus dem Wagen gezogen.

«Komm», sagte der Fahrer. «Könntest du wenigstens das Haus aufschliessen? Ich möchte nicht mit der Kapuzenfrau hier lange im Vorgarten stehen.»

Der Beifahrer kletterte ebenfalls aus dem Bus. Dann hörte Cecilia das Klappern von Schlüsseln und einen Fluch. «Warum kann niemals der erste Schlüssel der richtige sein?»

Die Tür wurde geöffnet, Cecilia hart am Arm ins Haus gezerrt. Hinter ihr fiel die Tür ins Schloss. Der Fahrer schob sie vor sich her. Es roch muffig. Der Schimmel kroch sogar durch den Sack hindurch. Hier war lange nicht gelüftet worden.

«Ich habe Hunger», sagte der Beifahrer.

«Wann nicht?»

«Stimmt.» Er lachte.

«Wo bringen wir sie hin?»

«Ins Wohnzimmer. Aufs Sofa.»

Der Fahrer bugsierte sie in die gewünschte Richtung und drückte sie dann auf das Polster.

«Und jetzt?»

«Nimm ihr den Sack ab.»

«Vielleicht hat sie mein Gesicht schon wieder vergessen.»

«So einen Affenkopf vergisst niemand. Mach schon.»

Zwei Hände nestelten am Klebestreifen, der den Sack auf Cecilias Kopf hielt, und rissen die beissende Jute weg.

Cecilia kniff die Augen zusammen, geblendet von der plötzlichen Helligkeit.

«Siehst du, sie will dich gar nicht sehen. Recht hat sie.» Derbes Lachen. «Binde ihr die Füsse wieder zusammen, damit sie keine Dummheiten macht.»

«Bin ich dein Handlanger? Warum sagst du die ganze Zeit, was ich tun soll?»

«Weil du von allein nicht draufkommst.»

«Du bist nicht der Boss, merk dir das.»

«Wer ist denn der Boss? Etwa Regine?»

«Eher als du.»

«Albin war der Boss.»

«Aber Albin ist tot.»

«Ein Machtvakuum. Das ist nie gut.»

«Schwatz nicht.»

«Was meinst du, was in Kuba los sein wird, wenn die Castros mal tot sind.»

«Ich wollte noch nie nach Kuba.»

«Es ist traumhaft dort. Kommunismus kann nur in der Wärme funktionieren. Unter der Sonne.»

«Kommunismus kann nirgendwo funktionieren.»

«Deshalb braucht es auch einen Boss, der Ansagen macht.»

«Aber der bist nicht du.»

«So?»

«So.»

Dürrenmatt richtete sich an Cecilia. «Verzeihen Sie unsere Diskussion. Aber kleine Konflikte halten die Beziehung wach. Wollen Sie etwas trinken? Kann mir vorstellen, dass es unter dem Sack ordentlich heiss war.»

«Was haben Sie mit mir vor?», fragte Cecilia.

«Einen Tauschhandel.»

«Muss sie das wissen?», fragte der Cowboy. Seine Stimme verriet, dass er den VW-Bus gefahren hatte.

«Wieso nicht? Sie soll ja schliesslich getauscht werden.»

«Das wird sie erfahren, wenn es so weit ist.»

«Jetzt weiss sie es eben fünf Minuten früher. Wir sind doch keine Unmenschen. Willst du sie im Ungewissen lassen? Die Ungewissheit ist der Stressfaktor, der den grössten Einfluss auf Herzinfarkte hat. Gefolgt von Scheidung und Umzug. Umzug sogar noch vor dem Tod eines nahen Menschen. Wusstest du das?»

«Sie sieht mir nicht so aus, als ob sie ein schwaches Herz hätte.»

«Das weiss man nie. Kann man in das Herz eines Menschen schauen? Ich meine, wirklich? Was weisst du schon von mir? Wie es in mir tief drinnen wirklich aussieht?»

«Ich will es gar nicht wissen.»

«Ich habe Durst», sagte Cecilia.

Dürrenmatt verliess das Wohnzimmer. Cecilia hörte, wie ein Wasserhahn angedreht wurde, und vermied es, den Cowboy anzusehen, während sie allein waren.

Die Memory Klinik lag in der Paradiesstrasse. Es musste die Hölle sein zu merken, wie man immer vergesslicher und unberechenbarer wurde. Oder war es doch das Paradies? Oder war das Paradies ein Ort des Vergessens? Wenn man dort war, erinnerte man sich vermutlich nicht mehr an das Gewesene, so wie der Mensch sich nicht daran erinnern konnte, ob und wo er bereits gelebt hatte, ehe er geboren wurde.

«Herr Wenger ist im Park», sagte die Frau in Weiss, auf deren Namensschild «S. Stiller» stand.

«Danke, Frau Stiller», sagte Stahl. Er hatte gelernt, die Leute mit Namen anzusprechen. Verkäufern wurde beigebracht, dass der Kunde nichts lieber hörte als seinen eigenen Namen. Es gab kaum einen Kniff, um das Denken und Fühlen in die gewünschte Richtung zu lenken, die Stahl nicht während seiner Ausbildung hatte lernen müssen.

Frau Stiller wurde sofort wacher, als sie ihren Namen hörte. Gleichzeitig aber auch verlegen, weil sie sich seinen Namen nicht gemerkt hatte. Auch das konnte man trainieren. Aber was sollte man noch alles tun? Reichte es nicht, in einer unterbesetzten Klinik all den Patienten zu genügen? Und die durften ja auch vergessen.

«Dort entlang, und dann rechts. Am Ende des Ganges sehen Sie dann schon, wie Sie in den Park gelangen.»

Stahl folgte ihrer Wegbeschreibung. Auf dem Gang begegnete ihm ein alter Mann, der im Rollstuhl kauerte und von einem Pfleger geschoben wurde. Beide hatten sich nichts zu sagen. Der Alte mit kahlem Schädel wiederholte einen Ortsnamen und bellte, dann schrie er nach Sophia und schimpfte mit ihr, weil sie den Kohl mit Kümmel zubereitet hatte, wo sie doch wusste, dass er keinen Kümmel mochte. Der Pfleger starrte geradeaus und nahm nicht einmal Stahl wahr. Man musste vermutlich hin und wieder auf Durchzug stellen, wollte man das hier aushalten.

Der Alte im Rollstuhl erinnerte Stahl an einen verbissenen Kardinal, den er nicht mochte. Auch die Kardinäle hatten grösstenteils ein Alter erreicht, bei dem die Vergesslichkeit vor der Schwelle stand und heftig ans Tor pochte. Aber in der katholischen Kirche genügten die Erinnerungen an früher. Wer wollte sich dort schon mit der Gegenwart auseinandersetzen? Politisch und ökonomisch waren sie voll auf der Höhe, aber was die Inhalte ihrer Mission anbelangte, hinkten sie dem Zeitenlauf in vielem hinterher.

Stahl drückte eine Glastür auf und ging über einen Kiesweg in die Parkanlage. Er passierte ein Schachspiel, auf dessen Feld zwei Männer grosse Figuren bewegten. Stahl blieb stehen und studierte die Spielsituation. Er stutzte, weil einer der Männer mit einem Bauern zwei Springerzüge hintereinander vollzog und seinem Gegner damit die Dame stahl. Der Gegner applaudierte und nickte anerkennend mit dem Kopf. Dann nahm er wiederum seinen Turm und fuhr damit eine Läuferdiagonale, die es ihm erlaubte, den Turm seines Widersachers zu schlagen. Ärgerliches Grummeln des Geschlagenen. Der griff nun den Bauern, mit dem er zuvor den unkonventionellen Doppelspringerzug veranstaltet hatte, und schlug damit, in dem er drei Diagonalfelder nach rechts fuhr, um dann rechtwinklig weitere vier Felder zu wandern, ehe er seinen eigenen Läufer damit vom Feld putzte. Der andere applaudierte wieder und griff sich zwei seiner Bauern, mit denen er nun vor den König des Gegners marschierte, um sie beide auf einem Feld vor dem schwarzen Monarchen abzusetzen.

Stahl hätte gerne gelacht, aber die Willkür der Regeln erinnerte ihn zu sehr an seine eigene Hoffnungslosigkeit, im Handeln der Menschen einen kontinuierlichen Sinn zu entdecken. Er selbst wusste häufig nicht, was er tat. Die Depeschen, die er von A nach B zu bringen hatte: machten die Sinn? Manchmal brachten sie für eine Weile Frieden, dann wieder Unruhen und Kriege. Je nachdem, was die Spieler, die ihn umherschoben, gerade ausheckten. Und wussten diese immer, was sie taten? Waren es nicht auch Greise, die die Regeln des Spiels längst vergessen hatten und nur mehr so taten, als wüssten sie, worum es ging? Stellung halten und Figuren schieben, applaudieren und grollen, ohne Sinn und Verstand. Oder lag in dem unkalkulierbaren Wahnsinn gerade eine höhere Logik? Die Logik des Absurden, die das Leben erträglich machte?

Wenger sass allein auf einer Bank und drehte einen Rosenkranz durch die Finger.

«Herr Oberstleutnant», grüsste Stahl. Wenger sah nicht auf, sondern starrte weiterhin auf die Kugeln der Gebetskette, die geübt durch seine Finger rollte. «Geheiligt werde dein Name», murmelte er und hielt dann inne. «Geheiligt werde dein Name», wiederholte er und stockte erneut. Er setzte ein drittes Mal an und wusste wieder nicht weiter. «Dein Reich komme, dein Wille geschehe. Wie im Himmel, so auf Erden», fuhr Stahl im Gebet fort. Wenger lächelte, blickte aber nicht auf. «Und vergib uns unsere Sünden», sagte er und sah Stahl nun an. «Das ist der wichtigste Teil. Wenn man den Rest nicht mehr weiss, ist es nur halb so schlimm. Finden Sie nicht?»

«Kennen Sie mich? Wissen Sie, wer ich bin?», fragte Stahl.

«Natürlich weiss ich, wer Sie sind. Jeder von uns kennt Sie. Sie sind eine Legende. Ich habe Sie erwartet.»

«Sie waren einer der engsten Vertrauten von Albin während der Dienstzeit. Haben Sie sich anschliessend auch noch getroffen?»

«Albin? Ja, ein feiner Kerl. Wo ist er? Noch im Kongo? Ich wollte nie in den Kongo. Ich war froh, dass Albin das übernommen hat. Ich habe immer gesagt, sollen die aus Zug doch in den Kongo. Stellen Sie sich das einmal vor: von Zug in den Kongo.» Er lachte. «Albin hat das gemacht, aber er wusste auch, warum.» Wenger rieb Daumen und Zeigefinger der freien Hand gegeneinander und imitierte so das Geräusch von Papiergeld. «Wenn er zurück ist, sagen Sie ihm, er soll vorbeikommen. Oder nein, besser nicht. Aber sagen Sie ihm, dass er nicht mehr in den Kongo soll. Zu gefährlich.»

«Albin ist tot», sagte Stahl.

«Tot. So? Ah, ich weiss, ich erinnere mich. Tot ist er. Ich auch. Schon lange. Manchmal. Manchmal bin ich tot, dann erinnere ich mich an nichts mehr. Ich greife nach einem Gedanken wie nach einer Wolke, will hineinbeissen, damit sie platzt. Aber ich erwische sie nicht. Dann bin ich tot. Wenn ich sie nicht erwische, bin ich tot. Das ist doch klar.»

«War Albin in letzter Zeit mal hier?»

«Albin? Er kommt beinahe täglich. Hier sitzt er, neben mir, und erzählt mir, wie es im Kongo aussieht. Nicht gut. Gar nicht gut. Es war dort noch nie gut. Aber das Geld, das man dort machen kann, das ist gut. Wenn man's richtig anstellt. Ich war immer zu blöd. Aber Albin, der nicht. Der wusste, wie man es anstellt. Warten Sie eine halbe Stunde, dann ist er bestimmt da.»

«Wie hat Albin es angestellt? Und was?»

Wenger verdrehte die Augen. «Verrat ich nicht. Müssen Sie selbst draufkommen.» Er kicherte.

«Wenn Sie es mir verraten, sage ich den Rest vom Vaterunser auf.»

Wenger rollte mit den Augen. «Wo ist dein Schwert? Ich weiss, dass du es hast. Ich will es sehen. Das Flammenschwert. Los, her damit!», brüllte er mit einem Mal und sprang auf. Er packte mit beiden Händen Stahls Kehle und drückte kräftig zu. Die Kugeln des Rosenkranzes pressten sich gegen Stahls Kehlkopf. Überrascht von dem plötzlichen Angriff, strauchelte er ein Stück nach hinten und stürzte mit Wenger zu Boden. Wenger drückte unverzagt weiter. «Das Flammenschwert! Rück es raus und verbrenn mein Hirn damit. Dass ich endlich Ruhe habe! Los!»

Er drückte weiter zu. Stahl hatte einen Moment zu lange gewartet. Jetzt war es nur noch schwer möglich, den Angriff abzuwenden, ohne Wenger dabei wehzutun. Stahls gestreckte Finger stachen in Wengers Solarplexus. Dann schlugen zwei Handkanten keilförmig gegen die Halsmuskeln des Alten. Er schrie auf, japste «Gabriel!» und kippte von Stahls Körper nach rechts auf den Kies.

«Was ist denn hier los?» Die Stimme gehörte zu einem Pfleger, der herangeeilt kam. Sein weisser Kittel flatterte, und Stahl musste an die bauschigen Flügel des Erzengels denken.

«Alles in Ordnung. Ein kleines Missverständnis», sagte Stahl und rappelte sich auf. Der Pfleger kümmerte sich überhaupt nicht um Stahl, sondern richtete sich nur an Wenger. «Herr Wenger, alles in Ordnung?» Er half dem Alten auf, der nach Atem rang und sich mit den Händen den geschlagenen Hals befühlte. Dann merkte er, dass er den Rosenkranz nicht mehr hatte, und stierte auf den Kies. Stahl sah ebenfalls hinab und entdeckte die schwarzen Perlen. Er hob die Kette auf und reichte sie Wenger.

«Wie im Himmel, so auf Erden. Wie auch wir vergeben unseren Schuldigern», sagte er.

«Und führe uns nicht in Versuchung. Sondern erlöse uns von dem Bösen. Denn dein ist das Reich und die Kraft und die Herrlichkeit.»

«In Ewigkeit.»

«Amen.» Wenger lächelte zufrieden und setzte sich wieder auf die Bank.

«Sind Sie ein Verwandter?», fragte der Pfleger.

«So etwas in der Art», sagte Stahl. «Wiedersehen.»

Er wollte sich auch von Wenger verabschieden, aber der blieb schon wieder an der verflixten Stelle hängen: «Geheiligt werde dein Name», murmelte er und versuchte in Wolken zu beissen.

«Sie kommt», sagte der Cowboy, der hinter der Gardine stand und die Auffahrt beobachtete.

«Ist jemand hinter ihr?», fragte Dürrenmatt.

«Ich sehe keinen.»

«Guck noch länger. Auch wenn sie schon drin ist.»

Es klopfte an der Tür. Dürrenmatt ging, um zu öffnen. Der Cowboy beobachtete weiterhin die Strasse.

«Hat sie schon ausgepackt?», fragte die Gräfin, noch ehe Dürrenmatt die Tür hinter ihr geschlossen hatte.

«Wir wollten auf dich warten.»

«Gut.» Die Gräfin ging auf Cecilia zu, die noch immer gefesselt auf dem Sofa hockte. «Sie wissen, worum es geht», sagte die Gräfin.

Cecilia zuckte unschuldig mit den Schultern.

«Nicht diese Nummer. Die ist langweilig und kostet alle nur Zeit und Nerven. Sie haben eins auf den Schädel gekriegt, dann hat Sie der Kaplan nach dem Buch gefragt, und ausserdem war Bachler bei Ihnen.»

«Wer ist Bachler?», fragte Cecilia.

«Der Mann mit dem Vogelgesicht. Unangenehmer Zeitgenosse. Pickt gerne Aas. Ist sich aber auch nicht zu schade, selbst Leichen zu schaffen.»

Cecilia erinnerte sich. Der Kerl, der sie im Antiquariat bedroht hatte.

«Ausserdem hängt Ihnen Stahl an den Fersen», fuhr die Gräfin fort.

«Er beschützt mich», sagte Cecilia.

Die Gräfin lachte laut. «Der beschützt Sie so lange, wie er einen Koffer beschützt, in dem sich wertvolles Material befindet. Sobald er hat, was er will, ist ihm egal, was mit Ihnen passiert.»

«Und was will er?»

«Das Gleiche wie alle: das Buch.»

«Alle fragen mich nach einem Buch, aber niemand nennt mir den Titel. Wie soll ich da wissen, ob ich es habe?»

«Wenn Sie es haben, dann wissen Sie es», sagte die Gräfin. Sie machte eine Pause und taxierte Cecilia. «Halten Sie lange Schmerzen aus?», fragte sie dann.

«Wollen Sie mich foltern?»

«Warum nicht? Ich habe das zwar noch nie gemacht, aber jemand hat mir mal erzählt, dass es am ärgsten schmerzt, wenn es Dilettanten tun.»

«Aber ich weiss doch nichts.»

Die Gräfin setzte sich in den Sessel, vis-à-vis vom Sofa. Nur ein Salontischchen trennte die beiden.

«Willst du sie wirklich foltern?», fragte der Cowboy, der vom Fenster kam.

«Weisst du etwas Besseres?»

«Wir könnten ihrer Tante etwas antun», sagte Dürrenmatt. «Es scheint mir so, sie redet eher, wenn man ihren Liebsten etwas tut.»

«Würdest *du* wegen deiner Tante reden?», fragte der Cowboy. Dürrenmatt lachte und hustete zugleich. «Ich? Um Gottes willen. Niemals. Ich wäre froh, wenn sie das Biest mal in die Mangel nähmen. Aber ich bin nicht wie die Kleine. Die Kleine redet, weil sie ihre Tante gerne hat, hab ich recht?» Er drehte sich zu Cecilia und zeigte seine schiefen gelben Zähne. Dabei riss er die Augen hinter seiner Brille auf. Cecilia hoffte, dass ihm diese Fratze nicht blieb, und schwieg.

«Schauen Sie, wir wollen niemandem etwas tun. Damit haben wir gar keine Erfahrung», sagte die Gräfin. «Aber irgendwie müssen wir doch an das Buch kommen, nicht?»

«Warum? Was ist so wichtig daran?» Cecilia wäre besser ihrem Journalisteninstinkt nicht gefolgt und hätte geschwiegen. Sie war zu neugierig. Immerhin waren bereits drei Menschen wegen dieses Buches gestorben, ihr hatte man auf den Kopf geschlagen, sie gewarnt, umgarnt und gar entführt. Und jetzt drohte man ihr mit Folter. Wer wollte da nicht wissen, warum?

Die Gräfin biss sich auf die Lippen, schien nach den richtigen Worten zu suchen.

Endlich rückte sie mit der Sprache raus. «Ich weiss es auch nicht.» Die drei Entführer sahen sich stumm an. Es war eine Stille der Peinlichkeit, die von der Gräfin wieder gebrochen wurde. «Ich weiss nur, dass es ein schwarzes Buch ist, in das Albin immer hineingeschrieben hat. Ein Buch, in dem etwas steht, das ihn sehr reich machen sollte. Ein Geheimnis. Mehr weiss ich nicht. Er hat nur einmal davon gesprochen, als er sehr betrunken war. Er stand mit dem Buch in der Hand in seiner Küche und fuchtelte wild damit in der Luft.»

«Und wir haben gelacht.»

«Weil wir auch besoffen waren.»

«Nein, weil wir es nicht geglaubt haben.»

«Und jetzt glauben Sie es? Warum?», fragte Cecilia.

«Weil zu viele Leute ihm hinterher sind. Gefährliche Leute. Und Menschen sind immer am gefährlichsten, wenn es um einen grossen Batzen geht», sagte die Gräfin.

«Oder um Macht», sagte Dürrenmatt.

«Das ist dasselbe.»

«Oder um religiösen Fanatismus.»

«Ist am Ende auch dasselbe. Es geht immer ums Geld. Aber ich nehme es keinem übel. Ich lebe auch gern und gut», sagte die Gräfin. «Aber ich muss nicht alles haben. Ich kann auch teilen. Für Sie bleibt bestimmt auch noch etwas übrig.»

«Das passt mir nicht», sagte der Cowboy. «Ein Drittel oder ein Viertel vom Kuchen – das ist ein happiger Unterschied. Für ein Viertel riskier ich meinen Arsch nicht.»

«Es kommt immer darauf an, wie gross der Kuchen ist, Dummkopf. Von einem Franken juckt mich auch ein Drittel nicht. Aber von einigen Millionen tut's auch ein Zehntel», sagte Dürrenmatt.

«Das ist ja der Witz. Wir wissen nicht einmal, wie viel es ist. Er sagte nur, dass es für alle reichen wird. Aber was heisst das? Jeder hat doch andere Bedürfnisse.»

«Manchen reicht es nie. Gerade denen, die sowieso schon alles haben. Aber du bräuchtest doch gar nicht mitmachen. Deine Familie ist doch reich.»

«Aber nicht grosszügig. Ausserdem will ich mein eigenes Geld. Ich will es denen zeigen, verstehst du? Und da ist mir ein Viertel einfach zu wenig. Egal, von wie viel.»

Dürrenmatt gab auf und drehte sich zur Gräfin. «Wenn sie denkt wie er, warum sollte sie sich dann mit einem Viertel zufriedengeben, wenn sie alles haben kann?»

«Weil eine Tote gar nichts hat.»

«Wenn wir sie töten, haben wir auch nichts.»

«Wer sagt denn, dass wir sie töten. Das werden schon die besorgen, die bei Albin und dem Kaplan zugeschlagen haben.»

«Und was machen wir jetzt mit ihr?»

«Warten. Bis sie sagt, wo das Buch ist.»

«Und wenn sie wirklich nichts weiss?»

«Dann war unsere ganze Aktion eine Lachnummer», sagte die Gräfin und biss sich wieder auf die Unterlippe.

7

Palm hatte Stahl bereits zweimal auf die Combox gesprochen. Jetzt versuchte er erneut, ihn anzurufen. Während er dem Tuten in der Leitung lauschte, sah er auf das kleine schwarze Moleskine-Notizbuch, das vor ihm auf seinem Schreibtisch lag. Stahl ging wieder nicht ran. Die Combox sprang an. Diesmal verzichtete Palm darauf, etwas auf das Band zu sprechen. Dafür nahm er das Buch vom Tisch und schlug es auf. Es war vollgekritzelt mit Gedanken, Zeichnungen und Sentenzen. Eine Mischung aus Tagebuch und Schmierheft. Manchmal waren auch Zeitungsartikel eingeklebt, die alle ein Thema gemeinsam hatten: die Schweizergarde. Daneben befanden sich Kommentare, Ausrufezeichen und Fragen, die Palm nur schwer entziffern konnte, weil sie schnell dahingeschmiert worden waren. Mit Füller, das konnte Palm erkennen. Das Marineblau hatte manchmal unbeabsichtigt Kleckse geschliert. Und Boule-Zeichnungen. Kugeln, die durch die Luft flogen, im Kies landeten und aneinander klackten. Palm spielte kein Boule. Dazu fehlte ihm die Zeit.

Er klappte das Buch wieder zu. Er konnte nichts entdecken, was Leute dazu bringen sollte, wegen dieser Seiten einen solchen Aufstand zu veranstalten. Er wollte es Alfred bringen. Der hatte ihn aber angewiesen, es Stahl zu geben. Besser könnte es gar nicht laufen, hatte Alfred gesagt.

«Es ist gut, dass du die Sachen hier vorbeigebracht hast», sagte Palm und blickte zu Buffy auf, der an einem Glas Wasser nippte und darauf wartete, dass Palm etwas mehr rüberschob als nur nette Worte.

«Ist das Zeug nichts wert?», fragte Buffy.

«Alte Boxhandschuhe? Wenn sie von Ali wären, dann vielleicht. Aber du kennst den Markt dafür doch besser als ich.»

«Du weisst genau, dass ich das Buch meine. Ich lese auch Zeitung und kombiniere nicht nur mit den Fäusten.»

«Wäre aber gesünder.»

«In meinem Alter nicht. Da krieg ich nur noch auf die Nase, wenn ich in den Ring steige.»

«Dann bleib besser draussen.» Palm hoffte, dass Buffy die Warnung verstanden hatte. Sollte er ihm jetzt etwa tausend Franken geben, damit er dichthielt? Vielleicht waren tausend Franken auch schon wieder zu viel. Nicht, dass Palm knauserte. Alfred sagte, dass in dem Buch das Geheimnis von Millionen stünde. Aber ein Tausender könnte Buffy neugieriger machen, als er es ohnehin war. Er würde seine platte Nase dann in Angelegenheiten stecken, denen er mit seinen langsam gewordenen Fäusten nicht gewachsen war. Es wäre schade um Buffy. Palm mochte ihn. Er war ein schlichtes Gemüt, aber keineswegs dumm. Nur wenn er Geld roch, war er ebenso wenig zu bremsen wie alle anderen. Palm nahm sich da selbst nicht aus. Nur wusste er Risiken besser einzuschätzen. Sonst wäre er nicht da, wo er jetzt war. Er schwor sich jeden Tag aufs Neue, seinen Prinzipien treu zu bleiben und niemals zu gierig zu werden. Buffy war gierig, sein Blick verriet es. Er hatte Zeitungen gelesen, war auf der Beerdigung gewesen und hatte das ein oder andere im Milieu gehört. Die Buschtrommeln der Halbwahrheiten kursierten schnell. So gross war Zürich dann doch nicht.

«Wir mussten den Spind aufbrechen. Das kostet ein wenig», sagte Buffy, um Palm deutlicher aufs Geld anzusprechen. «Und ich habe Trainings ausfallen lassen. Musste zwei reiche Säcke vertrösten, damit ich hierherkommen konnte. Kann sein, dass die sich jetzt einen anderen Club suchen. Du weisst, wie das ist. Ein verlorener Klient ist nicht nur einer, sondern unternehmerisch gedacht gleich ein Multiplikator.»

Wo er das wieder aufgeschnappt hatte? Multiplikator. Es war komisch, ein Fremdwort aus Buffys Mund zu vernehmen. Aber Palm lachte nicht darüber. Er überlegte, ob ein Tausender angemessen wäre.

«Ich hätte die Sachen vielleicht besser der Polizei gebracht. Oder den Gardisten», sagte Buffy und hob seine spärlichen graubraunen Brauen. Jetzt bekam er etwas von einem Clown, dem sie die rote Nase eingedrückt hatten.

«Ich habe doch schon gesagt, dass es richtig war, mir die Sachen zu bringen.»

«Sie sind für Stahl. Vergiss das nicht. Vor allem die Boxhandschuhe.»

«Deswegen versuche ich ihn ja anzurufen.»

«Wenn er sie nicht bekommt, krieg ich das raus», sagte Buffy und setzte nach. «Stahl ist grosszügig. Das war er immer. Er würde mir bestimmt einen Tausender geben, wenn er hier wäre.»

«Aber er ist nicht hier. Wenn du wartest, bis er hier auftaucht, verlierst du womöglich noch mehr Multiplikatoren», sagte Palm und achtete darauf, dass es nicht so klang, als wolle er sich über Buffy lustig machen.

«Also?»

«Also, was?»

«Gibst du mir die Kohle.»

«Tausend ist happig.» Palm war insgeheim froh, dass Buffy selbst die Summe ins Spiel gebracht hatte. «Aber weil du es bist und du die Klappe hältst.»

Er zog die Schublade seines Schreibtisches auf und nahm ein Scheckheft heraus. Darauf setzte er die Summe von tausend Schweizer Franken und unterzeichnete. Dann legte er den Scheck auf das schwarze Buch. Buffy griff danach, warf einen prüfenden Blick darauf und steckte den Scheck ein. Es liess sich aus seinem Gesicht nicht lesen, ob er mit dem Tausender zufrieden war. Vielleicht rechnete er gerade, was noch drin gewesen wäre, und ärgerte sich darüber, dass er nicht mehr verlangt hatte.

«Kein Wort über den Verbleib der Boxhandschuhe», sagte Palm. «Da haben wir uns verstanden?»

«Und wenn mich einer fragt?»

«Musst du erst deinen Anwalt anrufen.»

Buffy stand auf. «Grüss mir Stahl. Wenn er Zeit hat, kann er ruhig mal wieder in den Club kommen. Fuzzy würde sich freuen.»

Stahl hatte vergessen, sein Handy wieder laut zu stellen, nachdem er Wenger verlassen hatte. Jetzt warf er einen Blick darauf und sah, dass Palm ihn bereits dreimal angerufen hatte. Er hörte die Combox ab und stieg in ein Taxi.

«Fahren Sie erst einmal los. Ich sage Ihnen gleich, wohin.»

Nachdem er Palms Nachrichten abgehört hatte, öffnete er auf seinem Handy den Explorer und suchte nach der Adresse von Regine Kling.

«Eisfeldstrasse 6», sagte Stahl, nachdem er fündig geworden war.

«Oerlikon?»

«Bin ich der Fahrer?»

Der Taxichauffeur tippte die Adresse in sein Navi ein und wartete darauf, dass der kleine Bildschirm die Karte zeigte.

«Oerlikon. Wusste ich es doch. Direkt hinterm Bahnhof.»

«Soll ich mit der Bahn dorthin? Ich kann auch aussteigen.»

Der Fahrer schüttelte den Kopf, aber er brachte es nicht fertig, seinen Mund zu halten. «Man will nur freundlich sein. Mit den Gästen ins Gespräch kommen. Kommunizieren. Kommunikation ist alles. Deswegen ist ja ein Taxi auch teurer als ein Bahnbillett. Weil man einen individuellen Ansprechpartner hat. Glauben Sie etwa, ich wüsste nicht, dass die Eisfeldstrasse in Oerlikon ist? Aber es ist der Wille zur Kommunikation. Ich erwarte doch nicht tatsächlich eine Antwort. Waren Sie schon einmal in New York?»

«Erwarten Sie jetzt eine Antwort?»

«Wenn in New York ein Gast in ein Taxi steigt und der Fahrer redet nicht mit ihm, wissen Sie, was dann passiert?»

Stahl sah genervt aus dem Fenster. Er brauchte Antworten auf andere Fragen.

«Der Gast steigt wieder aus. Und warum? Weil er Angst hat, dass der Fahrer gar kein Fahrer ist, sondern ein Killer, der den Gast in eine Seitenstrasse fährt und ihn dort abmurkst.»

Er drehte den Spiegel so, dass er Stahl sehen konnte. «Da staunen Sie, was? Da fällt Ihnen nichts ein.»

Stahl fixierte ihn via Rückspiegel. «Ich glaube, die Fahrer reden aus Angst, weil sie glauben, der Gast könnte ein Killer sein.» Er verzog keine Miene. Der Fahrer hielt einen Moment zu lange den Blick und vergass dabei, sich auf den Verkehr zu konzentrieren. Ein lautes Hupen und das Quietschen fremder Bremsen rüttelten ihn auf. Er hob entschuldigend den Arm, richtete den Spiegel und fuhr weiter, ohne dabei ein weiteres Wort zu verlieren.

Zu hoffen, dass das Boule-Trio Cecilia in Regines Wohnung verschleppt hatte, war blauäugig. Aber sie waren keine Profis. Sie konnten solche Fehler durchaus machen. Stahl wäre es lieber, sie wären keine Dilettanten. Profis waren berechenbar, Laien handelten irgendwie.

Sie fuhren am Bahnhof Oerlikon vorbei und bogen in die Eisfeldstrasse ein. Das Taxi hielt, und der Fahrer zeigte mit dem Finger auf den Stand des Zählers. Stahl gab ihm dreissig Franken, der Fahrer kramte umständlich in seinem Beutel nach Wechselgeld. Stahl wusste, worauf er wartete. Am liebsten hätte er ihn jetzt erschreckt mit einem «Hände hoch! Raus mit der Kohle!». Aber der arme Kerl hätte womöglich noch einen Herzinfarkt bekommen. Oder noch schlimmer: Er hatte unterm Sitz eine Pistole, so wie er es aus New Yorker Geschichten kannte. Und dann würde er abdrücken und der Polizei, der Presse und all seinen Kollegen eine wilde Geschichte in vielen Variationen auftischen. Kommunikation ist alles.

«Stimmt so», sagte Stahl und glaubte im «Dankeschön» des Fahrers einen Hauch von Enttäuschung gehört zu haben. Er hätte wohl lieber die Räuberpistole gehabt als vier Franken Trinkgeld.

Die Wohnung lag ebenerdig im Hinterhof: eine ehemalige Autowerkstatt, die nun als Atelier diente. Eine jener Hallen, die noch nicht top saniert worden waren. Das war hier selten geworden.

Stahl drückte sein Gesicht gegen die grossen Fenster. Er hatte mehrmals geläutet, aber niemand öffnete ihm. Eine Katze miaute und strich ihm um die Beine. Das graue Fell des Katers schimmerte matt. Ein fettes Tier, das gewohnt war, täglich mehrmals seinen Napf gefüllt zu kriegen. Mäusejagd schien nur als Hobby gepflegt zu werden.

Hier hinten konnte man gut jemanden versteckt halten. Aber ihn unbemerkt hereinzubekommen, wäre riskant. Zu viele Nachbarn könnten eine Entführung beobachten. Stahl glaubte nicht, dass Cecilia freiwillig mitgegangen war.

«Kann ich Ihnen helfen?», fragte eine kleine, untersetzte Frau um die fünfzig, deren Haarfarbe der des Katers ähnelte. Sie hielt einen Fressnapf mit Katzenfutter in der Hand. Der Kater löste sich von Stahls Beinen und miaute noch lauter. Stahl hoffte, dass die Frau den Napf endlich auf den Boden stellte. Er ertrug den Geruch des Futters nicht.

«Ich suche Frau Kling. Sie wohnt doch hier?»

«Sie ist seit heute verreist. Deswegen füttere ich den Leo.»

«Er heisst Leo? Nach dem Papst?»

«Nein, nach da Vinci. Frau Kling ist Künstlerin.»

Stahl blickte auf den gefrässigen Leo hinab und überlegte kurz, an welchen Borgia er ihn erinnerte. «Und wo ist sie hin?», fragte er.

«Hat sie nicht gesagt.»

«Hatte sie viel Gepäck mit sich?»

«Einen Rollkoffer.»

«Wurde sie abgeholt?»

«Nein. Der Bahnhof ist ja gerade um die Ecke.»

«Wann genau ist sie los?»

«Heute Morgen, schon sehr früh. Sie ärgerte sich darüber, dass man jetzt schon so früh auf dem Flughafen sein müsse, wegen der Sicherheitsvorkehrungen. Sie steht nicht gerne früh auf. Künstler eben.» Sie musterte Stahl nun eingehender. «Wollen Sie etwa ein Bild kaufen?»

«Ja. Deswegen bin ich hier. Ich habe ihre Ausstellung in Genf gesehen und mich in eines ihrer Bilder verliebt. Sie sagte, wenn ich mal in Zürich sei, solle ich sie besuchen, dann würde sie mir noch andere Werke zeigen. Schade, dass sie nicht da ist.»

«Wenn Sie wollen, kann ich Ihnen das Atelier öffnen. Ich glaube, sie hat nichts dagegen. Wenn sich schon mal jemand für ihre Bilder interessiert.»

Sie ging an Stahl vorbei und öffnete die Tür. Er folgte ihr ins Atelier. «Mein Geschmack ist es ja nicht. Ich finde, so kann jedes Kind malen. Aber schöne Farben verwendet sie, das muss man ihr lassen.»

Stahl sah sich in der Halle um. Sie war sehr spartanisch eingerichtet. Mehrere alte Türen dienten als Tischplatten, die auf Böcke gelegt worden waren. Aus Gläsern ragten Stifte und Pinsel, einige Farbeimer standen säuberlich gruppiert auf bekleckstem Tapetenresten, ein dunkelbraunes Parkett aus alten Bohlen gab dem Raum den Anschein von Wärme. Mannshohe Bilder und Entwürfe lehnten an den Wänden, eine skurrile Installation aus Drahtgeflecht baumelte von der Decke. Die Fensterfront liess ausreichend Sonne herein, sodass man bei Tag auf die Baustrahler verzichten konnte, die vereinzelt im Raum standen. Im Winter konnte es hier traurig sein.

«Das da gefällt mir am besten», sagte die Frau und zeigte mit ihrer fleischigen Hand auf ein Gemälde, das Stahl als kindlich-naturalistisch bezeichnen würde. Im Vordergrund lag die rote Holzkugel, dicht dahinter erhob sich mächtig eine mattsilberne Boule, auf der die Schlüssel Petri sich kreuzten. In scharfkantigem Relief und detailliert kontrastreichen Grautönen füllte spitzer Kies den Rest des Bildes. «Universum» stand darunter zu lesen.

Stahl kamen sofort Galilei und Kepler in den Sinn: Der grosse Krach und der gigantische Umbruch, den die Wissenschaftler seit der Renaissance erst schrittweise, dann in immer grösseren Sprüngen angezettelt hatten, und dabei das Fundament des kirchlichen Menschenbildes so erschütterten, dass nichts mehr war wie vorher. Die Erde drehte sich von nun an um die Sonne, Gott musste neu geortet werden. Das Boule-Spiel als Metapher für die Neuordnung der Welt? Die kleine rote Kugel als Mittelpunkt? War Purpur nicht die Farbe des Heiligen Vaters? Drehten sich die Planeten um den Vatikan? Oder stand die kleine Rote für den Kern der Sache, wohin sich alles drängte?

«Aber es ist unverkäuflich», sagte die Frau. «Ich habe es mitbekommen, als ich hier geputzt habe. Einmal die Woche mache ich hier sauber. Da war ein Herr hier. Gut gekleidet. Wie Sie. Der wollte unbedingt das Bild kaufen. Aber die Kling lachte ihn aus. Unverkäuflich, hat sie gesagt. Unverkäuflich. Mich hat sie schon seit zwei Monaten nicht mehr bezahlt, verstehen Sie? Aber schreit ‹unverkäuflich›. Ich dachte ja erst, sie wolle nur den Preis in die Höhe treiben. Aber nichts da. Der Kunde ging richtig hoch mit dem Preis. Aber richtig. Verstehe einer diese Künstler.»

«Wann war das?»

«Vor einem Monat etwa.»

«Hatte der Kunde einen Namen?», fragte Stahl.

«Daran kann ich mich nicht erinnern. Er war mir nicht sympathisch. Jedenfalls hätte ich ihm nicht so einfach das Atelier geöffnet wie Ihnen. Aber das Bild hätte ich ihm schon verkauft. So unsympathisch kann einer gar nicht sein, dass ich auf so ein Geschäft verzichtet hätte.»

«Nannte sie einen Grund?»

«Es sei ein Geschenk für einen Freund. Stellen Sie sich das vor. Hat nichts auf der Kante und schlägt ein Geschäft aus, weil sie es sich leisten kann, grossartig Geschenke zu machen. Und ich warte auf meinen Lohn.»

Sie strich sich das grau melierte Haar aus der runden Stirn und stemmte die Hände in die Hüften. Es hatte den Anschein, als warte sie auf einen bestätigenden Kommentar Stahls. Der hatte aber bereits etwas anderes entdeckt und ging darauf zu.

«Wo ist das?», fragte er und zeigte auf ein Foto, das zwischen einigen Skizzen und Stiften auf einem der Arbeitstische gerahmt stand. Auf dem Foto war Albin mit Regine zu sehen. Arm in Arm sassen sie auf einer Steinbank vor einem Landhaus und lächelten in die Kamera.

«Adlisberg, hinter dem Tennisplatz. Dort hat sie noch ein Haus. Eigentlich gehört es ihrem Bruder, aber der braucht es nicht.»

«Was macht er?»

«Geschäfte.»

«Was für welche?»

«Keine Ahnung. Er lebt in Zug und ist viel unterwegs. Vor der Finanzkrise hat er regelmässig Geld an sie überwiesen, damit sie das Haus in Schuss halten konnte. Natürlich hat sie davon auch ihre Ausstellungen bezahlt.»

«Und Sie auch.»

«Mich auch.» Sie seufzte, hing für einen Moment der guten alten Zeit nach, als die Franken noch flüssig ihr Portemonnaie füllten, und sagte dann: «Ich mag sie sehr. Sonst würde ich das nicht machen. Sie war immer grosszügig. Wenn sie Geld hat, gibt sie auch ab. Er hat auch von ihrer Grosszügigkeit profitiert.» Sie schaute auf das Bild und nickte mit dem Kinn darauf.

«Wen meinen Sie? Diesen Mann?»

«Jaja. Er hat sich schon mal den einen oder anderen Betrag von ihr geborgt. Nicht dass ich lausche, aber beim Saubermachen kriegt man halt was mit. Man kann nicht immer weghören.»

«Und was haben Sie gehört?»

«Dass er Geld brauchte, um ein grosses Geschäft zu machen. Ein richtig grosses. Danach hätten sie ausgesorgt. Das Übliche eben. Was man so aus Filmen kennt, und wo man dann schon weiss, dass man das Geld nie wiedersehen wird. Also ich hätte es ihm nicht gegeben.»

«Und sie hat es ihm gegeben?»

«Ich glaube schon. Weil, ich krieg ja keins mehr. Und irgendwohin muss es ja geflossen sein.»

Stahl fixierte Albin auf dem Foto und dachte nach.

«Woher hatte sie aber das Geld, um es ihm zu geben?»

«Vom Bruder.»

«Ich dachte, der wäre auch knapp gewesen?»

«Er wird sich selbst etwas geliehen haben. Solche Leute kriegen doch immer wieder Kredit. Aber der Albin, das ist der, der neben ihr auf der Bank sitzt, der kriegt keinen Kredit mehr.»

«Warum?»

«Der ist tot. Erschlagen von einem Junkie. Mit einer Boule-Kugel. Lesen Sie keine Zeitung? Vielleicht war es sogar eine von den Kugeln, die sie auf dem Bild gemalt hat. Verrückt, dass sie ausgerechnet ihm das Bild geschenkt hatte. Hätte sie es nur verkauft. Schade, war ein netter Kerl, der Albin. Schade auch, dass man jetzt nicht weiss, ob sein grosses Geschäft nicht doch noch funktioniert hätte.»

Der Kater miaute. Er hatte den Napf geleert und wollte mehr. «Unersättlich, dieser Leo. Aber ich mag ihn trotzdem», sagte sie und kraulte den Kater im Nacken. Er schnurrte und drückte den Wangenknochen gegen ihren Handrücken. «Wollen Sie jetzt eines kaufen? Ich schreibe es auf und richte es ihr aus. Sie können mir ja Ihre Telefonnummer dalassen.»

«Ich bin noch ein paar Tage in Zürich. Ich komme bestimmt noch mal vorbei. Danke.» Er sah sich das Haus auf dem Foto genau an, prägte es sich ein und verliess das Atelier, während Leo von der Frau ein zweites Mal den Napf gefüllt bekam. Er wusste den Namen des Katers, aber nach ihrem hatte er nicht gefragt.

«Ich muss auf die Toilette», sagte Cecilia.

Dürrenmatt schälte sich mit einem roten Taschenmesser, dessen Wappen bereits abgegriffen war, einen Apfel und sah zum Cowboy auf. «Wenn sie sich in die Hosen macht, wäre das schon mal ein Anfang», sagte er und putzte die Klinge des Messers am Ärmel seines karierten Hemds.

«Das ist pervers», antwortete der Cowboy, der «Das Schlangenmaul» von Jörg Fauser in Händen hielt und den Zeigefinger zwischen die Buchseiten klemmte, bei denen er gerade mit dem Lesen angekommen war. «Entwürdigend.»

«Na und? Wenn man so eine Sache anfängt, wird es früher oder später immer schmutzig. Nur bei deinen Agatha-Christie-Krimis bleiben die Täter einigermassen sauber. Wie du so einen Schund überhaupt lesen kannst.»

«Das ist Fauser, nicht Christie.»

«Und?»

«Hast du Fauser schon mal gelesen?»

«Müsste ich?»

«Wenn du über Christie Blödsinn reden willst, musst du Fauser gelesen haben. Sonst ist es, wie wenn du Haschisch mit Heroin vergleichst.»

«Kann man doch. Droge ist Droge.»

«Blödsinn. Du hast keine Ahnung.»

«Stimmt. Ich war noch nie auf Heroin. Weil ich vorher schon wusste, wohin es führt.»

«Und jetzt? Weisst du auch, wohin es jetzt führen wird?» Der Cowboy war laut geworden. Dürrenmatt riss ihm das Buch aus der Hand und knallte es auf den Glastisch. Der Cowboy sah Dürrenmatt scharf an und blickte dann auf das Buch. «Jetzt weiss ich nicht mehr, wo ich war.»

«Als ob du das jemals gewusst hättest.»

Der Cowboy nahm das Buch vom Tisch und ging damit zum Fenster, das zur Auffahrt zeigte. Er öffnete das Buch, blätterte darin und suchte nach der Stelle, an der er zu lesen aufgehört hatte.

«Könnte ich bitte aufs Klo?», meldete sich Cecilia erneut.

Dürrenmatt atmete schwer durch. «Meinetwegen. Bin ja kein Unmensch. Nur Beschränktheit macht mich rasend. Und der Typ ist mehr als beschränkt.»

Er beugte sich zu Cecilia und öffnete ihr die Fesseln der auf den Rücken gebundenen Hände.

«Was ist mit den Füssen?», fragte Cecilia.

«Sackhüpfen», antwortete Dürrenmatt.

Cecilia stand auf und hoppelte wie ein Hase über den Teppich. Dürrenmatt lachte. Cecilia blieb stehen und drehte sich nach ihm um.

«Wo ist das Klo?», fragte sie.

«Keine Ahnung. Bin auch zum ersten Mal hier.»

«Hier unten gibt es keins. Das ist kaputt. Im oberen Stock ist ein Bad. Man läuft von der Treppe direkt darauf zu», sagte der Cowboy, der die Lesestelle wiedergefunden hatte und seinen Blick auf das Buch geheftet hielt.

Cecilia hoppelte zum Treppenabsatz, griff mit der Hand das Geländer und hüpfte Stufe für Stufe nach oben. Dürrenmatt sah belustigt zu. «Man müsste ihr ein Hasenschwänzchen an den Hintern stecken.»

«Du bist pervers», sagte der Cowboy.

«Macht macht pervers. Zwangsläufig.»

«Es geilt dich auf, dass sie in deiner Hand ist. Du bist ein Wurm.»

«Ein ziemlich steifer Wurm, der sich da gerade in meiner Hose bemerkbar macht.»

«Ich warne dich. Wenn du das machst, kriegen wir wirklich Ärger», sagte der Cowboy, noch immer mit den Augen auf den Seiten des Buches.

«War ein Witz.»

«Ein schlechter.»

«Und? Ich lache auch über schlechte Witze. Lachen ist gesund. Es gibt sogar Leute, die zahlen für Lachkurse.»

«Willst du nicht nach oben, um zu sehen, dass sie nicht abhaut?»

«Wie will sie von dort oben abhauen?»

«Sie löst sich im Badezimmer die Fussfesseln mit der Schere und klettert über die Feuerleiter nach unten.»

«Es gibt eine Feuerleiter?» Josef blickte hastig nach oben. Cecilia war nicht mehr zu sehen. Sie hoppelte auf die Badezimmertür zu.

Josef rannte die Treppe hinauf, stolperte dabei und fiel aufs rechte Knie. Er jaulte. Er rappelte sich auf und nahm die restlichen Stufen. In dem Moment, als er die Badezimmertür öffnen wollte, drehte sich von innen der Schlüssel im Schloss. Er rüttelte an der Klinke.

«Du hast keine Chance. Wenn du abhauen willst, mach ich dich kalt», rief er und lauschte. Die Klospülung rauschte. Stille.

Cecilia sass auf der Klobrille und knüpfte sich die Fesseln auf. Dabei brach ihr der Nagel des rechten Zeigefingers. Sie biss sich das gerissene Stück ab und entfesselte sich weiter. An der Tür pochte es. Von draussen war die Stimme Dürrenmatts zu hören. «Komm raus. Wenn ich die Tür eintreten muss, wird's ungemütlich.»

Cecilia sprang vom Klo auf und eilte zum Fenster. Ein Blick hinaus versprach Risiko. Hier gab es keine Feuerleiter. Es waren gute vier Meter bis nach unten. Wenn sie sich an das Fensterbrett hängen würde, vielleicht nur noch zweieinhalb Meter.

Von hinten hörte sie, wie sich Dürrenmatt gegen die Badezimmertür warf. Es knirschte bereits im Türrahmen. Noch zweimal, und die Tür wäre gesprengt. Cecilia öffnete das Fenster und holte tief

Luft. Sie merkte, wie ihr das Adrenalin durch die Adern schoss. Ihr Herz schlug schneller. Sie musste den Sprung wagen. Sie kletterte auf die Fensterbank und liess sich an der Hauswand hinabgleiten. Sie hörte, wie das Holz des Türrahmens krachte und blickte nach oben. Das verärgerte Gesicht Dürrenmatts schnaufte sie an und grinste dann siegessicher.

«Bin gespannt, wie lange du hängen kannst. Wenn du magst, helfe ich dir hoch.»

Cecilias Finger wurden müde, die Kraft entwich ihren Armen, sie liess los und fiel. Der Aufprall schmerzte in Knöcheln und Knien. Cecilia versuchte ihn durch eine Rolle über die Schultern zu vermindern. Aikido war eben doch mehr als nur geistiges Training. Sie rappelte sich auf und wollte davonrennen. Der Cowboy versperrte ihr den Weg.

«Es gibt gar keine Feuerleiter!», schrie Dürrenmatt aus dem Fenster herab.

«Manchmal mach ich eben auch Witze», sagte der Cowboy trocken, den Fauser in der Hand.

Cecilia nutzte den Augenblick und holte zum Tritt zwischen die Beine aus. Der Cowboy liess das Buch fallen, packte Cecilias tretenden Fuss mit beiden Händen, drehte ihr den Knöchel um, dass sie mit dem Rest des Körpers folgen musste und zu Boden fiel. Dann spürte sie ein spitzes Knie in ihrem Rücken und wie ihr ein entschlossener Griff den Arm auf den Rücken bog. Sie stöhnte auf.

«Ruhig. Keinen Mucks, sonst bist du dran», zischte der Cowboy. Er drehte Cecilia mit einem Ruck auf den Rücken und gab ihr eine schallende Ohrfeige. Er holte zu einem zweiten Schlag aus, eine Stimme unterbrach ihn.

«Aufhören. Was soll das?»

Der Cowboy zog die zweite Watsche dennoch durch und sah erst dann zu der Stimme auf, die glaubte, ihm befehlen zu dürfen. Es war Regine. Er stand auf, nahm das Buch aus dem Gras und entfernte sich damit, ohne Regine eines Blickes zu würdigen.

Auf dem Tennisplatz spielte sich ein gemischtes Doppel die Bälle zu.

«Lassen Sie mich bitte hier raus», sagte Stahl.

Der Taxifahrer gehorchte und parkierte den Wagen vor dem hohen Maschendraht der Tennisanlage. Stahl bezahlte und stieg aus.

Der Mann des einen Doppels schmetterte eben einen Ball ins Aus und fluchte.

Stahl liess den Tennisplatz hinter sich und stieg die kleine Strasse empor, den Adlisberg hinauf. Hier gab es nur vereinzelt Häuser. Keine protzigen Villen wie auf dem Zürichberg, dennoch idyllisch gelegen. Stahl versuchte sich an das Haus zu erinnern, vor dem er Albin und Regine auf dem Foto hat sitzen sehen. Das erste, das er passierte, war ein Holzverschlag, das zweite ein Neubau. Hinter der Kurve lag ein drittes Haus. Ein Jägerzaun, dessen dunkelbraune Farbe bereits abblätterte, umschloss das verwilderte Grundstück. Stahl blieb stehen und dachte nach, wie er sich dem Haus nähern konnte, ohne dabei gesehen zu werden. Ein kleiner Hain zur Linken bot ihm Schutz; dann musste er aber über eine Wiese gelangen, die mit Apfelbäumen bestückt war. Hier versuchte er sich von Baum zu Baum in die Nähe der Rückseite des Hauses zu pirschen. Es gelang ihm bis auf etwa zwanzig Meter. Nun war nur noch kniehohes Kraut. Sauerampfer und Knöterich, Zichorie und Hahnenfuss, auch Brennnesseln. Es half nichts. Stahl würde robben müssen. Es tat ihm leid um seinen schönen Anzug. Die Flecken würde er nie mehr rauskriegen. Er sank auf die Knie, tauchte dann mit dem Oberkörper ab und schlängelte sich durchs Gras in Richtung Haus. Nach der Hälfte des Weges reckte er den Kopf. Er entdeckte an der Südwand des Hauses die kleine Bank, auf der Albin und Regine gesessen hatten. Ein knorriger Baum, an dem einige Birnen reiften, schlängelte sich am Spalier dahinter hoch.

Er duckte sich wieder zwischen die Halme und drückte sich mit Ellen und Knien durch das feuchte Grün. Das Nass durchdrang bereits den Stoff. Er war schon bis auf fünf Meter an das Haus gerobbt, da hielt er inne, weil er etwas hörte. Er hob vorsichtig den Kopf und spähte durch die Grasspitzen.

Die Schiebetür zur Terrasse hatte sich geöffnet, Josef und Konrad hatten sich Zigaretten angesteckt und qualmten. Sie entfernten sich vom Hauseingang und gingen auf den Waschbetonplatten, bis sie an das hohe Gras stiessen. Wenn sie sich in seine Richtung drehten, mussten sie ihn entdecken.

«Meinst du, es gibt hier Schlangen?», fragte Josef.

«Eine mindestens», antwortete Konrad. Josef grunzte. «Manchmal könnte ich sie erwürgen. Was die sich einbildet.»

«Brauchen wir sie überhaupt?»

«Solange wir das Buch nicht haben, ja.»

«Wieso? Was weiss sie, was wir nicht wissen? Sie tappt doch genauso im Dunkeln. Sie braucht uns doch. Für die Drecksarbeit», sagte Konrad.

«Sie kann besser reden. Und wenn die Kleine was weiss, kriegt sie es eher raus als wir.»

«Blödsinn. Lass die Kleine kurz mit mir allein und sie erzählt von tausend Büchern.»

«Eben. Wir wollen aber nur das eine.»

«Und dann? Was steht da drin? Am Ende steht da gar nichts drin, und wir haben den ganzen Tanz umsonst gemacht. Dann würde ich aber lachen.»

«Ich nicht.»

Eine Zigarette flog neben Stahl ins feuchte Gras. Es zischte, dann war ihre Glut erloschen.

«Jetzt hast du eine Schlange erschreckt», sagte Konrad und lachte heiser. «Weisst du, dass es Leute gibt, die mit Schlangen tanzen? Mit echten Kobras. In Trance.»

«Hast du das aus deinem Trash-Krimi?»

«Was hast du gegen Fauser? Fauser zählt zur Literatur.»

«Erst seitdem er tot ist, steht er im Regal neben Faulkner. Wenn du tot bist, machen sie aus dir vielleicht auch noch einen Kultaffen.»

Aus dem Inneren des Hauses waren Schreie zu hören, dann Geräusche, die Stahl gut kannte. Schüsse aus Pistolen, denen man Schalldämpfer verpasst hatte. Stahl tastete nach seiner SIG 210.

«Was soll das? Was wollen Sie?», fragte Josef ins Nichts. Dann zermantschten zwei weitere Schüsse ihm das Hirn zu Brei. Konrad rannte von der Terrasse in Stahls Richtung und wurde im Rücken erwischt, als er neben Stahl ins Gras trat. Er knickte ein und kam neben Stahl zu liegen. Mit aufgerissenen Augen glotzte er Stahl an und wollte etwas sagen. Stahl hielt ihm den Mund zu und spürte, wie ihm der letzte Atem entwich. Er hatte seine Pistole leise entsichert. Er könnte einen Blitzangriff wagen und ballern, was das Zeug hielt. Aber er wusste nicht, wie viele es waren und wo sie sich aufhielten. Es wäre sinnlos, sich aus dem Versteck zu heben. Es sei denn, einer der Kerle würde in seine Richtung kommen. Dann wäre er gezwungen zu handeln. Er drückte sein Gesicht tief ins Gras und lauschte. Keine Stimmen. Lediglich das Klacken harter Absätze auf dem Waschbeton. Vielleicht zwei Leute? Im Haus war bestimmt noch jemand. Wem hatten die ersten Schüsse gegolten? Regine? Cecilia? Beiden?

Stahl hörte einen Wagen. Er hielt vor dem Haus. Die Absätze entfernten sich hart auftretend von der Terrasse. Autotüren klatschten. Der Wagen fuhr davon. Stille. Nur das Herz von Stahl hämmerte. Er blieb noch einige Sekunden liegen und horchte weiter, um sicherzugehen, dass die Luft auch rein war. Dann drückte er sich aus dem Gras und ging, die SIG entsichert, langsam auf die Terrasse zu. Der Waschbeton war mit dem Blut von Josef getränkt. Stahl achtete darauf, dass er seine Schuhe nicht damit ruinierte, und machte einen Bogen darum. Er drückte sich gegen die Hauswand und schob sich vorsichtig zur Terrassentür. Eine schnelle Drehung, ein professionelles Zielen auf mögliche versteckte Gegner, zwei Schritte und er war im Haus.

Regine lag mit mehreren Bauchschüssen auf dem Teppich. Von Cecilia keine Spur. Stahl drehte sich nach allen Seiten um, da packte ihn eine Hand am Knöchel. Er schrak auf und sah auf Regine hinab, sie riss die Augen auf und starrte ihn an. Stahl befreite sich vom Griff und kniete zu ihr hinunter.

«Wer war das?», fragte er.

Regine sammelte alle Kraft, die sie noch aufbringen konnte, und formte den Mund zum Sprechen. Aber die Worte wollten ihr nicht über die Lippen kommen.

«Wer?»

«Bachler», glaubte Stahl dem dünnen Hauch zu entnehmen, den Regine ausstiess.

«Cecilia? Wo ist Cecilia?»

Regine nickte. Dann sabberte sie Blut und entschwand.

8

Diesmal hatte Cecilia keinen Sack über dem Kopf. Sie musste weder raten, wohin man sie fuhr, noch hören, was für einen Motor der Wagen hatte, in dem sie eingepfercht zwischen zwei Gorillas kauerte. Das machte ihr mehr Angst als zuvor: weil sie sich denken konnte, dass es diesen Entführern egal sein würde, wohin sie sie brachten, wenn sie am Ende doch nichts mehr sagen könnte. Cecilia rechnete damit, dass sie genauso kaltgemacht würde wie die Gräfin und deren Boule-Partner. Es war ein unwirklicher Anblick gewesen. Wie in einem Streifen von Tarantino. Nur waren die Darsteller in der nächsten Serie wieder lebendig, meist wurden sogar dieselben erneut erschossen oder sie tauchten in Talkshows auf. Die Gräfin würde aber nicht mehr auftauchen. Sie hatte drei Kugeln in den Bauch verpasst bekommen; vom Vogelgesicht, das vorne neben dem Fahrer sass und sich gerade zwei Pillen aus einem blauen Döschen auf die Hand schüttete. Er drehte sich nach ihr um.

«Magenschmerzen. Zu viel Säure», sagte er und warf sich die weissen Perlen in den Mund. Er schluckte sie trocken hinunter und drehte sich wieder nach vorne. Cecilia wollte etwas fragen, liess es dann aber sein. Was würde es nutzen zu fragen. Sie würde früh genug erfahren, was man mit ihr vorhatte. Sie schwieg und dachte nach. Die Vernunft sollte über ihre Angst siegen. Das Vogelgesicht wollte garantiert noch immer das Buch haben. Schliesslich war er deswegen ins Antiquariat gekommen und hatte drei Menschen kaltgemacht. Ob er auch der Mörder von Albin und dem Kaplan war? Bestimmt. Auf einen mehr oder weniger kam es so einem Eisbrocken nicht an. Und jetzt wäre sie dran. Spätestens, wenn herauskam, dass sie tatsächlich nicht wusste, wo das Buch war. Am längsten würde sie leben, wenn sie behauptete, dass sie nichts wusste, aber durchschimmern liess, dass sie log. Man würde sie foltern. Diesmal wie es Profis taten. Wenn sie es lange genug aushielt, würde ein Retter kommen. Aber wer? Stahl? Konnte sie auf ihn hoffen? Gehörte er am Ende nicht doch zum Vogelgesicht? Der Magenkranke schien ihr nicht der oberste Boss zu sein. Er sah aus wie ein Knecht, der Befehle entgegennahm und an seine Gorillas weitergab. Von Leuten, denen man ansah, dass sie Dreck am Stecken hatten, deren weisser Kragen und deren sauberes Geld aber dafür sorgten, dass man nicht dahinterguckte. War Stahl so einer? Oder stand er nur eine Stufe über dem Vogelgesicht und unter dem Nächsten in der Hierarchie? Es ging um die Schweizergarde, es ging um den Vatikan; streng hierarchisch strukturierte Organisationen. Ob es innerhalb dieser Gebilde eine Dynamik gab oder wiederum Einzelne, die sich gegenseitig bekämpften, das konnte Cecilia nur hoffen. Dann konnte Stahl doch auf der rettenden Seite stehen, und es gab Hoffnung für sie. Stahl küsste nicht nur wie Bond, sie traute ihm auch zu, dass er dessen Wunder vollbringen konnte.

Sie blickte aus den getönten Scheiben der Limousine und erkannte, dass sie ins Zentrum fuhren. Man brachte sie also nicht in eine verlorene Waldhütte, sondern mitten in die Stadt. Clever. Sie fuhren über die Kornhausbrücke, passierten den Limmatplatz und bogen auf der Langstrasse vor dem «Rothaus» rechts in eine Seitenstrasse ab. Der Wagen hielt vor einem thailändischen Schnellimbiss. Das Vogelgesicht drehte sich um und reichte ihr eine grossäugige Ray Ban.

«Setzen Sie die auf. Sie werden keinen Ton sagen, habe ich recht?» Er sah sie eindringlich an, Cecilia nickte unmerklich. Dann stieg er aus und wartete, bis einer der Gorillas ebenfalls den Wagen verliess, um Cecilia herauszulassen.

Sie sah sich um. Vier Streifenpolizisten kümmerten sich um zwei Schwarze, die unschuldig ihre Hände in die Höhe hielten und sich filzen liessen. Wenn sie schreien würde? Sie liess den Gedanken fallen, als sie die Pistole in der Rechten ihres Entführers blitzen sah. Er liess die Knarre in der Jackentasche verschwinden und sagte: «Vorwärts. Und keine Mätzchen. Die verträgt mein Magen nicht.»

Einer der Gorillas ging vor, Cecilia folgte dem Vogelgesicht und tat wie ihr befohlen. Sie hielten auf das «Rothaus» zu. Aber sie traten nicht durch den Haupteingang ein, sondern nahmen den Seiteneingang. Das Vogelgesicht zog einen elektronischen Schlüssel durch den Schlitz am Tor. Es summte. Der Gorilla drückte das Tor auf. Sie gingen über den Hof durch die Hintertür ins Hotel. Aus dem Lift trat ein junges Pärchen mit Rastas. Sie blickten auf den Boden und gingen weiter. Der Gorilla schob Cecilia in den kleinen Aufzug. Sie passten gerade zu dritt hinein. Das Vogelgesicht drückte auf die Vier, der Aufzug ruckelte und fuhr nach oben. Der Gorilla kontrollierte den Flur und gab das Zeichen, dass die Luft rein sei. Das Vogelgesicht schubste Cecilia an, sie verliessen den Aufzug.

«Wir müssen noch einen Stock zu Fuss. Die Suite liegt im fünften.»

Sie stiegen nach oben. Cecilia hatte bei jeder Aktion angestrengt überlegt, wie sie entwischen könnte. Aber sie hatte keine Chance.

Der Gorilla öffnete die Zimmertür, dahinter lag die Suite.

«Sie sehen, Sie sind uns teuer», sagte der Boss der Entführer. «Aber wir sind Geschäftsleute. Wir geben nie mehr aus, als wir einnehmen. Und wenn wir so in Vorlage gehen, erwarten wir uns eine vielversprechende Gegenleistung.» Er schlug ihr brutal ins Gesicht. Die Ray Ban flog durch die Luft und klatschte gegen die Wand. Das Glas krachte, ein Bügel brach. Cecilia leckte sich das Blut von der Oberlippe.

«Das Buch?», fragte der Schläger und kramte in seiner Innentasche nach dem Döschen mit den Magenpillen.

Hürlimann und Stahl standen auf der Terrasse. Um sie herum gingen die Spurensicherer ihrer Arbeit nach. «Jetzt kann ich nicht mehr stillhalten. Das sind ein paar Tote zu viel», sagte Hürlimann. Stahl sah, wie hinter Hürlimanns Stirn sich Argument mit Gegenargument einen unerbittlichen Schlagabtausch lieferte.

«Kann man die Entführung von Cecilia unter Verschluss halten?», fragte Stahl.

«Sie hat einen Schweizer Pass. Wir müssen uns um sie kümmern.»

«Aber es muss ja nicht gleich an die Presse.»

«Wie sollen wir dann eine Fahndung ausrufen?»

«Nur intern. Öffentlich warten Sie noch vierundzwanzig Stunden.»

«Sie spinnen. Bei einer Entführung geht es um jede Minute. Das wissen Sie genau.»

«Die Entführer wollen das Buch. Sie werden ihr so lange nichts tun, bis sie wissen, wo es ist.»

«Sie werden es aus ihr herausholen. Wie lange kann sie dichthalten?»

«Sehr lange. Weil sie nicht weiss, wo das Buch ist.»

«Wissen Sie es?»

«Ja. Es liegt bei Palm.»

«Palm?»

«Er hat mich angerufen. Buffy aus dem Boxclub hat den Spind von Studer geleert und es darin gefunden.»

«Und? Wie heisst es? Was steht drin?»

«Ich habe noch nicht reingeschaut.»

«Aber Palm doch bestimmt.»

«Er hat nichts Besonderes darin gefunden. Es ist ein Notizbuch.»

«Vielleicht verschlüsselt. Etwas Wichtiges muss ja drinstehen. Wozu bringt man sonst fünf Menschen um?»

«Sechs.»

Hürlimann hob fragend die Brauen.

«Der Junkie geht auf dieselbe Rechnung. Und das wissen Sie», sagte Stahl.

Hürlimann zuckte mit den Schultern.

«Zwei Stunden», sagte er. «Dann gebe ich eine Fahndung nach Cecilia Fetz raus. Mehr kann ich nicht tun.»

Palm drückte den Kolben der Kaffeemaschine hinunter. Tiefschwarzer Espresso schoss in die Tasse und bildete einen cremigen Schaum an der Oberfläche. Er reichte die Tasse an Stahl weiter und presste sich ebenfalls Kaffee aus der Maschine.

Stahl sass am Tisch, vor sich Studers Notizbuch. Er hatte eine Seite aufgeschlagen, auf der Albin Skizzen von verschiedenen Boule-Konstellationen gezeichnet hatte. Die Flugbahnen hatte er mit Pfeilen verschiedener Farben versehen.

«Universum», sagte er halblaut vor sich hin.

«Was?», fragte Palm.

«In Regines Atelier hängt ein Gemälde von ihr. Ein naives Stillleben mit Boule-Kugeln. Es heisst ‹Universum›.»

«Und?»

«Nichts. Es fiel mir nur ein, weil Albin hier auch Boule-Kugeln gezeichnet hat. Und weil sie ihm das Bild geschenkt hat.»

«Hast du Assoziationen dazu?»

«Im Atelier kamen mir Gedanken zu Galilei und Kepler. Illuminaten und so weiter. Aber das ist das erste Klischee, das einem bei einer Mordserie um Schweizergardisten einfällt. Universum, Welt, Weltverschwörung.»

«Wir sollten das Buch dem Kerl aus Zug geben, und Hürlimann überlassen wir den Rest. Damit sind wir draussen», sagte Palm.

«Und was ist mit Cecilia?»

«Du weisst doch gar nicht, wo sie ist und wer sie hat.»

«Ich ahne, wer sie hat. Und er wird sich melden, wenn er weiss, wo das Buch ist.»

«Wie soll er das erfahren? Etwa über die Medien?»

Stahl trank den Kaffee und kramte nach einer Zigarette. Er steckte sie sich in den Mund und zündete sie an. Dann schob er seine Hände in die Hosentaschen und paffte, bis die Asche so lang wurde, dass sie ihm auf die Hose zu fallen drohte. Er nahm die Zigarette vorsichtig aus dem Mund und schnippte mit dem Zeigefinger die Asche ab. Dann griff er wieder in die Hosentasche und zog eine Visitenkarte hervor. «Summ. Sanum Summ. Isopathische Heilmittel», las er. «Ich will Calvinist sein, wenn der Kerl nicht irgendwie mit drinhängt.»

Er zog sein Handy hervor und wählte die Nummer, die auf der Visitenkarte stand. Am anderen Ende nahm jemand ab.

«Hier Stahl. Ich habe das Buch», sagte er. Dann beendete er das Gespräch und legte das Handy neben den Aschenbecher. Er nahm die qualmende Zigarette und rauchte sie zu Ende. Palm sah ihn fragend an.

«Du wirst sehen. Keine fünf Minuten, und es wird läuten», sagte Stahl und war sich seiner Sache sicher.

Die fünf Minuten waren vergangen, Stahl hatte sich bereits eine neue Zigarette angesteckt, aber das Handy hatte sich nicht gerührt.

«Blindversuch, mehr nicht», sagte Palm. «Ich ruf den Rohstoffhändler an.»

«Meinst du etwa, der steckt dahinter?»

«Keine Ahnung. Aber wir können ihn ja fragen, wenn wir ihm das Buch übergeben.»

«Er wird nicht allein aufkreuzen.»

«Stimmt. Aber was bleibt uns? Wenn du die Kleine retten willst, ist das die einzige Möglichkeit.»

«Auch ein Blindversuch.»

«Und?»

«Wie viel kriegst du für das Buch?»

«Gute Verbindungen für weitere Geschäfte.»

«Verdammte Netzwerkscheisse.»

«Bisher ernährte mein Netzwerk auch dich ganz gut.»

«Aber der Preis war nie so hoch.»

«Er war immer so hoch, mindestens; aber anonymer.»

Stahl schwieg. Palm hatte recht. Bisher hatte es Stahl nicht interessiert, für wen und auf wessen Kosten er den Kurier gespielt hatte. Albin aber war kein Unbekannter, sondern ein Freund gewesen. Und Cecilia hatte ihn geküsst wie lange keine Frau mehr. Jetzt trug das Spiel einen Namen und war persönlich geworden.

Stahls Handy klingelte. Die Nummer war unterdrückt. Er nahm den Anruf entgegen.

«Ja? … Ich hatte es mir doch gedacht, dass meine Walliser Freunde damit zu tun haben. Saubere Arbeit. Gratuliere … Ja, ich habe das Buch. Natürlich gebe ich es her. Nur an wen? … Die Walliser können es haben, dafür bleibt Cecilia Fetz am Leben. Ansonsten geht das Buch an die Gegenseite … Gut. Einverstanden.» Er legte auf.

Palm sah ihn gespannt an.

«Es ist Bachler.»

«Arbeitet er auf eigene Rechnung?»

Stahl zuckte mit den Schultern und drückte die Zigarette im Aschenbecher aus. «Wer tut das schon? Allein kommst du doch kaum mehr durch. Ohne starke Hintermänner geht dir rasch die Luft aus. Das weisst du doch.»

«Opus Dei?»

«Vielleicht auch für internationale Geschäftsleute. Keine Ahnung. Bachler tanzte schon immer auf mehreren Hochzeiten. Ausserdem schliesst das eine das andere nicht aus. Denk nur daran, wo Kissinger überall zu Hause ist. Und das seit Jahrzehnten erfolgreich. Sogar Blatter wollte ihn für seine Zwecke einspannen.»

«Wo findet der Austausch statt?»

«Ich treffe Bachler im Rothaus. Du sollst in meinem Hotelzimmer warten.»

«Was? Was soll ich dabei? Kann das nicht jemand anders machen? Wie wäre es mit Hürlimann? Der wird dafür vom Staat bezahlt.»

«Willst du mich verarschen? Das ist eine Angelegenheit zwischen Bürgern des Vatikanstaats. Fremde Polizei hat da nichts zu suchen. Wenn Bachler auch nur riecht, dass Hürlimann in der Nähe ist, platzt das Unternehmen und Cecilia ist tot. Ausserdem ist Hürlimann nicht gerade scharf darauf, sich bei dem Fall die Finger zu verbrennen.»

«Wie lange will er stillhalten?», fragte Palm.

«Zwei Stunden.»

«Die sind längst um.» Palm stand vom Tisch auf und stellte mit der Fernbedienung den Fernseher an. Der Nachrichtensender zeigte allerhand: Terroranschlag in Bagdad, Rezessionsangst in Deutschland, Rohstoff-Debatte in Bern. Im Ticker rannten die Aktienkurse und Fussball-Ergebnisse. Ein Grossbrand in Chur fand ebenfalls Beachtung. Aber von der Entführung einer Cecilia Fetz war nichts zu hören und zu sehen.

«Seltsam», sagte Palm und scrollte auf seinem iPhone. «Auch hier ist nichts zu finden.»

«Vielleicht wurde Nachrichtensperre verhängt», sagte Stahl.

«Das liesse sich Hürlimann nicht gefallen.»

«Sicher? Auch er steht nur in einer Hierarchie. Wenn er so gewissenhaft wäre, hätte er Demenga nicht einfach als Mörder akzeptiert.»

«Demenga war ein Junkie.»

«Demenga war ein Mensch. Und hatte Rechte, wie jeder andere Schweizer Bürger auch.»

«Die für dich und mich vielleicht gelten. Aber es gibt politische Kräfte, die diese nicht allen gönnen. Die wollen ein sauberes Zürich. Für die ist jeder Müll, der entsorgt wird, ein Scheisshaufen weniger auf der Strasse.»

«Sauberkeit und Sicherheit, ich weiss. Das schafft Vertrauen, das zieht das grosse Geld an.»

«Mach nicht auf zynisch. Du lebst auch davon. Und das ziemlich gut.»

«Wovon?»

«Von der Sauberkeit.»

Stahl lachte dunkel. «Eher vom Schmutz. Du kannst mir doch nicht erzählen, dass gerade die scheinheiligen Saubermänner nicht am Rauschgift verdienen? Du vergisst, wer mein Vater ist. Ich kenne die Abhängigkeiten und die Strukturen. Da macht mir keiner etwas vor.» Stahl war laut geworden. Palm fragte leise.

«Und, was machst du dagegen? Mitspielen, so gut du kannst.

Und dir eifrig die Alden-Schuhe wichsen, damit kein Flecken draufkommt. Wie die anderen es mit ihren Westen halten. Wo ist da der Unterschied? Wenn du mir mit der Moral kommst, dann erklär mir erst einmal, für wen du arbeitest. Wer ist dieser Geschäftsmann aus Zug, der auch an dem Buch interessiert ist? Na? Du kennst ihn nicht. Weisst nicht, was er damit will. Und trotzdem arbeitest du für ihn. Weil das Geld stimmt, das ich dir überweise.»

Stahl kaute auf den Backenzähnen und schwieg. Palm war in Fahrt.

«Soll ich dir sagen, wie viele Päckchen und Depeschen du gerade für diese sauberen Hintermänner ausgetragen hast, die du gerade anprangerst? Das willst du bestimmt nicht wissen. Weil du glaubst, solange du es nicht weisst, seist du unschuldig. So einfach kann man es sich machen. Dagegen ist nichts einzuwenden. Komm mir nicht mit der Moral. Da kriege ich das Kotzen. Wir stecken beide drin – bis tief unters Kinn. Eine Beichte würde da nicht reichen, wenn wir wüssten, was wir alles mit unserer kleinen, sauberen Dienstleistung auf dem Gewissen haben.» Er holte Luft.

«Fertig?», fragte Stahl, der nichts zu erwidern wusste.

Palm fuhr sich mit der rechten Hand durchs Gesicht und massierte Augen und Nasenwurzel.

«Wir sollten Bachler das Buch nicht geben. Meine Auftraggeber sind mächtiger», sagte er schliesslich ruhig und leise.

Stahl sah ihn an. «Dann stirbt Cecilia.»

Palm öffnete seine dunkelbraune Aktentasche, die auf einem Stuhl lag, und zog ein schwarzes Buch hervor, das wie Studers aussah, und legte es vor Stahl auf den Tisch. Stahl nahm es und blätterte darin. Es war ebenfalls mit Skizzen und Notizen gefüllt. Die Handschrift und der Stil ähnelten Albins. Stahl sah aber gleich, dass es eine hastig hingeworfene Kopie war.

«Hast du dir die Zeit dafür genommen?», fragte Stahl.

«Seit wann lege ich selbst Hand an? Ein Kunststudent, der hin und wieder für mich arbeitet, hat es auf die Schnelle gemacht. Nicht übel, oder?»

«Lange werden wir Bachler damit nicht hinhalten können.»

«Mehr Zeit wirst du nicht kriegen, die Kleine rauszuholen. Und das ist schon Luxus. Mehr als wir uns leisten dürften.»

Stahl steckte das Buch ein und stand auf. «Gehen wir.»

«Warum hast du Palm auch hierherbestellt?», fragte das Vogelgesicht den Mann mit der Zigarre, der vor zehn Minuten in die Suite gekommen war.

«Kleine Absicherung. Könnte ja sein, dass das Mädchen ihm überhaupt nichts wert ist», sagte er und blies eine Rauchschwade durchs Zimmer. Das Vogelgesicht hustete.

«Du weisst schon, dass hier Rauchverbot ist», sagte er, als er wieder Luft bekam.

«Ach Bachler, seit wann kümmern wir beide uns um Verbote?»

«Seit wir niemanden mehr haben, der uns die Beichte abnimmt.»

«Das musste sein. Der Kaplan hätte früher oder später geredet. Er war zu aufgerieben. Eigentlich hat er um seinen Tod gebettelt.»

Bachler kramte sein Döschen hervor und schüttelte sich zwei Pillen in die Hand. Er warf sie sich in den Rachen und spülte mit einem Glas Whisky nach.

«Und, hilft's was?», fragte Summ.

«Der Whisky schon.»

Summ lachte, dabei bebte sein fleischiger Körper. Bachler verzog kurz den Mundwinkel. Das war weniger seinem Sinn für Humor als dem brennenden Alkohol geschuldet.

«Ist Stahl überhaupt irgendein Menschenleben etwas wert?», fragte Bachler und goss sich nach. Summ zuckte mit den Schultern. «So abgebrüht ist er auch nicht. Kann gut sein, dass ihm der Mensch Palm wenig wert ist, aber Palm ist seine Agentur für die grossen Geschäfte. Und ohne gute Agentur läuft gar nichts.»

«Stahl kann jederzeit eine andere Agentur finden», sagte Bachler und nahm noch einen Schluck.

«Die guten kontrollieren wir doch. Da traut sich niemand, ihn aufzunehmen, wenn wir davon abraten.»

Bachler kippte das Glas, verzog wieder die Mundwinkel und schüttelte den Kopf. «Ich finde es trotzdem keine gute Idee, Palm da mit reinzuziehen. Er hat zu viele Freunde. Wenn die rauskriegen, dass wir ihn als Druckmittel gegen Stahl benutzt haben, schadet uns das.»

«Erfährt ja keiner. Ausserdem sind Geschäftspartner keine Freunde, das müsstest du wissen. Gib mal die Dose.» Summ streckte die Hand aus, Bachler legte das Pillendöschen hinein. Summ zog eine Lesebrille aus dem Jackett und setzte sie sich auf. Dann las er die

Aufschrift auf dem Döschen, steckte die Brille wieder ein und gab Bachler die Pillen zurück.

«Und?», fragte Bachler.

«Trink den Whisky. Das Zeug bringt gar nichts. Betäubt nur. Das ist, wie wenn du über einen Rohrbruch pinselst. Kurz wirkt es wie renoviert, aber darunter leckt es weiter. Es packt die Sache nicht bei der Wurzel.»

«Hast du was Besseres?»

«Das Beste ist ein reines Gewissen.»

«Danke.»

Summ schüttelte sich lachend und nuckelte an der Zigarre. Dann drehte er sich zu Cecilia, die still auf einem Sessel kauerte und dem Gespräch aufmerksam gelauscht hatte.

«Ich hoffe, wir langweilen Sie nicht. Am besten ist, Sie vergessen den Blödsinn, den wir hier miteinander geredet haben. Er taugt für keine Story. Und nehmen Sie es nicht persönlich. Bestimmt mag Sie Stahl und kommt Ihretwegen hierher. Aber er ist nun mal ein korrupter Söldner, der nicht immer nachfragt, wie schmutzig das Geld ist, mit dem er seine sauberen Hemden kauft. Nicht charakterlos, so weit würde ich nicht gehen, aber doch pragmatisch. So wurde er nun mal erzogen in den letzten zehn Jahren. So etwas prägt. Und seine Kindheit soll ja auch nicht so idyllisch gewesen sein.»

Bachlers Handy klingelte. Er sah auf das Display. «Sie sind da.»

«Ich hoffe, sie haben niemanden im Schlepptau. Ich empfehle mich.» Summ verschwand aus der Suite.

Stahl zog es vor, nicht an der Rezeption vorbeizugehen. Er wollte nicht riskieren, dass Regula ihn jetzt sah. Womöglich würde sie noch in die Geschichte mit hineingezogen. Er zog die Karte durch den Schlitz des Hintereingangs und drückte das Tor auf.

«Wie kann man nur freiwillig hier absteigen», sagte Palm und schaute angewidert auf die Strasse zurück. Stahl zog ihn in den Hof und schloss das Tor.

Es dauerte, bis der Aufzug kam. Stahl drückte dreimal hintereinander den Knopf, aber das beschleunigte gar nichts. Endlich öffnete sich der kleine Kasten. Palm ging vor, Stahl wollte ihm folgen, da rief jemand: «Roger.»

Stahl sah sich um. Es war Regula. An der Hand hielt sie einen

Jungen, der sich schüchtern an sie drückte. «Das ist Richy.» Sie kam mit dem Jungen auf Stahl zu. Stahl drückte rasch auf die Vier und sprach in den Lift hinein. «Um in den dritten Stock zu gelangen, müssen Sie dann wieder eine Treppe runtergehen.» Die Tür des Fahrstuhls schloss sich.

«Ein neuer Gast?», fragte Regula verwundert. «Habe ich gar nicht eingecheckt.»

«Sah mir eher nach einer Besucherin aus», sagte Stahl und hob zweideutig die Brauen.

«Du bist also Richy», sagte Stahl und reichte dem Jungen die Hand. «Ich bin Roger.»

Regula streichelte dem Jungen durch das krause Haar. «Er braucht immer eine Weile, bis er auftaut», sagte sie. «Eigentlich wollte er dich fragen. Aber wie es ausschaut, muss ich es jetzt machen: Hast du heute Abend Lust, mit uns zu essen? Richy kennt ein grossartiges Rezept für eine jamaikanische Kürbissuppe.»

Stahl hatte schon eine Ausrede auf den Lippen, aber Richy hatte sich von Regulas Bein gelöst und lächelte Stahl aus seinen grossen dunklen Augen an. Da gab es kein Nein.

«Klar. Gerne. Um wie viel Uhr?»

«Um acht», sagte Richy.

Stahl lächelte. «Um acht. Und wo?»

«Hellmutstrasse 8, direkt beim Quartierzentrum», sagte Regula.

«Gut.» Stahl nickte, wie man es tat, wenn man zum ersten Rendezvous eingeladen wurde. Er kam sich sehr ungeschickt vor. Der Lift öffnete sich, ein dickleibiger Mann um die fünfzig kam heraus. Stahl liess ihn vorbei und stieg selbst ein. Er schob nochmals den Kopf heraus.

«Also, bis um acht.» Richy grinste, Regula lächelte – fast ein Familienfoto. Die Tür des Fahrstuhls schob sie aus dem Sichtfeld.

Palm wartete bereits vor dem Hotelzimmer.

«Hier», sagte er zu Palm und reichte ihm den Schlüssel. «Mach es dir gemütlich.»

Palm nahm den Schlüssel entgegen. «Du machst keinen Blödsinn, versprochen?»

«Angst?», fragte Stahl.

«Klar. Ich bin gewohnt, im Trockenen zu sitzen. Du bist der Mann fürs Nasse.»

«Am Ende findest du noch Gefallen daran, im Regen zu stehen, und willst nichts anderes mehr.»

«Bestimmt.» Palm öffnete den obersten Knopf seines Hemdes.

«Wenn du ein frisches brauchst, in meinem Schrank liegen zwei. Noch verpackt.»

«Werden mir etwas zu gross sein.»

«Als Leichenhemd würden sie durchgehen.»

Palm wollte noch etwas sagen, schien aber den passenden Spruch nicht zu finden. Er öffnete die Zimmertür und verschwand. Stahl stieg die Stufen in den fünften Stock empor.

Niemand befand sich auf dem Flur. Sie mussten sich sehr sicher sein, dass er allein kam. Oder sie hatten Kameras installiert, die ihn ankündigten. Er wusste, wie klein die digitalen Spione mittlerweile sein konnten, und verschwendete keine Zeit damit, nach vermeintlichen Objektiven Ausschau zu halten. Er ging direkt auf die Suite zu und klopfte an. Ein Gorilla öffnete die Tür. Stahl hatte ihn bereits beim Veteranentreffen im «Werdguet» gesehen. Er trat ein. Der Gorilla riegelte hinter ihm ab und gesellte sich zu einem zweiten Genossen seiner Art, während Bachler auf Stahl zuschritt und ihn begrüsste.

«Freut mich, Stahl, dass wir endlich wieder mal zusammenarbeiten.»

«Wo ist sie?»

«Nebenan.»

«Ich will sie sehen.»

«Kein Vertrauen? Das war immer dein grösster Fehler. Hättest du mehr Vertrauen in uns gehabt, hättest du dir viel Ärger ersparen können.»

«Kann mich nicht erinnern, dass ich je Ärger gehabt hätte.»

«Glückskind. Anders kann man es nicht nennen. Hätte der Camerlengo keinen Narren an dir gefressen, du wärst rasch erledigt gewesen.»

«So wie Nino und Reto?»

«So wie Nino und Reto.»

Sie schwiegen und sahen sich an. Sie waren aber nicht in der Lage, sich mit Blicken zu töten. Ihre Schiesseisen würden dafür herhalten müssen. Irgendwann. Aber noch nicht jetzt.

Bachler raunte einem der Gorillas zu: «Mach die Tür auf.»

Der Gorilla gehorchte und öffnete die Verbindungstür zum Nebenraum. In der Flucht sah er auf dem Sofa Cecilia sitzen. Neben ihr ein bulliger Geselle, der ein Päckchen Spielkarten auf amerikanische Art mischte. Ihn hatte Stahl noch nicht gesehen. Auf ein Zeichen Bachlers schloss der Gorilla den Ausblick wieder und baute sich vor der Tür auf.

«Palm?», fragte Bachler.

«In dreihunderteins.»

«Das Buch?», fragte Bachler.

«Ist hier», sagte Stahl und deutete mit dem Finger seiner Rechten auf die Brusttasche seines Jacketts. Er wollte mit der Hand ins Jackett gleiten, da packte ihn der zweite Gorilla rasch am Gelenk. Bachler sah zu, wie sein Knecht Stahl erfolglos nach Waffen durchsuchte, und nahm das Buch entgegen. Er sah nicht hinein, sondern hielt den Blick auf Stahl gerichtet.

«Was hindert mich jetzt noch daran, dich umzulegen?»

Stahl ordnete sein Jackett und richtete den Hemdkragen.

«Die Ungewissheit, ob das Buch auch das richtige ist?»

«Wäre dir zuzutrauen.»

«Was ist an dem Buch so wertvoll?»

«Die Bedeutung, die man ihm beimisst. Wert ist relativ und immer gemacht.»

«Du verwechselst Wert mit Preis.»

«Ah, der Schüler des Camerlengo. Wortverdreher, mehr nicht. Werte gibt es nur, wenn man ans Jenseits glaubt. Im Hier und Jetzt existiert nur der Preis.»

«Und was ist dein Preis? Hast du überhaupt einen? Oder warst du immer so billig zu haben? Auf dem Ramschtisch für jede Hausfrau.»

«Du beleidigst mich nicht. Ich habe keine Ehre. Ehre macht anfällig. Wenn du das begriffen hast, lebt es sich leichter.»

«Es frisst einem lediglich den Magen auf.»

Ein leichtes Zucken huschte über Bachlers Lippen.

«Wie gesagt. Es geht um den Preis. Und jeder hat den seinen zu zahlen», sagte Bachler. «Setz dich doch. Einen Drink?»

Stahl liess sich auf einen rosa bezogenen Sessel nieder und nahm den Whisky entgegen, der ihm vom Gorilla gereicht wurde, der ihn zuvor durchsucht hatte.

«Auch ein Walliser?», fragte Stahl und grinste den Gorilla blöde an. «Und da sagen sie, dass die Affen in freier Wildbahn aussterben würden.» Er nahm einen Schluck.

«Lass dich nicht provozieren, Nick. Ihn haben die Falschen erzogen», beruhigte Bachler, der sich ebenfalls gesetzt hatte und im Buch blätterte, das Stahl ihm gegeben hatte.

«Es scheint echt zu sein», sagte er schliesslich und lächelte Stahl gezwungen an. «Aber es ist es nicht.» Er behielt das Lächeln bei.

«Wieso?», fragte Stahl, so naiv er es vermochte.

«Weil eine wichtige Skizze fehlt.»

«So? Dann hast du das Buch also schon vorher einmal in Händen gehalten? Wusste gar nicht, dass du mit Albin so vertraut warst.»

«Ich ganz bestimmt nicht. Aber ein Informant. Und der hat mir gesagt, worauf ich unbedingt achten muss.»

«Und wo ist der Informant jetzt?»

«Wo Informanten immer sind, wenn die Gegenseite sie sucht. Das müsstest du doch wissen.»

«In Nichts aufgelöst.»

«In diesem Fall in Salzsäure.» Er blickte für einen Moment ernst, dann lachte er laut. Es war ein schreckliches, verklemmtes Quieken. Stahl hoffte, es nie mehr hören zu müssen. Wie viel Elend musste auf einer Seele lasten, die sich ein solches Geräusch aus dem Leib presste.

«Entschuldige. Aber die Pointe bot sich an. Unser Mann ist an einem sicheren Ort und wartet darauf, das Buch dechiffrieren zu können.»

«Warum ist er nicht direkt hier, das macht es logistisch einfacher.»

«Er ist derzeit unsere wertvollste Position in diesem Spiel. Kostbar wie die Monstranz unseres Vorstandsvorsitzenden in Rom.»

«Kenne ich ihn?»

Bachler hob die Augenbrauen, als hätte er die Frage nicht verstanden.

«Wenn er so nah an Albin kam, müsste ich ihn kennen. Albin war immerhin mein Freund.»

Stahl hätte es nicht wagen sollen. Ein zweites Quieken drückte sich aus Bachlers krankem Körper und durchschnitt den Raum.

«Albin, dein Freund. So, so. Was wusstest du überhaupt von ihm?

Weisst du wirklich, wer Albin Studer war? Für wen er gearbeitet hat? Wer tatsächlich sein Patenkind war? Zu welcher Loge er gehörte? Armer Söldner.»

Bachler goss sich einen Whisky nach und warf zwei Eiswürfel drauf. «Was glaubst du, warum der Camerlengo dich unter seine Fittiche genommen hat? Um dich Albin und uns zu entziehen. Du wärst der Beste der neuen Generation gewesen. Wir haben alle auf dich gesetzt. Sogar ich.» Er quiekte wieder. Diesmal aber leiser. «Aber der Camerlengo wäre nicht der Camerlengo, wenn er es nicht gerochen hätte, was wir mit dir vorhatten.»

Bachler liess die Andeutung im Raum stehen und trank. Stahl versuchte, seine Gedanken zu ordnen. Bachler konnte bluffen, aber Stahl war sich nicht sicher.

«Du glaubst mir nicht, was? Würde ich vermutlich auch nicht. Das ist das Schreckliche an unserem Beruf. Wir können keinem trauen. Wo die Luft so dünn ist, gedeihen die Janusgesichter am besten.» Er machte eine Pause, weil er gleich seinen besten Satz präsentieren würde. «Und Albin war der allerbeste Doppelkopf in den hohen Lüften.» Er kippte den Whisky. Zwei kleine Eisreste blieben zurück und klimperten zart am Boden des Glases.

«Glaub mir, Stahl, ich wünschte, du wärst den anderen Weg gegangen, dann könnten wir uns jetzt eine Menge Ärger ersparen.»

Stahl schwieg. In seinem Hirn suchte er Wahres von Falschem zu trennen und konnte nichts fassen.

«Wo ist das echte Buch?» Bachlers Stimme war kälter als das Eis im Whiskyglas. Da schmolz nichts.

Stahl liess die Gedanken fahren. Er musste handeln. Aber wie? Bachler hatte mit Cecilia und Palm zwei Geiseln. Stahl hatte gar nichts. Er hatte nicht gedacht, dass der Bluff mit dem falschen Buch so schnell auffliegen würde. Es konnte nicht daran liegen, dass Bachler sofort die Kopie der Schrift erkannt hatte. Palms Kunststudent hatte in dieser Hinsicht gute Arbeit geleistet. Bachler musste schon gewusst haben, wonach er zu suchen hatte. Er hatte das Buch nur oberflächlich durchgeblättert und war länger, als er zeigen wollte, in der Mitte verweilt. Danach hatte er so getan, als würde er aufmerksam weiterblättern, aber Stahl hatte an der Körpersprache Bachlers erkannt, dass die Anspannung seiner Stirnfalten bereits anderen Gedanken galt.

«Stahl, ich habe dich etwas gefragt. Und ich habe keine Lust auf Mätzchen», sagte Bachler betont gelassen, was ihn besondere Anstrengung kosten musste.

«Es ist bei Palm zu Hause. In seinem Tresor.»

«Und was macht es dort? Wir hatten doch verabredet, dass du es bringst und wir dafür der Kleinen nichts tun.»

«Glaubst du etwa, die Kleine bedeutet mir etwas? Du müsstest mich besser kennen.»

«Deswegen haben wir ja auch noch deinen Freund. Ein Anruf, und es wird ihm der erste Finger gebrochen.»

«Er ist kein Freund, er ist ein Geschäftspartner. Wenn du mit den Fingern fertig bist, kannst du ihm auch die Zehen brechen. Das ist mir egal.»

Bachler sah Stahl eindringlich an. Seine knöchrigen Finger riffelten nervös an den Buchseiten.

«Bleibst uns also nur du? Aber du würdest natürlich schweigen, egal, wie sehr wir dich bearbeiten, hab ich recht?» Stahl antwortete nicht. «Du weisst, in welcher Tradition wir stehen, um Ketzern den Teufel aus dem Leib zu jagen. Es macht also keinen Sinn, auf Zeit zu spielen. Meinst du, es fällt dir etwas ein, um mich reinzulegen? Vergiss es. Ich gebe dir noch eine zweite Chance. Du gehst zurück, holst das echte Buch und bringst es hierher. Dein Geschäftspartner und die Kleine bleiben bei uns.»

«Ich habe den Code vom Tresor nicht. Den muss mir Palm geben.»

«Darf er gerne.» Bachler wählte eine Nummer und sprach in sein Handy. «Bringt ihn her.»

Kurz darauf erschien ein weiterer Gorilla mit Palm in der Suite. Palm war kreidebleich. Die Eleganz des gewieften Anwalts war verschwunden. Er schimmerte gar wie ein Stück Fleisch, das über vierzehn Tage auf kleiner Flamme im Schmortopf gelegen hatte.

«Erklär es ihm. Aber mach es kurz», sagte Bachler.

«Ich brauche den Code deines Tresors.»

Palm blickte Stahl ungläubig an. «Mach schon.»

«425316», sagte Palm.

Stahl memorierte die Zahl und sah zu Bachler.

«Eine halbe Stunde. Mehr gebe ich dir nicht. Und glaube mir. Wir machen kurzen Prozess mit beiden. Ob sie dir nun etwas bedeuten oder nicht. Ausserdem haben wir an bestimmten Orten Scharfschützen postiert, die dich abknallen, solltest du auch nur an den Versuch einer Dummheit denken.»

«Warum legst du mich nicht gleich um? Du hast doch den Code? Oder kannst du ihn dir nicht merken?»

«Warum sollte ich dir oder ihm glauben, dass der Code stimmt? Könnte doch abgesprochen sein? Ist das Buch tatsächlich im Tresor? Stahl, du vergisst, dass wir aus demselben Stall kommen. Misstrauen ist unser siebter Sinn.»

«Nicht das siebte Siegel?»

«Witzig. Die Schule des Camerlengo, sie langweilt mich. Eine halbe Stunde. Dann hört der Zirkus auf. Mehr Kasperlitheater gestatte ich dir nicht.»

Stahl drehte sich um und ging an Palm vorbei. Er blickte ihm kurz in die Augen und las die Todesangst darin. Es war keine Zeit für aufmunternde Worte. Es gab auch keinen Grund. Die Gorillas traten zur Seite, Stahl verliess die Suite.

«425316», tippte er in die Tastatur des Tresors. Das Schloss sprang auf, Stahl nahm das Buch aus dem Sicherheitsversteck. Er hätte auch die Geldbündel und den Schmuck nehmen und damit verschwinden können. Aber wie weit würde er kommen, mit hunderttausend Franken? Das reichte heute nicht mehr, um abzutauchen und sich eine neue Existenz aufzubauen. Das Buch musste viel mehr wert sein. Oder ein Teil davon? Stahl blätterte zur Mitte und sah sich die Doppelseite an. Sie strotzte vor Zeichnungen und Anmerkungen über das Boule-Spiel. Nichts, was Stahl auf Anhieb verriet, was dahinterstecken könnte. Er ging zum Kopierer in Palms Büro und liess ihn an. Er machte zwei Kopien von der Doppelseite. Mehr Zeit hatte er nicht. Eine Kopie legte er in Palms Tresor zurück, die andere faltete er viermal zusammen, sodass sie als Sohleneinlage in seinen Schuh passte. Er sah auf die Uhr. Noch zwölf Minuten. Mit Bachlers Hang zur Pünktlichkeit war nicht zu scherzen. Er musste los.

«Warum nicht gleich», sagte Bachler, als er das Buch aus Stahls Händen entgegennahm und es ebenso durchblätterte wie zuvor die Kopie.

Stahl blickte zu Cecilia, die mittlerweile von zwei Gorillas flankiert neben Palm auf dem Sofa sass. Sie unterdrückte tapfer ihre Angst und vermied es, Stahl anzusehen.

«Unser Teil des Handels wäre somit erledigt», sagte Stahl, und er wusste, was nun folgen würde. Noch ehe Bachler seinen Gorillas das Zeichen geben konnte, drehte Stahl sich zu dem einen, der versetzt zwischen Bachler und ihm selbst stand, sprang an ihn heran, zog ihm die SIG Mosquito mit aufgeschraubtem Schalldämpfer aus dem Holster und schoss dem Gorilla direkt in den Oberschenkel. Der jaulte auf und sackte zu Boden. Die beiden anderen hatten noch nicht reagiert, da poppten zwei weitere Schüsse. Beide trafen die Schlüsselbeine von Bachlers Schergen. Auch sie stöhnten.

«In der Schweiz sind Schalldämpfer gemäss Waffengesetz Artikel 4.2a und Artikel 5.1e verboten. Oder besitzt ihr eine kantonale Sondererlaubnis? Wir sind hier nicht im Wallis», sagte Stahl und stellte sich hinter Bachler, der nicht mit Stahls Aktion gerechnet hatte.

«Du machst einen schweren Fehler», sagte Bachler.

«Den hatte ich bereits gemacht, als ich auf die Fahne geschworen habe. Das Buch.» Er nahm es Bachler aus der Hand, behielt den Raum aber im Blick. «Los, verschwindet. Ich komme gleich nach.»

Cecilia und Palm waren längst vom Sofa aufgesprungen und hatten sich zur Tür gedrängt.

«Mach keinen Unsinn», sagte Palm. «Jetzt ist es keine Notwehr mehr.»

«Es ist nie Notwehr. Macht, dass ihr wegkommt. Dann müsst ihr nichts Falsches aussagen.»

Cecilia und Palm flohen aus der Suite. Stahl schubste Bachler, dass er zu den verletzten Gorillas aufs Sofa trudelte. Mit der Pistole kommandierte er auch den dritten Söldner zur Gruppe. Der hielt sich den blutigen Oberschenkel und gehorchte.

«Willst du uns umlegen?», fragte Bachler.

«Wieso nicht? Das wolltest du doch auch.»

«Ich bin auch anders. Aber du hast ein Gewissen.» Er verzog sein Gesicht. «Mein Magen. Darf ich eine Pille nehmen?», fragte Bachler und fasste sich mit der Rechten ins Jackett. Stahl beobachtete die Bewegung aufmerksam. Bachler zog die Hand aus der Innentasche. Ein Pillendöschen kam zum Vorschein. Er kippte sich zwei

Pillen in die Handfläche und sah zu Stahl. «Kann ich etwas Wasser haben?»

«Schluck sie trocken.»

Bachler warf sich die Pillen ein.

«Wer steckt dahinter?», fragte Stahl.

Bachler zog die Mundwinkel nach unten und die Schultern nach oben.

«Opus Dei?»

«Blödsinn. Die Illuminaten. Die Bilderberger. Die Rosenkreuzer. Fällt dir nichts Besseres ein? Wie wäre es mit den Chinesen?»

Stahl drückte ab. Der Schuss schlug zwischen Bachlers Beinen ins Sofa. Er erschrak und starrte in Stahls Augen. Dann grinste er abfällig und verlor das Bewusstsein.

Stahl begriff: die Pillen. Das waren keine Magenschoner, sondern harte Schlaftabletten. Dass sich Bachler vergiftet hatte, traute er ihm nicht zu. Zyanid war es jedenfalls nicht, sonst hätte Bachlers Mund geschäumt und er hätte gezappelt. Stahl kontrollierte Bachlers Puls. Er schlug. Auf diese Weise konnte sich Bachler Stahls Verhör entziehen und auf Zeit spielen. Vermutlich hatte er sich zu einem vereinbarten Zeitpunkt an höherer Stelle zu melden. Erfolgte dies nicht, war man gewarnt und es rückte Verstärkung an. Stahl drängte sich zur Tür, die Gorillas im Blick. Dann schleuderte er die Pistole in die andere Ecke der Suite und verliess, das Buch in der Hand, den Ort.

Sie würden ihm nicht folgen. Verletzt wie sie waren, würden sie nur ungewollt Aufmerksamkeit erregen.

Stahl nahm die Treppe und hoffte darauf, durch den Hinterausgang entwischen zu können, ohne von Regula gesehen zu werden. Tatsächlich war niemand an der Rezeption. Er ging zur Tür hinaus und drückte auf den Summer, der das Stahltor von innen öffnete. Regula stand mit zwei Einkaufstaschen vor ihm.

«Freue mich sehr, dass du unsere Einladung angenommen hast», sagte sie.

Er sah sie an, als wäre sie eine Astronautin, die soeben aus ihrer Raumkugel auf die Erde geplumpst war. «Ja», mehr wusste er nicht zu sagen. Dann wollte er an ihr vorbei.

«Warte. Jemand hat Post für dich abgegeben.» Sie eilte mit den Einkaufstaschen ins Hotel und verschwand hinter der Rezeption.

Stahl sah ihr nach und behielt den Lift im Blick. Vielleicht riskierten die Gorillas doch eine Verfolgung.

Regula kam zurück und streckte ihm einen Umschlag hin. Weder Poststempel noch Absender, nur sein Name stand drauf. Er steckte ihn ein, ohne hineinzusehen. «Wer hat den Brief abgegeben?», fragte er noch.

«Keine Ahnung. Das muss um die Mittagszeit gewesen sein. Da habe ich Richy aus dem Hort geholt. Aber ich kann meine Kollegin fragen. Willst du kurz warten? Ich ruf sie schnell an.»

Stahl nickte ihr zu. Sie verschwand wieder hinter die Rezeption. Der Lift öffnete sich.

«Hello. How are you? Zürich is beautiful, isn't it?» Ein beleibter Amerikaner drückte sich heraus. Seine Gattin schnappte beim Austreten nach Luft. Sie fächelte mit allen zehn rot lackierten Fingern vor ihren gepuderten Wangen und versuchte trotz einer Überdosis Botox im Gesicht verzweifelt, auf eine Weise zu lächeln, die nicht spannte. Es war ein Mienenspiel, wie es Mary Pickford zu Zeiten des grossen Stummfilms nicht besser gekonnt hätte.

«Ich erreiche sie gerade nicht», rief Regula hinter der Theke hervor.

«Danke. Ist nicht so wichtig», sagte er. «Bis später.»

Er eilte auf die Langstrasse und sprang in den Bus, der in Richtung Helvetiaplatz steuerte.

9

Stahl musste erst mit Palm telefonieren, um zu wissen, wo er und Cecilia sich aufhielten. Sie waren kaum so naiv, um in Palms Wohnung zu gehen. Dort warteten mittlerweile sicher einige Walliser.

«Wo seid ihr? Dumme Idee. Geht ins ‹Krumme Kreuz›. Wir treffen uns dort.»

Sie waren doch tatsächlich auf dem Weg ins Antiquariat gewesen. Als ob Bachlers Leute nicht auch dorthin welche schicken würden. Palm war eben ein Schreibtischhocker. Aber Cecilia hätte er mehr praktischen Verstand zugetraut. Es sei denn, es gab im Antiquariat etwas, das sie in Sicherheit bringen wollte – und von dem Stahl noch nicht wusste. Er durfte ihr noch immer nicht trauen. Sie blieb eine Journalistin. Entweder sie war naiv, oder die Gier nach einer heissen Story war stärker. In beiden Fällen wäre sie gefährlich.

Stahl öffnete den Umschlag, den er im Hotel erhalten hatte, und zog ein Foto heraus. Es zeigte ihn bei der Vereidigung zum Gardisten, flankiert von Nino und Reto. Auf der Rückseite stand *«Per Sempre»*; die Treue, die sie sich auf ewig geschworen hatten. Reto hatte es bei einer Messerstecherei in Rom erwischt, als er sich mit einem Zuhälter angelegt hatte. Und Nino war als Held für den Papst gestorben. Ein Attentat in Nigeria. Eines der vielen, die nicht in der Presse auftauchten. Wozu auch? Die Kugel wurde aufgehalten, ehe sie den Heiligen Vater hatte treffen können. Es war auf einem Abstecher in ein kleines Dorf gewesen. Ein Ausflug fernab der Klimaanlagen, zu heiss für die Reporter. Aber nicht für den Wahnsinnigen, dem sie eine Luger in die Hand gedrückt hatten, um den Papst zu ermorden. Offiziell hatte es weder den Besuch des Dorfes noch den Verlust eines Gardisten gegeben. Nur Stahl und Albin hatten leise um Nino getrauert, als sie am Flughafen vergeblich auf seine Rückkehr gewartet hatten. Es war Bachler gewesen, der ihnen vom tragischen Heldentod ihres Kameraden berichtet hatte. Bachler hatte die Aufsicht über die Reise gehabt. Eigentlich hätte Stahl statt Nino nach Nigeria fliegen sollen. Aber der Camerlengo hatte es verhindert. Er hatte plötzlich anderes mit

Stahl im Sinn gehabt. Stahl fühlte sich dadurch mitschuldig an Ninos Tod. Wäre er statt Nino an der Seite des Papstes gewesen, hätte es ihn erwischt. Oder sein Glück hätte ihm geholfen, die Kugel so abzufangen, dass sie ihn nicht gekillt hätte – und beide wären jetzt noch am Leben. Unzählige Male hatte er diese Gedanken gewälzt. Sie veränderten nichts. Nino war tot. Und Reto ebenfalls. *Per Sempre.*

Wer hatte ihm das Foto geschickt? Und wozu? Sollte es ihn daran erinnern, dass er Gardist war? Das wusste er jeden Augenblick, in dem er für den Vatikan seinen Kopf riskierte. Oder wollte jemand an die Treue erinnern, die unter den Gardisten herrschte? Die Treue zu alten Freunden? Aber was hatten Nino und Reto mit Albins Tod zu tun?

Albin war ihr Ausbilder gewesen. Er hatte in ihnen die wildesten und begabtesten Schüler gefunden, die sich ein Kommandant wünschen konnte. Sie hatten schneller gelernt als alle anderen und gingen auf volles Risiko, wo andere längst der Vernunft gehorchten. Und sie waren alle drei keine Walliser.

Sosehr die Einheit der Garde hochgehalten wurde, Gruppenbildungen gab es dennoch. Und die Gruppen wurden für unterschiedliche Interessen instrumentalisiert. Wo hierarchische Strukturen herrschten, scharrten Menschen um Macht. Und wer Macht wollte, musste nicht nur seine politischen Strategien beherrschen, sondern brauchte auch eine Exekutive, die dort hinlangte, wo Worte nicht mehr genügten. Mit Nino, Reto und Stahl hatte Albin ein schlagkräftiges Trio gefunden, das flexibel einsetzbar war und blind gehorchte. Sie wussten oft nicht, weshalb sie in einem «Bordell» aufräumen sollten. Aber sie taten es. Lautlos und effektiv.

Anschliessend krachte es innerhalb des Vatikans. Mal sah man Bachler mit einem Kardinal zerknirscht in einem Zimmer verschwinden, und der Camerlengo war frohgelaunt. Ein anderes Mal frohlockten die Walliser, und Albin rief das Trio zusammen, um einen neuen geheimen Auftrag zu besprechen. Stahl hatte nicht kapiert, worum es ging. Erst als das Trio längst nicht mehr existierte, er durch die Schule des Camerlengo gegangen war, verstand er allmählich, wie die Interessen innerhalb der Vatikanmauern verteilt lagen. Bachler war damals der Feind gewesen, und er war es noch immer. Wer hinter Bachler stand, das wusste Stahl allerdings nicht.

Er wusste nur, dass er der Letzte der einstigen Widerstandszelle war. Alle anderen waren tot. Und Stahl trug das Erbe in Händen. Albins Buch.

Er stieg am Helvetiaplatz aus und ging den Rest zu Fuss.

Im «Krummen Kreuz» herrschte Hochbetrieb. Die ersten Freier, die sich zwischen Arbeitsschluss und Feierabend an Brüste drücken wollten, hielten Ausschau. Die Mädchen zogen ihre einstudierten Nummern ab und verschwanden mit den Krawattenträgern.

Stahl sah sich nach Palm und Cecilia um. Er konnte nur Palm an einem Tisch entdecken. Der lag ungünstig in einer hinteren Ecke des Lokals. Ungünstig für eine Flucht, falls eine anstand, allenfalls günstig für Verliebte, die nicht gestört werden wollten. Stahl nickte dem Kellner zu und ging zu Palm.

«Wo ist Cecilia?»

«Sich frisch machen.»

Stahl setzte sich. Der Kellner legte ihm eine fettbeschmierte Speisekarte auf den Tisch und fragte nach dem Getränk. Stahl sah, dass Palm eine Stange bereits zur Hälfte geleert hatte, und bestellte ebenfalls eine. Er wartete, bis der Kellner weg war, und beugte sich zu Palm.

«Sieht übel aus, was?»

«Kannst du wohl sagen. Ist das immer so?»

«Mal mehr, mal weniger. Gefällt es dir?»

«Kann darauf verzichten. Ich ziehe meine Wohnung mit der Kaffeemaschine vor.»

Palm nahm einen Schluck Bier und behielt das Glas in der Hand. Er brauchte etwas, an dem er sich festhalten konnte.

«Hast du Bachler erledigt?», fragte er dann.

«Ich bin kein Killer. Sonst hätte ich die Gorillas auch umgelegt.»

«Es gab ja auch Zeugen.»

«Glaubst du, ich habe sie nicht getötet, weil ihr dabei wart?»

«Ich kenne dich nicht. Ich weiss nicht, wer du bist und wie du handelst.»

«Du weisst nur, dass du mich regelmässig mit einem Koffer losschickst und dann deine Provision vom Auftraggeber überwiesen bekommst. Das hat doch bislang immer genügt. Wieso stellst du dir plötzlich Fragen?»

«Weil ich jetzt mittendrin stecke. Das ist mir zu nah. Ich will nicht wissen, worum es geht.»

«Und die Provision? Die willst du auch nicht?»

«Mein Leben genügt mir.»

Der Kellner brachte Stahl das Bier und wartete auf die Essensbestellung.

«Haben Sie auch Pizza?», fragte Stahl.

«Ja. Steht alles auf der Karte.»

«Bringen Sie mir eine Siciliana. Danke.»

Der Kellner notierte es und zog ab. Stahl nahm das Glas, ohne Palm zuzuprosten, schluckte dreimal und wischte sich mit der Serviette den Schaum vom Mund.

«Sie ist aber lange fort. Ich hoffe, wir erkennen sie noch, wenn sie zurückkommt. Ich sehe mal nach, wo sie bleibt.»

Stahl stand auf und ging zu den Toiletten. Erst aufs Herrenklo, um sich selbst die Blase zu entleeren. Er wusch sich die Hände und warf sich kaltes Wasser ins Gesicht. Ein müdes Spiegelbild sah ihn an: ein Gesicht, das viele Fragen hatte mit wenigen Antworten. Er verliess den mit Rosenduft parfümierten Raum und begab sich zu den Damen.

«Falsche Tür», sagte eine ältere Lady, die in abgegriffenen Latex gekleidet war und Stahls Massanzug skeptisch beäugte. «Aber die richtige Frau.» Sie malmte lässig einen Kaugummi. Stahl ging nicht auf sie ein. Er sondierte die Kabinen. Keine war verschlossen. Er öffnete die Türen, die Lady meckerte. Sie war es nicht gewohnt, dass man sie nicht beachtete. Sie baute sich vor Stahl auf und atmete tief in ihren Busen. Stahl schob sie zur Seite und eilte aus der Toilette. Ein Blick auf dem Gang nach links zeigte ihm eine Tür, die in den Hinterhof führte. Sie war unverschlossen. Er drückte die Klinke und öffnete die Tür. Hier musste Cecilia abgehauen sein.

«Linus kann dir helfen», sagte Hedwig. Sie stand mit ihrer Krücke im Türrahmen und sprühte vor Kampfeslust. Cecilia antwortete nicht. Sie war damit beschäftigt, eine Tasche zu packen. «Er kann dich fahren, du steigst unbemerkt aus, und er fährt weiter. Falls dich jemand verfolgt, schüttelst du ihn dadurch ab. Den Rest gehst du zu Fuss.»

Cecilia hielt mit dem Packen inne. «Was soll diese Räuber und Poli-Taktik? Und ausgerechnet mit Linus? Das hört sich an wie bei ‹Räuber Hotzenplotz›. Hedwig, das sind Profis. Die schiessen, ohne mit der Wimper zu zucken. Und was vorne rauskommt, sind keine Korken.»

«Dann weiss ich nicht, warum du überhaupt hierhergekommen bist. Hier werden sie dich doch zuerst vermuten.»

«Bin ja schon weg.» Cecilia schloss die Tasche und packte sie.

«Ich werde dich fahren», sagte Hedwig. «Ohne Täuschungsmanöver gewinnst du keine Zeit.» Sie versperrte Cecilia entschlossen den Weg.

«Dann los.»

Sie stiegen die Stufen hinab. Im Ladenlokal bimmelte es. Hedwig und Cecilia blieben stehen und sahen sich an.

«Ich kann den Laden nicht offen lassen. Ich werfe den Kunden rasch raus und mach zu. Geh du schon mal zum Auto», sagte Hedwig und verschwand hinter der Tür, die vom Flur ins Buchgeschäft führte.

Cecilia stieg die letzten Stufen hinab und verstaute ihre Tasche auf dem Rücksitz des Wagens. Dann setzte sie sich auf den Beifahrersitz und wartete. Eine Schnapsidee, die Hedwig sich da ausgedacht hatte. Kurz in der Parknische halten, die Tasche den Abhang hinunterwerfen und dann selbst unter Deckung des Wagens verschwinden. Als ob ein Verfolger das nicht mitkriegen würde.

Wo Hedwig nur blieb. Vermutlich war der Kunde an teuren Büchern interessiert; am besten an Sammlungen der Klassiker. Die hatte sie zuhauf und wurde sie nicht los. Wenige interessierten sich für die Erfinder und Entwickler der deutschen Sprache. Goethe, Schiller, Büchner, Kleist und Lessing waren Ladenhüter geworden, die man mittlerweile regelmässig abstaubte wie alte Möbel. Cecilia hatte Hedwig schon mehrmals vorgeschlagen, sie sollte auf eine Crime&Fantasy-Buchhandlung umrüsten. Aber für Hedwig kam das nicht in Frage. Für sie war das Trash, Einwegpapier, das schon nach dem ersten Kapitel seinen Wert verlor. Das liest keiner zweimal, sagte sie immer. Und was man nur einmal gebrauchen kann, ist nichts wert. Blödsinn. Würde Hedwig mehr Krimis harter Sorte lesen, wäre sie jetzt nicht auf so eine dumme Idee mit der Flucht auf dem Parkplatz gekommen.

Endlich öffnete sich die Tür zum Hof, und Hedwig erschien. Aber sie war nicht allein. Hinter ihr ging ein Mann in beigem, zerknittertem Mantel. Er war hager, sein Kopf glich einem lang gezogenen Ei. Das Haar hatte sich bereits weit auf dem Schädel zurückgezogen. Ein schmaler Oberlippenbart, der gepflegter als sein Mantel war, zierte den lippenlosen Schlitz, der sich zwischen Kinngrübchen und Kartoffelnase zog: Hürlimann.

Cecilia wollte hinter den Fahrersitz rutschen, den Wagen starten und vom Hof fegen. Aber zwei weitere Gestalten in Uniform versperrten die Ausfahrt.

«Würden Sie bitte aussteigen, Frau Fetz», sagte Hürlimann und trat hinter Hedwig hervor. «Wir haben ein paar Fragen an Sie.»

Cecilia stieg aus dem Wagen und blickte zu Hedwig. Die zuckte mit den Schultern. Mehr fiel ihr nicht ein.

«Muss ich mit auf die Wache?», fragte Cecilia.

Hürlimann nickte.

«Über Nacht?»

«Kommt drauf an, wie viel Sie zu erzählen haben.»

«Dann hole ich noch schnell ein paar Sachen von oben.»

Cecilia hoffte, dass Hürlimann die gepackte Tasche auf der Rückbank des Golfs noch nicht gesehen hatte und Hedwig ihm auch noch nichts von ihrem genialen Plan erzählt hatte; sie wartete auf Hürlimanns Erlaubnis, noch mal nach oben gehen zu dürfen. Hürlimann sah zu den beiden Uniformierten, die näher gekommen waren, und gab einem von ihnen per Blick das Zeichen, Cecilia zu begleiten.

Sie ging an Hedwig und Hürlimann vorbei und stieg, gefolgt von einem Uniformierten, die Stufen hinauf. Kurz bevor sie auf der Höhe das Ladenlokals waren, zog sie das Tempo an, sodass mehrere Stufen zwischen ihr und dem Polizisten zu liegen kamen. Dann nahm sie die grosse Vase, die Hedwig als Schirm- und Stockständer diente, und schleuderte sie die Stufen hinab. Der Polizist wurde von der Vase an den Schienbeinen getroffen, jaulte auf und ruderte mit den Armen, um das Gleichgewicht zu behalten. Cecilia nutzte den Augenblick und huschte durch die Tür ins Ladenlokal, vorbei an den Klassikern zur Glastür. Hedwig hatte bereits abgeschlossen, aber der Schlüssel steckte noch. Cecilia schloss auf, zog den Schlüssel, schlüpfte durch die Tür und verriegelte von aussen. Den Schlüssel warf sie auf die Strasse und floh über das Kopfsteinpflaster durch die Gassen des Niederdorfs.

Hürlimann hatte genug. Die Alte wusste nichts. Und Angst konnte man ihr nicht einjagen. Dafür hatte sie zu viele Demos und Strassenkämpfe seit den Siebzigern mitgemacht. Sie kannte ihre Rechte und war stolz darauf. Es war sinnlos, sie in die Mangel zu nehmen. Man konnte nur verlieren. Er verzichtete darauf, sie mit aufs Revier zu nehmen. Aber im Buchladen fühlte er sich auch nicht wohl. Er wusste nicht, worauf er wartete. Nur sein Instinkt riet ihm, dass hier noch jemand vorbeikommen würde, der ihn in der Sache weiterbrachte. Es war verflixt. Erst hatte er die Finger von der Sache lassen sollen, jetzt brannte sie einigen wichtigen Leuten unter den Nägeln. Die Kleine sollte aus dem Verkehr gezogen werden. Als ob das so einfach wäre. Die Schweiz war keine Bananenrepublik. Da konnten Bürger nicht so einfach verschwinden. Gelder schon, das war etwas anderes. Das hatte Tradition, und niemand kümmerte es. Das Geldgeschäft gehörte zur Schweiz wie die Toblerone und Wilhelm Tell. Gerade hielt er eine alte Ausgabe von Schillers Klassiker in Händen. Einfach so, um sich an etwas festzuhalten.

«Wissen Sie, dass Brecht von Frisch forderte, eine Neufassung des Tell zu schreiben? Eine Schweizer Version», sagte Hedwig, die es sich auf ihrem Sessel hinter dem Schreibtisch bequem gemacht hatte.

«Was ist eine Schweizer Version?», fragte Hürlimann.

«Das wusste Frisch auch nicht. Deswegen hat er es ja nicht geschrieben.»

«Die ehrlichste Schweizer Version des Tell ist die Prägung auf dem Fünfliber», sagte Hürlimann und stellte das Buch an seinen Platz zurück.

«Wenn Sie wollen, kriegen Sie das Buch für fünf Franken. Einen deutschen gegen einen Schweizer Tell.»

«Ist der Kurs jetzt schon eins zu eins? Schlimme Zeiten.»

«Eigentlich würde ich jetzt gerne meinen Laden schliessen. Ich darf nicht länger aufsperren als erlaubt.»

«Sie haben von mir eine Sondererlaubnis.»

«Seit wann geht das so unbürokratisch?»

«Seit wir internationaler operieren.»

«Tun wir das nicht schon immer?»
«Nicht offiziell.»
«Und das hier, das ist offiziell?»
«Kommt darauf an, was noch passiert», sagte Hürlimann und sah zur Tür.
«Auf wen warten Sie? Auf den Gardisten?»
«Möglich.»
«Oder auf den Papst persönlich?» Hedwig kicherte und steckte sich eine Zigarre an.
«Muss das sein?», fragte Hürlimann, dem der Mief der Bücher schon genügte, ihn an sein Asthma zu erinnern.
«Sie können ja die Tür öffnen. Vielleicht findet der Erwartete leichter herein.» Hedwig paffte genüsslich, und Hürlimann stellte sich vor, wie diese Frau früher die Streitkräfte bei Strassenkämpfen provoziert haben musste. Er schob den Tell ins Regal und trat an die Tür. Er liess sich nicht provozieren. Von keinem.

Als Stahl Cecilia aus dem Antiquariat hatte huschen sehen, war er einen Schritt zurückgetreten und hatte sich hinter einem Postkartenständer versteckt. Während er so tat, als sondierte er die Sehenswürdigkeiten Zürichs, hatte er das Geschehen vis-à-vis beobachtet. Er hatte damit gerechnet, dass Hürlimann Cecilia verfolgen würde. Aber er war im Ladenlokal geblieben. Der Polizist vermutete dort Wichtigeres. Vielleicht liess er bereits landesweit nach ihr fahnden. Allerdings war Hürlimann nur mit zwei Beamten gekommen. Er schien nach wie vor ein grosses Aufgebot zu scheuen. Und Stahl hatte gelernt: Je kleiner und qualifizierter der Stab, umso mehr Geld steckte dahinter. Und es ging immer um Geld. Kriege wurden zur Aufrechterhaltung oder Eroberung von Handelswegen geführt, nicht wegen Menschenrechten. Die Heuchelei war Teil des Spiels. Man musste das Gesicht des Betroffenen am Massengrab aufsetzen, während sich beim Leichenmahl bereits die Scheckhefte der Hintermänner bogen. Stahl ekelte nicht davor. Er war kein Moralist. Auch kein Zyniker. Er sah die Welt, wie sie war. Ob man es Glück oder Unglück nennen wollte, dass er Dinge hinter den Kulissen mitbekommen hatte, von denen rechtschaffene Leute nichts ahnten oder nichts ahnen wollten, konnte er nicht sagen.
Jetzt musste er sich entscheiden, ob er Cecilia folgen oder wei-

terhin das Antiquariat beobachten sollte. Er entschied sich für Hürlimann, obwohl der Beschützerinstinkt ihn eher zu Cecilia drängte. Aber Stahl hatte gelernt, seine Instinkte zu überprüfen und im Zweifel der Vernunft unterzuordnen. Und die sagte ihm, dass er von Hürlimann momentan mehr über die Angelegenheit erfahren konnte als von Cecilia.

«Kann ich Ihnen behilflich sein?», fragte ein junger Mann mit einer Designerbrille auf der Nase.

«Danke. Ich suche noch», antwortete Stahl und glitt mit dem Finger über die einzelnen Postkarten.

«Wir schliessen nämlich.»

«Oh. Dann nehme ich die hier.» Stahl griff wahllos nach einer Postkarte. Sie zeigte das alte Café Schober.

«Vier Franken, bitte.» Der Verkäufer nahm Stahl die Postkarte aus der Hand und verschwand im Laden. Stahl sah zum Antiquariat hinüber. Es regte sich nichts. Der Mann drehte sich im Türeingang seines kleinen Geschäfts um und räusperte sich. Stahl sah ihn an und begriff. Er kramte in der Hosentasche nach Kleingeld, während der Verkäufer unter der Theke eine Papiertüte hervorzog. Er steckte die Postkarte hinein.

«Haben Sie es passend? Ich habe die Kasse schon zu.»

Stahl suchte aus den Münzen auf seinem Handteller die Franken zusammen. Es kostete ihn einige Konzentration, weil Franken, Rappen, Euro und Cent sich mischten. Ein Pfund war auch dabei, sogar fünfzig Öre. «Das nennt man Binnenmarkt», sagte er und kassierte vom Verkäufer dafür ein professionelles Lächeln. «Wenn die Drachme wiederkommt, wird es noch bunter.» Er reichte dem Verkäufer die vier Franken und nahm die Postkarte entgegen. Er wollte sie gerade einstecken, da krachte es hinter ihm. Eine berstende Fensterscheibe. Ein Polizist landete mit dem Rücken voran auf der Strasse. Es rumpelte erneut im Antiquariat.

«Bleiben Sie stehen!», schrie eine Stimme. Stahl ordnete sie Hürlimann zu. Man hörte zwei Schüsse. Danach einen dritten. Die ersten beiden unterschieden sich im Klang vom dritten.

Der Verkäufer packte den Postkartenständer und verzog sich mit ihm ins Geschäft.

Stahl rannte auf das Antiquariat zu und suchte an der angrenzenden Hauswand Deckung. Er pirschte sich an das kaputte Schaufenster und lauschte. Das Piepen einer Handytastatur war zu hören. Dann Hürlimanns Stimme. «Einen Krankenwagen zum Antiquariat Fetz. Sofort.»

Die Luft schien rein. Stahl schob sein Gesicht durch das offene Schaufenster und sah Hürlimann am Boden knien. Neben ihm blutete der zweite Polizist. Hürlimann selbst hielt sich die Schulter.

«Was war los?», fragte Stahl. Hürlimann sah zu ihm auf. «Das ist aber ein Zufall, Sie da.» In seiner Stimme war kein Schmerz zu hören. Der Zynismus überwog. «Ein Profi geht, der andere kommt. Arbeitet ihr am Ende zusammen?»

Stahl betrat den Laden und ging auf Hürlimann zu. «Profi?», fragte er und sah auf den schwer verletzten Beamten neben Hürlimann.

«Der Engel», sagte Hürlimann. «Kommt aus Ihrem Stall. So gross ist eure Armee nun auch wieder nicht. Eigentlich müsstet ihr euch kennen.»

«Ich kenne keinen Engel. Haben Sie auch einen anderen Namen? Oder ein Gesicht?»

«Wir kennen ihn nur unter seinem Decknamen. Weil er so viele andere führt, dass es mühsam ist, sich alle zu merken. Fotos haben wir natürlich. Aber ich trage sein Bild nicht in meiner Brieftasche. So viel Platz für die Familie muss sein.» Er klang bitter. Stahl befürchtete, dass Hürlimann gleich mit seinem Job und dem Leben abrechnen würde; Bilanz zog, über Dinge, die durch die Staatsarbeit auf der Strecke geblieben waren. Dafür hatte Stahl keine Zeit.

«Was wollte der Engel? Für wen arbeitet er?»

«Für Bachler.»

«Und wer steht hinter Bachler?»

Hürlimann zuckte mit den Schultern. «Männer hinter getönten Glasscheiben. Diamantenhändler. Waffenschieber. Drogenbarone. Je nach Geschäftslage.»

«Und was will er hier? Was hat es mit dem Buch auf sich?»

«Keine Ahnung. Mir wurde nur die Anweisung gegeben, Cecilia Fetz abzuholen, um ihr auf den Zahn zu fühlen. Wenn jemand mehr weiss, dann ist sie es. Und wenn sie damit eine Zeitung findet, die das druckt, wird es für einige Leute brenzlig.»

«Heute braucht man keine Zeitung mehr. Es gibt Internet. Da haben alle Zugang.»

Hürlimann kratzte sich am Kinn. «Man muss ihr klarmachen, dass sie nicht weit kommen wird. Sie ist fertig, wenn sie sich mit den Falschen anlegt.»

Der Krankenwagen fuhr vor, die Sanitäter und eine Ärztin kamen herein und kümmerten sich um den schwer verletzten Beamten.

«Hüten Sie sich vor dem Engel. Dem haben sie bereits jede Illusion ausradiert. Der hält sich an keinen Schwur mehr. Darum ist er besser als Sie. Sie sind noch zu sehr Humanist.»

Hürlimann wendete sich von Stahl ab und ging nach draussen. Zwei Sanitäter trugen den Beamten auf einer Trage fort. Stahl sah sich um. Mit der Abfahrt des Krankenwagens kehrte wieder Ruhe zwischen die alten Bücher. Ein Knacken liess Stahl herumfahren und in Deckung gehen. Er hechtete hinter eine Regalwand und schielte nach dem Geräusch. Es raschelte hinter dem schweren Schreibtisch. Rotbraun gefärbtes Haar schob sich über den Rand. Dann erschien eine dicke Brille, hinter der aufgeschreckte Augen nach Entwarnung suchten. Hedwig.

«Die haben mich doch glatt vergessen», sagte sie. «Das Alter hat eben auch seine Vorteile. Irgendwann bist du für alle unsichtbar.»

Stahl kam hinter dem Regal hervor. «Ist alles in Ordnung?», fragte er.

«Habe gelernt, in Deckung zu gehen. Was glauben Sie, wie oft ich das schon machte? Da flogen mir noch ganz andere Dinge um die Ohren.» Sie wankte und hielt sich am Schreibtisch fest. Stahl ging auf sie zu, um sie zu stützen.

«Nur der Kreislauf. Muss zu schnell aufgestanden sein.»

Stahl half ihr in den Sessel. Sie ächzte. Dann griff sie nach ihrer Zigarrenkiste und fingerte sich eine heraus. «Auch eine?», fragte sie.

«Keine Zeit für Zigarren. Ich habe es eilig.»

«Ich nicht. In meinem Alter kriegt man ein anderes Verhältnis zur Zeit.»

Sie zündete den Tabak an und rauchte.

«Haben Sie den Kerl erkannt, der hier rumgeballert hat? Was wollte er? Wo ist Cecilia?»

Hedwig blies eine dichte Wolke in Richtung Stuck. «Wenn Sie noch mehr Fragen haben, schreiben Sie die auf. Ich beantworte sie nach und nach.»

«Wollen Sie, dass Cecilia getötet wird?»

«Wenn ich Ihnen sage, wo sie ist, wird sie es garantiert.» Sie sah Stahl scharf an. «Ich traue Ihnen nämlich nicht über den Weg.»

«Und warum lasse ich Sie am Leben?»

«Weil Sie einen Fragenkatalog haben. Erinnert mich übrigens an die Fragebögen von Frisch, die sich in seinen Tagebüchern gestellt befinden.

Eine davon gefällt mir besonders: *‹Haben Sie schon einmal einen Menschen getötet? Wenn nicht, warum ist es nicht dazu gekommen?›*» Sie formte eine weitere Wolke und gefiel sich. Stahl wurde ungeduldig.

«Der Kerl, der hier eben aufgeräumt hat, der kommt wieder. Garantiert. Und bis dahin rate ich Ihnen, bessere Antworten parat zu haben. Wenn er Sie diesmal nicht gesehen hat, wollte er Sie nicht sehen. Wenn er aber Fragen offen hat, wird er kommen. Dann sind Ihre Pflastersteindemos von anno dazumal Sandkastenspiele.» Stahl drehte sich um und ging zur Tür.

«Sie haben etwas verloren», sagte Hedwig.

Stahl drehte sich um. Hedwig wedelte mit dem Briefumschlag, in dem sich das Foto der frisch vereideten Gardisten befand. Es musste Stahl beim Bücken aus der Jackentasche gefallen sein. Durch das Wedeln rutschte das Foto aus dem Umschlag und glitt auf den Schreibtisch. Hedwig blickte drauf und hielt inne.

Stahl machte einen Schritt auf Hedwig zu und wollte das Foto nehmen. Hedwig hatte vorsichtig die Schublade geöffnet und hineingegriffen. Jetzt zog sie ihre Hand wieder heraus und zielte mit einem kleinen Trommelrevolver auf Stahl. «Für einen Moment hatte ich tatsächlich geglaubt, Sie gehören zu den Guten. Ich war kurz davor, Ihnen zu sagen, wo sich Cecilia befindet. Aber das hier, das hat Sie leider verraten.»

Stahl sah auf die Mündung des Revolvers, dann auf das Foto. «Ich kann auch schiessen. Keine Dummheiten.» Sie lachte. «Dass ich das einmal sagen darf. Vielleicht hat Cecilia recht. Vielleicht sollte ich das Antiquariat doch in eine Krimibuchhandlung verwandeln. Und Lesungen veranstalten mit echten Ganoven.» Sie paffte und zielte weiter auf Stahl. «Jetzt habe ich einen Fragenkatalog: Worum geht es? Wer steckt dahinter? Und was kriege ich vom Kuchen ab?»

Die Alte war abgebrüht. Vielleicht aber nur senil, dass sie den Ernst der Lage nicht abschätzen konnte. Oder sie war todkrank, und es war ihr alles egal.

«Wer ist der Dritte? Schwirrt der auch irgendwo herum?», fragte sie weiter. «Arbeitsteilung, wie? Der eine spielt den Retter, der andere den Killer. Und der Dritte fährt den Fluchtwagen. Clever. Sehr clever. Aber ich bin auch nicht blöd.» Sie gefiel sich sehr in ihrer Rolle. Edward G. Robinson hätte sie nicht besser gespielt.

«Welcher Dritte?», fragte Stahl, der nicht kapierte, was Hedwig faselte.

«Der hier, das sind Sie. Sehr bubihaft. Heute sehen Sie besser aus, wenn ich das sagen darf. Und der hier kam hier rein und hat die Bullen umgenietet. Der Engel, so hat ihn Hürlimann doch genannt, oder? Bleiben Sie, wo Sie sind.» Sie fuchtelte mit dem Revolver und hielt Stahl auf Distanz. «Fehlt nur noch der hier. Dann kenne ich alle.»

Stahl wollte nicht glauben, was er hörte. Nino sollte am Leben sein? Er lebte noch und geisterte als Engel durch Zürich? Hatte er Albin auf dem Gewissen? Arbeitete er für Bachler? Das läge nah. Bachler hatte das Kommando in Nigeria gehabt. Er hätte Ninos Tod fingieren und ihn dann als unsichtbaren Soldaten in seiner Einheit aufbauen können.

«Sind Sie sicher, dass Sie diesen Mann gesehen haben? Dass er es war, der hier hereinkam?»

«Todsicher.»

«Dann ist Cecilia wirklich in Lebensgefahr.»

«Was Sie nicht sagen. Aber es weiss ja niemand, wo sie ist. Und ich werde es Ihnen garantiert nicht erzählen.»

«Was glauben Sie eigentlich, mit wem Sie es hier zu tun haben? Das ist keine Agatha-Christie-Story. Hier sitzt kein Mörder beim Fünf-Uhr-Tee und wartet ab, bis Miss Marple alle Verdächtigen aussortiert hat, um dann dem netten Herrn Untermieter zu gestehen, dass sie ihn am Anfang auch nicht im Verdacht hatte.» Während er sprach, schob er sich Stück für Stück näher an den Schreibtisch. Mit einem Satz war er bei Hedwig, riss die Schreibtischunterlage nach oben und schleuderte sie Hedwig ins Gesicht. Ein Schuss löste sich und durchlöcherte die Unterlage. Stahl hatte vorsorglich einen Schritt zur Seite gemacht. Mit gekonntem Griff entwaffnete er

Hedwig. Sie kauerte ängstlich in ihrem Sessel. Das Haar zerzaust, die Brille schief auf der Nase und die Zigarre abgebrochen.

«Wo ist sie?», fragte er.

«Knallen Sie mich ab. Von mir erfahren Sie nichts.»

Stahl spannte den Hahn des Revolvers und zielte auf Hedwig. Sie schloss die Augen und begann am ganzen Leib zu zittern. Stahl nahm den Revolver herunter. «Sie wissen nichts. Nur heisse Luft», sagte er.

Hedwig begann zu schluchzen. «Cecilia ist die Einzige, die ich noch habe.» Sie nahm die Brille von der Nase und wischte sich mit dem Handballen die Tränen aus dem Gesicht. Dann blinzelte sie zu Stahl. «Ich weiss es nicht. Ich weiss nicht, wo sie ist. Ich wollte, dass sie sich in unserem Landhaus versteckt. Aber da kommt sie zu Fuss nicht hin. Sie hat ihren eigenen Kopf. Ja, den hat sie. Und das ist nicht verkehrt.»

10

Was sollte sie im Landhaus? Warten, bis einer vorbeikam und sie abknallte? Hatten sie nicht auch die Gräfin gefunden und samt ihren Helfern kaltgemacht? Cecilia würde nirgendwo auf ihren Tod warten.

Sie wollte nur eins: abhauen. Der Polizei traute sie ebenso wenig wie Bachler und Palm. Am allerwenigsten Stahl. Der Kerl spielte doppelt. Wenn er glaubte, sie mit einem Kuss für sich einnehmen zu können, täuschte er sich. Sie kannte die Winkelzüge der Ganoven aus Krimis und aus dem Wirtschaftsteil der Zeitung: Politiker, die sich Doktorarbeiten schreiben liessen, Bankenchefs, die ihre Familienmitglieder mit Insiderwissen fütterten, Bischöfe, die organisierten Pädophilenringen angehörten und gleichzeitig den Ring des Papstes küssten. Wieso sollte sie ausgerechnet einem Gardisten Vertrauen schenken? Wenn sie so blauäugig wäre, wie sollte sie sich da als kritische Journalistin etablieren?

Und sie war auf dem besten Weg dorthin. Mit dem Kniff der W-Fragen hatte sie aus Palm mehr herausgelockt, als dieser hätte rauslassen dürfen. Aber er hatte selbst unter Schock gestanden. Noch auf dem Weg ins «Krumme Kreuz» hatte sie ihm entlockt, woher Studers Buch plötzlich aufgetaucht war.

Jetzt stand sie vor der Turnhalle des Boxclubs. Ein schäbiger Bau aus den Siebzigern, mit senffarbenem Putz. Im ersten Stock spiegelte eine Fensterfront, beklebt mit weissen Buchstaben, die für Gratisstunden im Club warben. Dahinter würden eiweissgestärkte Racker schwitzend Gewichte stemmen.

Cecilia trat ein. Eine Rezeption gab es nicht. Der Club unterschied sich deutlich von den Gymnastik- und Wellnesstempeln, in denen schöne Menschen auf Laufbändern trabend in Monitore stierten, während sie den Charts aus ihren Ohrstöpseln lauschten. Hier gab's weder lachende immerjunge Frauen, die sich mit Orangensaft zuprosteten, noch solargebräunte Chippendales, die sich die Brauen zupften. Hier roch alles pur nach Mann; mit einem strengen Hauch von Ziege.

Cecilia atmete flach. Sie musste sich an den ungewohnten Geruch erst gewöhnen. An speckigen Boxsäcken tobten sich einige schwergewichtige Männer aus. Sie sahen aus wie Fernfahrer, die sich nach einer Fahrt durch den Gotthard den Verkehrsstau aus dem Leib dreschen mussten. Behaarte Brust, behaarter Rücken. Tiere von Männern, mit dicken Knien und einem Blick, der nichts anderes wahrnahm als die Delle im Leder, das sie entschlossen bearbeiteten.

In der Halle hatte es zwei Ringe. In beiden wurde trainiert. Während im einen Ring zwei Kaliber Tyson fast stehend aufeinanderprallten, tänzelten im anderen zwei leichtfüssige Bergziegen und schossen ihre Serien mit einer Geschwindigkeit in den Raum, dass Cecilia glaubte, das Zischen von Gerten zu hören.

An einer Birne trommelte ein Mittzwanziger, angefeuert von einem kleinen Mann um die fünfzig, der seine Boxernase mit Stolz durch die Welt trug. Cecilia erinnerte sich, das Gesicht an Studers Beerdigung bereits gesehen zu haben. Das musste Buffy sein, von dem Palm erzählt hatte.

«Liechter! Vel liechter!», schrie Buffy den Boxer an der Birne an. «Das isch z'plomp. *Float like a butterfly, sting like a bee!*», sang er das Ali-Zitat, während der Boxer die Backen plusterte. Er musste den Klassiker schon oft gehört haben. Und er schien zu helfen. Zwar erkannte Cecilia keinen Unterschied in der Art, wie die Fäuste nun die Birne polierten, aber Buffy schrie: «Jawoll! Gnau so! So isch's guet!»

«Suchen Sie jemand?», fragte eine Stimme, die nach Alkohol roch und dem Duftgemisch in der Halle noch mal eine besondere Note verlieh. Cecilia drehte sich um. Vor ihr stand ein Mann mit abgelebtem Körper und ausgeprägt zerfurchter Stirn. Sie glich einer Excel-Tabelle, auf der man Schiffe versenken gespielt hatte. Dass die Nase platt geschlagen war, galt wohl als Ehrensache. Eine Schiebermütze sass schräg auf dem runden Schädel, und die vom Alkohol getrübten dunklen Äuglein warteten auf Antwort.

«Ich bin Journalistin und mache gerade einen Artikel über die Schweizer Boxgeschichte. Und da wollte ich ein paar Fragen stellen.»

«Fragen stellen?» Er lachte. «Wer fragt, der führt. Ist bei euch Schmierfinken doch nicht anders als im Ring. Hab ich recht? Von mir erfahren Sie nichts. Fragen Sie den da. Der plappert gerne.» Er zeigte mit seiner Rechten, die einigen Glaskinnen den Knock-out verpasst hatten, in Richtung Buffy. «Sie müssen aber noch kurz warten. Er will den Kleinen erst noch etwas rundmachen.»

«Klein finde ich den nicht gerade», sagte Cecilia.

«Kein wirkliches Schwergewicht. Die Jungs glauben, er hätte das Zeug zum Champ. Ich sage: Nein. Niemals. Sehen Sie, seine Linke ist viel zu langsam. In der Rechten hat er einen Bums. Wenn er damit durchkommt, dann haut er mit einem Schlag beide Klitschkos um. Aber er kommt nicht durch. Weil die Linke keinen nervt. Und die Linke muss nerven, wenn du ganz nach oben willst.»

«Aha.»

«Behalten Sie es für sich. Ich will keinen Ärger. Früher durfte man noch sagen, was man dachte. Heute plärren sie gleich alle, wenn man Kritik übt. Das wäre kontraproduktiv. So ein Geschwätz. Kommt alles von den Psychologen. Völlig überschätzt. Entweder man hat den Biss oder man hat ihn nicht. Da hilft dir auch kein Seelenklempner.»

«Ond guet!», schrie Buffy und klopfte dem Zögling auf die nasse Schulter. «No e Rondi mit em Seil.» Der Boxer trottete ab. Buffy sah zu Cecilia herüber. Der Kauz neben Cecilia notierte den Blick und verschwand grusslos in den anderen Teil der Boxhalle. Buffy kam auf Cecilia zu.

«Kennen wir uns nicht?», fragte er und musterte sie skeptisch.

«Von Albin Studers Beerdigung. Ich war auch dort.»

«Stimmt. Ich erinnere mich. Waren ja nicht so viele hübsche junge Frauen am Grab. Wäre Albin früher gestorben, wären es bestimmt etliche mehr gewesen.» Er lächelte, und Cecilia ahnte, dass er mit diesem Lächeln schon viele Frauen ins Bett begleitet hatte. Seine wachen blauen Augen standen im Widerspruch zum abgekämpften runden Körper. Buffy musste ihn geschunden haben, bis er in sich zusammengefallen war. Doch die Freude an der Bewegung schien noch da.

«Was hat Ihnen der alte Fuzzy erzählt? Hat er den Stall madiggemacht?»

«Wer?»

«Der Süffel dort hinten. Der, der gerade bei Ihnen stand. Fuzzy Aeschlimann. Sagen Sie bloss, Sie kennen Fuzzy nicht. Keine Ahnung vom Boxen, was? War mal ein ganz Grosser. In den Siebzigern. Der Schweizer Ali. Unglaublich schnell, elegant und arrogant. Nicht nur im Ring. Dann lief ihm die Frau davon. Ein Pferdchen aus dem Milieu. Liebte viele Männer. Und deren Kohle, samt weissem Pulver. Das ganze Programm. Mit einem Amerikaner, der im Iran mit Öl handelte, ist sie ab. Von da an war es vorbei mit Fuzzy.»

«Und Sie? Waren Sie auch eine Schweizer Hoffnung?»

Buffy lachte. «Nur kantonal. Als Trainer bin ich besser. Ich sehe, wohin einer kommen kann, wenn er will. Und ich kann ihm den Weg zeigen. Hätte ich mich damals von aussen sehen können, dann hätte ich es vielleicht weiter nach oben geschafft. Aber mir fehlte der Bums. Ich war sehr schnell in der Führung und auf den Beinen. Aber wenn ich einen zermürbt hatte, fehlte mir die Kraft, um ihm ein Ende zu bereiten. So brauchst du zweimal so viel Kondition wie die anderen. Das schaffst du auf Dauer nicht.»

«Und der Junge, mit dem Sie gerade gearbeitet haben?»

«Hat Ihnen doch Fuzzy bestimmt schon erzählt, oder?»

Cecilia stellte sich dumm.

«Fuzzy hat recht. Die Linke ist zu lahm. Ich probiere es trotzdem. Es gibt zu wenig Schweizer, die noch boxen. Die meisten, die hier ackern, sind Türken, Jugos oder Schwarze. Da greift man nach jedem Strohhalm.»

«Hat Albin auch hier geboxt? Ich meine, früher?»

«Albin hat hier angefangen. Er war mein Trainer, bevor mich Fuzzy unter die Fittiche nahm. Von Albin habe ich das Training übernommen, er hat meinen Blick geschult. Ohne ihn würde ich jetzt vielleicht ebenso saufen wie Fuzzy.»

«Ist Ihnen auch die Frau abgehauen?»

«Nein. Sie laufen mir eher hinterher.» Er lachte. «Aber ein Grund zum Saufen findet sich immer.» Dann sah er Cecilia ernst an und fragte: «Was wollen Sie?»

«Stahl schickt mich. Ich soll noch mal in Albins Spind nachsehen. Vielleicht ist noch etwas dabei. Ein Erinnerungsstück.»

«Und da schickt er Sie? Wieso kommt er nicht selbst?»

«Er hat zu viel zu tun.»

«Ja, das hat er immer. Hansdampf in allen Gassen. Das war sein grosser Fehler. Stahl hätte richtig einschlagen können. Mit der Reichweite und der Intelligenz. Aber Albin hatte nicht zugelassen, dass man ihn im Ring verheizt. Deswegen haben sich Fuzzy und Albin sogar mal geprügelt. Ganz offiziell. Das war ein Kampf. Albin war noch fitter, Fuzzy hatte schon mit Saufen begonnen. Aber der hatte so eine Wut im Bauch. Er hat es einfach nicht verkraftet, dass Albin Stahl nach Rom abgeworben hatte. Es krachte ordentlich und Blut floss.»

«Und wer hat gewonnen?»

«Es gab keinen Sieger. Ich war Ringrichter. Klares Unentschieden. Hätte Fuzzy nicht so viel intus gehabt, hätte er Albin aus dem Ring gefegt. So konnte Albin ihn auf Distanz halten. Und dann war es mit Fuzzys Kondition bald am Ende. Albin hatte ihn sogar zum Schluss hin geschont. Er war mit einem Unentschieden zufrieden gewesen. Den Sieg hatte er ja ohnehin weggetragen – nach Rom.»

«Und Fuzzy?»

«Hat noch mehr gesoffen. Ich weiss nicht, was schlimmer war für ihn. Der Verlust seiner Frau oder der Abgang von Stahl. Ich kann ihn verstehen. Wenn man ein Riesentalent entdeckt, an ihm feilt, weiss, dass es ganz gross herauskommen kann, dorthin, wo man es selbst nie geschafft hat, tut es verdammt weh, wenn so einer einfach abhaut. Dazu in eine Welt, die kein Normalsterblicher kennt und versteht.»

«Und wie war das für Fuzzy, als Albin nach all den Jahren wieder in den Boxclub kam?»

«Wie das eben so ist bei uns. Man guckt sich scharf an, tauscht ein paar Kombinationen aus und geht dann gemeinsam eins trinken.»

«War Fuzzy nicht nachtragend?»

«Fuzzy? Wenn er explodiert, kann er gefährlich sein, aber in Wirklichkeit ist er zahm wie ein Lamm. Der würde sogar seine Alte wieder von der Strasse auflesen und Bett und Schnaps mit ihr teilen.»

Er sah zu Fuzzy, der an einem der Ringe stand und den Boxern einige Tipps zurief.

«Fuzzy hat sogar Pratzentraining mit Albin gemacht. Und das mit seinen kaputten Schultern.»

«Hat Albin denn wieder richtig trainiert? Er war doch auch schon Mitte sechzig.»

«Hat man ihm nicht angemerkt. Man hat schon gesehen, dass die Jungs im Vatikan gutes Essen bekommen.» Er grinste. «Was ist, wollen Sie den Spind jetzt sehen? Wüsste allerdings nicht, was darin noch zu finden wäre.»

«Ich weiss auch nicht, wonach ich suchen soll. Stahl sagte nur, dass jede Kleinigkeit für ihn wichtig sein könnte.»

«Na dann. Kommen Sie mit.» Buffy ging voran. Er versuchte in den Knien zu federn, aber lange hielt er es nicht durch. Die Knochen schienen zu schmerzen. Er steuerte auf ein Kabuff zu und trat durch die Glastür. Vom Nagel eines Holzbrettes zog er den Spindschlüssel ab und reichte ihn Cecilia. «Hier. Mich brauchen Sie ja nicht dazu. Ich habe noch zu tun. Die Meisterschaften stehen bald an.»

Cecilia nahm den Schlüssel entgegen.

«Sie müssen an den Ringen rechts vorbei, dann laufen Sie auf eine Tür zu. Dahinter links und Sie kommen zu den Spinden. Erschrecken Sie aber die Jungs nicht. Kann sein, dass einer nackt herumspringt.» Er zwinkerte.

Cecilia steuerte auf die Ringe zu. Fuzzy sah sie kommen und blickte ihr finster hinterher, als sie in den Garderoben verschwand.

«Danke. Bin gleich da. Falls es länger dauern sollte, halte sie solange fest … Nein, nein. Lass sie ruhig suchen. Vielleicht findet sie ja tatsächlich was. Bis gleich.»

Stahl steckte sein Handy ein und sah zu Hedwig. «Jetzt weiss ich, wo sie ist.»

«Wo? Ist alles in Ordnung mit ihr?»

«Wenn ich mich beeile, ja.»

«Wo ist sie?», fragte Hedwig.

«Nicht im Landhaus.»

Stahl legte den Revolver auf den Schreibtisch und drehte sich zur Tür.

«Soll ich das Schild wieder umdrehen?» Er deutete mit dem Finger auf den Karton, der möglichen Kunden signalisierte, dass geschlossen war. «Oder wollen Sie hier erst etwas Ordnung schaffen?»

«Die Leute können ja zum Fenster reinkommen», antwortete Hedwig.

Stahl verliess das Antiquariat und ging zügig zum Bellevue hinunter. Dort hielt er Ausschau nach einem Tram und stieg ein. Er ärgerte sich über Palm. Cecilia konnte nur von ihm wissen, dass das

Buch aus Albins Boxspind gekommen war. Warum hatte Palm geplappert? Cecilia war nicht auf den Kopf gefallen. Sie wusste, wie man Leute ausfragte. Aber Palm war kein Amateur. Steckte tiefere Absicht hinter Palms Geplapper? Und wenn ja, welche? Oder hatte er sich nur Luft gemacht, weil er den Druck im «Rothaus» nicht hatte ertragen können?

Am Helvetiaplatz stieg er aus. Schnellen Schrittes ging er in den Boxclub. Buffy kam aus dem Kabuff heraus und ging Stahl entgegen. «Sie ist noch in der Garderobe. Nummer sieben. Wie früher», sagte er. «Kennst dich ja aus.» Stahl ging weiter. Die Boxringe waren leer. Nur ein Mann mittleren Alters, dessen Gesicht Stahl nicht sah, klopfte keuchend Serien gegen einen Sandsack.

Die Garderoben waren ebenfalls leer. Stahl steuerte auf Albins Spind zu. Er war offen, aber von Cecilia keine Spur.

«Grüezi, Stahl», sagte Fuzzy und lächelte, so gut er es vermochte. «Schön, dich auch mal wiederzusehen.»

«Fuzzy. Ohne Mütze hätte ich dich nicht erkannt. Bist alt geworden.»

«Der Papst füttert nicht jeden durch. Und die Hostie hat mir noch nie geschmeckt. Der Messwein eher. Aber der wird nur bei den Protestanten geteilt. Bei den Katholiken saufen ihn die Pfaffen immer selber.»

«Wo ist sie?»

«Die Kleine? Ist süss. Erinnert mich ein wenig an Sabine.»

«Erinnert dich nicht jede an Sabine?»

«Schon möglich.»

Hinter dem Spind traten zwei nass geschwitzte Boxer hervor. Zwischen sich hielten sie Cecilia.

«Wir mögen keine Schnüffler. Das mochten wir noch nie», sagte Fuzzy. «Und Leute, die uns reinlegen wollen, mögen wir zweimal nicht. Mich hat man schon zu oft gelinkt, ich habe eine starke Allergie dagegen entwickelt. Wenn du kein alter Freund wärst, würde ich euch beide in der Limmat versenken. Macht, dass ihr von hier verschwindet. Und lass dich hier nie mehr blicken, Roger.»

Er sah Stahl trübe an, mit den Tränen kämpfend. Es waren Bilder vergangener Zeiten, die ihn übermannten. Bilder aus Zeiten, als die Welt noch in Ordnung schien. Mit Albin, Roger und Sabine. Drei Hoffnungen, drei Enttäuschungen.

«Scheisse», sagte er plötzlich. «Komm, Roger, trink einen mit mir. Und dann hau ab aus meinem Leben.» Er sah zu Cecilia. «Sabine kann auch mitkommen.»

Neun Stufen musste man hinuntergehen, um ins Lokal zu gelangen. Stahl hatte sie immer gezählt, damit er später nicht stolperte, wenn er angetrunken hinaustorkelte. Auch diesmal zählte er. Es waren noch immer neun.

Das «Knockout» war früher ein recht schmuckes Lokal gewesen. Hier hatten sich Boxer, Banker und Edelnutten zwischen Tresen und Nischen getummelt, auf den Sport gewettet, im Hinterzimmer gepokert und beim Abschied die Stufen nach oben gezählt. Die Einrichtung war noch immer dieselbe. Aber die Polster waren abgewetzt, gepokert wurde an drei Automaten, die Banker waren den Aussendienstlern gewichen, und die Nutten taten es jetzt auch für einen Fünfziger.

«Zwei Stangen und eine Flasche Champus», rief Fuzzy dem Bengalen hinter dem Tresen zu. «Du trinkst doch Sekt, Sabine?» Er lachte und zeigte, dass ihm die hintersten Backenzähne auf beiden Seiten fehlten. «Sag nichts. Ich weiss, dass du nicht Sabine bist. Es ist mir egal, wie du heisst. Du erinnerst mich an sie. Jede junge Frau, die eine anständige Körbchengrösse hat, erinnert mich an sie. Also bilde dir nichts darauf ein.» Er drehte sich zu Stahl, der den Blick durch das Lokal streifen liess und die Bilder der Vergangenheit mit dem Jetzt abglich. «Waren tolle Zeiten, was?», sagte Fuzzy. «Nichts bleibt. Mir ist nichts geblieben. Gar nichts ausser einer platten Nase. Und die Erinnerungen an grosse Tage.» Er nahm das Bier entgegen und reichte Cecilia ein volles Glas Sekt. «Zum Wohl. Auf grosse Tage», sagte er und nahm einen kräftigen Schluck. Stahl trank ebenfalls, Cecilia nippte am Glas.

«Ist nicht der Beste, ich weiss. Aber warum sollte gerade der Sekt hier sein Niveau halten, wenn alles andere den Bach runterging?» Er nahm einen weiteren Schluck, dann sah er Stahl an und grinste. «Weisst du, dass ich es war, der Sabine gesagt hatte, sie solle mit dir vögeln? Da schaust du, was? Hast gedacht, ich wüsste es nicht. Dabei hatte ich sie auf dich angesetzt. Die Schlampe. Ich musste sie nicht einmal lange dazu überreden. Aber ich habe gedacht, wenn du dich in sie verknallst, bleibst du. So sehr habe ich an dich geglaubt. Aber das war eine Fehlannahme. Du bist gar nicht fähig, dich zu verknallen. Weil du kein Herz hast. Dafür hatte sich Sabine in dich verknallt. Stell dir vor. Sie hat es mir gesagt. Und mit dem reichen Affen ist sie ab, weil du ihr davor das Herz gebrochen hast. Sonst wäre sie bei mir geblieben. Aber ich erinnerte sie zu sehr an dich. Verrückte Welt, was? Das kommt davon, wenn man plant und ein Herz hat und dann an Typen wie dich gerät.»

Stahl schwieg. Er nahm einen kleinen Schluck und blieb wachsam. Die Tür zum Pokerzimmer gab es noch. Von dort konnten schon ein paar Jungs herauskommen. Und wenn man von oben die Tür versperrte, blieben nur noch die Toiletten zur Flucht. Aber mit Cecilia im Schlepptau wäre es nicht so einfach, von hier heil rauszukommen; falls Fuzzy etwas geplant hatte. Aber wenn er etwas vorhatte, hätte er es direkt im Boxclub erledigen können. Trotzdem war es besser, die Augen weiterhin offen zu halten. Konnte auch gut sein, dass Bachlers Leute irgendwo lauerten. Oder der Engel.

«Hast du Nino mal wiedergesehen?», fragte Stahl.

«Nino? Kenne keinen Nino.»

«Ein Freund von mir und Albin. Wir waren ein paarmal zusammen im Training. Kurz nachdem wir vereidigt worden waren.»

«Ah, der kleine Rechtsausleger. Ich erinnere mich. Kam aus dem Tessin, oder? Schnell auf den Beinen, aber zu hitzig. Hatte kein Zentrum. Immer schwierig. Sobald dich einer provoziert, bist du weg vom Fenster mit so einem Temperament. Habe mich immer gefragt, wie der den Papst beschützen will mit dem Jähzorn.»

«War er mal wieder hier?»

«Wieso sollte er?»

«Albin besuchen.»

«Für mich noch eins», sagte Fuzzy. «Kipp die Pisse runter. Warm schmeckt sie nicht.»

Stahl leerte das Glas und stellte es ab.

«Zwei», sagte Fuzzy. «Und für Sabine auch noch eins.»

Stahl sah zu Cecilia, die sich alles bislang ruhig angehört hatte. Er hatte noch gar keine Zeit gehabt, sie zu fragen, ob sie in Albins Spind etwas gefunden hatte. Oder wonach sie überhaupt gesucht hatte. Das würde er sich aufheben.

Fuzzy verteilte die neuen Gläser und prostete kurz.

«Also. War Nino hier?»

«Ich habe ihn nicht gesehen. Vielleicht hat er sich auch so stark verändert, dass ich ihn nicht mehr erkannt habe. So gut habe ich ihn nicht gekannt.»

«Du erkennst einen Typen, wenn er in Boxershorts vor dir steht. Mach mir nichts vor.»

«Das stimmt. Wen ich mal im Ring gesehen habe, den vergesse ich nicht. Keiner stand so ruhig wie du. Da konnten die anderen fuchteln und fintieren, wie sie wollten. Du hast immer nur auf die echten Angriffe reagiert. Beneidenswert. Aber verschenkt. Verschenktes Talent. Und an wen? An den Papst.» Er lachte und trank. «Ist es das wert?», fragte er und sah Stahl tief in die Augen.

«Was?»

«Für den Papst seinen Arsch zu verwetten.»

Stahl behielt die Antwort für sich.

«Albin sagte, hätte er noch mal wählen dürfen, er hätte sich anders entschieden. Aber wenn man erst einmal dort wäre, hätte man nichts mehr zu entscheiden. Ist das so?»

«Man kann sich immer entscheiden», sagte Stahl.

Fuzzy lachte laut und zeigte seine Zahnlücken. «Natürlich. So einer wie du, der Mann ohne Herz, kann sich immer entscheiden. Albin hatte Herz. Als wir uns deinetwegen geprügelt hatten, hat er mich verschont. Er hätte mich auch zu Brei schlagen können. Aber er hat es nicht getan. Er hat mir meine Würde gelassen. Dich interessiert die Würde eines anderen Menschen nur einen Scheissdreck.» Auch die zweite Stange war leer getrunken. Jetzt genügte ein Blick zum Wirt. Das dritte Bier landete gefüllt in Fuzzys Hand. Er prostete nicht einmal mehr.

«Was willst du hier? Warum gehst du nicht zum heiligen Mann und massierst ihm die Füsse?»

«Ich will wissen, wer hinter Albins Tod steckt.»

«Und warum? Hat dich etwa sein Leben interessiert? Was kümmert dich sein Tod?» Er zog die Nase hoch und stach mit dem Zeigefinger seiner Rechten in Richtung Stahl. «Erzähl mir jetzt bloss nichts von Freundschaft. Jedem würde ich das abkaufen, weil ich naiv bin und selbst noch an so etwas glaube. Selbst Sabine würde ich es glauben, wenn sie von Freundschaft spräche. Hörst du? Sogar einer Nutte würde ich glauben. Aber dir nicht.»

Stahl liess sich nicht aus der Reserve locken. «Warum hat Buffy das Buch zu Palm gebracht?», fragte er. «Ihr wolltet wissen, was es wert ist, hab ich recht?»

Fuzzy verzog die Mundwinkel.

«Und jetzt hättet ihr es gerne wieder. Ihr habt nur darauf gewartet, dass ich hier auftauche. Stimmt's?»

Fuzzy behielt seinen schiefen Mund, tippte mit dem linken Zeigefinger gegen Stahls Brust und schnellte mit der rechten Faust zu dessen Kopf. Stahl tauchte unter dem Schlag durch und konterte mit einem leichten Nasenstüber. Fuzzy verlor das Gleichgewicht und fiel vom Hocker.

Ein paar Gäste, denen mandeläugige Mädchen bereits den Krawattenknopf gelöst hatten, blickten kurz auf und widmeten ihre Aufmerksamkeit gleich wieder der nackten asiatischen Haut.

Stahl half Fuzzy auf die Beine. «Du hättest die Auslage nicht wechseln dürfen. Wenn du mit dem rechten Zeigefinger anfängst, muss die Linke eben den Bums machen. Wechseln kostet Zeit. Das können nur die Kubaner.»

Fuzzy befühlte den platten Zinken. Er blutete. Stahl reichte ihm eine Serviette. Fuzzy nahm sie und sagte zum Wirt: «Zahlen.»

Stahl griff zum Portemonnaie. «Untersteh dich. Wenn du nur einen Rappen anrührst, schlag ich dich tot. Der Laden gehört immer noch mir. Alles lass ich mir nicht nehmen.»

Er fingerte sein Portemonnaie aus der Gesässtasche, öffnete es und leerte einhändig einige Münzen auf den Tresen. Mit der anderen Hand stillte er das Blut, das ihm aus der Nase lief.

Er schüttelte den Geldbeutel etwas zu heftig, sodass zwei Münzen über den Tresen kullerten und auf den Boden fielen. Stahl bückte sich und hob sie auf. Er legte sie zu den anderen. Ein Fünfliber und eine Ein-Euro-Münze.

«Achtundfünfzig Franken», sagte der Bengale.

Fuzzy lachte. «Die kannst du den Fettsäcken dort hinten abknöpfen. Ich zahle noch immer den Einkaufspreis.» Er schob ihm die Münzen rüber.

«Es fehlen trotzdem noch fünf Franken.»

«Schreib es an.»

«Der Chef hat gesagt, Anschreiben ist vorbei für Fuzzy.»

«Dann nimm den hier und lass mich in Ruhe.» Er schob ihm den Euro hin. «Was soll ich mit dem Euro?»

«Schweizer nehmen alles. Ausserdem ist das nicht irgendein Euro, Volldepp. Guck mal richtig drauf.»

Der Bengale nahm die Münze und sah sie sich an. «Und? Was ist daran besonders?»

Fuzzy verdrehte angewidert die Augen. «Da siehst du es. Kommen aus Asien, wollen Europa erobern und wissen nicht einmal, aus welchem Land der Euro hier kommt. Gib ihn meinem Kollegen. Der erklärt es dir.»

Der Bengale schob den Euro zu Stahl. Der nahm ihn in die Finger und staunte. Auf dem Geldstück stand: «Città del Vaticano». Auf der Rückseite prangte das Wappen des Camerlengo mit den zwei Schlüsseln Petri. Die Münze stammte aus einer Sonderprägung der Sedisvakanz von 2005. Stahl wusste, dass zwischen dem Tod von Papst Johannes Paul II. und der Einsetzung von Benedikt XVI. erstmalig ein ganzer Euro-Münzensatz geprägt worden war, um der papstlosen Zeit zu gedenken. Die Auflage betrug sechzigtausend Stück. Ein Satz mochte derzeit zwischen fünfhundert und sechshundert Euro gehandelt werden.

Der Bengale brauchte nicht zu wissen, worum es sich bei diesem Euro handelte. Stahl nahm sein Portemonnaie und griff ins Münzfach. Er fingerte ein anderes Euro-Stück heraus und verglich die beiden Münzen miteinander, als sei er ein Experte. «Eindeutig ein echter da Vinci», sagte er und legte den italienischen Euro auf die Theke. Der Bengale lachte. Stahl zahlte die Zeche und packte Fuzzy unterm Arm, ehe der Anstalten machte, Stahls Taschenspielertrick zu ruinieren.

«Du kommst jetzt ganz ruhig mit», zischte Stahl. Und der Druck, den seine Finger auf Fuzzys Bizeps ausübten, liess keinen Zweifel, dass die nächste Gerade, die aus Stahls Fäusten schoss, härter sein würde.

Fuzzy gehorchte. Cecilia, die sich während der ganzen Zeit in beobachtender Position zurückgehalten hatte, folgte Stahl und Fuzzy aus dem Lokal und stieg hinter ihnen die neun Stufen nach oben.

Draussen war es bereits dunkel geworden. Stahl inhalierte die frische Luft. Er roch es, hier wäre der Sommer bald vorbei. In Rom würde er sich noch etwas hinziehen.

«Ich muss dort lang», sagte Fuzzy, der es plötzlich eilig hatte.
«Wohnst du nicht mehr hinterm Boxclub?», fragte Stahl.
«Hab ich gesagt, dass ich nach Hause gehe?»
«Sollen wir dich noch ein Stück begleiten?»
«Ich brauche keinen Babysitter. Sabine kann mit, wenn sie will.» Fuzzy zwinkerte Cecilia zu und setzte einen dreckigen Lacher hinterher.
«Woher hast du den Euro?», fragte Stahl.
«Geht dich gar nichts an.»
«Doch. Der kommt aus meinem Staat.»
«Aus deinem Staat? Aus deinem Staat kommt der Franken.» Fuzzy spie aus. «Da ist der Bengale ja noch ein besserer Schweizer als du.»
Er drehte ab und wollte gehen. Stahl setzte ihm nach und packte Fuzzy bei den Schultern. Der drehte sich schneller um, als Stahl erwartet hatte, riss seine Faust nach oben und zog sie diagonal über Stahls Gesicht. Stahl sah im Licht einer Strassenlaterne, wie Metall an Fuzzys Fingern reflektierte, dann verspürte er einen harten Schlag an der Schläfe und taumelte. Er versuchte sich an einem Geländer zu halten, griff daneben und landete auf dem Trottoir. Schwarze Punkte tanzten im Kreis vor seinen Augen. Er hörte, wie sich Schritte eilig davonmachten, dann Cecilias Stimme.
«Bist du in Ordnung?»
Stahl kniff immer wieder die Augen zusammen und riss sie anschliessend weit auf. Er schüttelte mehrmals den Kopf und hoffte, dadurch einen klaren Blick zu bekommen. Es dauerte.
«Du blutest. Warte.»
Stahl hörte, wie Stoff riss, dann spürte er eine warme Hand an seinem Hinterkopf. Eine andere drückte gegen seine Schläfe. Allmählich konnte er wieder sehen; erst verschwommen, dann schärfer. Cecilia kniete vor ihm und sah ihn bang an.
«Soll ich einen Arzt rufen?»
«Geht schon. Wir müssen Fuzzy erwischen, bevor ihn ein anderer schnappt.»
Stahl zog sich am Geländer hoch. Kaum aufrecht, wurde ihm schwindelig. «Ich brauche Eis. Wir gehen noch mal in den Club.»
Cecilia führte Stahl langsam am Arm über das Trottoir, dann die neun Stufen hinunter ins «Knockout».
Sie setzte Stahl in einer Nische ab und ging zum Barkeeper. Kurz

darauf kehrte sie mit einem Plastikbeutel, gefüllt mit Eiswürfeln, zurück. Stahl nahm ihr den Beutel ab und drückte ihn sich ins Genick. Er legte die Füsse auf den Bistrotisch, der vor ihm stand, und schloss die Augen. Der Kreislauf rappelte sich auf.

«Darf ich Ihnen was zu trinken bringen?», fragte der Bengale, der hinter der Theke hervorgekommen war.

«Eine Flasche Mineral», antwortete Stahl.

«Wir verkaufen hier lieber Champagner.»

«Ich warne dich: Hüte dich vor angeschlagenen Boxern.» Stahls Stimme schnitt wie eine Rasierklinge. Der Bengale lächelte vorsichtig. Stahl konnte es durch die halb geöffneten Lider sehen.

«Eine Flasche Mineral. Kommt sofort.» Er ging.

«War vielleicht doch nicht so gut, hierher zurückzukommen. Kann sein, dass es hier gleich noch heisser zugehen wird. Es ist besser, du verlässt den Laden und wir treffen uns vor dem Boxclub», sagte Stahl.

Cecilia biss sich unschlüssig auf die Unterlippe, gehorchte und verschwand.

«Na, wenn das keine Überraschung ist. Der gute alte Roger.» Das war eindeutig nicht die Stimme des Bengalen. Er hatte sich Verstärkung geholt. Vom Boss persönlich. Stahl nahm es ihm nicht übel. Es war sein Job, Umsatz zu machen und den Laden für bessere Kundschaft sauber zu halten. Stahl öffnete die Augen. Jetzt ging es schon besser. «Wer hat dich denn so zugerichtet?», fragte der Bulle, der schon auf die fünfzig zuging, es sich aber nicht nehmen liess, noch immer blondes Haar zu tragen. Die wenigen Strähnen hatte er über der Halbglatze zum Zopf gebunden, was ihn wohl an alte Zeiten erinnern sollte.

«Fuzzy hat mir eine verpasst.»

«Der gute alte Fuzzy? Da hat er gut getroffen. Hätte ich ihm gar nicht mehr zugetraut. Eigentlich ganz friedlich, der Alte, wenn man ihn in Ruhe lässt. Der ist wie ich.» Er schob Stahls Füsse vom Tisch. «Das macht keinen guten Eindruck. Wir haben hier andere Tischmanieren.»

Stahl setzte sich im roten Plüsch vorsichtig auf. Der Kreislauf hielt. Wenn es sein musste, konnte er schon wieder etwas wagen.

«Darf ich dich einladen? Mineral ist wirklich nichts für uns. Eine

Flasche *Douce nuit*», rief er dem Bengalen zu. Dann drehte er sich wieder zu Stahl. «Premier Cru, hundert Prozent Noir. Sehr fein. Wie prickelndes Blut. Geht aufs Haus. Auf alte Zeiten.»

«Habe ich dir nicht mal die Nase platt geschlagen?», fragte Stahl.

«Schönheitsoperation. Da staunst du, was? Ich investiere nicht nur in die Titten meiner Mädchen.» Er lachte. Der Bengale kam mit dem Champagner und zwei Gläsern auf einem Tablett.

«Stell es ab und verschwinde.»

«Jawohl, Mister Miller.» Er zog sich lautlos zurück.

«Mister Miller? Seit wann nennst du dich so?»

«Klingt internationaler, findest du nicht? Joachim Müller, damit lockst du keine Geschäfte an. Nomen est omen. Der Name ist die Marke: Joe Miller. Das klingt nach Hollywood, nicht nach Oerlikon.»

«Das klingt nach Pornodarsteller.»

«Aber in Hollywood.» Miller lachte und liess den Korken knallen. Zwei Mädchen, für die das Geräusch eine Pawlow'sche Klingel sein musste, rückten an und wollten dem Boss gefällig sein. «Verschwindet und verdient Geld», herrschte Miller sie an. Die Mädchen verdufteten wieder. «Furchtbar, die Weiber. Sobald die Korken krachen, hocken sie dir auf dem Schoss.»

«Ist das nicht ihr Job?»

«Klar. Und was ist dein Job? Noch immer Türsteher im Vatikan?»

Stahl nickte und nahm das Glas entgegen, das ihm Miller reichte.

«Und was machst du hier? Suchst du Bräute für die Popen?»

«Privat.»

«Gibt es dich doch gar nicht. Hat es dich nie gegeben. Du warst immer geradeaus. Eigentlich ein absoluter Calvinist. Kein Talent zum Feiern.»

«Katholisch getauft, calvinistisch erzogen, jesuitisch umgeschult, global enttäuscht», sagte Stahl und prostete Miller zu.

«Hört sich nach Schlussgebet an.» Miller trank und steckte sich eine Zigarillo an. «Suchst du einen Job? Wärst nicht der Erste aus deinem Haufen, der hier anheuern will. Erst neulich war einer hier, der mich gefragt hat, ob ich nichts für ihn hätte. Aber bei dem war mir nicht wohl. Der roch nach Tod. Verstehst du? Und das kann ansteckend sein. Da bin ich vorsichtig.»

«Wie hiess er?»
«Nicht so, wie er sich nannte.»
«Dafür bist du schliesslich Experte, Joe Miller.»
«Bingo. Der Typ nannte sich Ricardo Fabri, oder so ähnlich.»
«Klingt nach Pornodarsteller aus Cinecittà.»
«Kam aber aus dem Tessin. Muss er ja, wenn er bei der Garde war.»
«Wie sah er aus?»
«Gut trainiert. Zu gut. Wenn einer so fit ist, dann sucht er keinen Job. Jedenfalls nicht bei mir. Dann hat er bereits einen, und der heisst: Stunk machen oder Schnüffeln. Für beides habe ich wenig übrig.» Er lächelte selbstgefällig und paffte. «Wobei wir bei dir wären. Was willst du hier? Du scheinst auch gut in Form zu sein. Aber dass dich der alte Fuzzy einfach so umhaut, spricht nicht für dich. Wenn du hinter dem Tessiner her bist, dann warne ich dich. Wenn der Kerl den Totschläger auspackt, isst du anschliessend Manna und trinkst nie mehr Premier Cru.»
«Wieso sollte ich hinter dem Tessiner her sein?»
«Weil er hinter Albin her war.»
«Bist du sicher?»
«Guck mich an. Wie lange überlebe ich schon in diesem Haifischbecken? Na? Und während andere ihre platte Nase, die sie sich einmal geholt haben, noch immer als Zeichen der Niederlage in ihrem Gesicht spazieren tragen, hat der gute Joe Miller sich die Nase des Siegers zurückgeholt. Leicht römisch, findest du nicht? Hier, im Profil.» Er drehte sich nach links, damit Stahl sein Profil bewundern konnte.
«Hat was von Cäsar, in der Tat», sagte Stahl.
«Willst du mir schmeicheln?»
«Klar.»
«Du hast den Job.» Er lachte dreckig.
Stahl zog das Foto aus dem Jackett und hielt es Miller vor die Cäsarennase. «Ist er das?»
«Ja.»
«Du hast gar nicht richtig hingeguckt.»
«Ich lebe davon, dass ich Fressen rasch erkenne und nie wieder vergesse. Das ist das Erste, was du in meinem Geschäft kapieren musst. Ein falsches Gesicht, am falschen Ort, zum falschen Zeitpunkt, und du bist erledigt.»

«Hört sich nach Albin an.»

«So sehr unterscheiden wir uns auch nicht. Ihr beschützt den Vatikan, wir unser Puff. Wo die grösseren Nutten sitzen, weiss der Herr allein.»

Stahl steckte das Foto wieder ein. Vorsichtig stand er auf.

«Willst du schon gehen?»

«Hab noch zu tun.»

«Wusste ich's doch. Nie privat.»

«Der Kerl auf dem Foto heisst Nino. Falls du ihn mal wieder sehen solltest, richte ihm aus, dass es mich sehr freuen würde, ihn zu treffen. Privat.»

Cecilia wartete vor dem Boxclub und sah auf ihre Swatch. Es war zu viel Zeit verstrichen. Gerade wollte sie Hürlimann anrufen, da sah sie Stahl die Strasse hinunterkommen.

«Gab es noch Ärger?», fragte Cecilia.

«Nur eine kleine Plauderei unter alten Bekannten.»

«Du kennst das Milieu?»

«Ich habe hier mal geboxt.»

«Was macht der Kopf?»

«Sticht. Buffy hat bestimmt ein Aspirin. Lass uns reingehen.»

«Muss ich mit?»

«Nein. Du kannst auch ins Landhaus.»

Cecilia zögerte. «Du warst bei Hedwig?»

«Nicht nur ich.»

«Ich weiss. Auch Hürlimann.»

«Warum bist du vor ihm geflohen?»

«Weil ich nicht mehr weiss, wem ich trauen kann.»

«Ehrlich gesagt, weiss ich das auch nicht mehr.»

«Kann ich dir trauen?», fragte Cecilia.

«Kann ich dir trauen?», fragte Stahl.

Sie zuckte mit den Schultern. «Vielleicht. Wenn du ein Guter bist, ja.»

«Und was ist ein Guter?»

Cecilia wusste keine Antwort. Stahl wartete auch auf keine und verschwand im Boxclub. Cecilia folgte ihm.

11

Buffy tauchte den Mopp in den Wassereimer und wischte damit den Ringboden. Ansonsten war nichts mehr los. Zwei Kerle mit Sporttaschen verliessen die Halle. Dann war Ruhe. Nur die nassen Fransen des Mopps schlurften über die Matte.

Stahl und Cecilia steuerten auf den Ring zu.

«Hast du immer noch keine Putzfrau?», fragte Stahl. Buffy fuhr herum.

«Willst du, dass ich einen Herzinfarkt kriege? Du weisst doch genau, dass das meine Art von Meditation ist. Ringputzen gehört dazu. Haben wir dir das nicht beigebracht? Nach der Schlacht gehört das Feld aufgeräumt.»

«Ich weiss. Aber die Schlacht ist noch nicht zu Ende. Wir sind mittendrin.»

«Sehe ich. Hat dir Fuzzy eine verpasst?»

«War er hier?»

«Kurz. Er ging nur schnell an seinen Spind und wieder weg. Hatte es ziemlich eilig.»

«Angst?»

«Woher soll ich das wissen? In seinem Gesicht kannst du alles lesen und nichts stimmt.»

Stahl kletterte in den Ring.

«Nicht mit Strassenschuhen. Wenigstens das müsstest du noch wissen.»

Stahl wollte die Schuhe ausziehen, besann sich aber. Die kopierte Seite aus Albins Buch befand sich im rechten Alden. Dafür zog er das Jackett aus und legte es über die Seile. Dann krempelte er die Ärmel seines Hemdes hoch.

«Was soll das jetzt?», fragte Buffy verdutzt.

«Kleiner Kampf. Ohne Handschuhe und ohne Mundschutz.»

«Und wozu soll das gut sein?»

«Ich glaube kaum, dass du mir freiwillig sagen wirst, was da für eine Geschichte mit den Vatikanmünzen läuft. Oder?»

«Was für Münzen? Ich weiss nicht, wovon du redest.»

«Siehst du. Wusste ich's doch.»

Stahl begann zu tänzeln, kniff aber die Augen zusammen, weil es in der Schläfe stach.

«Cecilia, schau bitte im Medizinschrank nach, ob du was gegen meine Kopfschmerzen findest. Er hängt in Buffys Kabuff», sagte er und kreiste vorsichtig den Kopf, um den Nacken zu lockern. Cecilia gehorchte und entfernte sich vom Ring.

«Pack den Wisch weg. Es geht los.»

«Denke gar nicht daran. So ein Blödsinn. Was willst du von mir? Ich weiss nichts.»

Mit einem Satz war Stahl bei Buffy und riss ihm den Mopp aus der Hand. Mit der anderen packte er den Putzeimer und schleuderte beides aus dem Ring.

«Leck mich am Arsch! Was soll der Scheiss?», schrie Buffy, ging aber in Boxstellung. Stahl tänzelte auf ihn zu und stichelte mit der Linken, Buffy parierte oder tauchte darunter ab. Es folgten einige Kombinationen von Stahl, die eher einem Schattenboxen als einem ernst gemeinten Kampf glichen.

«Die könnten alle treffen, Buffy.»

«Blödsinn. Du bist langsam geworden. Ausserdem durchschaubar.»

Stahl setzte einen Leberhaken, den er aber nur leicht andeutete. Buffy schnappte nach Luft und konterte mit einer Rechts-links-Kombination, die Stahl knapp an der lädierten Schläfe vorbeirauschte.

«Immer auf den Cut, was?», sagte Stahl.

«Klar. Da, wo es wehtut. Warum neue Wunden reissen, wo alte noch klaffen?»

Stahl drehte nun grosse Runden um Buffy herum und hielt ihn mit seinen langen Armen auf Distanz. «Imitierst du wieder den Ali? Weniger Show hätte dir immer besser getan.» Buffy keuchte und achtete darauf, dass Stahl ihn nicht plötzlich stach. «Unter uns, ich hielt dich immer für überschätzt. Den Zirkus, den Fuzzy veranstaltet hat, als Albin dich für den Papst abgeworben hatte, habe ich nie verstanden. Du warst zu naiv für den Ring. Wolltest immer nur sauber gewinnen. Aber sauber bleibt keiner, wenn er ganz nach oben will.»

Er duckte sich unter den Schlägen Stahls und stiess ihm zweimal in den Solarplexus. Stahl taumelte zurück und pumpte Luft.

«Albin hatte das begriffen. Er hatte lange genug an den Helden geglaubt. Und was war der Dank? Eine kleine Pension als Abspeisung. Dafür, dass er für den Papst seinen Kopf hingehalten hat, während andere, die cleverer waren, sich mit verschiedenen Gruppen arrangiert hatten.»

Wieder stiess er unter Stahls Geraden hindurch. Aber Stahl hatte es diesmal vorausgesehen und war zurückgesprungen.

«Als Gnadenbrot durfte er ein paar Botengänge für Palm erledigen. Weisst du, wie erniedrigend das für einen Champ wie Albin war? Kanntest du ihn denn so wenig?»

Stahl verpasste Buffy einen Schlag auf die Nase. Buffy torkelte zwei Schritte zurück und schüttelte sich.

«Anscheinend kannte ich ihn wirklich nicht gut genug», sagte Stahl.

«Weil du nur deine eigene Karriere im Kopf gehabt hast. Der kleine Stahl, der sich immer hat durchboxen müssen. Mutter tot, Vater Dealer. Ein Heimkind, das den Willen hat, allen zu beweisen, dass man ehrlich dem Sumpf entkommen kann. So einen kann man gut vor den Karren spannen, wenn die Rübe, die vor dem Esel baumelt, nur schmackhaft genug ist. Da schaut so einer weder links noch rechts. Und schon gar nicht zurück, wo die geblieben sind, die ihm auf dem Weg nach oben geholfen haben.»

Buffy feuerte jetzt eine Serie ab, die es in sich hatte. Stahl hielt die Deckung hoch, wartete ab, bis Buffy die Salve verpulvert hatte, und setzte selbst eine Fünfer-Kombination, deren finale Gerade Buffy so am Kinn traf, dass er durch den Ring torkelte und gegen die Seile flog. Stahl setzte nach, zog Buffy nach oben und wollte ihm den K.-o.-Schlag verpassen, da durchschnitt Fuzzys Stimme die Halle.

«Schluss damit! Sonst leg ich die Kleine um!», rief er.

Stahl drehte sich um und musste beinahe lachen. Da stand der alte Fuzzy mit seiner Cagney-Mütze und drückte Cecilia den Lauf eines Trommelrevolvers in die Rippen.

«Jetzt fehlt nur noch, dass ihr hier den Schnaps aus den Heizungen sauft», sagte Stahl.

«Den Schampus werden wir bald aus Stöckelschuhen trinken, mein Lieber.»

«Wisst ihr eigentlich, auf was für einen Gegner ihr euch eingelassen habt?»

«Albin sagte, dass du der Beste im Stall wärst. Und wenn das, was du uns bisher geboten hast, alles ist, was du kannst, habe ich vor den anderen keine Angst», sagte Fuzzy und drückte sich die Schiebermütze aus der schweissnassen Stirn.

Buffy hatte sich aufgerappelt und sah zu Fuzzy hinüber. «Und was machen wir jetzt mit den beiden?»

«Wir sperren sie in den Keller, bis die Sache über die Bühne gelaufen ist. Da unten hört sie keiner.»

Buffy nickte, drehte sich blitzschnell zu Stahl um und hämmerte ihm mit aller Wucht die Rechte gegen die lädierte Schläfe. Stahl stöhnte kurz auf, dann wurde ihm schwarz vor Augen und er krachte auf den Ringboden. Er glaubte noch einen grellen Aufschrei von Cecilia gehört zu haben, aber vielleicht war das auch nur ein Wunsch gewesen.

Palm versuchte es wiederholt. Stahl ging nicht ans Telefon. Sollte er sich sorgen? Wozu? Um ihn sorgte sich ja auch niemand. Nachdem Cecilia aus dem «Krummen Kreuz» abgehauen war, hatte auch Stahl den Laden verlassen und Palm in der Ecke sitzen lassen. Mit drei georderten Stangen. Palm hatte sie alle drei getrunken, in einem Tempo, in dem er sonst nicht einmal seinen Espresso trank. Danach ging's ihm besser. Leichter im Kopf, schwerer in den Beinen. Sogar die blondierte Senegalesin hatte ihm mit einem Mal gefallen. Sie war sogar preiswert, im Verhältnis zu den sonstigen Bräuten, für die er zahlte. Dazu hatte sie Spiele gewusst, die er von den edleren Eskorten nicht gewohnt war.

Er sollte vielleicht ein Bad nehmen und dann ins Bett gehen. Im Traum würden sich manche Dinge wieder von selbst ordnen. Stahl konnte ihm gestohlen bleiben. Sollte der doch seinen privaten Spass allein austoben.

«Ich bin draussen», sagte er ins Telefon, im Wissen, dass am anderen Ende der Leitung niemand zuhörte. Ausserdem war er alles andere als draussen, sondern hing tiefer drin, als Stahl je ahnen würde. Jedenfalls hoffte Palm, dass Stahl nichts ahnte. Zumindest so lange nicht, bis der Deal über die Bühne war. Dann würde Stahl sowieso begriffen haben, dass es gut für ihn war. Oder er wäre tot. Alfred hatte gesagt, dass jetzt der richtige Zeitpunkt wäre, um scheinbar auszusteigen. Das würde Stahl isolieren und ihn genau dorthin treiben, wo Alfred ihn haben wollte. Alfred musste es wissen. Er war ein Kopf. Er hatte alles überlebt, auch wenn alle dachten, es wäre aus mit ihm. Je weniger man ihm zutraute, umso gefährlicher war er. Palm hatte Respekt vor ihm. Mehr noch. Alfred war der Schlüssel zu Regula. Palm hatte sich gleich beim ersten Treffen in sie verknallt. Er hätte nicht gedacht, dass er sich in so eine Gangsterbraut verlieben könnte. Immer hatte er von einer reichen Bürgerstochter geträumt, mit Villa an der Goldküste. Wenn der Deal klappte, könnte er mit Regula in so eine Villa ziehen, dann bräuchte es keine aus besserem Haus mehr.

Es läutete an der Tür. Palm blickte auf die Wanduhr. Bereits kurz vor Mitternacht.

Er ging zur Wohnungstür und drückte den Knopf der Gegensprechanlage. «Wer ist da?»

«Ich bin's.» Der Lautsprecher knisterte. Man verstand kaum etwas.

«Stahl?»

«Nein, der Todesengel.» Es knisterte weiter.

«Witzig», sagte Palm und drückte den Türöffner. Er ging zu seinem Kaffeeautomaten und begann zwei Espresso zu brühen. Die Tür hatte er angelehnt, damit Stahl nicht noch mal klingeln musste. Er drückte den Kolben der Maschine und sah zufrieden auf die Creme, die den Espresso abrundete. Das Timing war perfekt. Kaum wurde die Wohnungstür geschlossen, versiegte der letzte Tropfen aus dem Schnabel der Kaffeemaschine. Palm drehte sich um und streckte dem Gast eine Tasse hin. Der nahm sie lächelnd. Aber es war nicht Stahl. Palm liess seine Tasse vor Schreck fallen. Sie zerschlug auf den Terrakotta-Kacheln, und das Schwarz des Kaffees sprenkelte das zarte Rotbraun.

«Wer sind Sie?»

«Der Todesengel. Das sagte ich doch bereits», antwortete der Mann, und seine Stimme klang nach der eines Predigers, der selbst die Johannes-Apokalypse noch im Ton eines Rilke-Gedichts zu sagen wusste.

«Darf ich mich setzen?», fragte er und deutete mit der freien Hand auf einen Stuhl, der neben dem Küchentisch stand.

«Ja. Bitte. Setzen Sie sich doch.» Mehr als ein Stammeln brachte Palm nicht zustande.

Der Fremde setzte sich und stellte seine Tasse auf dem Tisch ab. «Machen Sie sich ruhig noch einen. So viel Zeit muss sein», sagte er.

«Oh, ja. Danke. Das mache ich.» Palm schickte sich an, einen frischen Espresso zu brauen, und dachte angestrengt nach, wie er Herr der Lage werden konnte. Er erinnerte sich an die SIG P220, die er von einem Waffenhändler als Werbegeschenk bekommen hatte, nachdem er einen Deal mit Beirut eingefädelt hatte. Er hatte die Pistole nie benutzt, aber sie lag für alle Fälle in der Schublade, neben dem Besteck. Stahl hatte sich darüber lustig gemacht und gesagt: «Wo eine Waffe ist, raucht es auch irgendwann.» Wahrscheinlich hatte er recht. Aber Palm wollte keinen rauchenden Colt, er wollte nur Sicherheit.

«Zucker?», fragte er.

«Ja, bitte.»

Palm nahm den Zucker und stand bereits vor der Schublade, in der sich neben den Kaffeelöffeln auch die SIG befand. Er drehte sich zum Fremden um und stellte den Zucker auf den Tisch.

«Oh. Löffel. Ohne Löffel kann man ja nicht umrühren.» Er war sehr nervös. Er plapperte. Das musste dem Fremden auffallen. Er öffnete die Schublade und starrte hinein. Schweisstropfen perlten auf seiner Stirn. Vorne im Besteckkasten drängten sich die silbernen Kaffeelöffel, weiter hinten schimmerte das schwarzgraue Metall der Pist 75, wie sie in der Schweizer Armee genannt wurde. Palm griff hinein und brachte zwei Löffel zum Vorschein. Er reichte einen dem Fremden, der nickte, Zucker nahm und umrührte. Jetzt wäre die Gelegenheit günstig. Palm wartete aber noch, bis der Gast trank. Wenn sein Gaumen den Kaffee schmeckte, waren seine Sinne für einen Moment abgelenkt. Jetzt. Palm schob seine Hand tief in die Schublade, tastete nach der Pistole, griff sie und schrie laut auf.

Der Fremde war aufgesprungen und hatte die Schublade energisch zugeschoben. Jetzt verpasste er Palm zwei saftige Ohrfeigen, öffnete die Schublade und griff selbst nach der Pistole. Palm strauchelte zurück. Der Fremde legte die Pistole auf den Tisch und setzte sich wieder hin.

«Ist die von Stahl?», fragte er.

Palm schüttelte den Kopf.

«Die Schweizergarde benutzt die auch», sagte der Fremde und griff unter seinen Trenchcoat. Er zog dasselbe Modell hervor und legte es neben der anderen Pistole ab.

«Geschwister», sagte er und lächelte versonnen. «Das war einmal.»

«Wer sind Sie? Ein Gardist? Ein Freund von Stahl?»

«Viele Fragen für einen, der besser antworten sollte.»

«Was für eine Antwort wollen Sie?»

«Schon wieder eine Frage. Ich dachte, gerade in Ihrem Metier wären Fragen unangebracht. Oder fragen Sie sich bei jedem Deal, den Sie einfädeln, wer dabei draufgeht? Wer in den Bergwerken der Unternehmen schuftet, für die Sie mit den dortigen Regierungen die Verträge aushandeln? Welche Menschen sich für Ihre Provision Gift in die Lungen pumpen, sich von Säuren die Haut zerfressen lassen? Welche Kinder Soldaten werden, weil deren ältere Brüder längst im Kugelhagel gefallen sind? Na? Ich höre nichts. Keine Antwort. Zu viele Fragen, was? Sehen Sie, und von mir wollen Sie Antworten.»

Er nippte am Kaffee und stellte die Tasse wieder ab. «Ich mache Ihnen einen Vorschlag. Einen Handel, bei dem Sie als gerissener Geschäftsmann sofort kapieren, dass es ein Bombengeschäft ist. Für eine Antwort von Ihnen, bekommen Sie zwei von mir. Na, was halten Sie davon?»

Palm zerriss es fast vor Angst. Diese bestimmte Freundlichkeit, gepaart mit dem kalten grauen Blick, liess ihn schaudern. «Einverstanden», sagte er.

«Wusste ich es doch. Wie hätten Sie sich sonst dieses hübsche Heim verdient, wenn Sie nicht wüssten, was Gelegenheiten sind. Also los. Sie dürfen sogar anfangen.»

«Wer sind Sie?»

«Die schwierigste aller Fragen gleich zu Beginn? Sie sind mir am Ende gar ein Philosoph, und ich habe mich in Ihrer Geldgier getäuscht. Tja, wer bin ich? Wenn mich die letzte Kugel erwischt, vielleicht weiss ich es dann. Und sollten Sie dann in meiner Nähe sein, dann werde ich es Ihnen sagen, versprochen. Zweite Frage?»

«Was wollen Sie?»

«Schon besser. Da wird es konkret. Ich will Stahl.»

«Was wollen Sie von ihm?»

«Stopp. Das wäre schon Ihre dritte Frage. Jetzt bin ich dran. Wo ist er?»

«Ich weiss es nicht.»

«Das ist schlecht. Das ist gegen die Spielregeln. Sie sind im Vorteil und wollen mich reinlegen. Die alte Raffgier. Das Karma des Imperialisten. Raffen, bis alles ausgehöhlt ist, und sich wundern, wenn es dann zusammenbricht. Wo ist er?»

Palm öffnete die obersten zwei Knöpfe seines Hemdes. Es klebte bereits auf seiner Haut. «Ich weiss es wirklich nicht.»

«Okay. Wir beenden das Spiel und beginnen ein neues.» Er nahm die Pistole vom Tisch und entsicherte sie. Palm starrte auf die SIG und schluckte.

«Ich weiss es nicht. Ich habe ihn zuletzt im ‹Rothaus› gesehen. Da ist er mit Bachler und seinen Leuten zurückgeblieben. Uns hat er fortgeschickt.»

«Bis dahin kenne ich die Geschichte schon. Was war dann?»

«Er wollte uns im ‹Krummen Kreuz› treffen, dort ist die Kleine abgehauen, und er hinterher. Vielleicht ist sie ins Antiquariat? Vermutlich ist auch er dorthin.»

«Dort war ich schon. Aber da waren nur Bullen.»

Er spannte den Hahn. Palm wollte schlucken, aber seine Kehle klebte.

«Bitte. Ich weiss wirklich nicht, wo er ist.»

«Ich glaube Ihnen. Sie sind kein Held. Und auch kein Freund, der sich für einen anderen hingeben würde. Habe ich recht? Sie brauchen sich deswegen nicht zu schämen. Sich für andere erschiessen zu lassen, dazu braucht es einen starken Glauben oder grosse Dummheit. Sie scheinen mir weder für das eine noch das andere anfällig zu sein.»

Palm versuchte zu lächeln. Er wusste, dass es anbiedernd war. Aber was blieb ihm übrig?

«Hat Stahl das Buch?»

Palm nickte.

Der Fremde richtete die Pistole auf Palm. Er sah auf den Lauf und dachte wieder an Stahls Worte: «Wo eine Waffe ist, raucht es auch irgendwann.» Palm schloss die Augen. Was sollte er zetern? Bei dem Todesengel wäre es ohnehin vergebens. Sollte er doch schiessen. Er würde bestimmt nur einen Schuss brauchen. Mitten ins Hirn. Oder ins Herz. Einmal Lärm und dann ewige Ruhe. Warum nicht? Palm schloss mit sich und dem Leben ab. Er fragte sich nicht, wer er sei. Er brauchte keine Philosophie mehr. Er wollte nur, dass es schnell vorüber war.

«Richten Sie Stahl aus, dass ich ihn treffen will. Und das Buch kriegt niemand ausser mir», sagte der Fremde und legte die Pistole auf den Tisch zurück.

Palm öffnete die Augen. War er davongekommen? Oder war es nur Verzögerungstaktik, weil der Fremde glaubte, so noch etwas aus ihm herauszukitzeln?

«Wo? Wo wollen Sie ihn treffen?»

«Das erfährt er, wenn er sich bei mir meldet. Das ist meine Nummer.» Er legte eine Visitenkarte neben die Pistole.

«Hier, das bin ich. Eine Telefonnummer, die ständig wechselt. Prepaid, versteht sich. Erinnert Sie das nicht an jemanden?» Er wartete kurz auf Antwort. «Stahl und ich, wir sind die zwei Seiten derselben Münze.» Er stand auf und ging zur Tür. Dort drehte er sich noch mal um.

«Und richten Sie ihm aus, dass Bachler tot ist. Die Walliser sind aus dem Rennen. Es gibt nur noch uns beide.» Er ging.

Stahl hockte auf einem umgedrehten Wassereimer und sah sich die Vatikansmünze an, die er von Fuzzy bekommen hatte. Cecilia untersuchte die Brandschutztür des Heizungskellers.

«Hier kommen wir nie raus», sagte sie.

«Immerhin wird uns hier nicht kalt.»

«Ich finde es gar nicht lustig.»

«Es hat dich niemand gebeten zu schnüffeln. Wer in die Höhle geht, muss mit Dunkel rechnen. Für Neugierde zahlt jeder seinen Preis. Hier, den hast du dir verdient.»

Er warf ihr den Euro zu. Cecilia fing ihn.

«Was soll das?»

«Sieh ihn dir an.»

Cecilia blickte auf die Münze.

«Vatikan? Haben die Euro? Die sind doch gar nicht in der EU.»

«Es gibt ja auch EU-Staaten, die keinen Euro haben. Geld hat seine eigenen Grenzen. Es ist staatenlos.»

«Hat der Vatikan schon immer Geld gedruckt?»

«Seit Mitte des 17. Jahrhunderts. Es gibt die alte Münzanstalt noch immer, sie heisst *La Zecca*. Eine mit Wasserkraft betriebene Prägemaschine. Die älteste päpstliche Münze führte das Konterfei von Petrus und Paulus.»

«Und was war vor dem Euro?»

«Lire. Seit 1929 liess der Heilige Stuhl Lire-Münzen prägen, die auf der Rückseite das Profil des Papstes trugen. Seit 1971 waren es zweihundert Millionen im Jahr. Die Auflage konnte allerdings zu bestimmten Anlässen überschritten werden.»

«Und die wären?»

«Tod des Papstes, Heiliges Jahr oder Eröffnung eines Konzils.»

«Wahnsinn. Eine Lizenz zum Gelddrucken. Wenn der Vatikan Geld braucht, bringt er einfach einen Papst um.»

«Das ist Boulevard. Ich dachte, du seist eine anständige Journalistin.»

«Gibt es das?»

«Gibt es anständige Söldner?»

Sie sahen sich an. Keiner wusste Antwort. Es war nicht der Ort, sich zu küssen.

«Und den Euro? Gibt es den seit der Einführung?», fragte Cecilia.

«Mit Verspätung. Die Italiener hatten zu viel mit ihren eigenen Münzen zu tun. Die vatikanischen Euro-Münzen kamen erst am 1. März 2000 auf den Markt. Auf die Ankündigung hin bildete sich schon am frühen Morgen eine dreihundert Meter lange Schlange vor den Toren des Vatikans. Die streng limitierte Auflage von sechshundertsiebzigtausend Stück war innerhalb weniger Tage vergriffen.»

«Dann sind das also gar keine Währungsmünzen, sondern Sammlermünzen?»

«Bingo. Sie kommen schon mit dem Wert von drei zu eins auf den Markt. Und dann schnellen sie in die Höhe.»

«Und von denen? Wie viele gibt es von denen?»

«Sechzigtausend.»

Cecilia pfiff durch die Zähne. «Das ist wenig. Warum ist da kein Papst drauf?»

«Es ist die Münze der Sedisvakanz. Die Amtszeit des Kämmerers. Einer der berühmten Anlässe, die eine Münzprägung erlauben. Sie sollen an die papstlose Zeit erinnern. Deswegen ist nur das Siegel des Vatikans geprägt.»

«Wie viel ist die wert?»

«Vielleicht zweihundertfünfzig Euro. Der ganze Satz von acht Münzen kommt wohl auf sechshundert bis sechshundertfünfzig Euro. Nicht jede Münze in dem Satz hat denselben Wert. Für den Cent kriegt man weniger als für den Euro.»

«Woher hat Fuzzy die? Meinst du, er hat mal vor dem Vatikan angestanden?»

«Nein, der ganz bestimmt nicht. Ich glaube, die hat er von Albin. Und ich glaube auch, dass sich die ganze Jagd um diese Münzen dreht und nicht um irgendein Buch.»

«Trotzdem waren Buffy und Fuzzy ganz scharf auf das Buch.»

«Weil vermutlich etwas drinsteht, das Geld bringt. Vielleicht eine chiffrierte Schatzkarte.»

«Und deswegen haben sie das Buch zu Palm gebracht. Damit du es siehst, neugierig wirst und sie dich hier festnageln können. Sie glauben, du kannst es dechiffrieren. Das war alles geplant?»

«Schon möglich.»

«Und was soll der Schatz sein?»

«Einen Teil davon hältst du in Händen.»

«Vatikanmünzen?»

«Die Auflage betrug nur sechzigtausend. Sie war schneller vergriffen als geprägt. Albin hatte die Aufsicht. Angenommen, ein paar Leute haben sich zusammengetan und statt sechzigtausend die doppelte oder dreifache Auflage geprägt?»

«Und diese zur Seite geschafft?»

«Dann hätte man eine Geldanlage, die von selbst wächst.»

«Wie bringt man die aber auf den Markt? Es fällt doch auf, wenn auf einmal so viele Münzen in Umlauf sind.»

«Man verteilt sie in kleinen Mengen an unterschiedliche Mittelsmänner. Die schneiden sich ein bisschen davon ab, aber das fällt kaum ins Gewicht. Oder man sucht einen Grossabnehmer, der das Geschäft abwickelt und damit gleichzeitig Schwarzgeld wäscht.»

«Geht das?»

«Warum nicht? Wenn sie die Münzen geprägt haben, werden sie auch Zertifikate für den Münzensatz haben. Dadurch wird alles offiziell. Die Münzen lässt du liegen wie Gold oder einen Picasso.»

«Und du traust Albin zu, dass er so etwas getan hat?»

«Mittlerweile traue ich ihm vieles zu. Ich dachte, ich würde ihn kennen. Aber anscheinend ist dem nicht so.»

Er zog das Foto der Vereidigung aus der Tasche und zeigte es Cecilia. «Nichts ist, wie es ist. Hier, das war am Tag meiner Vereidigung. Das waren meine besten Freunde. Wir haben zusammen geschwitzt, gelitten und geträumt, dass wir grosse Helden seien. Der eine ist im Puff von einem Zuhälter erstochen worden. Ich habe gesehen, wie er auf dem Plüsch der Absteige verblutet ist. Mitten ins Herz ging der Stich. Keine Chance auf Rettung.»

«Und der hier? Lebt der noch?», fragte Cecilia und zeigte mit dem Finger auf den jungen Mann, der links von Stahl stand.

«Es scheint so. Offiziell ist er tot. Nicht im Puff verreckt, sondern als echter Held. In Nigeria hat er sich vor den Papst geschmissen, als Fanatiker geschossen haben. Dabei hat er fünf Kugeln aufgefangen und seine Seele in den Himmel gerettet.» Die letzten Worte waren von Bitterkeit geprägt.

«Warum sagst du offiziell? Lebt er doch noch?»

«Kann gut sein. Das Foto war an der Rezeption im ‹Rothaus› für mich hinterlegt worden. Deine Tante hat ihn als den Kerl wiedererkannt, der im Antiquariat auf Hürlimann und seine Leute geschossen hat.»

«Wenn Hedwig sagt, dass er es war, dann war er es. Sie hat ein fotografisches Gedächtnis. Sie vergisst keinen Kunden. Und weiss dazu, welches Buch er gekauft hat. Ohne Karteikarten.»

«Na dann.»

Stahl steckte das Foto wieder ein. «Dann müssen wir nur warten, bis er uns findet und hier rausholt.»

Cecilia verstand nicht.

«Wäre trotzdem gut, wenn wir vorher draussen wären. Er interessiert sich nämlich ganz bestimmt nicht für uns persönlich, sondern für das Buch.»

«Das haben jetzt aber Buffy und Fuzzy.»

«Und die können es nicht lesen.»

«Kannst du es denn?»

Stahl zuckte mit den Schultern. «Keine Ahnung.»

Er erhob sich von dem Wassereimer und besah sich das Gitter des Lüftungsschachtes.

«Ich bin wohl zu breit dafür. Aber du könntest durchpassen.» Er stieg auf den Eimer und erreichte mit den Fingern das Gitter. Er rüttelte daran. Es bewegte sich leicht.

Fuzzy sass dicht am Fenster und überwachte die Boxhalle. Er sah, wie Buffy vom Tor zurückkam, das er eben abgeschlossen hatte, und öffnete ihm die Tür des Kabuffs.

«Alles klar?», fragte Fuzzy. Er war nervöser, als er wollte.

«Was sollte sein?» Buffy schien ganz ruhig. Fuzzy konnte nur hoffen, dass Buffy schnell war, sonst hätten sie keine Chance. Fuzzy konnte mit den Zeichnungen und Kritzeleien, die in Albins Buch standen, nichts anfangen. Da brauchte es den Abgebrühten.

«Das Buch liegt auf dem Tisch. Ich kapier nichts», sagte Fuzzy. «Wüsste nicht, wie wir darüber an das Geld kommen sollten.»

«Stahl könnte uns helfen. Deswegen haben wir ihm das Buch doch auch geschickt. Warum sonst den Affentanz?»

«Der hilft uns nicht, das hat er noch nie getan. Wir hätten es gleich wissen müssen. Aber du lernst eben nichts dazu.»

«Kann schon sein», sagte Fuzzy und wirkte wie ein Boxer, der bereit ist, den letzten Kinnhaken zu kassieren.

Buffy ging an Fuzzy vorbei, setzte sich hinter den Schreibtisch, den er weniger sauber und ordentlich hielt als den Ring, und schlug das Buch auf. Er verweilte nicht lange auf den Seiten, sondern blätterte rasch einmal durch. Er begann wieder von vorn. Diesmal langsamer.

«Und?», fragte Fuzzy ungeduldig.

«Nichts und.» Buffy blätterte weiter. «Spielst du Boule?», fragte er.

«Nein. Ist was für Rentner.»

«Albin hat Boule gespielt.»

«Ich weiss. Na und?»

«Nur so. Er hatte dort Freunde.»

«Richtig. Hatte. Bachler hat sie umgelegt.»

«Was? Wann?» Buffy schrak hoch.

«Gestern.»

«Und das sagst du mir erst jetzt?»

«Ich wollte nicht, dass du nervös wirst.»

«Bin ich aber.»

«Uns wird er nichts tun.»

Buffy klappte das Buch zu. «Wir geben ihm das Buch. Ich brauche die Millionen nicht. Ich bin glücklich hier. Was mache ich mit dem Geld, wenn ich kalt bin?»

«Beruhig dich», sagte Fuzzy. «Denk an deinen Traum. Denk an den Boxclub in St. Tropez. Das machst du mit dem Geld. Erstklassige Talente, heisse Weiber und wilde Partys. Schwitzen sollen dann die anderen.» Fuzzys Augen leuchteten. Es war mehr sein eigener Traum, den er Buffy schmackhaft machen wollte.

«Ich pack das nicht. Ich kann St. Tropez nicht geniessen mit der Angst, dass mir jederzeit jemand eine Kugel in den Bauch jagt. Ich ruf ihn an.»

Er nahm sein Handy und wählte. Fuzzy packte ihn am Arm, mit der anderen Hand hatte er bereits seinen Schlagring präpariert.

«Stahl soll uns das Buch dechiffrieren. Deswegen haben wir ihn geschnappt.»

«Das war eine Schnapsidee. Aus Stahl kriegst du nichts raus. Ausserdem kann ich mir gut vorstellen, dass Albin einen Code verwendet hat, den nicht einmal Stahl kennt. Wir haben Albin auch nicht wirklich gekannt. Ich steige aus dem Ring.»

«Das Handtuch werfen? Geht dir wieder die Puste aus? Du Memme!»

Fuzzy packte Buffy härter am Arm.

«Lass los! Wir haben keine Chance! Das Ding ist zu gross für uns beide!», schrie Buffy. Die Nummer war bereits gewählt, am anderen Ende klingelte es schon.

Fuzzy holte mit der anderen Hand aus und zog Buffy den Schlagring zweimal hart über den Schädel. Buffy liess das Handy fallen und krachte mit dem Kopf auf den Schreibtisch. Von einigen Papieren wirbelte Staub auf. Das Handy lag auf dem Boden. Fuzzy beachtete es nicht. Er sah nur zu Buffy, dem das Blut das schüttere Haar verklebte.

«Tut mir leid, Buffy. Aber ich will nach St. Tropez. Hörst du? Buffy?» Buffy sagte nichts mehr. Dafür rann die Blutlache, die sich unter seinem Kopf bildete, in Richtung Buch. Fuzzy schnappte es und verschwand aus dem Büro.

Nino hatte den Anruf entgegengenommen und gelauscht. Die Nummer auf dem Display von Bachlers Handy war archiviert.

«Boxclub» stand dort. Das Gespräch war zu Ende. Nino steckte das Handy ein und wusste, wohin er zu gehen hatte.

Fuzzy hatte kurz überlegt, ob er zu Stahl hinunter sollte. Vielleicht hätte Plan A doch funktioniert. Aber in einem hatte Buffy sicher recht. Stahl war ein zäher Knochen. Bis Fuzzy etwas aus ihm herausgeprügelt hatte, wäre viel Zeit vergangen. Dazu hätte er Stahl einweihen und ihn mit mehr Informationen füttern müssen. Das war das Einzige, was Fuzzy noch besass. Mehr Informationen als all die anderen, die hinter dem Geld her waren. Albin hatte ihm erzählt, wie es gelaufen war und wie er es sattgehabt hatte, für andere den Arsch hinzuhalten. Schon lange vor seiner Pension hatte er an später gedacht. Und dann hatte er die Gelegenheit beim Schopf gepackt und statt sechzigtausend Münzsätzen einfach zweihundertfünfzigtausend prägen lassen. Jeder, der davon wusste, hatte seinen Anteil bekommen. Albin selbst hatte hundertfünfzigtausend eingesackt. Hundertfünfzigtausend mal fünfhundert, das waren fünfundsiebzig Millionen! Mit einem einfachen Waffentransport, der von Neuhausen Ware nach Rom gebracht hatte und der angeblich leer wieder zurückgekommen war, hatte Albin die Münzen in die Schweiz gebracht.

Es war ein Kinderspiel gewesen. Sie hatten ihn an der Grenze nicht einmal kontrolliert. Auf eine Bank hatte er es ja nicht einfach bringen können. Also hatte sich Albin etwas anderes ausgedacht. Er deponierte das Geld anderswo, bis er via «Börsengeschäfte» ein reicher Mann geworden wäre. Aber wo er das Geld versteckt hatte, das hatte er auch Fuzzy nicht verraten. Fuzzy hätte die Kohle gleich umgesetzt und den dicken Max gegeben. Er war nicht mehr der Jüngste, und wer wusste schon, was morgen war. Aber Albin war schon immer klüger gewesen. Im Ring wie im Leben. Er hatte Fuzzy damals Stahl ausgespannt, weil er cleverer gewesen war. Aber was hatte er nun von seiner Klugheit? Er war tot. Manche Menschen wollten eben nicht, dass man schlauer war als sie. Fuzzy lebte noch und hatte Informationen. Doch die wichtigste fehlte. Wo hatte Albin die Kohle versteckt?

Hundertfünfzigtausend Münzsätze verstaute man nicht mal eben so in einem Schliessfach. Und man vergrub sie auch nicht so rasch in einer Schatzkiste.

Fuzzy musste Zeit gewinnen. Wenn Bachler auf seinem Handy

gesehen hatte, wer ihn anrufen wollte, würde er wissen wollen, was los war. Meldete sich niemand am anderen Ende, würde er stutzig werden und nach dem Rechten sehen. Er musste abtauchen und warten. Geduld beweisen. Seine grosse Schwäche. Aber im Leben stiess man immer wieder auf dieselben Hindernisse. Bis man sie überwinden konnte.

Joe würde ihm helfen. Der war ihm noch einen Gefallen schuldig. Es war eine Kleinigkeit. Fuzzy kannte sich mit Computern nicht aus, er wusste nicht, wie man damit einen Flug buchte. Joe machte alles mit dem Computer. Der führte sogar Buch über seine Pferdchen damit. Ein ganz moderner Zuhälter. Nichts war mehr wie früher. Nur der Traum von St. Tropez war ihm geblieben.

Cecilia zwängte sich durch den engen und stickigen Lüftungsschacht. Stück um Stück robbte sie nach vorne; nicht wissend, wo sie landen würde. Dann sah sie Licht. Etwa vier Meter vor ihr endete der Schacht an einem Gitter. Sie kroch bis zum Ende und sah durch die Rauten. Sie befand sich über der Boxhalle. Vorsichtig bewegte sie das Gitter. Es war nicht verschraubt, sondern eingehängt. Sie musste es anheben, um es aus der Verankerung zu lösen. Der Putz bröselte, angesammelter Dreck und tote Insekten purzelten und landeten auf dem Hallenboden. Cecilia hielt das Gitter fest, damit es nicht auch in die Tiefe stürzte. Sie lauschte. Von unten war nichts zu hören. Das Gitter konnte sie nicht mehr lange festhalten. Die Kraft in ihren Fingern liess nach. Und den Winkel, in dem sie das Gitter in den Schacht ziehen konnte, hatte sie noch nicht gefunden. Es verkantete sich, egal, wie Cecilia es anging. Endlich glaubte sie, das Rätsel gelöst zu haben, da versagten ihre Kräfte, und das Gitter glitt ihr aus den Händen. Scheppernd schlug es unten auf. Cecilia drückte sich in den Schacht zurück. Ihr Herz klopfte laut. Sie konnte nicht hören, ob sich in der Halle etwas tat.

Stahl hatte das Scheppern gehört und spitzte die Ohren. Es war ihm gar nicht recht, sich auf Cecilia allein zu verlassen. Aber es blieb ihm nichts anderes übrig. Er hatte nichts, womit er die Tür hätte aufhebeln können. Er musste sich gedulden. Falls alle Stricke rissen, würde er beten. Inzwischen konnte er die Zeit anders nutzen. Er zog seinen Schuh aus und entnahm die Kopie der Buchseite. Er entfaltete das Papier und sah die Skizze an. Eine Zeichnung, auf der Albin den Ablauf einer Boule-Session nachempfunden hatte: Kugeln, die in unterschiedlichen Händen lagen, welche unterschiedlich zupackten. An einer Hand erkannte man die Muskulatur, die durch das Greifen spannte, bei einer anderen zeichneten sich die Venen auf dem Handrücken ab. Eine andere wiederum gelangte mit ihren kurzen, dicken Fingern kaum um die Kugel, während die zartgliedrige Hand einer Frau die Kugel so umschloss, als hielte sie einen Penis in der Hand. So verschieden die Hände aber auch sein mochten, eins war immer gleich. Die Kugeln. Es waren Albins Kugeln mit dem Siegel des Vatikans. Überall blitzte es durch. Keine Hand vermochte das Siegel vollends zu verbergen.

Waren die Hände oder die Kugeln das Wichtige auf dieser Skizze? Die Hände mochten seinen Boule-Partnern gehört haben. Zumindest ordnete er die Frauenhand Regine zu. Vielleicht waren sie auch die Partner bei Albins Coup mit den Münzen? Oder irrte sich Stahl? Hatte Bachler nur zufällig diese Seite in Albins Buch aufgeschlagen? Oder mit Absicht, um Stahl zu täuschen? Stahl versuchte sich an die Szene zu erinnern. Bachler war zu hastig gewesen. Er hatte sich vergewissern wollen, dass sich die gesuchte Information im Buch befand. Und Bachler war kein guter Schauspieler, er war es nie gewesen. Sonst hätte er es in Rom mit seinem skrupellosen Ehrgeiz durchaus weiter bringen können.

Wo lag der verborgene Hinweis? Waren es die Kugeln? Stahl erinnerte sich, dass Regine ihm Albins Kugeln gebracht hatte. Vielleicht war das eine Spur?

Cecilia war wieder nach vorne gekrochen und sah in die Boxhalle hinunter. Es war niemand gekommen. Keiner hatte das scheppernde Gitter gehört. Vier Meter ging es in die Tiefe. Wenn Cecilia sich wenigstens drehen konnte. So aber musste sie kopfvoran aus dem Schacht hinaus. Sie schob sich ein Stück hinaus und suchte an der Wand nach einem Halt. Knapp einen halben Meter rechts endete eine Sprossenwand auf Höhe des Schachtes. Links war nur glatter Beton. Sie musste versuchen, mit den Händen die oberste Sprosse zu erreichen.

Vorsichtig schob sie sich weiter aus dem Schacht. Aber sie konnte sich im Rumpf nicht weit genug biegen, um mit den Händen die

Sprossen zu erreichen. Sie glitt wieder in den Schacht, drehte sich auf den Rücken und schob sich so hinaus. Gleichzeitig stemmte sie ihre Füsse gegen den Beton, um nicht abzugleiten. Es fehlten nur noch wenige Zentimeter, dann konnte sie die Sprosse greifen. Aber sosehr sie sich auch streckte, es gelang ihr nur, sie zu berühren. Sie musste mehr riskieren. Wenn sie Schwung nahm und oben die Füsse löste, konnte sie hinausgleiten und näher an die Sprosse kommen. Sie musste nur im richtigen Moment zupacken; wenn nicht, schmierte sie ab.

Sie bog ihren Oberkörper nach hinten, schwang ihn nach vorne und liess mit den Füssen los. Sie glitt aus dem Schacht, die Finger berührten die Sprossen. Beine und Füsse rutschten aus dem Schacht und zogen nach unten. Die Hände packten zu. Cecilia krachte gegen die Sprossenwand. Ein dumpfer Schmerz zog sich über den Hüftknochen. Sofort suchten ihre Füsse nach Halt auf einer der unteren Sprossen. Sie hatte keine Zeit. An der Wand hing sie zum Abschuss frei. Wie ein Gecko kletterte sie hinunter und eilte in Deckung.

Von Fuzzy und Buffy keine Spur. Sie hoffte, im Kabuff den Schlüssel für den Heizungskeller zu finden, und schlich hinter den baumelnden Boxsäcken in Richtung Kabuff. Sie schob sich an den kleinen Kasten heran, der Buffys Büro gab, linste durch die Fensterscheibe und sah Buffy mit dem Kopf im eigenen Blut liegen. Von Fuzzy nichts zu sehen. Cecilia öffnete die Tür des Kabuffs und ging hinein. Am Brett mit den Schlüsseln hingen einige, die unten passen konnten. Aber ehe sie nach einem davon griff, fiel ihr Blick auf den Bund, der unter Buffys blutigem Schädel blitzte. Sie nahm an, dass daran auch der Schlüssel für den Heizungskeller hing.

Es war das erste Mal, dass sie eine Leiche berührte. Sie tat es mit Hilfe eines verschwitzten Handtuchs, das zum Trocknen an einer Stuhllehne hing. Das hellgraue Frottee sog sich sofort mit Buffys Blut voll.

Cecilia hob ihm den Kopf hoch und griff mit der freien Hand nach dem Schlüsselbund. Der war blutverschmiert. Jetzt klebte das Blut auch an Cecilias Fingern. Sie hielt Ausschau nach einem Waschbecken, da hörte sie, wie sich jemand am Eingangstor zu schaffen machte. Sie sah durch das Fenster. Ein grosser Mann trat durch das Tor. Sie konnte nicht erkennen, ob es Fuzzy war. Raus würde sie nicht mehr kommen, ohne von ihm gesehen zu werden. Sie hielt nach einem Versteck Ausschau. Aber in dem Kabuff gab es nicht viel, wohinter sie sich verschanzen konnte. Es blieb ihr nur, sich neben Buffys tote Beine unter den Schreibtisch zu zwängen.

Kaum hatte sie sich dorthin verkrochen, wurde die Tür des Kabuffs geöffnet. Es waren harte Absätze, keine Turnschuhe, die sich näherten. Es klang elegant und entschlossen auf den wurmigen Holzdielen. Hätte Cecilia nicht gewusst, dass Stahl im Heizungskeller eingesperrt auf sie wartete, sie hätte auf ihn getippt. Aber es war ein anderer.

Sie hörte, wie Schubladen geöffnet und wieder geschlossen wurden. Es raschelte im Papier. Jetzt auch direkt über ihr, auf dem Schreibtisch. Die toten Beine Buffys bewegten sich. Cecilia hätte vor Schreck fast aufgeschrien. Der Fremde hatte Buffy vom Schreibtisch weggezogen, um freien Zugriff auf die Schublade zu haben.

Sie konnte schwarze Lederhandschuhe erkennen, die am Messinggriff die Schublade aufzogen. Die Handschuhe wühlten darin, schienen nichts zu finden.

Cecilia schloss die Augen. Sie wollte nicht sehen, wie der Fremde unter den Schreibtisch kam und mit den schwarzen Lederhandschuhen ihre Gurgel umklammerte. Sie merkte nicht einmal, dass sie die Luft schon von allein anhielt. Sie hörte nur das Brummen eines Handys, dann die Stimme des Mannes, direkt über ihr.

«Ja? Gut. Bin gleich da.»

Die harten Absätze entfernten sich wieder, und entschlossene Schritte verliessen das Kabuff.

Cecilia schnappte nach Luft, traute sich aber nicht aus ihrem Versteck heraus.

«Du bist ein Freund. Ein echter Freund», sagte Fuzzy und kippte den Schampus, den Joe Miller für ihn geköpft hatte.

«Man feiert nur einmal Abschied, Fuzzy. Du wirst uns fehlen. Hab ich recht, Mädels?» Joe prostete Fuzzy und den beiden Mädchen zu, die sich um den alten Boxer professionell kümmerten.

Fuzzy fühlte sich wohl. So gut war es ihm schon lange nicht mehr gegangen. Er hatte nicht damit gerechnet, dass Joe, ohne zu fragen, alles für ihn tat. Hiess es vor wenigen Stunden nicht, dass er hier keinen Kredit mehr hatte? Vielleicht hätte ihn das stutzig machen müssen. Aber das Paradies lag so nah. Wer fragte da noch lang?

Joe hatte sofort einen Flug nach St. Tropez gebucht. Morgen früh um sechs Uhr sollte er schon starten. Mit zehntausend Franken im Gepäck. Dafür hatte ihm Fuzzy auch von den Vatikanmünzen erzählt und dass sie halbe-halbe machen würden. Über das Buch hatte Fuzzy geschwiegen. Blöd war er nicht.

Seine Hand tätschelte den Hintern des Mädchens. Die Rothaarige drückte Fuzzy ihre Zunge ins Ohr. Er bekam einen Steifen. Noch ein wenig Geplänkel, dann würde er sich mit beiden nach oben zurückziehen. Er war stark genug, um es beiden zu besorgen. Im Notfall mit Viagra. Als Boxer hatte er nie gedopt. Allenfalls zu viel gesoffen. Jetzt soff er noch mehr, und er dopte sich als Mann. Na wenn schon. Hauptsache, das Leben versprach noch etwas. Er dachte an Buffy, die Erektion liess nach. Vielleicht lebte er noch? Bestimmt. So hart hatte er nun auch nicht zugeschlagen. Er wusste, dass er noch immer einen Bums hatte. Aber getötet hatte er noch nie. Nein, Buffy war nicht tot. Wenn Fuzzy hier die Sache über die Bühne gebracht hatte, würde er bei Buffy vorbeigehen und ihm die Hälfte seines Anteils überlassen. Buffy war ein Freund, und er war hart im Nehmen. Er würde den Schlag überleben. Da war sich Fuzzy sicher. Ein Freund starb nicht so einfach und liess einen mit der Schuld an dessen Tod zurück. Das würde Buffy niemals machen. Fuzzys Glied härtete sich wieder, und er drückte der Asiatin seine dicken Lippen auf ihren kleinen Mund. Den müsste sie ganz schön aufreissen, wenn es gleich zur Sache ging. Die Rothaarige zog ihn bei der Hand vom Plüsch. Fuzzy torkelte hinterher, besoffen vom Schampus und seinem bevorstehenden Glück, und zog die Asiatin mit sich nach. Joe zwinkerte Fuzzy zu und hielt den Daumen nach oben. Fuzzy grinste breit.

Die Luft war rein. Cecilia war hinter dem Schreibtisch hervorgekrochen und auf allen vieren durch das Kabuff bis zur Tür gelangt. Jetzt schob sie ihren Kopf nach oben und spähte durch die Fensterscheibe. Das Kabuff lag nicht umsonst hier. Man konnte die ganze Halle überblicken. Cecilia liess den Blick schweifen und überzeugte sich mehrmals, dass niemand mehr da war. Natürlich hätte der Fremde in den Garderoben stecken können. Oder im Heizungskeller. Aber das musste Cecilia riskieren. Sie wollte hier nicht ewig bleiben, fühlte sich mit dem toten Buffy wie in Schneewittchens gläsernem Sarg.

Sie öffnete die Tür des Kabuffs, schlüpfte hinaus und rannte an der Wand entlang zur Stahltür, die in den Heizungskeller führte. Sie war unverschlossen. Cecilia eilte die Treppen hinunter und erreichte den Heizungskeller. Hastig stocherte sie mit den Schlüsseln und hatte Glück. Drinnen erwartete sie eine Überraschung: Stahl war nicht da. War er es am Ende doch gewesen, der in den Schubladen und Unterlagen gewühlt hatte? Hatte er es geschafft, sich durch den engen Lüftungsschacht zu zwängen und auf demselben Weg nach draussen zu gelangen wie sie?

Warum hat er nicht gewartet? Hat er ihr nicht vertraut? Konnte sie ihm trauen? Cecilia wusste nichts mehr. Es war ihr alles zu viel. Sie liebte das Abenteuer. Aber so intensiv kannte sie es nur aus Romanen und Filmen. Normalerweise frisierte sie ihre Berichte immer ein wenig. Motzte sie auf, damit sie mehr hergaben. Hier müsste sie eher streichen. Wer würde ihr diese Story als Reportage abkaufen?

Sie musste von hier verschwinden. Aber wohin? Ins Landhaus? Stahl wusste davon. Hedwig hatte es ihm erzählt. So gern hätte sie ihm vertraut. Sie durfte es nicht. Er traute ihr ja auch nicht. Und er würde seine Gründe haben. Plötzlich drehte sie sich um und begann zu rennen. Weg, nur weg von hier. Sie hetzte die Stufen wieder nach oben, durch die Boxhalle, am Kabuff vorbei zum Tor. Es war verschlossen. Cecilia starrte auf den Schlüsselbund in ihrer Hand. Diesmal passte bereits der erste Schlüssel. Es war der blutigste von allen. Sie riss das Tor auf und rannte in die Nacht.

Stahl hatte direkt über Cecilia gehangen. Wie eine Spinne hatte er sich über Türrahmen und Decke gespreizt. Sie hätte nur nach oben sehen müssen.

Er wollte sicher sein. Wäre es Fuzzy oder Buffy gewesen, hätte er von oben herabspringen und sie erledigen können. Cecilia wollte er nicht erledigen. Aber er wollte die Angelegenheit nicht mit ihr zusammen zu Ende bringen. Bisher war es nicht ungefährlich gewesen, doch jetzt nahm es eine Dimension an, bei der Stahl kein Mündel bei sich haben durfte. Er mochte sie. Aber mit ihr zusammen war er nur halb so gut. Sie würde schon auf sich selbst aufpassen. Immerhin war sie aus dem Keller geflohen und wieder heil zurückgekommen. Und nicht in Begleitung von Buffy und Fuzzy, wie Stahl es erwartet hatte. Wie ihr das gelungen war, war ihm ein Rätsel.

Er verliess den Heizungskeller und stieg leise die Treppen nach oben. Weder Cecilia noch die beiden Boxer sollten ihn sehen.

In der Boxhalle war es ruhig. Stahl pirschte geduckt an den Ringen vorbei zum Kabuff. Als er an der Wand des Häuschens angekommen war, schob er sich nach oben und sah durch die Scheibe hindurch. Dort sass Buffy, den blutigen Kopf auf dem Schreibtisch. Er war allein. Wo war Fuzzy? Cecilia?

Stahl drehte sich um und sah in die Halle. Es rührte sich nichts. Sie waren beide fort. Wohin? Gemeinsam? Was war hier vorgefallen?

Er huschte in das Kabuff und sah sich um. Hier hatte jemand gewühlt. Er ging zu Buffy und hob mit Hilfe eines Taschentuchs seinen Kopf an. Stahl erkannte die Abdrücke von Fuzzys Schlagring. Nach dem Buch brauchte er hier also nicht zu suchen. Danach hatte hier schon ein anderer gewühlt. Vielleicht Cecilia? Allmählich wurde sie ihm unheimlich. Was, wenn sie gar keine Journalistin war? Wenn es nur Tarnung war, sie aber für die Leute von Bachler arbeitete? War sie nicht von Anfang an in Albins Wohnung gewesen? Hatte sie schon lange vor Albins Tod von dem Buch gewusst und sich über geheucheltes Interesse an den anderen Büchern bei ihm Zugang verschafft? Seit wann arbeitete sie für ihre Tante? Oder war Hedwig eingeweiht? Er wusste nicht mehr, woran er mit Cecilia war. Jetzt musste er sie doch wiederfinden, um Klarheit darüber zu haben.

Erst einmal brauchte er aber sein Handy. Buffy hatte es ihm abgenommen, als sie ihn unten eingesperrt hatten. Es musste in seiner linken Jackentasche stecken. Stahl griff hinein und fand es. Er stellte es an und gab die PIN ein. Dann wählte er eine Nummer.

«Hürlimann, es gibt Arbeit für Sie. Im Boxclub am Helvetiaplatz. Buffy Angerer wurde erschlagen ... Nein, ich kann leider nicht dableiben. Ich muss weiter.» Er legte auf und steckte das Handy ein. Dann verliess er den Boxclub.

Die Hand war hart und kalt und schlug Fuzzy ins Gesicht. Kein Vergleich zu den zarten Fingern der Mädchen, die ihn eine Viertelstunde zuvor noch so verwöhnt hatten. Auf Kosten des Hauses, hatte Joe gesagt. Jetzt hatte Fuzzy die Kosten selbst zu tragen, mit saftigem Zins. Er hockte gefesselt auf einem Stuhl und blutete aus der Nase. Von Joe keine Spur. Auch die Mädchen waren verschwunden. Zuhälter und Verräter, allesamt.

Fuzzy kannte das Gesicht des Mannes, der ihm immer wieder in die Fresse schlug. Was waren schon Ohrfeigen? Da hatte er schon ganz andere Schläge einstecken müssen. Damit meinte er nicht die Fausthiebe, die er im Ring kassiert hatte, sondern Nackenschläge des Lebens. Sabine. Immer wieder Sabine. Alles Nutten. Wo waren sie, wenn es drauf ankam?

Der Mann, der ihn seit fünfzehn Minuten bearbeitete, ohne dabei nur ein Wort zu verlieren, putzte sich Fuzzys Blut von den Händen. Er hatte extra seine schwarzen Lederhandschuhe ausgezogen; um sie sich nicht zu beschmutzen. Ganz schön pingelig, der Stutzer. Bei Wildleder hätte Fuzzy es verstehen können.

«Das Buch?», fragte der Fremde.

Fuzzy stellte sich doof. Er hatte geahnt, dass diese Frage kommen würde. Ganz bescheuert war er ja nicht. Als ob er zu Joe gegangen wäre, ohne vorher das Buch in Sicherheit zu bringen. So gut kannte er den alten Zuhälter doch.

«Was für ein Buch?», fragte Fuzzy. Er wusste, dass es eine Dummheit war. Zwei Schläge klatschten auf seine bereits gesprungenen Lippen.

«Du bist ein Freund von Stahl, hab ich recht?», fragte Fuzzy, nachdem er sich das Blut von den Lippen geleckt hatte. Der Fremde schlug nicht zu. Das war der bessere Weg für Fuzzy. «Er hat das Buch.»

Das war verkehrt. Wieder zwei Schläge. Wieder auf die Lippe. «Ich weiss, wo Stahl ist. Ich kann dich hinbringen.»

«Das Buch. Stahl interessiert mich nicht.»

«Das Buch ist aber bei Stahl.» Fuzzy beharrte darauf, obwohl er für diese Behauptung schon kassiert hatte.

«Miller hast du etwas anderes erzählt.»

«Ach, Miller. Dem habe ich gar nichts von dem Buch erzählt, nur von den Münzen, damit er für mich den Flug nach St. Tropez bucht.»

«Und was ist mit den Münzen?»

«Albin hat mir einen Satz geschenkt. Als Andenken. So wie man sich Postkarten schickt.»

«Und was weisst du von den anderen?»

«Von welchen anderen?»

«Von den hundertfünfzigtausend.»

«Nichts. Gar nichts.» Fuzzy hatte erwartet, dass sein Peiniger nun wieder zuschlagen würde, aber er unterliess es.

«Auch da hat mir Miller anderes erzählt.»

«Dann lügt er. Ich habe ihm nie etwas von hundertfünfzigtausend erzählt.»

Der Fremde lächelte. Fuzzy hatte sich verplappert. Er hätte sich am liebsten auf die Lippen gebissen, aber die waren schon dick genug. «Weisst du, wo sie sich befinden?»

«Wenn ich das wüsste, würde ich doch nicht nach St. Tropez abhauen.»

«Weswegen haust du dann ab?»

«Weil ich Zeit brauche.»

«Hast du den Kerl im Boxclub erschlagen?»

Fuzzy schwieg. Er mochte nicht daran denken. Er hatte gehofft, der Schampus und die Weiber würden ihn über Buffy hinwegtrösten. Morgen der schnelle Flug nach St. Tropez, in eine andere Welt, um die alte zu vergessen. Der Rest hätte sich ergeben. Jetzt hatte ihn der Fremde aber wachgeprügelt, die Weiber und der Schampus waren verschwunden und der Traum von St. Tropez in weite Ferne gerückt.

«Damit?» Der Fremde hielt Fuzzy den Schlagring unter die Nase. «Hältst du Knast aus?», fragte er.

Klar hielt Fuzzy Knast aus. Mit achtzehn sass er zum ersten Mal. Wegen schwerer Körperverletzung. Mit vierundzwanzig das zweite Mal. Er hatte ein paar Pferdchen laufen gehabt. Zuhälterei, nichts Grosses. Sabine hatte dazugehört. Sie war das einzige der Mädels gewesen, das ihn im Knast besucht hatte; die anderen Weiber hatten sich einen anderen Zuhälter gesucht. Aber auch Sabine würde ihn jetzt nicht mehr besuchen kommen. Die war versorgt.

Der Fremde zog sich den Schlagring über die Finger und schlug damit auf die Kante des Holztisches, der neben dem Bett stand. Die Kante barst, Splitter flogen durch die Luft. Ein Schlag würde genügen, und Fuzzy wäre hinüber. Wieder bei Buffy, im selben Ring. Aber der Fremde würde nicht nur einmal schlagen. Er wollte etwas wissen. Etwas, das nur Fuzzy wusste. Und wenn er sein Wissen mit ins Grab nähme, hätte der Fremde mit ihm nur Zeit verschwendet. Der Kerl sah nicht aus, als ob er Zeit im Überfluss hatte.

«Ich bring dich zum Buch», sagte Fuzzy.

«Erklär mir doch einfach, wo ich es finde.»

«Wie kannst du sicher sein, dass ich dich nicht anlüge?»

«Weil ich dann wiederkomme.»

«Aber dann ist Stahl vielleicht vor dir da gewesen?»

Der rechte Mundwinkel des Fremden zuckte. Fuzzy hatte die richtige Strategie gewählt. Der Kerl hatte keine Zeit, und er hatte Manschetten vor Stahl.

«Wasch dir das Gesicht. Wir holen das Buch.» Er streifte den Schlagring ab und legte ihn auf den Tisch.

Fuzzy entglitt ein Lächeln. Dem Fremden entging es nicht. Er gab Fuzzy zwei Schläge ins Gesicht. Fuzzy wusste wieder, wer das Sagen hatte.

Stahl stieg vor dem «Rothaus» aus dem Bus und ging ins Hotel. Diesmal nahm er den Weg durch das Lokal. An der Rezeption sah er einen jungen Mann in den Ordnern blättern. Stahl schoss Röte ins Gesicht. Regula! Ein Blick auf seine Uhr verriet ihm, dass es bereits ein Uhr war. Er hatte die Einladung zum Abendessen vergessen. Es war ihm unangenehm, aber die Umstände hatten es nicht zugelassen, pünktlich bei Tisch zu erscheinen.

Der Angestellte glitt mit dem Finger über eine Liste, blickte auf und lächelte.

«Sind Sie Herr Stahl? Ein Herr Palm hat mehrmals versucht, Sie zu erreichen.»

«Danke.» Er wollte zum Lift, hielt inne und drehte sich zum Angestellten um. «Könnten Sie mir vielleicht die Telefonnummer von Regula geben?»

Der Angestellte sah ihn an, als hätte er bei der Bank Leu einen fünfstelligen Kredit erfragt.

«Ich bin ein alter Freund, wir waren verabredet. Und ich hab's verschwitzt.» Er zuckte mit den Schultern.

Der Angestellte hob eine Braue, die Prüfung war noch nicht abgeschlossen. Stahl blickte so treudoof er konnte. Dann liess der Angestellte die Braue sinken und sah auf ein Blatt Papier. Er nahm einen Stift und schrieb etwas auf einen Zettel. Er reichte ihn Stahl.

«Danke.» Stahl ging zum Lift und fuhr damit nach oben. Beim Aussteigen versicherte er sich, dass niemand auf dem Flur lauerte. Wenn Nino lebte und hinter dem Geld her war, musste Stahl viel wachsamer sein. Mit Bachler und seinen Walliser-Gorillas wurde er fertig, aber Nino war ein anderes Kaliber. Vor allem hatten sie mit Albin denselben Lehrmeister gehabt.

Die Luft war rein. Stahl ging auf sein Zimmer zu und schloss die Tür auf. Vorsichtig schob er sie auf und sah hinein. Niemand wartete auf ihn. Neben dem Stuhl vor dem kleinen Schreibtisch stand das Holzköfferchen. Genau dort, wo Stahl es abgestellt hatte. Bachler schien sich nicht dafür interessiert zu haben.

Stahl nahm den Koffer, legte ihn auf dem Schreibtisch ab und öffnete ihn. Sechs Boule-Kugeln funkelten darin, als wären es die Kronjuwelen der Königin von England. Stahl nahm eine davon heraus und wog sie in der Hand. Dann schüttelte er sie und hielt sie dabei ans Ohr. Es war nichts zu hören. Eine nach der anderen ging er auf diese Art durch und legte sie enttäuscht in den Koffer. Er starrte auf die Kugeln und dachte nach. Dann griff er wieder eine nach der anderen und überprüfte sie auf Nahtstellen. Vielleicht konnte man sie aufschrauben? Fehlanzeige. Es waren keine Halbschalen, auch eine Falltür war nirgendwo auszumachen. Die Kugeln selbst konnten es also nicht sein.

Stahl hatte darauf gehofft, dass er in einer der Kugeln einen weiteren Hinweis auf das Versteck der Münzen finden würde. Er hatte von den Schlüsseln Petri auf den Schlüssel des Verstecks geschlossen. Eine Spielerei. Er zog seinen Schuh aus und entfaltete das kopierte Papier. Hatten die Flugbahnen, die Albin gezeichnet hatte, etwas mit der Lösung zu tun? War am Ende dort, wo die rote Kugel lag, der Schatz versteckt? War es ein Lageplan? Aber von welchem Ort? Stahl konnte nichts erkennen. Ihm fiel der Platzspitz ein. Dort, wo Regine ihm die Kugeln gegeben hatte, dort, wo Albin auch von einer Boule-Kugel erschlagen gefunden worden war.

Er klappte das Köfferchen zu, stellte es neben das Bett und legte sich selbst drauf. Er war müde, und seine Schläfe schmerzte noch von Fuzzys Schlag. Er schloss die Augen und vertraute darauf, dass er Nino hören würde, wenn er ins Zimmer käme. Die Bilder des Tages flimmerten vor den geschlossenen Augenlidern. Regula tauchte auf. Stahl schoss hoch. Ein Stich durchzuckte seinen Kopf. Er stöhnte und kramte nach dem Zettel mit Regulas Telefonnummer. Er musste sie wenigstens noch anrufen.

Erst in der dritten Beiz hatte sie ihn gefunden. Linus hing auf einem Barhocker und sprach ins leere Bierglas. Neben ihm eine dralle Frau weit über fünfzig, die sich von ihm einen Drink spendieren liess. Sie lachte laut und zwinkerte ihm zu, dabei wischte sie sich ihr rot gefärbtes Haar aus dem runden Gesicht. Sie würde sich bei Linus anständig bedanken. Ihr Kussmund spitzte bereits die Lippen. Aber Linus würde davon nicht mehr viel mitbekommen. Der war schon hinüber.

Cecilia zwängte sich zwischen das leere Bierglas und die kusswillige Rote und wartete. Sie wusste, dass es dauern würde, bis Linus die Bildveränderung vor seinen Augen registriert hatte. Linus kniff die Augen zusammen, sah ins leere Glas, wandte sich zum Wirt und stierte wieder in Cecilias Gesicht. Sie brauchte seine Hilfe. Er war der Letzte, bei dem sie Unterschlupf finden konnte.

«Schickt dich Hedwig?», fragte Linus, nachdem er Cecilia endlich erkannt hatte. «Richte ihr aus, ich bin beschäftigt. Ich habe einen wichtigen Geschäftstermin mit Frau Furgler.»

Er zeigte mit der Hand an Cecilias Kopf vorbei auf die Rote, die sich nun ihrerseits rührte.

«Linus gehört mir, verstanden?» Cecilia flog zwei Meter in den Raum. Frau Furgler hatte ihr einen kräftigen Stoss versetzt. Damit hatte Cecilia nicht gerechnet.

«Weibercatchen!», schrie ein einsamer Gast aus der Ecke. Der Typ, der mit Franken den Spielautomaten fütterte, sah sich kurz um und schob dann weiter Silber in den ewig hungrigen Schlitz.

Frau Furgler baute sich vor Cecilia auf und krempelte die kurzen Ärmel ihrer geblümten Bluse zweimal um.

«Ich bin ein friedliebender Mensch», sagte Linus ins Bierglas. «Ich will keinen Streit.» Dann klopfte er laut das Glas auf den Tresen und rief: «Aber ich will endlich ein volles Glas!»

Der Wirt, ein Fass von einem Menschen, tauschte eine gefüllte, schäumende Stange gegen das leere Glas. Linus grunzte, nahm das Bier, steckte die Nase in den Schaum und trank.

Frau Furgler war indessen zwei Schritte auf Cecilia zugegangen.

Cecilia zwei Schritte zurückgewichen. Jetzt stiess sie mit dem Hintern gegen einen freien Tisch.

«Hau ab», zischte Frau Furgler. «Und lass meinen Doktor in Ruhe.»

Cecilia hatte wenig Lust, sich mit dem Kaliber Furgler zu messen. Zwar wäre sie flinker, aber wenn Furgler sie erst einmal im Schwitzkasten hatte, käme Cecilia da nicht mehr ohne gröbere Schmerzanwendung hinaus.

«Kein Problem. Wollte ihm nur sagen, dass seine Frau und seine Kinder seit drei Tagen zu Hause auf ihn warten, weil sie kein Geld zum Einkaufen haben.»

Frau Furgler fiel die Klappe runter. Sie drehte sich mit einem Satz zu Linus, packte ihn beim Kragen und schleuderte ihn durch das Lokal. Cecilia sprang zur Seite. Linus hätte sie sonst mitgerissen. So krachte er allein in das Mobiliar. Das Holz krachte, Linus jaulte.

«Mach, dass du heimkommst, du Drecksack. Erzählt mir etwas von verwitwetem Doktor, der zu viel Arbeit hat, um sich eine anständige Frau zu suchen. Macht bei mir auf Mitleid und erweicht mein grosses Herz. Und dann so was?» Sie ging einen Schritt auf Linus zu und griff sich den Barhocker, auf dem Linus zuvor noch gesessen hatte.

Linus rappelte sich auf, suchte vergebens nach Worten, die ihn vielleicht vor weiteren Schmerzen bewahrt hätten, aber er hatte alles, was er wusste, bereits dem Bierglas erzählt. Cecilia zog Linus auf und am Ärmel mit sich fort. Der Mann am Spielautomaten fütterte den Schlitz noch immer mit Münzen.

12

Stahl sass genau dort, wo am Abend zuvor der Fremde gesessen hatte. Palm gab ihm das Foto zurück und sagte: «Ja, das war er.»

Stahl nippte am Espresso, den Palm ihm gebraut hatte.

«Für wen arbeitet er?»

«Keine Ahnung», sagte Stahl. «Vielleicht für Bachler.»

«Er hat gesagt, Bachler wäre tot.»

«Hat er gesagt. Hast du seine Leiche gesehen?»

«Warum sollte er lügen?»

«Warum nicht? Dadurch rechnen wir nicht mehr mit den Wallisern. Was Besseres kann es für Bachler nicht geben. Nachdem er mit seiner offiziellen Nummer so aufgelaufen ist, ist es besser für ihn, im Hintergrund zu lauern.»

Palm schoss sich selbst einen Kaffee aus der Maschine und setzte sich zu Stahl an den Tisch.

«Ich glaube, dein alter Freund hat die Wahrheit gesagt. Er sah nicht so aus, als würde er bluffen.»

Stahl lachte durch die Nase. «Was weisst du schon von der Kunst der Verstellung. Du bist bestimmt auch nicht schlecht. Aber du hast nur eine Nummer. Und das ist die der Heraushaltung. Aber es ist eben nur eine Facette, verstehst du?»

Palm rührte den Zucker um und schwieg.

«Siehst du? Genau das meine ich. Jetzt schweigst du, weil es Teil deines Repertoires ist. Ninos Repertoire ist aber um einiges grösser. Er kann schweigen, kann andere zum Schweigen bringen und kann so tun, als ob er seit Jahren tot ist. Trotzdem lebt und wildert er für Leute wie dich. So wie ich es tue. Vielleicht sind seine Zonen noch grauer als meine, und deswegen sein Spektrum noch um einige Farben breiter.»

«Du magst ihn sehr, was?»

«Wie kommst du da drauf?»

«So ein Plädoyer habe ich dich noch nie für einen Menschen halten hören.»

Stahl sah in die Kaffeetasse. Aber er fand keinen Satz, in dem er lesen konnte. Nur schwarz gefärbten Restzucker. Er löffelte ihn aus.

«Ich könnte jetzt er sein. Eigentlich sollte ich damals nach Nigeria. Ich war Albins erste Wahl. Aber der Camerlengo wollte mich nicht gehen lassen. Ich wäre mitten in der Phase einer prekären Ausbildung, da wäre es ungünstig, zu unterbrechen. Also ist Nino statt meiner mitgegangen.»

«Und nicht mehr zurückgekehrt.»

«Richtig. Das Attentat hatte offiziell nie stattgefunden. Es geschah während eines kleineren Ausflugs ins Landesinnere. Der Papst wollte Gazellen sehen. Und da hat sich die Kugel eines Jägers verirrt und Nino getroffen. So hat es Albin wenigstens erzählt. Und ich sah keinen Grund, an seiner Aussage zu zweifeln.»

«Und was hat Bachler damit zu tun?»

«Der hatte das Kommando für die gesamte Nigeriareise. Albin war für den Ausflug verantwortlich.»

«Und Ninos Leiche?»

«Wurde vor Ort bestattet. Man wollte kein Aufsehen erregen. Schlecht für die Geschäfte, das kennst du doch.»

«Und du hast dich nie vergewissert?»

«Wieso sollte ich an Albins Wort zweifeln?»

Palm kippte den Espresso und glitt mit der Zunge über die Schneidezähne.

«Meinst du, man kann mit Nino reden?», fragte er.

«Das hast du doch schon getan. Wohl war dir dabei nicht.»

«Mir wäre auch nicht wohl, mit dir zu reden, wenn du im Rahmen eines Auftrags plötzlich bei mir auftauchen würdest. Aber man kann mit dir ins Geschäft kommen. Vielleicht auch mit ihm.»

«Mit mir kann immer nur eine Seite ins Geschäft kommen», sagte Stahl und steckte sich eine Zigarette an. «Und wenn Nino sich nicht zu sehr verändert hat, hält er es genauso.»

«Man kann die Seiten wechseln.»

«Aber nicht während des Geschäfts.»

«Habt ihr doch so viel Moral?»

«Das kannst du nur einmal machen. Wenn sich das herumspricht, will niemand mehr mit dir arbeiten.»

«Ich weiss. Das Angebot müsste also hoch genug sein, damit du dich danach zur Ruhe setzen kannst. Richtig?»

«Wenn das Angebot so hoch ist, dann tut es jemandem verdammt weh, dass er es zahlen musste, und dann kannst du dich nicht zur

Ruhe setzen. Dann brauchst du eine neue Identität. Eine wirklich neue. Und die Welt ist sehr klein geworden.»

«Nino ist schon mal gestorben.»

«Aber er ist noch immer Nino.»

Palm presste die Lippen zusammen. Das tat er immer, wenn er Geld davonschwimmen sah. «Also siehst du keine Chance, mit ihm ins Geschäft zu kommen?»

«Wir stecken mittendrin. Wir machen bereits Geschäfte mit ihm. Er will das Buch. Er ist hinter den Münzen her. Und er wird sie kriegen.»

«Wenn wir sie vor ihm haben?»

«Wird er kommen und sie sich von uns holen.»

«Dann kann er sie haben. Nur zu einem anderen Kurs. Der Markt ist volatil.»

«Nicht für ihn. Er bezahlt eins zu eins. Mehr kriegst du nicht. Aber garantiert auch nicht weniger.»

«Hast du Angst vor ihm?»

«Angst? Nein. Nur verdammt viel Respekt.» Er drückte die Zigarette im Aschenbecher aus. «Und er ist noch immer mein Freund.»

Miller hätte Fuzzy lieber zum Flughafen gefahren. Er hätte ihm St. Tropez gegönnt. Warum nicht? Der Alte hatte so viel Scheisse in seinem Leben erfahren müssen, da wäre so eine kleine Sause zum Abschied aus dieser verfluchten Welt doch nicht verkehrt gewesen.

Jetzt lag er in einen schwarzen Plastiksack verschnürt hinten drin im Kofferraum des schwarzen Jeep Wrangler und schlug in der Kurve immer wieder mit dem Kopf gegen die vier Champagnerkisten, die Miller noch nicht ausgeräumt hatte. Der Killer hatte ihm keine Zeit gelassen. Zu schnell war er mit Fuzzy fertig gewesen. Da war ein Ausräumen nicht möglich gewesen.

Jetzt klimperten die Flaschen wieder. Miller hoffte, dass sie heil blieben. Um Fuzzys Kopf brauchte er sich keine Sorgen mehr zu machen. Der spürte nichts mehr. Eine Kugel, mitten in die Stirn, hatte genügt. Der Kerl war ein Profi. Miller hatte es sofort gerochen, als er die Bar betreten hatte. Mit dem war nicht zu scherzen, aber vielleicht etwas Kohle zu verdienen – wenn man das Richtige tat. Und das tat Miller jetzt. Er entsorgte den toten Fuzzy. Er hatte gründlich nachgedacht und war zum Schluss gekommen, dass es in Albisrieden am saubersten wäre. Miller hatte dort ein altes Lokal angemietet, das an der Landstrasse lag. Früher hiess es «Zum blauen Bock». Ein kleines Strassenpuff für Fernfahrer und Vertreter. Später hatte es ein Homo übernommen, der es zwar verstanden hatte, grosse Partys steigen zu lassen, es aber mit der Buchführung nicht so genau nahm. Miller konnte so etwas nicht passieren. Er feierte auch gerne. Aber unterm Strich musste die schwarze Zahl stehen. Er war kein Zuhälter geworden, um in dem Dreck hängen zu bleiben, aus dem er gekommen war. All die Mühe hätte sich nicht gelohnt. Auch diese Fahrt würde sich auszahlen. Da war sich Miller sicher.

Der blaue Bock war schon zu sehen. Mann, war die Hütte runtergekommen. Wurde Zeit, dass er mit der Renovierung begann. Aber Miller wollte nichts überstürzen. Alles wollte sauber kalkuliert sein. Baustellen konnten einen beerdigen. Und das hatte Miller jetzt mit Fuzzy vor. Er würde ihn in dem verwilderten Biergarten, der nach hinten hinaus gelegen war, verscharren.

Er setzte den Blinker und bog auf den Parkplatz des blauen Bocks ein. Fuzzys Kopf schlug wieder gegen den Schampus und liess ihn klingen. Zum letzten Mal, dachte Miller und parkte den Wagen rückwärts gegen eine wildwüchsige Ligusterhecke; es blieb Platz genug, den Kofferraum zu öffnen.

Miller sah sich um. Alles leer. Totenstill.

Linus hockte schweigend am Küchentisch und qualmte eine Filterlose. Sie roch verdächtig nach Marihuana.

«Willst du auch?», fragte er Cecilia.

«Nein, ich bin schon bekifft von der Luft, die in der Wohnung steht.»

«Hat dich keiner gebeten hierherzukommen.»

«Und es muss mir verdammt dreckig gehen, dass ich überhaupt hierherkomme.»

«Stimmt.»

«Willst du nicht wissen, was los ist?»

«Ich mag es nicht, wenn man mir Fragen stellt, also lasse ich auch andere in Ruhe. Jeder nach seiner Fasson.»

«Das ist keine Einstellung.»

Linus lachte laut und nahm einen kräftigen Zug. Dann stand er auf und ging zum Kühlschrank.

«Willst du auch ein Bier?»

«Es ist zehn Uhr morgens. Da rauche ich weder Shit noch saufe ich Bier.»

«Jeder nach seiner Fasson.» Linus schlug die Bierflasche am Küchentisch auf. Der Kronenkorken kullerte auf den Boden und blieb vor Cecilias Füssen liegen.

«Gewonnen», sagte Linus.

«Was?»

«Er liegt mit dem Wappen nach oben. Normalerweise zeigen die Zacken nach oben. Mit Kronenkorken ist es wie mit dem Butterbrot. Die fallen immer falsch auf den Boden. So, wie er jetzt liegt, das hat Seltenheitswert. Du bist ein Glückskind.»

«Und du bist ein Spinner.»

Linus trank und atmete tief durch. «Kann schon sein», sagte er und setzte sich wieder an den Tisch. «Also. Ich will nichts wissen. Nicht, warum und wie lange. Du kannst bleiben, aber du veränderst nichts. Ich fühl mich wohl, so wie es ist. Das Zimmer, in dem du heute Nacht geschlafen hast, kannst du haben. Das kannst du meinetwegen verändern. Aber sonst rührst du nichts an, verstanden?»

Er sah sie fragend an und konnte sich dann nicht entscheiden, ob er als Nächstes einen Zug vom Joint oder aus der Flasche nehmen sollte.

«Danke», sagte Cecilia. «Keine Sorge, ich bin kaum hier. Brauche nur was, um zur Not abzutauchen.»

«Und deine Sachen? Wo sind die?»

«Alles unterwegs verloren. Der Rest ist bei Hedwig.»

«Hedwig», sagte er, als hörte er ein Raunen aus der Ferne. «Ist sie sehr stinkig mit mir?»

«Nicht mehr als sonst. Sie weiss ja selbst, dass September ist.»

«Scheiss-September. Nun ist er da. Man kann ihn nicht leugnen. Ich weiss auch nicht, warum ich ausgerechnet auf den September so anspringe. Aber dieser Geruch in der Luft. Der Abschied vom Sommer, weisst du, der stimmt mich einfach so traurig. Da kann ich nur noch saufen.»

«Dauert nicht lang, dann ist Weihnachten.»

«Scheiss-Weihnachten. Dann ist wieder aus. Dann ist die Chance wieder um. Aber vielleicht schaffe ich es dieses Jahr, mich totzusaufen. Was meinst du?»

«Warst letztes Jahr schon nah dran.»

«Dein Humor gefällt mir. Und deine Figur auch. Meinst du, der Herr hätte etwas gegen eine kleine Inzucht?»

«Er lässt deine Eier in der Hölle schmoren, wenn du auch nur daran denkst.»

Linus riss laut lachend sein Maul auf und zeigte Karies.

«Man darf doch träumen. Keine Angst, ich krieg noch genug ab. Und wenn ich besoffen genug bin, ist eine so schön wie die andere.» Er stierte auf die Bierflasche in seinen Händen und dachte wohl an das weiche Fleisch der Frau Furgler, die ihm durch die Lappen gegangen war.

«Hast du einen Schlüssel für mich? Ich muss los», unterbrach Cecilia die Stille.

«Im Flur, auf der Kommode, da ist eine grosse Schale aus Messing. Da ist allerlei drin. Vielleicht auch ein Schlüssel.»

Cecilia ging in den Flur und kramte in der Schale. Zwischen Flaschenöffnern, Batterien, Stiften und Schraubenziehern fand sie mehrere einzelne Schlüssel. Sie ging damit an die Wohnungstür und probierte sie aus. Einer passte.

«Für unten brauchst du keinen. Da ist immer auf», rief Linus aus der Küche und setzte einen Rülpser hinterher, der die Luft mit Alkohol schwängerte.

Cecilia erschien wieder im Türrahmen. «Ich muss los. Pass auf dich auf, Linus. Ich hab nämlich schon ein Weihnachtsgeschenk für dich.»

Linus sah sie verloren durch den Nebel an und lächelte an ihr vorbei. «Ich tu mein Bestes.»

Miller rann der Schweiss. Er hatte gedacht, mit dem letzten Gewitter hätte sich der Sommer verabschiedet. Jetzt sehnte er sich nach einer Abkühlung im Zürichsee. Noch ein Spatenstich, dann müsste das Loch tief genug sein. Er warf die letzte Schippe Erde neben den Liguster und kletterte aus der Grube. Dann öffnete er den Kofferraum und zerrte den eingewickelten Fuzzy aus dem Jeep. Miller mochte nicht daran denken, dass es sich um einen Menschen handelte, den er da gerade entsorgte. Es war Gartenarbeit. Jedenfalls gab es sonst nichts, was ihn so schwitzen liess. Für einen Rhododendron hatte er im Frühjahr hinter dem Club ein genauso grosses Loch graben müssen. Er hätte die Plackerei auch einem seiner Angestellten übertragen können. Aber Miller liebte Gartenarbeit. Sie war ohnehin zu selten. Wann kam er schon dazu. Wenn er sich zur Ruhe setzte, am Genfersee, dann würde er nur noch im Garten arbeiten. Er würde schwitzen wie jetzt und sich anschliessend in den Pool fallen lassen, wo bereits zwei Asiatinnen auf ihn warteten. Er lachte bei dem Gedanken und zerrte Fuzzy in die Grube. Er passte hinein wie in einen Gipsabdruck. Miller konnte stolz auf sich sein. Er hatte Augenmass bewiesen. Jetzt nur noch die Erde wieder drauf, dann ein paar Zweige und Schotter dazu, und die Sache war erledigt.

Ein Schmerz stach vom Brustbein aus und strahlte nach links aus. Miller griff nach dem Herzen. Ihm wurde übel, er bekam Todesangst und schnappte nach Luft. Sein Handy sass genau über dem Herzen, dort, wo es so stach: in der Brusttasche des verschwitzten Hemdes. Er riss das Handy heraus, wählte die 144 und stöhnte: «Notarzt, zum blauen Bock in Albisrieden … mein Herz.»

Das Handy fiel ihm aus der Hand, er selbst knickte um und purzelte in die Grube. Sein Kopf schlug gegen den von Fuzzy, und er glaubte das Klirren von Champagnerflaschen zu hören.

Hürlimann sah dem Krankenwagen nach, der mit Blaulicht vom Hof fuhr. Er überlegte, was besser wäre: ein lebender oder ein toter Miller? Würde Miller den Infarkt überleben, hätte Hürlimann einen Täter, dem er ziemlich alles anhängen konnte. Aber Miller könnte leugnen oder Geschichten auspacken, die niemand hören wollte. Ein toter Miller wäre also besser. Im Grunde hatte man mit ihm dieselbe Variante wie mit dem Junkie. Nur war Miller eine Nummer grösser. Nach dem Junkie hatte kein Hahn gekräht. Im Gegenteil: der vornehmen Familie vom Zürichberg schien es gerade recht, dass das schwarze Schaf nicht mehr blökte. Um Miller würden auch nicht viele trauern. Es würde ein wenig Unruhe um seine Nachfolge geben. Aber das wäre zu regeln. Da könnte man sich sogar profilieren. Ein lebender Miller hingegen wäre lästig. Hürlimann konnte hoffen oder würde selbst Hand anlegen müssen. Die Überdosis bei Demenga war ein Kinderspiel gewesen. Demenga hatte sie sich ja selbst in die Vene gejagt. Der hatte nicht lange nachgefragt. Auch ein angeschlagenes Herz würde Hürlimann zum Stillstand bringen. Das versagte mit ein wenig Schützenhilfe wie von selbst.

Ein Taxi fuhr in den Hof. Stahl stieg aus. Hürlimann hatte ihn angerufen. Es war besser, wenn er Stahl scheinbar mit ins Boot nahm. So würde er Vertrauen fassen, und Hürlimann wusste, was der Gardist gerade trieb. Es war nicht seine Idee gewesen. Überhaupt hatte Hürlimann wenig Ideen. Er führte aus. Er tat, wie ihm geheissen wurde. Er wusste nicht einmal, wer ihm die Anweisungen gab. Nur: Der, der die Anweisungen gab, war auch verantwortlich für die monatlichen Überweisungen auf sein Konto. Beides wurde digital übermittelt. Sauber, so wie es Hürlimann gern mochte.

«Sieht so aus, als wären die Morde geklärt», sagte Hürlimann, als Stahl auf ihn zukam.

«Hat Miller gestanden?»

«Er hat noch nichts gesagt. Wir werden ihn erst vernehmen können, wenn er ansprechbar ist. Sie wissen ja, wie Ärzte sind.»

«Ist Fuzzy noch da?»

«Die Spurensicherer sind bei ihm.»

Hürlimann ging voran, Stahl folgte zur Grube.

Die Spurensicherer hatten Fuzzy bereits aus dem Sack geschält und fotografierten sein Gesicht samt Einschussloch.

«Das war nicht Miller», sagte Stahl, als er den Toten sah.

«Wieso nicht?»

«Das war ein Profi. Ich kenne Miller von früher. Der rührt keine Schusswaffen an. Und wenn er es täte, sähe das Ergebnis mit Sicherheit nicht so sauber aus.»

«Vielleicht hat er geübt», sagte Hürlimann gereizt. Einen Besserwisser brauchte er nicht. Es wäre so einfach, Miller einen Strick zu drehen. Nun musste dieser römische Stutzer hier den Allwissenden mimen. Warum hatte man ihm bloss die Anweisung gegeben, Stahl vor Ort zu holen?

«Miller hat nie etwas geübt. Dazu war er viel zu faul.»

«Menschen ändern sich.»

«Menschen wie Miller nicht.»

«Kennen Sie ihn so gut?»

«Kann man sagen.»

«Sind Sie etwa verwandt?»

Stahl sah auf den toten Fuzzy. Man hatte ihn von einem Sack in einen anderen gelegt. Ein weisser Handschuh zog den Reissverschluss über Fuzzys Gesicht.

«Scheint so, als wäre der ganze Fall mit mir verwandt», sagte Stahl und steckte sich eine Zigarette an.

Hürlimann schwieg und dachte nach, wie er Miller die Sache trotzdem anhängen konnte.

«Miller war wie ein Adoptivsohn meines Vaters. Bei meinem Alten ist Miller in die Lehre gegangen. Damals hiess er noch Joachim Müller. Seine Eltern kamen aus dem Milieu, arbeiteten beide hier im blauen Bock. Millers Vater kam bei einer Messerstecherei um, seine Mutter hat sich totgesoffen. Mein Alter brauchte einen kleinen Dealer, weil sein Geschäft expandierte und sein Sohn sich dafür nicht einspannen liess.» Er nahm einen tiefen Zug und schwieg, solange der Dunst die Lungen ausfüllte. Er warf die Zigarette in die Grube, atmete aus und drehte sich zu Hürlimann. «Nein, Miller war das nicht. Der war immer nur Handlanger. Er musste Fuzzy entsorgen. Den Dreck aufräumen, so wie er es von meinem Alten gelernt hat.»

«Wenn der Fall mit Ihnen in verwandtschaftlicher Beziehung steht: Haben Sie denn einen Verdacht?»

«Den habe ich. Aber ich glaube, den darf ich Ihnen nicht sagen.»

«Sie müssen. Ansonsten kann ich Sie belangen.»

Stahl griff in die Innentasche seines Trenchcoats und zog den Pass des Vatikanstaats heraus. Er wedelte damit. «Staatsangelegenheit. Tut mir leid. Nehmen Sie mich trotzdem mit in die Stadt?»

13

Nino hatte ein schönes Plätzchen mit Blick auf die Limmat und die Altstadt gefunden. Der Lindenhof war belebt, aber nicht überfüllt. Zwei kleine Touristengruppen, ein paar Mütter mit Kinderwagen und einige Männer, die sich um ein Schachspiel tummelten.

Er sass auf dem Mäuerchen und liess die Füsse baumeln. Vielleicht etwas zu leger für einen Geschäftsmann. So wie er gekleidet war, hätte er für die Credit Suisse arbeiten können. In gewisser Weise tat er das auch. Zumindest arbeitete er für Leute, die ähnliche Anzüge trugen, sich aber nicht so leger verhalten durften.

Er blätterte in Albins Buch. Er hatte ihn gemocht. Auch für ihn war Albin ein Ziehvater gewesen. Wenngleich Nino nur zweite Wahl gewesen war. Da machte er sich nichts vor. Die Nummer eins war immer Stahl gewesen. Am Anfang hatte es ihn gekränkt, aber mit jedem Schritt, den Stahl sich von Albin entfernt hatte, sah Nino seine Chance und nutzte sie für sich. Für Nino war es grosses Glück gewesen, dass sich der Camerlengo auf Stahl eingeschossen hatte. Alle hatten an Stahl einen Narren gefressen. Sogar die Walliser hätten ihn am liebsten bei sich eingebürgert. Doch mit den Angeboten des Camerlengo konnte niemand mithalten. Da musste auch Albin passen. Es hatte ihn geschmerzt, dass er Stahl an den Kämmerer verloren hatte. Zuerst schien es nicht so, dass Nino die Lücke schliessen konnte. Aber er hatte gekämpft. Und er hatte gewonnen. Das Attentat auf den Papst in Nigeria war von Albin fingiert gewesen. Die Treffer, die Nino angeblich töteten, waren Platzpatronen. Auf Funk waren Blutbeutel explodiert und hatten dem Papst ins Gesicht gespritzt. Alles sah sehr echt aus. Nur Bachler hatte davon gewusst. Es war unumgänglich gewesen. An den Wallisern kamen sie nicht vorbei. Aber sie brauchten Bachler ohnehin, um die Extramünzen zu prägen und das Geld ungesehen aus der Münzanstalt zu bringen. Bachler hatte die entscheidenden Leute geschmiert, und Nino hatte sie anschliessend einen nach dem anderen liquidiert. Ein Autounfall hier, ein Herzinfarkt dort, ein Dritter sprang wegen schwerer Depression aus dem Fenster. Nino selbst hatte auch sterben müssen, damit er im Dunkeln operieren konnte. Ein Schattenmann. Die oxidierte Seite des glänzenden Stahls. Auch Nino war mit Depeschen unterwegs. Aber in seinen Koffern befanden sich immer Dokumente, die dem Teufel galten. Stahl war der Kurier des Himmels, Nino der Höllenbote. Konnte man das so genau sagen? Durften sich die Moralisten erlauben, über Gut und Böse zu urteilen? Was war gut? Was war böse? Schaffte nicht oft die böse Tat am Ende Gutes?

Nino blätterte in dem Buch. Die Skizzen und Notizen sagten ihm nichts. Er war kein Experte fürs Dechiffrieren. Er schlug das Buch wieder zu. Er erhob sich vom Mäuerchen und schlenderte auf einen Stand zu, der gebrauchte Bücher verkaufte. Er glitt mit dem Finger über einige Titel. Er landete bei Suter. «Ein perfekter Freund», las er und dachte dabei an Albin und Stahl. Nein, das wäre zu kitschig. Er nahm ein anderes Buch: «Die Rache des Heiligen. Leslie Charteris.» Der Titel passte ihm. Das Buch war seins. Er zahlte die vier Franken und stellte unbemerkt Albins Buch in die Lücke, die der Charteris hinterlassen hatte.

Nino verschwand hinter einer Linde und blieb dort stehen. Er wollte wissen, wen seine Auftraggeber geschickt hatten, um das Buch in Empfang zu nehmen. Er sah einen älteren Mann in einem zerknautschten blauen Trenchcoat. Er wirkte ungepflegt. Sein graues Haar legte sich fettig über die Stirn, weisse Bartstoppeln bevölkerten das Gesicht, die rotbraune Hose schien seit ihrem Kauf nicht mehr gewaschen worden zu sein. Das Fett, das in seinen Haaren klebte, fehlte den Slippers, in denen seine nackten Füsse steckten.

Nino sah, wie er Albins Buch nahm und dem Verkäufer einen Schein reichte. Er steckte das Buch ein und schlurfte davon.

Es würde heiss für ihn werden, wenn die Auftraggeber merkten, dass er von nun an auf eigene Rechnung arbeitete. Aber Nino war bereit, alles zu riskieren.

Er hatte die Schnauze voll, für andere die Kastanien aus dem Feuer zu holen. Er wollte keine Honorarnoten, keine Provisionen mehr. Er wollte den ganzen Kuchen. So hatte er es mit Albin ausgemacht. Die anderen sollten in die Röhre gucken. Sie hatten lange genug die Drecksarbeit gemacht, und am Ende war kaum etwas übrig geblieben. Sie hatten nicht schlecht verdient. Aber wenn man schnelles Geld machte, gab man es auch schnell wieder aus. Die Münzen des Vatikans, das war kein schnelles Geld. Diesen Coup hatten sie über Jahre hinweg vorbereitet. Jetzt war der Zeitpunkt, den Scheck einzulösen. Nur Albin hatte gewusst, wo es gelagert war. Die beiden Fahrer hatte er nach dem Transport umgelegt. Da war Albin eiskalt gewesen. Nicht einmal Nino hatte er das Versteck anvertraut. Daran hatte er gut getan. Nino wäre schon längst an die Kröten ran. Albin hatte Geduld gefordert. Nur mit Geduld könnte man so einen Coup anständig ins Ziel bringen. Jemandem musste der Faden gerissen sein. Einem, den Albin kannte und dem er offenbar vertraut hatte. Sonst hätte er sich niemals von der Boule-Kugel überraschen lassen. Ein Mitwisser, von dem Nino nichts gewusst hatte. Hatte Albin am Ende doch Stahl mit ins Vertrauen gezogen? War Nino wieder nur die Nummer zwei?

Er heftete sich dem Penner an die Fersen und folgte ihm in sicherem Abstand.

Stahl dachte über Cecilia nach. Wenn sie von Anfang an mit drinhing und von den Münzen wusste, für wen arbeitete sie dann? Für Bachler? Für Nino? Auf eigene Rechnung? Wollte sie nur eine heisse Story? War auch sie scharf auf das Geld? Wie brachte man diese Münzen auf den Markt? Die Hehler würden ihren Anteil verlangen. Und es würde auffallen, wenn plötzlich ein grösserer Satz den Markt überschwemmte. Wer wusch das Geld? Dazu brauchte es eine grössere Organisation. Jemand, der es sich leisten konnte, die Münzen nach und nach in Umlauf zu bringen. Arbeitete Cecilia für so eine Organisation? Wer war der Auftraggeber, der Palm angespitzt hatte, sich genauer über Albins Tod zu erkundigen? Wie viele Parteien mischten in diesem Spiel mit? Wer stand hinter wem? Buffy und Fuzzy, die armen Schweine, hatten auf eigene Rechnung geplant und waren dabei erbärmlich gescheitert. Stahl wusste noch nicht, wie kompliziert sich die Regeln in diesem Spiel gestalten sollten, aber er war sicher, dass jetzt die nächste Runde eingeläutet war.

Er betrat das Antiquariat und grüsste. «Guten Morgen.» Hedwig schrak hoch. Sie hockte qualmend hinter ihrem Schreibtisch und las in einem Wälzer.

«Wo ist Cecilia?», fragte er.

«Das müssten Sie doch besser wissen.»

Hinter dem Regal schielte ein Kerl Ende vierzig hervor. Er hielt einen Karton mit Büchern in den Händen, den er absetzte, um tief durchzuatmen. Eine Alkoholfahne wehte durch die Regale. Das musste Linus sein. Er sah Stahl an wie ein geblendetes Kaninchen.

«Es fehlen noch zwei Kisten», sagte Hedwig. «Geh und hol sie.» Sie wollte den Kerl aus der Schusslinie haben.

«Ich kann gerne helfen, wenn Sie wollen», sagte Stahl.

«Nein, nein, geht schon.»

«Sie müssen Linus sein. Ich habe schon viel von Ihnen gehört.»

Das schien Linus nicht zu behagen. Er glaubte, dass man selten gut über ihn sprach.

«Cecilia mag Sie sehr», sagte Stahl. «Wissen Sie vielleicht, wo sie gerade steckt?»

«Keine Ahnung.» Er verschwand hinter dem Regal.

«Lassen Sie ihn in Ruhe. Es geht ihm heute nicht so gut.» Hedwig hatte sich hinter dem Schreibtisch aufgebaut und dirigierte mit dem Stumpen in der Hand ihre Worte, in der Hoffnung, dass sie bei Stahl auf Gehör stiessen.

«Es wird ihm gleich noch schlechter gehen, wenn er mir nicht sagt, wo sich Cecilia aufhält.»

Linus kam wieder hinter dem Regal hervor. In der Hand einen aufgeschraubten Kräuterschnaps. Er nahm einen Schluck und sagte. «Sie war bei mir. Ist jetzt aber wieder weg.»

«Linus!», fuhr Hedwig dazwischen.

«Sei still!», brüllte er Hedwig an. «Du hast mir gar nichts zu sagen. Ich mache mir Sorgen um Cecilia. Wenn sie bei mir aufkreuzt, dann stimmt was nicht. Und ich will damit nichts zu tun haben. Ich will meine Ruhe, das ist alles.» Er drehte sich zu Stahl um. «Ich schwöre, ich weiss nicht, wo sie ist. Aber sie hat einen Schlüssel für meine Wohnung. Für alle Fälle.» Er leerte das Fläschchen und blickte zu Hedwig. «Wo sind die anderen Kartons?»

«Dort, wo du den ersten geholt hast. Sie werden wohl kaum von allein gewandert sein.» Hedwig schnauzte mächtig und verdrehte die Augen.

Linus drückte sich aus dem Lokal.

«Ich weiss nicht, ob ich Ihnen trauen kann», sagte Hedwig.

«Mir geht es mit Ihnen nicht besser.»

«Warum ist die Welt so geworden?»

«Wie?»

«So misstrauisch.»
«Wundert Sie das?»
«Nein.»
«Also?»
«Ich weiss wirklich nicht, wo sie ist. Ich hoffte, sie wäre bei Ihnen.» Hedwig hatte sich wieder gesetzt und paffte.
«Wie viel weiss sie von der Sache? Wie weit steckt sie drin?»
«Cecilia? Die weiss gar nichts. Die glaubt, es handle sich um ein Buch, das im Vatikan auf dem Index steht. Ein Buch mit Verschwörungstheorien oder in dem bewiesen wird, dass Christus in Wirklichkeit eine Frau war. Irgend so etwas. Aber worum es wirklich geht, das weiss sie nicht.»
«Jetzt vielleicht schon.»
Hedwig schrak auf. «Sie haben es herausgefunden?»
«Die Münzen, ja.»
«Und Cecilia weiss davon?»
«Ja», sagte Stahl. «Woher wussten Sie davon? Hat Ihnen Albin deshalb all seine Bücher vermacht, damit Sie dichthalten?»
Hedwig atmete tief durch. «Albin und ich, wir waren zusammen. Schon lange. Er war sehr geistreich und witzig. Man konnte mit ihm über alles reden. Trotzdem war er bodenständig, kein abgehobener Schwätzer. Der konnte es auch mal krachen lassen. Eines Abends, wir hatten gut getrunken und lagen uns in den Armen, da hat er mir von seinem Coup erzählt. Ich hatte ihm natürlich kein Wort davon geglaubt. Es klingt für mich heute noch absurd.»
«Und warum hat Albin Ihnen das erzählt? Er wollte doch bestimmt etwas von Ihnen.»
«Ja. Sie kannten ihn wohl besser als ich.»
«Ich lerne ihn allmählich kennen.»
«Er wollte, dass ich meine Aktien verkaufe und in seine Münzen investiere. Als Zusatz überschrieb er mir seine Bibliothek.»
«Wie viele Münzsätze haben Sie?»
«Genug. Aber ich kriege sie natürlich nur schwer los.»
«Deswegen haben Sie jemanden kontaktiert, der das besser kann?»
Hedwig schwieg und rauchte. Linus kam mit einem weiteren Karton herein.
«Stell ihn dorthin. Ich erledige das. Ich brauche dich heute nicht mehr. Du kannst gehen. Aber geh hintenrum.»

Linus liess sich das nicht zweimal sagen. Er schlich an Hedwig und Stahl vorbei und verschwand.

«Wer sollte Ihnen die Münzen abnehmen?»

«Ein Geschäftsmann aus Zug. Er handelt mit Rohstoffen. Wir kennen uns aus der wilden Zeit. Früher war er Anarchist, heute ist er einer der grössten Rohstoffhändler der Welt.»

«Und ihm haben Sie auch gesagt, dass Albin noch mehr davon hat?»

Hedwig lächelte. «Ihm braucht man das nicht zu sagen. Er ist ein Trüffelschwein.»

«Und er hat Albin umlegen lassen?»

«Nein. Das glaube ich nicht. Wenn, dann hätte er es nicht mit einer Boule-Kugel getan. Solche Leute haben Methoden, die weit unauffälliger sind. Das müssten Sie doch wissen.» Ein kräftiger Zug liess die Zigarrenglut blinken wie ein Alarmlicht.

«Vielleicht sollte es nicht unauffällig sein? Vielleicht wollte man damit Aufmerksamkeit wecken?»

Hedwig schnippte nervös einen Brocken Asche von der Zigarre. «Wieso? Was sollte das bringen?», fragte sie.

«Vielleicht wollte man jemanden auf den Plan rufen, der sich die Mühe macht, den Rest des Schatzes zu finden. Mich, zum Beispiel.» Stahl sah Hedwig eindringlich an. «Nur rechnete man nicht damit, dass man mit mir noch ganz andere Interessenten anlockt. Der Scheisshaufen scheint gross genug für viele Schmeissfliegen zu sein. Ihre Nichte könnte sich daran die Seuche holen.»

«Cecilia darf nichts passieren. Sie ist alles, was ich habe», sagte Hedwig, und ihre blauen Augen suchten Halt. Für Stahls Geschmack trug sie gerade ein wenig zu deftig auf.

«Dann spielen Sie ehrlich mit mir. Wie heisst Ihr Rohstoffhändler? Ist es Glenn? Wo finde ich ihn?»

Hedwig legte das Komödienhafte ab und konzentrierte sich. Sie sammelte Rauch und blies ihn nur durch eine schmale Öffnung ihrer Lippen in Richtung Schreibtisch. Den Blick kalt auf Stahl gerichtet.

«Er findet Sie. Kommen Sie gegen acht Uhr heute Abend zum Platzspitz.»

Linus kam nochmals zurück mit einem Karton, der ihm aus den Armen glitt und zu Boden fiel. Stahl sah ihn an. Hedwig wusste, was er dachte. «Linus verrät nichts, er gehört zur Familie. Hab ich recht, Linus?»

«Wenn Cecilia bei der Sache ein Haar gekrümmt wird, geht's euch dreckig.» Linus riss weit die Augen auf, mit dem Handrücken wischte er sich den Speichel aus dem Mundwinkel und nickte noch mehrere Male, seine Aussage bestätigend.

Im Internetcafé roch es nach Schweiss und kaltem Fett, das von der Dönerbude nebenan hereinschwappte. Ihr Laptop wäre Cecilia lieber gewesen, der befand sich aber im Antiquariat. Dort wollte sie sich nicht blicken lassen. Der türkische Junge, der links neben Cecilia sass, ballerte vier Soldaten ab und jaulte vor Begeisterung. Der ältere Mann rechts von ihr klickte sich durch Silikontitten. Cecilia selbst war am Recherchieren. Sie musste mehr über Stahl erfahren. Was öffentlich einsehbar war, hatte sie nicht weitergebracht. Der Rest war gut gesichert. Sie kannte keine Hacker. Die Welt der Computer war ihr verschlossen. Sie wusste, wie man die Kisten bediente, konnte aber nicht in tiefere Sphären eintauchen. Das lag daran, dass sie von klein auf mit Hedwigs Büchern konfrontiert war. Ein Griff ins Regal, und man hatte, wonach man suchte. Natürlich albern. Ein Klick, und man war noch schneller. Aber nicht immer dort, wo man hinwollte.

Geheimnisse hatte sie auf ihrer Google-Reise jedenfalls keine über Stahl herausgefunden. Sie lehnte sich zurück und starrte auf den Bildschirm. Links von ihr wurde es laut. Der Vater des Türkenjungen war plötzlich aufgetaucht und hatte dem Sohn die Kopfhörer heruntergerissen. Jetzt zog er ihn stramm an den Ohren. Der Junge zeterte. Der Vater schimpfte, den Jungen noch immer fest am Ohr gepackt, mit dem Besitzer des Internetcafés und schwang den dicken, behaarten Zeigefinger der freien Hand. Der Besitzer hinter der Theke zuckte mit den Schultern, erwiderte etwas auf Türkisch und setzte einen Lacher hinterher. Der Vater zerrte den Sohn aus dem Laden.

Cecilia sah ihnen durch die Fensterscheibe nach. Der Junge kassierte zwei Schläge auf den Hinterkopf, denen er versuchte auszuweichen. Dann verschwanden sie um die Ecke.

«Vater und Sohn», murmelte Cecilia. Jeder hatte einen Vater. Wenn er noch lebte. Sie hatte keinen Vater mehr. Aber vielleicht hatte Stahl noch einen? Oder eine Mutter? Er war doch aus Zürich.

Rasch tippte sie «Stahl» und «Zürich» in den Rechner und ging auf Suche. Erst fand sie nur Stahlwerke, dann den Nationalrat Jürg Stahl. Aber der hatte Jahrgang 1968, wenn verwandt, dann eher ein älterer Bruder oder Cousin. So wurde das nichts. Sie klickte das Telefonbuch an und setzte dort den Namen ‹Stahl› ein. Vierundneunzig Treffer. Cecilia blies die Backen auf. Sie überlegte. Stahl kannte das Milieu. Er hatte geboxt. Albin hatte ihn aus der Ecke rausgeholt, was ihm Fuzzy nicht verziehen hatte. Also kam sein Vater vielleicht auch aus dem Milieu. Vielleicht sollte sie dort suchen? Direkt hier, in den Kreisen vier und fünf? Hier fand sie nur zwei Stahls. Einmal eine Psychologin, die Jutta hiess, und einmal einen Alfred, in der Schulhausstrasse fünf, hinterm Lettensteg. Sie notierte sich die Adresse auf einen kleinen Zettel und steckte ihn ein. Der Alte neben ihr begann leise zu stöhnen. Er war von den Standfotos der Miezen auf bewegtes Bildmaterial umgestiegen und stierte verklärt auf zwei Riesentitten, die den Schwanz eines Unbekannten zwischen sich zu ersticken drohten. Der Alte grunzte. Seine Hand hatte die Maus längst verlassen und klickte bereits in seiner Hose.

Cecilia machte, dass sie fortkam. Sie zahlte für die halbe Stunde und flüchtete auf die Strasse.

Nino war dem Mann über den Lettensteg gefolgt. Summ hatte zwar gesagt, dass der Auftrag mit der Übergabe beendet sei, aber Nino dachte gar nicht daran, sich mit einem kleinen Handgeld abspeisen zu lassen. Er fühlte sich als Albins rechtmässiger Erbe. Der Einzige, der ihm dieses Anrecht streitig machen konnte, war Stahl. Aber weder Summ noch Bachler oder sonst einer der Sippschaft hatten ein Anrecht auf Albins Nachlass. Bachler konnte nicht mehr gefährlich werden. Den hatte Nino erledigt. Nino unterstand jetzt direkt Summ. So lange, bis alles klar war. Nino spielte mit. Zum Schein. So wie er es gelernt hatte. Im richtigen Zeitpunkt würde er zuschlagen. Jetzt wollte er erst einmal sehen, wo der schmierige Bote mit dem Buch hinwollte. Gab er es direkt an Summ weiter? Oder war er derjenige, der es dechiffrieren sollte? Ein Veteran? So wie der Penner würde Nino nicht enden wollen. Dann lieber mit einer Kugel im Bauch.

Der Bote bog in die Schulhausstrasse ein und verschwand bei der Nummer fünf. Nino wartete einen Moment an der Kreuzung und ging ebenfalls auf das Haus zu. Sein Blick wanderte über die Klingelleiste. Er stutzte beim Namen Stahl. War das möglich? Warum nicht? Nino erinnerte sich. Bei einem Saufgelage anlässlich eines Osterfestes hatte Stahl sich kurz ins Herz schauen lassen. Es war um Familie gegangen. Alle hatten von ihren Eltern erzählt und wie sehr sie sich nach Hause sehnten. Gerade an Ostern. Nur Stahl hatte stumm dagesessen und sich einen Wodka nach dem anderen eingeschenkt. Nino hatte ihn gefragt, was mit ihm los sei, und Stahl hatte angefangen zu erzählen. Wie auf Knopfdruck. Als hätte er nur darauf gewartet, dass ihn einmal jemand nach seinem Zuhause fragen würde. Erst erzählte Stahl von «Oliver Twist». Er sagte, dass Dickens das Buch viel zu früh geschrieben hätte. Denn er selbst wäre Oliver Twist. Der echte Oliver Twist. Nino hatte kein Wort verstanden. Er kannte den Roman von Dickens, aber er wusste nicht, was Stahl mit Oliver Twist zu tun haben wollte. Nach und nach, zwischen literarischen Metaphern, die ihm der Camerlengo eingebläut hatte, und seinen eigenen Worten, hatte Stahl dann ihm seine Geschichte offenbart. Seine Mutter war eine Hure gewesen, die vom Vater auf den Strich geschickt worden war. Sie war früh gestorben, an einer Überdosis Heroin. Stahls Vater soff nur, hing selbst nicht an der Nadel, war aber ein einschlägiger Dealer der Zürcher Szene gewesen, den sie lange frei rumlaufen liessen, um an die Hintermänner zu gelangen. Die Hintermänner waren in sehr hohen Kreisen angesiedelt gewesen, worauf man sich noch mal überlegt hatte, ob man tatsächlich an sie ran wollte. Das zog sich hin, und der alte Stahl verkaufte seine Scheisse munter weiter. Irgendwann lochten sie ihn dann aber doch ein. Wegen schwerer Körperverletzung. Stahl war damals gerade zwölf geworden. Man steckte ihn ins Heim. Deswegen Oliver Twist. Mehr hatte er nicht erzählt. Er hatte gemerkt, dass er nicht allein war, und war erschrocken, als er in Nino einen Zuhörer erkannte. Daraufhin hatte er den Rest der Flasche in einem Zug geleert und war umgekippt. Mehr Nähe hatte Stahl nie mehr zugelassen. Aber es war für Nino nah genug, um ein Freund zu sein. Dass sie nun beide Söldner verschiedener Seiten geworden waren, war schade, aber was wollte man tun? Die Strategien des Krieges forderten diese Flexibilität. Und es war Krieg. Je lauter der Vatikan von Frieden sprach, umso wilder klapperten im Untergrund die Rüstungen der Kreuzritter. Warum sollte sich die Spezies Mensch geändert haben? Ein Narr, wer das glaubte.

Er drückte den Klingelknopf. Eine Stimme schnarrte durch die Gegensprechanlage.

«Einschreiben», sagte Nino.

Mit einem Summen gab die Tür nach. Nino trat ins Haus.

«Ja. Ich werde es ihm sofort ausrichten. Bestimmt», sagte Palm und drückte den Anrufer weg. Er wählte eine andere Nummer und wartete ungeduldig. «Mach schon. Geh doch endlich ran. Wofür hat man denn ein Handy?» Es klingelte noch weitere zwei Male. Palm ahnte bereits, dass gleich die Combox anspringen würde. Aber der Teilnehmer ging ran.

«Roger, ich weiss, wo das Buch ist … Dein Vater hat es … Stell jetzt keine Fragen. Geh einfach hin … Er gibt dir eine Stunde. Wenn du bis dahin nicht bei ihm bist, gibt er es dechiffriert an Summ weiter … Ich weiss es nicht. Er hat mir nur das gesagt.»

Palm beendete den Anruf und wählte eine gespeicherte Nummer. Jetzt war es so weit. Palm hörte sich deutlich schlucken, als er darauf wartete, dass Alfred am anderen Ende der Leitung dranging.

Hier musste es sein. Cecilia nahm den Zettel aus der Tasche und verglich die Hausnummer mit der Adresse, die sie sich notiert hatte.

Sie war richtig. Auf der Klingel stand der Name: «Stahl». Vielleicht hatte sie Glück, und es war tatsächlich Stahls Vater. Über ihn konnte sie bestimmt einiges erfahren, was für ihre Story hilfreich sein konnte. Vor allem erhoffte sie sich Klarheit über Roger Stahl. Was für ein Mensch war er? Wie war er als Kind? Was hatte ihn dazu bewogen, zur Schweizergarde zu gehen? Und was hielt der Vater davon? War er stolz auf seinen Sohn?

Cecilia wollte klingeln, als jemand von innen die Haustür öffnete. Eine hagere Gestalt kam heraus, hohlwangig, geschmückt mit Piercings und einem netzartigen Tattoo, das sich vom Hals bis unters Kinn zog. Die Gestalt blieb kurz stehen, blickte irr auf Cecilia, stammelte Unverständliches und rannte davon. Ehe die Tür wieder ins Schloss fallen konnte, hatte Cecilia ihren Fuss in den Spalt gestellt.

Der hatte es eilig, sich den nächsten Schuss zu setzen, dachte sie und stieg die Treppe hoch. Im Gegensatz dazu, dass der Sohn so teure Kleider trug, hauste der Vater recht bescheiden. Eine junge Frau, nicht minder mit Metallschmuck im Gesicht bestückt als der Kerl vorhin, sass auf der Treppe und lächelte versonnen an die Wand, an der sich Schimmel ausbreitete. Sie hatte es nicht mehr bis ins nächste Versteck geschafft. Die Spritze lag noch in ihrer Hand.

Cecilia stieg über die Träumende und sah auf das Namensschild. «Hug», las sie halblaut. Es musste noch ein Stockwerk höher sein. Sie ging weiter. Dann hielt sie inne. Ob es tatsächlich eine gute Idee war, hierherzukommen? Vielleicht sollte sie wieder umkehren? Am Ende war es gar nicht Stahls Vater, und sie rutschte hier in eine Rauschgiftgeschichte? Was, wenn sie plötzlich einem hochrangigen Beamten begegnen würde, der mit einem Mexikaner einen Handel abschloss? Blödsinn. Dann wäre sie jetzt schon tot. Ihre Phantasie galoppierte ihr wieder davon.

Sie ging weiter. Jetzt stand sie vor der richtigen Wohnungstür. Sie läutete.

«Wer ist da?», fragte eine männliche Stimme.

«Ich habe Post von Ihrem Sohn für Sie», sagte Cecilia.

«Ich habe keinen Sohn.»

«Sind Sie nicht der Vater von Roger Stahl?»

«Nein.»

«Kennen Sie einen Roger Stahl? Vielleicht ein Neffe? Oder ein entfernter Verwandter?» Cecilia liess nicht locker.

«Nie gehört. Verschwinden Sie. Oder ich rufe die Polizei.»

«Schon gut. Ich dachte bloss. Es ist nämlich wichtige Post.»

Auf der anderen Seite der Tür regte sich nichts. Cecilia witterte Hoffnung und setzte nach. Wenigstens die Tür sollte er öffnen. «Sehr wichtige Post. Es geht um viel Geld.»

Wieder tat sich nichts. Gleich würde sich die Tür öffnen. Das Wort Geld öffnete überall die Türen.

«Für viel Geld habe ich auch zwei Söhne.» Die Stimme lachte und hustete gleichzeitig. «Aber es ist trotzdem besser, Sie verschwinden und plärren im Treppenhaus nichts von Geld. Sonst haut man Ihnen schneller eins über die Birne, als Ihnen lieb ist. Zum letzten Mal. Verschwinden Sie, sonst gibt es Ärger.»

Cecilia hatte ihre Trümpfe ausgespielt. Hier war sie an der falschen Adresse.

«Entschuldigung. Habe mich wohl geirrt», sagte sie. Sie stieg die Stufen hinunter. Das Drogenmädchen war verschwunden. Cecilia verliess das Haus und trat auf die Strasse. Sie wusste nicht, was tun. Ihr Blick fiel auf ein Bistro, das auf der anderen Strassenseite lag. Sie hatte heute noch nichts gegessen. Eine Schale und ein Sandwich täten ihr jetzt gut. Sie ging hinüber und verzehrte das kleine Mahl an einem Stehtisch mit Blick auf die Strasse.

«Na, wie war ich als alter Mann? Nicht schlecht, was?», sagte Nino und nahm Alfred Stahl den Lappen aus dem Mund, den er ihm als Knebel hineingestopft hatte.

Alfred sass gefesselt auf einem Küchenstuhl und schwieg. «Ganz schön neugierig, die Kleine», sagte Nino. «Und mutig. Ich habe mich schon immer gefragt, warum Journalisten ihren Kopf riskieren. Die verdienen doch nichts. Mit der Wahrheit verdient man nichts, habe ich recht? Du müsstest das doch wissen, alter Gauner. Roger hat mir viel von dir erzählt. Na ja, wenigstens so viel, dass ich weiss, dass du eine miese Ratte bist. Einer, der weiss, dass man mit der Wahrheit kein Geld verdient. Richtig?»

Alfred schwieg noch immer.

«Schweigen ist Gold? Glaubst du das? Nein. Schweigen ist Tod. Wenn man tot ist, schweigt man. Und eine Gleichung kann man immer in beide Richtungen lesen.»

Nino trat an Alfred heran und schlug ihm ins Gesicht. «Für wen dechiffrierst du? Für Summ? Kannst es mir ruhig sagen. Wenn es für Summ ist, ist es in Ordnung. Er bezahlt auch mich. Wir arbeiten also für denselben Auftraggeber. Nur, dass ich mich entschieden habe zu kündigen und jetzt auf eigene Rechnung arbeite. Wenn du magst, kannst du dich mit mir zusammentun.»

«Fifty-fifty?», fragte Alfred und blickte Nino aus seinen wässrigen Augen an.

«Siebzig-dreissig. Das ist fair. Du dechiffrierst und bist draussen. Du gehst zur Bank und holst das Überwiesene ab. Ich wickle den ganzen Rest ab. Das frisst noch mal.»

«Ich trau dir nicht.»

«Solltest du auch nicht.» Nino grinste. «Meinst du, ich traue dir? Nicht einmal dein Sohn traut dir. Wieso sollte es also ein Wildfremder? Sieh dich an. Du siehst schon aus wie einer, der seine eigene

Mutter auf den Strich schickt. Ich muss sagen: Jetzt erst begreife ich, was dein Sohn geleistet hat. Hier herauszukommen, da braucht es Kraft und Mut. Meinen Respekt hat er. Und du meine Verachtung.» Er schlug ihm wieder ins Gesicht. Alfreds Lippe platzte. Er leckte sich mit der Zunge das Blut.

«Ich mache dir ein neues Angebot. Du bleibst am Leben, wenn du mir Albins Seiten entschlüsselst.»

«Fick dich.» Alfred spuckte aus. Ein Gemisch aus Blut und Speichel landete knapp vor Ninos Füssen. Es juckte ihm in den Fingern, aber er hielt sich zurück. «Keine Emotionen. Alte Regel. Du provozierst mich nicht. Wieso kennst du eigentlich Albins Code? Kanntet ihr euch so gut?»

«Was weisst du schon. Idiot. Und mein Sohn. Der weiss zweimal nichts. Der denkt noch immer, der grosse Albin hätte ihm den Weg geebnet. Dabei war Albin nur mein Handlanger. Alles, was er für Roger getan hat, kam auf meine Anweisung. Und er hat ordentlich kassiert dafür. Was glaubst du, wo Albin herkommt? Und vor allem, warum der zur Garde ist? Weil er verschwinden musste, damals, aber ganz schnell.»

«Verwechselst du das nicht mit der Fremdenlegion?»

«Verarsch mich nicht. Du weisst genau, wie so was läuft. Harte Jungs kann man überall gebrauchen. Und wenn man die richtigen Leute bezahlt, werden schmutzige Westen schnell sauber.»

Nino musterte Alfred. Wenn der Kerl nicht so heruntergekommen wäre, er wäre mindestens so stattlich wie Roger. Musste was hergegeben haben, in seiner Jugend.

«Du und Albin, ihr wart also Kompagnons, verstehe ich das richtig?»

«Bingo. Strassenfreunde. Wenn du weisst, was das heisst.»

«Zusammen geprügelt, zusammen gehurt, zusammen die ersten Dinger gedreht. Wie romantisch. Das beeindruckt mich.»

«Die Idee mit den Münzen war von mir», sagte Alfred, und in seinem Gesicht glomm so etwas wie Stolz.

«Aber du weisst nicht, wo Albin sie versteckt hat.» Nino lachte laut. «Sonst würdest du kaum in dieser Bruchbude hier hausen.» Er lachte noch lauter.

«Halt's Maul, du Arschloch!», schrie Alfred und riss an den Fesseln, mit denen Nino ihn am Stuhl festgebunden hatte.

«Hast du ihm deswegen mit der Boule-Kugel eine verpasst?»

«Leck mich.»

«Junkies kennst du ja genug, denen man so eine Tat in die Schuhe schieben kann.»

Alfred zog es vor zu schweigen.

«Aber es interessiert mich nicht, ob du Albin abgemurkst hast. Mich interessiert, wo die Münzen sind. Und ob Summ der einzige Interessent ist, für den du arbeitest. Verstehen wir uns?»

Alfred nickte. «Ja. Aber du musst mich losbinden. Ich kann den Code nur mit einem Stift und einem Blatt Papier dechiffrieren.»

Nino sah Alfred prüfend an. Dann befreite er ihn von seinen Fesseln.

14

Mit jedem Schritt, den Stahl sich tiefer in die Schulhausstrasse wagte, wurde er langsamer. Erinnerungen stiegen in ihm hoch; Bilder, die er meinte längst gelöscht zu haben. Er wischte sie weg, suchte Klarheit. Was hatte sein Vater mit der ganzen Sache zu schaffen? Warum besass er das Buch? Woher? Hatte er etwa Buffy und Fuzzy umgelegt? Und Albin? Stahl wusste, dass sie sich von früher kannten. Aber ihre Wege hatten sich getrennt, wie der von ihm und Nino. Albin hatte sich für den geraden Weg entschieden, Alfred war auf dem krummen geblieben. Jetzt war Albin tot und Alfred lebte. Und er hatte das Buch, hinter dem die halbe Welt her war. Er musste sich grossartig fühlen. Vor allem, weil er seinen Sohn dorthin bestellen durfte, wohin er nie mehr zurückkehren wollte.

Stahl stand vor der Nummer fünf. Die Fünf, das war das Einzige, was er von hier mitgenommen hatte. Seine Lieblingszahl. Im Tarot die Zahl des Hohepriesters, im Fussball die Rückennummer von Beckenbauer, Baresi und Zidane. Er drückte die Klingel.

«Ja?», schepperte es durch die Gegensprechanlage.

«Ich bin's. Roger.»

Der Summer öffnete die Tür. Stahl ging ins Haus.

Cecilia hatte vergessen, einen weiteren Bissen von ihrem Sandwich zu nehmen. Sosehr hatte sie der Auftritt Stahls gefangen genommen. Jetzt schwamm der Teig im Kaffee. Sie liess den Rest des Brötchens liegen, nahm einen letzten Schluck und verliess das Bistro. Sie hatte doch den richtigen Riecher gehabt. Der Stahl, mit dem sie durch die Tür gesprochen hatte, war doch verwandt mit Roger. Solche Zufälle gab es nicht.

Die Haustür war wieder zu.

«Lass mich durch. Ich hab's eilig», sagte die junge Frau, die Cecilia zuvor im Flur auf den Stiegen sitzen gesehen hatte. Cecilia trat einen Schritt zur Seite. Die Frau fingerte nervös an einem Bund und schien den passenden Schlüssel nicht zu finden. Sie fluchte, der Bund schepperte zu Boden. Cecilia hob ihn auf.

«Soll ich mal?», fragte sie.

Die Frau sah sie an, als käme Cecilia vom Mars. «Aber dalli. Ich habe keine Zeit. Sie sind hinter mir her.»

«Wer?»

«Alle. Die Menschenfresser. Zähne wie Spiesse, Arme wie Baggerschaufeln. Dahinten. Ich habe sie abgehängt. Aber sie kommen gleich ums Eck. Also, mach schnell.» Geifer troff aus ihren Mundwinkeln. Cecilia probierte die Schlüssel und öffnete die Tür. Die junge Frau drängte ins Haus.

«Her mit den Schlüsseln», sagte sie und riss Cecilia den Bund aus den Fingern. Sie stierte Cecilia an und erstarrte. «Du gehörst dazu. Jetzt sehe ich es. Du bist ihre Königin. Die Königin der Menschenfresser.»

Sie griff in ihre zerrissene Lederjacke und zog ein Messer hervor. Mit einem Klick sprang es auf, und sie fuchtelte damit vor Cecilias Gesicht herum. Cecilia wich zurück und stiess an die Briefkästen. Die Angreiferin setzte nach und ritzte Cecilia an der Schulter. Cecilia schrie auf. Der Schrei liess ihre Gegnerin kurz innehalten. Diesen Moment nutzte Cecilia und schlug der Irren mit Wucht die Faust ins Gesicht, dass sie mit dem Hinterkopf gegen die Wand krachte und zu Boden sank. Wer wusste, wovon sie nun träumte.

«Schön, dich zu sehen», sagte Alfred. Er schien es ehrlich zu meinen. Wenn er überhaupt noch wusste, was Ehrlichkeit war. Ob es die Krankheit war, die ihn verzehrte? Aber war er nicht immer schon krank? War er nicht selbst eine Krankheit? Eine Geisel? Ein Joch?

Stahl mochte sich in der Wohnung nicht umsehen. Der Geruch von abgestandenem Übel zwang ihn fast zum Erbrechen.

«Willst du einen Wodka? Zu gutem Whisky reicht es mir derzeit leider nicht. Eine Baisse. Und die Jungen drängen nach. Vor allem Ausländer.»

Er füllte zwei Gläser mit Gorbatschow.

«Wo ist das Buch?», fragte Stahl.

Alfred schüttelte lächelnd den Kopf. «Du weisst noch immer nicht, wie man Geschäfte macht. Man spricht nie gleich übers Geschäft. Erst fragt man Alltägliches. Man interessiert sich für den Menschen, mit dem man ins Geschäft kommen will. Wie es ihm geht. Was er so tut. Verstehst du?»

«Wo ist hier ein Mensch? Ich sehe nur Abschaum.»

«Du willst mir wehtun. Ich kann es verstehen. Nach all dem, was ich dir angetan habe. Aber du bist mein Sohn.» Er streckte Stahl ein Wodkaglas entgegen. Stahl rührte sich nicht. Alfred kippte es selbst.

«Alles, was du bist, hast du mir zu verdanken.» Er nahm das andere Glas. «Warum lachst du nicht? Ich hätte jetzt einen Lacher erwartet. Dein grosser Albin war mein Angestellter. Auf mein Geheiss und mit meiner Kohle hat er dich hier aus dem Sumpf geholt. Von mir hättest du die Hand nie genommen, also musste ich den Umweg gehen.»

Stahl glaubte sich verhört zu haben. Alfred genoss den Moment.

«All die Jahre waren wir in Kontakt. Ich wusste alles über dich. Auch, dass Albin mehr und mehr den Einfluss auf dich verlor, weil du dem Camerlengo so ans Herz gewachsen warst. Da ahnte ich, dass ich dich endgültig verloren hatte. Ich hatte mich in Albin getäuscht. Er hatte keinen Charakter, brauchte zu viel Geld. Das ist immer schlecht, wenn einer von der Verschwendung gehetzt wird. Der Plan war nicht aufgegangen. Meine Altersvorsorge dahin. Also musste ich mir etwas Neues ausdenken. Die Idee mit den Münzen, die kam von mir. Albin wäre da von allein nie draufgekommen. Er war ein guter Soldat, aber kein kreatives Hirn. Er wollte am Anfang nicht. Hatte sich hier verliebt. Gleich mit zwei Frauen hatte er etwas am Laufen, der Gute. Er wollte einen ruhigen Ausklang haben. Aber ich hatte ihn in der Hand. Ich wusste zu viel über ihn. Und er war bei der Garde doch ein Mann von Ehre geworden. So wie du jetzt einer bist. Ein Mann von Ehre.»

Er verzog bitter seinen Mund und schenkte erneut beide Gläser voll. Wieder streckte er ein Glas Stahl hin. Wieder rührte der sich nicht.

«Auf die Ehre», sagte Alfred und trank.

«Das Buch», sagte Stahl tonlos.

«Das Buch? Mehr fällt dir nicht ein? Glaubst mir nicht, was? Aber was meinst du, warum ich das Buch habe? Warum sollte es zu mir kommen? Weil ich der Einzige bin, der es dechiffrieren kann.»

«Hat dir Albin also doch nicht so vertraut, dass er dir gesagt hätte, wo er den Schatz versteckt hat?»

«Da hat er mich reingelegt. Ab einer gewissen Summe hört eben auch die beste Freundschaft auf. Aber ich habe neue Freunde gefunden. Das geht bei solchen Summen ebenfalls sehr schnell.»

«Wen? Allein bringst du die Münzen doch niemals auf den Markt.»

«Schlaues Kerlchen. Willst du nicht mit von der Partie sein? Ich mache es nicht mehr lang. Und ich habe mir gewünscht, dass du meinen Platz irgendwann mal einnimmst. Wozu sonst die ganze Ausbildung?»

Alfred sah Stahl eindringlich an. «Wenn nicht, erschiess mich jetzt. Du hast doch eine Waffe, oder?»

Kaum hatte er das gesagt, flog die Küchentür auf und Nino stand mit gezückter Pistole im Raum.

«Das ist zu billig, Alter. Obwohl ich glaube, dass du Roger noch ein paarmal hättest zuzwinkern müssen, ehe er begriffen hätte. Er steht wirklich etwas auf dem Schlauch. So kenne ich ihn sonst gar nicht. Muss an der familiären Befangenheit liegen.»

Nino tat ein paar Schritte auf Stahl zu, griff ihm in die Innentasche seines Trenchcoats und zog die Waffe heraus.

«Und jetzt setzt du dich ruhig auf den Stuhl dort und wartest, bis dein alter Herr mir Albins Schatzkarte übersetzt hat.»

Er warf Alfred das Buch auf den Tisch. «Mach schon, ich hab nicht ewig Zeit. Und Summ wird sich bestimmt auch bald melden.»

Alfred blätterte langsam im Buch. In den Fingern seiner Rechten hielt er einen abgekauten Bleistift. Hin und wieder stiess er grummelnde Laute aus. Er wirkte wie ein alter Zimmermann, der den Dachstuhl einer Kirche berechnen musste und den Pythagoras vergessen hatte.

«Nicht dass du schon so weit bist wie der alte Wenger», sagte Nino.

«Warst du auch bei ihm?», fragte Stahl.

«Klar. Ich war überall, wo du warst. Manchmal früher, manchmal später. Ich bin dein Schatten. Sogar Palm hat mich kennengelernt. Der Idiot weiss gar nicht, dass ich schon für ihn gearbeitet habe. Der denkt auch, je weniger er wisse, umso sauberer sei er. Wie hältst du das bloss mit so einem aus? Glaubst du etwa, der würde zu dir halten, wenn es hart auf hart kommt?»

Stahl sagte nichts. Er sah nur auf Ninos dunkle Ränder, die ihn unter den Augen gezeichnet hatten. Eine unweigerliche Folge, wenn man nur im Finstern unterwegs war.

«Was guckst du? Hättest nicht gedacht, mich wiederzusehen,

was? Ich habe dich oft gesehen. Manchmal sogar durchs Schlüsselloch, wenn du bei Albin zu Hause warst. Damals, in Rom. Ich musste immer verschwinden, wenn du unangekündigt vorbeikamst. Wie eine heimliche Geliebte hat er mich in die Besenkammer gesteckt, während ihr mit Pizza und Prosecco den Alltag der Garde durch den Kakao gezogen habt. Lustig hattet ihr es. Manchmal musste ich mir das Lachen verkneifen, weil ich den einen oder anderen Kardinal auch kannte, über den ihr gewitzelt habt. Oft stand ich aber auch kurz davor, einfach rauszukommen und dir zu sagen: Hier bin ich. Ich lebe noch. War alles ein Scherz. Aber es ging nicht. Ich war es Albin schuldig. Ich hätte meine Karriere nie leben können, wenn ich nicht gestorben wäre. Auch wenn es eine Karriere im Dunkeln war, ich bin ihm noch immer dankbar dafür.»

Alfred schenkte sich nach. Schweissperlen standen auf seiner Stirn. «Ich sehe doppelt», sagte er.

«Dann sauf nicht so viel.» Nino nahm ihm die Flasche weg.

«Es liegt nicht am Schnaps. Die Leber. Es ist die Leber. Krebs, verstehst du? An der Leber hängen die Augen. Frag mich nicht, wieso, aber es ist so. Ich brauch zwei Minuten, dann geht es wieder.»

«Wenn du mich verarschen willst, schiess ich deinem Jungen ins Knie. Das willst du doch nicht, oder?»

Alfred rieb sich die Augen. «Ich verarsch dich nicht. Warte. Gleich geht es wieder besser.» Er rieb weiter. «Ja, jetzt sehe ich schon wieder fast scharf. Es geht weiter.»

«Was hast du bis jetzt gefunden?»

«Nichts Besonderes. Ein paar Geschäfte mit Palm, die über Somalia und die Elfenbeinküste liefen.»

«Kakao?»

«Härteres Kaliber.»

«Verstehe. Und sonst?»

«Ein fettes Geschäft mit Summ. Dabei ging es um abgelaufene Medikamente, die er nach Afrika verscherbelt hat.»

«Lief das auch über Palm?», fragte Stahl.

«Steht nicht dabei.»

«Was ist mit den Münzen?»

«Bisher noch nichts.»

«Dann mach vorwärts.»

Stahl sah, dass Alfred bereits kurz vor den Mittelseiten des Buches angelangt war. Wenn Bachler tatsächlich gewusst hatte, dass auf der Mittelseite der Hinweis auf die Münzlagerung war, dann hatte auch er nicht nur für Summ gearbeitet. Denn Summ wusste allem Anschein nichts davon. Sonst hätte er bestimmt Nino darüber unterrichtet. Bei wem hatte Bachler also auf dem Zettel gestanden? Bei Albin selbst?

Alfred pfiff durch die Zähne. Er war in der Mitte gelandet.

«Was ist?», fragte Nino.

«Jetzt wird es interessant.»

«Zeig her.» Nino nahm Alfred das Buch weg. «Ein Comic aus Pfeilen und Boule-Kugeln. Hat er den Schatz etwa auf dem Platzspitz vergraben?»

«Blödsinn. Je grösser die Bilder, umso wichtiger die Details. Das war der Grundsatz unseres Codes. Üppiges Geschwätz, in das die eigentliche Information geflochten war. Und das hier ist fast eine Freske.»

«Ich verstehe kein Wort.»

«Brauchst du auch nicht. Dann wäre ich ja überflüssig. Und schon tot.»

«Das bist du sowieso. Wenn das mit dem Krebs stimmt.»

«Richtig. Aber ich will, dass du Roger gehen lässt. Dann sage ich dir alles. Hier steht es, schwarz auf weiss. Du bist ein reicher Mann.»

Nino sah zu Roger, dann wieder zu Alfred.

«Einverstanden. Verschwinde, Roger. Geh du in deine Welt, ich bleib in meiner.»

Stahl erhob sich langsam vom Stuhl. Nino konnte ihn auch jederzeit umlegen. Aber Alfred hatte ihn am Wickel. Der alte Gauner wusste einfach zu gut, wie man in Menschen Begehrlichkeiten weckte und sie schürte. Es hatte immer nur weniger Worte bedurft, und Alfred hatte eine Seele am Haken. Er war ein Rattenfänger. Selbst Nino war ihm jetzt hörig. Stahl hätte am liebsten gekotzt, aber er wusste, dass sein Leben jetzt in Alfreds Hand lag. Und Alfred genoss es sichtlich, er schien aufzublühen. Vielleicht, weil er wusste, dass es sein letzter grosser Augenblick sein würde. Er hätte seinem Sohn das Leben gerettet, dem er es doch von Anfang an verpfuscht hatte.

«Warte, ich geh vor», sagte Nino, die Luger im Anschlag.

Er öffnete die Wohnungstür und sah durch einen Schlitz auf den Treppenflur. Stahl war, als hätte er etwas gehört.

«Glaube nicht, dass Palm die Bullen geholt hat. Der wartet bestimmt, bis sein Kurier mit froher Kunde zurückkommt. So wie er es immer tut. Schön im Warmen. Da unterscheiden wir uns in nichts, Roger. Wir haben beide dieselben Scheissfreunde. Glaub nicht, dass ich dich laufen lasse, weil dein Alter es will. Es ist dieser verdammte Schwur an der Fahnenstange.» Er atmete tief durch. «Hau ab.»

Roger glitt aus der Tür. Nino schloss sie sofort wieder.

Stahl tat so, als würde er die Treppe hinuntergehen. Dann drehte er sich aber schnell um und sprintete die Stufen nach oben. Überrascht von dem Blitzangriff wollte Cecilia schreien, aber Stahl hielt ihr den Mund zu.

«Keinen Ton. Sonst sind wir dran. Ich muss raus. Nino wird bestimmt am Fenster stehen und schauen, ob ich das Haus verlasse. Du wartest fünf Minuten, dann gehst du auch. Verstanden?»

Cecilia nickte.

Stahl nahm die Hand von ihrem Mund. «Was hast du gehört?»

«Alles.»

«Tolle Story, was? Jetzt kannst du was schreiben. Wenn du bis zur Redaktion kommst.»

«Die Geschichte ist noch nicht zu Ende.»

«Richtig.» Er drehte sich um und lief die Treppen hinunter. Dann verliess er das Haus.

Er spürte, als er die Schulhausstrasse entlangging, wie Ninos Blick ihm zwischen die Schulterblätter stach. Er hatte es endgültig satt, das Kindermädchen zu spielen. Cecilia wusste, was sie tat. Sie wollte ihre Story, mehr nicht. Dafür riskierte sie ihren Kopf. Sollte sie. Stahl ging es nichts an. Wer würde sich denn trauen, so eine Geschichte zu drucken?

Wenn schon. Morgen wäre sie wieder Schnee von gestern. Auch Alfred war Schnee von gestern. Dass Albin nur sein Strohmann war, wollte Stahl nicht glauben. Alfred hatte schon immer gelogen, wie es ihm in den Kram passte. Er log so gut, dass er am Ende selbst glaubte, es sei die Wahrheit.

Stahl wunderte allerdings etwas anderes. Er sah sich am Strassenende um, aber nirgendwo gab es Hinweise auf Hürlimanns Leute. Kein einziger Ziviler, der in den Verdacht kam, hier Wache zu stehen. Stahl hatte von Palm erwartet, dass er Hürlimann informierte.

Hatte Palm es nicht getan? Oder war Hürlimann einfach nicht erschienen, weil er sich aus der Sache raushalten wollte?

Stahl winkte ein Taxi herbei und stieg ein.

Cecilia hatte fünf Minuten gewartet, wie es Stahl angeordnet hatte. Jetzt ging sie langsam die Stufen hinunter. Vor Alfreds Wohnungstür verweilte sie einen Moment und lauschte. Vielleicht gab es noch etwas zu hören, was für sie interessant war? Niemand sprach ein Wort. Plötzlich wurde die Tür aufgerissen, und ein älterer Mann stiess sie zur Seite. Sie stürzte gegen das Geländer und prellte sich am Rücken. Der Mann flüchtete die Treppe hinunter. Cecilia kannte ihn nicht. Aber es musste Alfred Stahl sein. Sie hörte, wie er unten aufgehalten wurde.

«Alfred, ich brauch richtigen Stoff. Das Zeug, das du mir verkauft hast, war nur Verschnitt. Ich lass mich nicht verarschen. Dann kann ich gleich Methadon auf Rezept nehmen», keifte eine Frauenstimme.

«Geh mir aus dem Weg, du Schlampe.» Cecilia hörte Gerangel, dann den Aufschrei der Frau. Anschliessend schlug die Haustür zu.

Cecilia vermutete, dass es die Frau war, mit der sie es vorhin schon zu tun hatte. Sie drückte sich vom Geländer weg und sah durch die geöffnete Wohnungstür. Es war noch immer still in der Wohnung. Wo war der Mann, den sie vorher mit Stahl und dessen Vater hatte reden hören? Nino. Hiess er nicht Nino?

Sie ging in die Wohnung. Unter dem Fenster, das zur Strasse schaute, lag Nino reglos am Boden. Zwischen seinen Schulterblättern steckte ein Wurfmesser. Er war tot.

Das hätte sie dem alten Stahl nicht zugetraut. Nino ihm auch nicht. Deswegen hatte ihn der Alte überrumpeln können. Cecilia schluckte. Sie kramte ihr Handy raus und rief die Polizei.

Palm war nicht zu Hause. Stahl überprüfte eine Espressotasse, die auf dem Tisch im Salon stand. Sie war noch warm. Lange konnte Palm nicht fort sein. Stahl ging zum Tresor in Palms Büro. Er tippte die Zahlenkombination und öffnete ihn. Das Geld war weg. Die Kopie der Mittelseite aus Albins Buch ebenfalls.

Stahl zog seinen Schuh aus und faltete das Stück Papier auseinander.

«Je grösser die Bilder, umso wichtiger die Details», murmelte er. Hatte Alfred nicht so etwas gesagt?

Die Skizze mit den Boule-Kugeln, die fetten Pfeile der Flugbahnen. Als wären es Planetenumlaufbahnen. «Universum», sagte Stahl. Regine. Er musste in Regines Atelier. Die Skizze hatte doch etwas mit ihrem Bild zu tun. Er durchsuchte Palms Besteckkasten nach der Kanone. Aber auch die hatte Palm mitgenommen. Er musste Grosses vorhaben.

«Reine Bürokratie», sagte Palm. «Glauben Sie mir, hätte ich das gewusst, hätte ich einen anständigen Beruf gelernt.» Die kleine dicke Frau mit dem fetten Kater lachte und schloss die Tür zu Regine Klings Atelier auf. «Aber jemand muss eben sauber machen. Von daher arbeiten wir im selben Metier.»

Die dicke Frau lachte abermals und liess Palm ins Atelier. «Lassen Sie sich von Ihrer Arbeit nicht abhalten. Bei mir kann es ein wenig dauern, bis ich die Unterlagen durchgesehen habe.»

«Wenn Sie wollen, mach ich Ihnen einen Kaffee», sagte die Frau.

«Das ist sehr freundlich. Gerne.» Er nickte ihr zu und wartete, bis sie verschwunden war. Dann faltete er die Kopie der Schatzkarte auseinander und suchte im Atelier nach dem passenden Gegenstück. Er passierte Stillleben, Akte, Abstraktes und Reduziertes. Dann stand er davor. «Universum», las er.

Palm nahm das Bild von der Wand, legte es auf den Arbeitstisch und drehte es um. Auf der Rückseite der Leinwand klebte schwarzes Gafferband. Er riss es ab. Zwei Schlüssel kamen zum Vorschein. Jetzt mussten nur noch die passenden Schliessfächer dazu gefunden werden. Aber wozu Schliessfächer? Die Münzen würden doch niemals in Schliessfächer passen?

Palm steckte die Schlüssel ein und hängte das Bild wieder an die Wand.

«Das Bild war unverkäuflich», sagte die Frau, die mit Kaffee und zwei Tassen reinkam. Sie schenkte sich und Palm ein und reichte Palm eine Tasse. «Zucker? Milch?»

«Ein Stück Zucker. Danke.» Palm warf den Würfel in die Tasse, rührte um und trank. Die Brühe schmeckte zum Kotzen. Aber da musste er durch. Er hatte sich hinter seinem Schreibtisch hervorgewagt. Da musste er schlechten Kaffee in Kauf nehmen.

«Schrecklich, dass so etwas passieren konnte», sagte die Frau und nippte an ihrer Tasse. Ihr schien der Nescafé zu schmecken. «Wer macht so was?»

«Gangster», sagte Palm und stellte den angetrunkenen Kaffee auf den Tisch. Er wollte los.

«Sind Sie schon fertig? Sie sagten doch, Sie bräuchten länger, bis Sie durch sind?»

«Es ist sogar noch mehr, als ich erwartet habe. Das schaffe ich allein gar nicht. Da brauche ich Unterstützung.»

«Die kannst du haben», durchschnitt eine Stimme den Raum. Es war Alfred, der im Eingang des Ateliers stand und Palm den Weg versperrte.

Palm wurde weiss um die Nase. Damit hatte er nicht gerechnet. Er hatte gehofft, dass Alfred länger brauchen würde. Immerhin war er angeschlagen. Ausserdem hatten sie vereinbart, sich auf dem Platzspitz zu treffen. Aber er wäre nicht Alfred, wenn er den Betrug nicht witterte.

«Wo ist Roger?», fragte Palm.

«Ich schätze, er wollte zu dir. Und wenn er dich nicht zu Hause antrifft, wird er dich bestimmt gleich anrufen und fragen, wo du bist. Und weil du ein ehrlicher Junge bist, wirst du ihm antworten, dass du am Platzspitz auf ihn wartest.»

Palm nickte.

«Hast du die Schlüssel?»

«Welche Schlüssel?»

«Das ist langweilig. Gib sie her, sie bringen dir sowieso nichts.»

Palm zog die Schlüssel aus seiner Manteltasche und legte sie neben die Kaffeetasse auf den Tisch.

«Was sind das für Schlüssel?», fragte Palm.

«Schlüssel zum Glück.»

«Schliessfach?»

«Schlaues Kerlchen.»

«Aber wie sollen die Münzen in ein Schliessfach passen?»

«Schon mal was von Zahlen auf Papier gehört?»

«Schuldscheine? Schecks?»

Palm begriff allmählich. Aber nicht ganz. «Ich dachte, es ginge um die Münzen?» Alfred verzog das Gesicht und hielt sich die Leber.

«Die sind verkauft. Der Deal ging vor zwei Wochen über den Tisch.»

«Und an wen? An Glenn?»

«Glenn, Summ, Grünberg, Adler, Chu Yang. Das sind doch alles keine Hausnummern, die mit der Sache fertiggeworden wären.»

«Wer dann?»

Alfred blickte zu der kleinen dicken Frau, die das Gespräch aufmerksam verfolgt hatte. «Wenn Sie etwas Gutes für sich tun wollen, dann verschwinden Sie jetzt besser.»

Die Frau nickte und eilte aus dem Atelier.

«Sie wird die Polizei rufen», sagte Palm.

«Davon gehe ich aus.»

«Dann verschwinden wir besser von hier.»

«Ich habe nichts zu verbergen», sagte Alfred.

«Lass mich durch.» Palm griff in seinen Mantel und zog die Pistole.

«Du musst sie entsichern», sagte Alfred und blieb ruhig.

«Danke», sagte Palm trocken und entsicherte die Pistole.

«Und jetzt musst du abdrücken.»

«Zwing mich nicht dazu.»

«Du wärst blöde. Du weisst gar nicht, auf welcher Bank die Schliessfächer sind.»

«Du wirst es mir jetzt sagen.»

«Warum sollte ich?»

«Weil ich dich sonst abknalle!», schrie Palm. Er hatte seine Nerven nicht unter Kontrolle. Und die ausgestellte Coolness Alfreds heizte ihn nur noch mehr an.

«Ich sterbe sowieso bald.»

«Die Nummer mit dem Leberkrebs ist also echt? Und ich dachte, das wäre so eine Mitleidsschiene, damit du dich an Roger ranmachen kannst.»

«Es gibt Dinge, mit denen treibt man keine Scherze.»

«Richtig. Und deswegen sagst du mir jetzt, auf welche Bank ich gehen soll.»

«IOR.»

«Was? Die Vatikanbank? Aber, da komm ich doch gar nicht rein.»

«Geschweige denn raus.»

Palm setzte sich auf einen Stuhl und liess die Waffe sinken. «Deswegen hattest du dich an Roger rangemacht. Du wusstest, dass du Albin umlegen würdest, weil Teilen noch nie dein Ding war. Und Roger wäre an Albins Stelle gerückt. Blut ist dicker als Wasser. Ich verstehe.»

«Du verstehst gar nichts. Die Sache war über Jahre von mir geplant. Schon im Jahr 2000, als ich mitbekommen hatte, dass der Vatikan einfach Euro drucken darf, kam mir die Idee. Ich hatte alles ausgetüftelt, Albin musste es nur ausführen. Wir mussten nur warten, bis der Papst starb. Hätte etwas schneller gehen können, dann hätte ich noch etwas von dem Coup gehabt.»

«Und warum hast du Albin getötet? Da du sowieso nichts mehr von dem Geld haben wirst?»

«Ich habe ihn nicht getötet. Ich wollte ihn treffen. Nach dem Boule-Spiel mit seinen Idioten-Freunden. Es ging darum, wie wir Roger mit ins Boot holen. Er sollte meinen Anteil kriegen. Und dann lag Albin da. Mit eingeschlagener Birne. Daneben eine blutige Boule-Kugel.»

«Und Demenga?»

«Demenga brauchte Stoff. Da ich schon zum Platzspitz musste, hatte ich mich mit ihm dort verabredet. Er hat sich einen Schuss gesetzt, und ich habe ihn neben Albin gelegt und ihm die Boule-Kugel in die Hand gedrückt.»

«Warum?»

«Weil ich der Polizei die Chance geben wollte, die Flamme klein zu halten.»

«Apropos. Wenn die Putzfrau die Polizei gerufen hat, müsste sie längst hier sein.»

Die Tür des Ateliers ging auf, und Stahl trat herein. «Sie hat sie aber nicht gerufen. Sie kam noch nicht dazu.»

«Roger, ich habe deinem Alten die Schlüssel abgenommen. Er wollte damit abhauen», sagte Palm und sprang vom Stuhl. Er nahm die Schlüssel und winkte Stahl damit zu. «Sie passen in ein Schliessfach der Vatikanbank.»

«Ich weiss.»

«Woher?»

«Ich stehe schon länger draussen.»

«Du hast alles gehört?» Palm fuchtelte mit der Pistole. «Glaub nicht, dass ich dich übers Ohr hauen wollte. Ich wollte nur auch mal meinen Beitrag leisten. Verstehst du?»

«Leg die Pistole weg. Sonst verletzt du damit noch jemand», sagte Stahl.

«Das Geld reicht bestimmt für uns beide. Wir könnten uns zur Ruhe setzen.» Palm fuchtelte weiter mit der Waffe.

«Wem solltest du das Buch geben?», fragte Stahl.

«Das ist doch jetzt uninteressant. Es geht nicht mehr um das Buch. Wir sind einen Schritt weiter. Wir haben die Schlüssel. Und wir kennen die Bank.»

«Aber du hast keinen Zutritt.»

Palm hielt inne und beäugte Stahl wie eine Elster. «Ach so. Du willst alles für dich? Da schlagen die Gene durch, was?»

«Palm», sagte Alfred ruhig. «Wenn du uns umlegst, hast du noch immer die anderen auf den Fersen. Und denen entkommst du nicht.»

Palm merkte, dass er in der Zwickmühle steckte. Kalter Schweiss perlte auf seiner Stirn. Er wusste nicht, ob er heulen oder lachen sollte, und fragte dann: «Die Leber, sagtest du? Die sitzt rechts, habe ich recht?» Dann drückte er ab und schoss Alfred in den Bauch. Alfred brach zusammen. Stahl stand wie gelähmt daneben und starrte auf Alfred. Im Augenwinkel sah er, wie Palm auf ihn zielte. Stahl hechtete zu Boden. Die Kugel schlug hinter ihm in einem Triptychon ein. Aktionskunst, schoss es Stahl durch den Kopf. Dann sah er Palm hinterher, wie er aus dem Atelier flüchtete.

Stahl rappelte sich auf, kroch zu Alfred hinüber und kontrollierte, ob er noch lebte. Alfred schlug die Augen auf und versuchte zu lächeln. Das Lächeln, das den Frauen immer gefallen hatte, obwohl es ihr Verderben gewesen war. Ein Lächeln, das alles versprach und nichts hielt. Ein Lächeln, das auch Stahl geerbt hatte; womit er aber anders umgehen wollte. Alfreds Lächeln versiegte, sein Herz verstummte. Zwei Väter und ein totgeglaubter Freund innerhalb einer Woche. Einer ein grösserer Lump als der andere. Trotzdem war die Geschichte noch nicht zu Ende. Auf Palm hatte Stahl nie gesetzt. Und schon gar nicht damit gerechnet, dass er selbst aktiv werden würde. Es gab aber noch andere Personen, deren Kern nicht ergründet war. Hürlimann und Cecilia. Stahl brauchte Gewissheit.

Palm hatte die Schlüssel. Er würde sie einem seiner Auftraggeber bringen. Welchem? Oder wäre Palm doch so mutig, sie selbst ins Schloss zu stecken? Was wäre Palms nächster Schritt? Konnte er noch klar denken? War er berechenbar?

Stahl verliess das Atelier und ging in die Wohnung nebenan, in der er die kleine dicke Frau geknebelt und gefesselt hatte. Nachdem er sie von dem Klebeband befreit hatte, sagte er: «Entschuldigung. Ist sonst nicht meine Art. Sie können jetzt die Polizei rufen.»

Der Kater miaute. «Leo hat Hunger», sagte er. Er wusste noch immer nicht, wie sie hiess.

15

«Wohin wollte Stahl?», fragte Hürlimann. Cecilia zuckte mit den Schultern.

Hürlimann blätterte in Albins Buch. «Und was wollten Sie hier?»

«Recherche.»

Hürlimann blitzte sie an. «Wenn Sie damit nicht aufhören, können Sie gleich bei einem Bestatter nach Ihrer Konfektionsgrösse recherchieren. Das hier ist eine Nummer zu gross für Sie.»

Cecilia nickte. «Das glaube ich allmählich auch.»

«Aber ich glaube Ihnen nicht, dass Sie mir glauben.» Hürlimann war auf der Hut. «Ich kenne euch Journalisten. Und ich sehe es einem an, wenn er Blut geleckt hat. Ihr seid dann wie unter Hypnose. Aber ich sage Ihnen, daraus gibt es kein Erwachen. Verstehen Sie?»

Cecilia verstand. Die Drohung war deutlich.

«Was soll ich tun?», fragte sie.

«Gar nichts. Lehnen Sie sich einfach zurück und sagen Sie: Heute ist ein schöner Tag. Und den morgigen möchte ich auch gern erleben. Das ist alles.»

Er sah wieder ins Buch. «Haben Sie zufällig gehört, ob der alte Stahl daraus etwas lesen konnte?»

«Nein. Nichts.»

«Er muss aber etwas darin gefunden haben. Sonst hätte er das Buch mitgenommen.»

«Ich habe nichts gehört.» Cecilia sah ihn unsicher an.

«Wie kommt es, dass ich Ihnen nicht glaube?»

Hürlimanns Handy klingelte. Er nahm den Anruf entgegen. Er sagte nichts, hörte nur zu. Seine Pupillen aber sprangen wild nach Halt suchend umher. «Bin gleich da.» Er legte auf und sah in Cecilias fragendes Gesicht. «Interessiert Sie nicht.»

Er rief zwei Männer zu sich und verliess mit ihnen die Wohnung. Das Buch nahm er mit.

Stahl sass in der Bar des «Rothaus» und trank einen Espresso. Palm hatte den besseren gemacht. Aber Palm hatte schlecht gespielt. Und falsch dazu. Bei einem Kaffee konnte man Abstriche machen, solange der ehrlich war. «Ein ehrlicher Kaffee», sagte Stahl und schüttelte den Kopf. Hörte sich an wie ein schlechter Werbeslogan. Wie viele Ungerechtigkeiten, Lügen und Schmiergelder waren geflossen, bis diese Tasse Kaffee gebraut werden konnte? Es gab keinen ehrlichen Kaffee. Es gab nur guten und schlechten. Der hier war keins von beiden. Und das mochte Stahl am allerwenigsten: Unentschiedenheit. Auch er war unentschieden. Also wartete er. Er wettete mit sich, dass erst Hürlimann, dann Cecilia und schliesslich Palm sich bei ihm melden würden. Sein Handy klingelte. Er hatte sich geirrt.

«Ja? Gut. Ich werde dort sein. Allein.»

Er erhob sich von dem Barhocker und wollte gehen, Regula versperrte ihm den Weg. Ihr Blick erinnerte ihn an damals, als sie sagte, es wäre vorbei, sie könnten nicht zusammenbleiben, sie wären sich zu ähnlich. Leute, die aus dem Dreck kamen, hätten zusammen keine Chance. Man musste jemanden finden, der nicht bis zu den Knien im Schlamm stand – nur dann konnte man dem Elend entrinnen.

«Tut mir wirklich leid wegen des Abendessens», sagte Stahl. «Aber es war viel los.»

«Schon gut. Du hast dich schon entschuldigt.» Sie lächelte. Auch das Lächeln erinnerte ihn an damals. Dieselbe Melancholie. «Musst du schon los? Oder hast du noch Zeit für einen Kaffee?»

Mit der letzten Frage war sie näher an Stahl herangekommen. Für ein normales Gespräch zu nah. Sie sah ihn eindringlich an. Ihre grünen Augen flackerten, ihr heisser Atem streifte seine Lippen. Stahl schloss die Augen, er wollte nicht hinsehen. Nur spüren. Den Kuss von damals, den sie ihm verweigert hatte und mit dem er einen letzten Versuch gewagt hatte, sie doch zu halten. Jetzt küsste sie ihn, mit reichlich Verspätung. Er wollte den Kuss erwidern, aber es gelang nicht. Regula löste sich und sah ihn verletzt an. Er hatte seine Augen wieder geöffnet.

«Späte Rache?», fragte sie. Ihre Kusslippen waren mit einem Mal dünn geworden.

Stahl reagierte nicht.

«Ist es wegen Richy?»

«Nein.»

«Ich habe mit seinem Vater nichts mehr zu schaffen.»

«Es hat nichts mit dir zu tun», sagte Stahl. Dann kämpfte er gegen die Tränen an, verlor und begann leise zu weinen. Das Weinen schlug in ein hilfloses Lachen um und endete in atemloser Stille.

Regula schwieg. Endlich nahm Stahl sie wieder wahr. «Alfred ist tot», sagte er.

Regula sah ihn irritiert an. «War er das nicht schon lange?» Stahl glaubte einen leisen Vorwurf in ihrem Tonfall zu hören.

«Ich weiss. Ich hatte ihn schon lange begraben. Aber jetzt, da ich ihn sterben sah, ist es anders. Wenn du ihn selbst in dir tötest, hast du die Macht über ihn, wenn der Tod ihn holt, bist du wieder das hilflose Kind, über das verfügt wird.» Er sah sie fragend an. Sie streichelte ihm über die Stirn, wie sie es wohl oft bei Richy tat, wenn er Trost suchte. Stahl nahm ihre Hand und drückte sie gegen seinen Mund. Er biss ihr in den Handrücken, wie er es früher immer getan hatte. Regula schrie kurz auf. Beide sahen sich an und versuchten über die Ironie des Lebens zu lachen.

«Alfred hat mich unterstützt», sagte Regula plötzlich.

Stahl liess ihre Hand los. «Du hast Geld von ihm gekriegt? Drogengeld?», fragte er und sah sie an, als würde er ihre Seele röntgen.

«Ich bin alleinerziehend. Ich habe einen Haufen Schulden von meinem Mann abzutragen.»

«Warum hast du nicht mich gefragt? Warum Alfred? Erinnerst du dich nicht, dass er es war, der dich an die Nadel gebracht hatte? Und du nimmst Geld von ihm?»

«Ich sah es als eine Art Wiedergutmachung.»

Stahl kniff die Augen zusammen. «Für ihn gab es keine Wiedergutmachung. Er war sich nie bewusst, dass er Unrecht beging. Es war ein Geschäft, mehr nicht. Was wollte er von dir? Wofür hat er dir Geld gegeben? Hast du für ihn gearbeitet? Gedealt? Sitzt dein Mann am Ende gar deswegen?» Seine Stimme war eisig geworden. In ihm brach der ganze Hass auf, den er trotz Meditationen und Exerzitien, die ihn der Camerlengo gelehrt hatte, nicht zu beherrschen wusste. Er packte Regula bei den Schultern und rüttelte sie. Dabei schrie er: «Was war der Deal? Wofür hat er dich bezahlt?» Regula versuchte sich aus der Klammer zu befreien, aber Stahl krallte seine Finger immer fester in ihre Oberarme und schüttelte ohne absehbares Ende. Endlich zog sie ihr Knie an und rammte es Stahl in die Hoden. Er stöhnte auf und liess ihre Schultern los. Regula atmete durch und strich sich die Haare aus dem Gesicht.

«Ja, ich habe für ihn verkauft. Was blieb mir übrig? Noch zwei Jahre, und ich wäre von hier weg gewesen. Schuldenfrei und mit einem kleinen Startkapital. Raus hier. Endlich raus hier. Verstehst du? Du kommst hierher, für ein paar Tage, spielst den Touristen in der Heimat. Für dich hat das Folklore. Ein paar Nutten hier, ein paar Junkies dort. Die Langstrasse, ein Disneyland für Spiesser, die mal sehen wollen, wie sich Milieu anfühlt. Und das Hochgefühl, dass man es selbst geschafft hat. Du gehst wieder, ich muss hierbleiben. Es hat keinen Anfang und kein Ende.» Sie holte Luft, wartete, dass Stahl etwas erwiderte. Aber er schwieg.

«Ich hätte natürlich auch auf den Strich gehen können. Die Alternative gab es auch. Aber Alfred hat mich freigekauft und mir eine Perspektive gegeben. Verstehst du?»

Stahl sah an Regula vorbei. «Und jetzt? Jetzt ist er tot. Wer gibt dir jetzt eine Perspektive?»

«Du.»

Er sah sie an. «Ich?»

«Ja. Ich weiss vom Schliessfach im Vatikan. Alfred hat mich angerufen, bevor er ins Atelier ging, um den Schlüssel zu holen. Für alle Fälle, hat er gesagt, falls ihm etwas zustossen sollte. Sein Anteil wäre meiner.»

«Ach, so?»

«Sein Traum war, dass wir beide zusammenkommen. Er hat mich deinetwegen unterstützt. Weil ich diejenige war, die dir am nächsten gekommen war. Für diese Nähe hat er bezahlt.»

«Und jetzt glaubst du, dass diese längst verflossene Nähe dich berechtigt, Geld vom Vatikan zu erpressen?»

«Ich spüre diese Nähe noch immer. Wie damals. Du nicht?», fragte Regula und sah ihn an, wie es nur gute Spielerinnen vermochten.

«Ich ahne, dass sie schon damals nur ein Traum war, fern jeder Realität», antwortete Stahl. «Du kannst Alfreds Anteil gerne haben.»

Regulas Augen begannen zu glänzen, ihre Lippen öffneten sich zu einem hoffnungsvollen Grinsen. Gleich würde sie Stahl um den Hals fallen. «Aber sein Anteil besteht aus einer schwarzen Null. Alles, was er dir vererben kann, ist nichts und ein paar Junkies. Nimm sie und werde glücklich damit.»

Regula alterte mit einem Schlag um zwanzig Jahre, sie glich einer verhärmten Hexe. Er lächelte, wie er es von Alfred gelernt hatte, und ging. Er hörte Regulas Schrei noch auf der Langstrasse. Der schrille Ton mengte sich mit dem der anderen Keifenden. Hier drei Nutten, die sich um die Ehre prügelten, dort ein Trinker, der gegen Gott und den Mammon wetterte. Und alles wurde übertönt von der Sirene eines Blaulichts, das wie ein Putzschwamm mit Mentholgeschmack durch die Langstrasse bohnerte.

Hürlimann stand vor dem mit Blut besprenkelten Bild und studierte die gemalten Boule-Kugeln. «Universum», las er. Die Blutspritzer passten farblich. Der Rest hingegen passte ihm überhaupt nicht. Mit Palm hatte er gut zusammengearbeitet. Da hatte es nie Ärger gegeben. Was war auf einmal in ihn gefahren? Warum war er aktiv geworden? Aus Gier? Oder wollte er plötzlich beweisen, dass er mehr konnte, als nur grau im Hintergrund zu agieren? Ausgerechnet der graue Palm hatte dem bunten Vogel Alfred die Federn gerupft. Selbst im Tod funkelte aus ihm noch etwas Lebendiges. Der Kerl hatte alles gelebt. Da würden sieben Leben von Palm locker hineinpassen. Und von ihm selbst? Auch er hatte nicht so ausschweifend gelebt. Dafür war er zu vorsichtig. Aber er glaubte an ein Leben nach dem Tod. Der Herr würde ihn im Jenseits belohnen. Für das Konto in Liechtenstein würde man auch drüben ein Auge zudrücken.

Er drehte sich zur kleinen dicken Frau, die verstört im Atelier stand und unter Schock ausgesagt hatte. «Frau Schmager, nur noch ein paar Fragen. Sie dürfen dann gehen.»

Frau Schmager sah zu ihm auf. Hürlimann legte zwei Fotos auf den grossen Tisch und winkte sie näher zu sich. «Der hier kam herein und wollte Papierkram erledigen?» Sie nickte. «Und der hat Sie gefesselt und anschliessend wieder freigelassen?»

«Ja.»

Hürlimann kratzte sich am Kopf. «Dann haben Sie einen Schuss gehört?»

«Zwei. Es waren zwei Schüsse.» Tonlos kam die Antwort. «Und der hier ist dann abgehauen. Ich hab's durchs Küchenfenster gesehen. Und dann kam der und hat mich losgebunden.»

«Und der hat auch gesagt, dass Sie uns anrufen sollen?»

«Ja.»

«Und dann ist er gegangen?»

Frau Schmager nickte.

«War er in Eile?»

«Nein. Überhaupt nicht. Der andere schon. Der hier.» Sie zeigte mit dem Finger auf das Foto, auf dem Palm zu sehen war. «Aber der war ganz ruhig. Ich hätte ihn fast gefragt, ob er sich hinlegen will. Er wirkte müde.»

Hürlimann nahm das Foto von Stahl und schlug rhythmisch mit der Kante auf die Tischplatte.

«Stahl oder Palm?», murmelte er. «Wer von beiden hat geschossen? Was meinen Sie?»

«Der hier.» Sie tippte wieder mit ihrem Finger auf Palms Kopf. «Warum sollte er sonst so schnell abhauen?»

«Aus Angst, dass die nächste Kugel ihn treffen könnte?»

Der fette Kater, der Hürlimann schon länger um die Beine geschlichen war, sprang auf den Tisch und legte sich auf Palms Foto. Hürlimann fegte ihn mit einem Wischer von der Platte. Der Kater wirbelte durch die Luft und landete zwischen einigen bespannten Bilderrahmen. Frau Schmager wollte sich beschweren, aber die kalten Augen Hürlimanns geboten ihr zu schweigen. Nur der Kater maulte. Er hatte Hunger. Hürlimann nahm auch Palms Foto vom Tisch und steckte es gemeinsam mit dem von Stahl in die Innentasche seines Mantels.

Palm war ziellos durch die Stadt geirrt. Irgendwann stand er auch vor seiner Wohnung. Was wollte er hier? Die Schlüssel für sein Zuhause waren mit dem Schuss auf Alfred wertlos geworden. Nur die beiden Schlüssel für die Schliessfächer der Vatikanbank konnten ihm noch das Tor für eine Zukunft öffnen. Er hielt sie krampfhaft in seiner Rechten.

Seit er aus Regines Atelier geflohen war, hatte er seine Faust nicht mehr geöffnet. Jetzt sah er auf seine weissen Knöchel und öffnete langsam die Hand.

Sie schien ihm eingefroren wie nach einem handschuhlosen Tag im Schnee. Er musste die Finger der Linken zu Hilfe nehmen, um die beiden Schlüssel aus der Umklammerung zu befreien. Da lagen sie, verbunden mit einem kleinen Ring. Kopf an Kopf, wie ein Paar im Sommerklee.

Eine Polizeisirene schreckte ihn auf, das Adrenalin schoss durch seine Adern, die Faust krampfte sich wieder um die Schlüssel. Er sah auf. Wo war er? Langstrasse. Richtig. Das Polizeiauto rauschte an ihm vorbei in Richtung Kreis fünf und verschwand in der Unterführung der Bahngleise. Den tyrannischen Ton der Sirene zog es mit ins Dunkel.

Palm wagte sich über die Strasse. Er straffte sich bewusst beim Gehen. Er wollte sich abheben vom Rest der Gestrandeten, die sich hier tummelten. Er war noch immer ein Mann im guten Anzug, aufrecht, noch lange nicht gebrochen. Und trotzdem. Der Schuss auf Alfred, mitten in die Leber – die Sequenz rollte immer wieder vor seinem inneren Auge ab. Und dann der zweite Schuss, auf Stahl, der nicht getroffen hatte. Wieder heulte eine Sirene. Diesmal war es ein Krankenwagen. Diese Sirenen konnten ihm nichts anhaben. Sie waren nichts gegen die Alarmglocken, die der Gedanke an Stahl in ihm auslöste.

Er betrat das «Rothaus». Regula servierte einem Paar zwei Stangen und Toasts. Palm setzte sich auf einen Barhocker und wartete, bis Regula hinter den Tresen kam.

«Kaffee?», fragte sie und wartete nicht, bis Palm antwortete, sondern klopfte gleich den alten Satz aus dem Kolben, um ihn mit frischem Pulver zu füllen.

«War er hier?», fragte Palm.

«Klar.»

«Und?»

Regula setzte den Kolben ein und drückte den Knopf der Maschine, tröpfchenweise röchelte Kaffee aus dem Chromschnabel in zwei giftgrüne Tassen.

«Ich habe noch nie jemanden umgelegt», sagte Palm leise.

«Du hast Alfred einen Gefallen getan. Er hatte es darauf angelegt. Er wollte nicht warten, bis der Krebs ihn zerfrisst.» Regula stellte die beiden Tassen auf den Tresen. Palm riss einen Zuckerbeutel auf und kippte den Inhalt in den Kaffee. Dann rührte er langsam mit einem Löffel um.

«Es war Teil des Plans. Alfred wusste, was er tat. Er wusste es immer», sagte Regula.

«Aber es hat nichts genutzt.»

«Nein. Alfred hat Roger unterschätzt. Die Vergangenheit hat für Roger keinen Wert mehr. Unsere Bindung ist futsch. Wir sind am Arsch.» Regula kippte ihren Espresso.

«Wir haben die Schlüssel», sagte Palm und öffnete die Faust. Aus glasigen Augen, die alle Reste noch gebliebener Hoffnung zusammenkratzten, sah er sie an.

«Und? Was haben wir davon?»

«Wir können sie verkaufen. Ich kenne Leute, die einiges dafür geben.»

«Du bist nicht Roger. Dir drehen sie die Gurgel um wie ungewollt geschlüpften Kanarienvögeln. Ausserdem ist die Polizei hinter dir her.»

«Wir könnten zusammen ein neues Leben beginnen. Zu dritt. Denk auch an Richy.»

«Eben. An ihn denke ich. Und deswegen setze ich auch nicht auf dich. Du bist *out*.» Sie lächelte nicht einmal. «Der Kaffee geht aufs Haus.» Regula blickte zum Tisch hinüber, wo zwei weitere Stangen bestellt wurden, und machte sich am Zapfhahn zu schaffen.

Palm schloss wieder die Faust um die beiden Schlüssel und wusste, wohin er zu gehen hatte.

Diesmal hatten sie sich beim Bambushain verabredet. Der Italiener war also in der Stadt, hatte darauf gewartet, dass Palm sich melden würde. Man hatte ihm vertraut. Das ermutigte ihn. Und er brauchte Mut, nachdem Regula ihm deutlich genug gesagt hatte, dass sie nicht auf ihn setzte.

Hatte er sich tatsächlich eingebildet, sie würde mit ihm gehen? Ausgerechnet sie. Wäre sie nicht gewesen, Palm hätte sich niemals auf die Sache eingelassen. Es war ihm doch gut gegangen. Hürlimann hatte ihn selbst in Grauzonen ruhig arbeiten lassen. Dafür hatte der ordentlich kassiert. Jetzt war Palm aber zu weit gegangen. Hürlimann würde ihn nicht verhaften. Das konnte der sich nicht leisten. Sie würden ihn kaltmachen, so wie Demenga und Miller. Und alles wegen Regula. Mit Alfred hätte er nie einen Pakt gewagt. Aber Regula war seine rechte Hand gewesen, Palm hatte sich schon beim ersten Treffen in sie verliebt. Einfach so. Das war ihm zuvor noch nie passiert. Über vierzig Jahre hatte er sein Leben samt Gefühlen im Griff gehabt. Die Vernunft hatte immer den Sieg davongetragen, in jeder Lage. Dann war sie erschienen. Ein Wesen, anders konnte er sie nicht nennen. Sie war ein Wesen aus einer anderen Welt. Aus einer Welt, in der Wagemut über der Vernunft thronte. Eine Welt, in der man nicht fragte, wie kurz das Leben war. Man sprang auf den Karren und jagte im Kreis, ohne nachzudenken. Die Welt besass für alle im Überfluss – das hatte sie gesagt. Man müsse die Kugel nur auf dem eigenen Finger drehen und nicht im Genick schleppen.

Sie hätte alles sagen können. Er hatte nicht mehr zugehört. Ihr nur noch auf die vollen Lippen gestarrt, die sich schürzten, lachten und die ebenmässigen Zähne dahinter blitzen liessen. Sie hatte Palm geküsst, dass er alles glaubte, was sich sonst noch aus ihrem Mund schlängelte. Er lachte jetzt darüber, wenn er an die Versprechungen dachte, die ihm damals so logisch schienen wie das Gesetz der Schwerkraft und der Apfel, der immer und ewig vom Baum auf den Boden fallen würde. Er schämte sich für seine Einfalt. Dafür hatte er geliebt. Einmal im Leben, ohne Hemmung, ohne Schonung. Ja, er hatte sich zum Affen gemacht. Wenn schon? Noch hatte er die Schlüssel, das Spiel lief noch. Noch einmal konnte er würfeln. Wenn er gewinnen würde, wäre wieder alles möglich.

Der Italiener verspätete sich. Damit hatte Palm zwar gerechnet, aber diesmal konnte er nicht so entspannt damit umgehen wie beim ersten Treffen. Es raschelte im Bambus. Palm schrak hoch. Ein Eichhörnchen. Seltsam. Ein Eichhörnchen im Bambus. Da merkte man wieder, dass man nicht in China war, sondern noch immer in Zürich, wo das Pflaster von Minute zu Minute heisser unter den Füssen brannte. Hatte Stahl nicht erzählt, dass man im Mittelalter dem Eichhörnchen ob seines roten Felles auch das Symbol des Judas gegeben hatte? War auch er ein Eichhörnchen? Aus Stahls Sicht sicherlich.

«Drei Freunde im Winter», sagte eine Stimme plötzlich dicht hinter ihm. Palm erstarrte. Er kannte diese Stimme. Es war nicht die des Italieners. «So ist das Motto dieses Gartens. Wusstest du das?»

Palm antwortete nicht.

«Föhre, Bambus und Winterkirsche. Alle drei trotzen dem Winter. Sie behalten ihr Laub.»

Palm tastete in der Tasche seines Regenmantels nach der Pistole.

«Reto, Nino und ich. Auch wir waren drei Freunde, die dachten, sie könnten sogar den sibirischen Wintern trotzen. Und einfache Messer haben bereits zwei von uns geschnitten wie Bambus.»

Stahl war nun neben Palm getreten. Palm hatte die Schlüssel in der Tasche losgelassen und dafür den Griff der Pistole umklammert. Er würde durch die Tasche schiessen und dann rennen, was das Zeug hielt.

«Was ist mit dem Italiener?», fragte Palm. Irgendetwas Sinniges musste er tun, um die Nervosität zu bannen. Ins Gespräch kommen, Zeit gewinnen.

«Hat mich angerufen und gesagt, dass mein Verdacht stimmte.»

«Du hast es gewusst?»

«Nicht wirklich. Ich wollte es nur ungern glauben. Aber es hatte mich stutzig gemacht, wie schnell du Glenn bei der Hand hattest, der sich um Albins Tod kümmerte.»

«Da hast du mit dem Vatikan einen zweiten Interessenten ins Spiel gebracht, um mich zu testen?»

«Ich weiss, es ist furchtbar. Aber wir sind so geimpft», sagte Stahl, und Palm glaubte darin einen Anklang von Zynismus zu hören.

«Roger, das mit Alfred, das macht dir doch nichts aus, oder? Du hast ihn doch gehasst. Und gestorben wäre er sowieso bald.»

«Was ist mit Albin? Wer hat ihn umgelegt? Warst du es, im Auftrag von Alfred? Dich hat Albin gekannt, du kamst nah genug an ihn ran.»

«Blödsinn! Mit Albin wären wir schon zurande gekommen. Am Ende konnte man mit ihm immer reden, das weisst du doch. Albin war pragmatisch.»

«Und warum habt ihr ihn umgelegt?»

«Wir waren es nicht. Passte uns selbst nicht in den Kram. Wir wollten die Sache in Ruhe über die Bühne bringen. Auf einmal standen aber alle auf der Matte. Als hätten sie auf den Startschuss gewartet. Bachler, Glenn – und du.»

«War das also nicht geplant, mich einzubinden?»

«Zuerst überhaupt nicht. Aber Alfred fand plötzlich Gefallen daran. Er wurde sentimental. Er wollte sich mit dir aussöhnen. Du solltest wissen, dass er hinter deiner Karriere gestanden hatte und nicht Albin.»

«Wer hat Bachler auf den Plan gerufen?»

«Summ.»

«Und wer steckt hinter Summ?»

Palm zuckte mit den Schultern. «Einer von euch.»

«Einer von uns? Was meinst du damit? Ein Gardist? Ein Kardinal?»

«Keine Ahnung.»

«Und Hürlimann? Wie steckt der drin?»

«Er ist die Polizei. Er regelt den Verkehr. Er passt auf, dass es nirgendwo einen Stau gibt.»

«Und steht auf deiner Gehaltsliste?»

«Ich leite das Geld nur weiter. Dich bezahlen ja auch unsere Auftraggeber und nicht ich.»

«Namen?»

Palm grinste. «Auch ich habe einen Kodex. Nicht ganz so ehrenvoll wie die stolze Schweizergarde. Aber Namen wirst du von mir keine erfahren.»

Stahl streckte die Hand aus. «Gib mir die Schlüssel.»

Palm umklammerte den Griff seiner Pistole und zog sie aus dem Mantel. Er zielte auf Stahl, seine Hand war erstaunlich ruhig.

«Die Schlüssel sind mein letzter Trumpf. Wenn ich sie dir gebe, bin ich wertlos. Dann kann ich mich erschiessen.»

Stahl schwieg. Nur der Bambus raschelte im Wind.

«Drei Freunde im Winter. Ein gutes Motto. Jetzt fällt auch der letzte Baum.» Er richtete die Pistole auf Stahls Stirn, sein Finger krallte sich um den Abzug. Ein dumpfer Schuss erklang. Ein Poppen, wie es nur die Luger mit Schalldämpfer vermochte. Palm riss seinen Kopf in die Höhe und sackte in sich zusammen. Der Schuss ins Genick hatte gesessen. Ein Schatten schlängelte sich aus dem Bambus. Der Italiener war diesmal lange vor Palm am Treffpunkt gewesen. Stahl und er wechselten einen Blick. Stahl erkannte ihn. Es war der Mann mit der Zeitung, der vor dem «Rothaus» in den Bus gestiegen war. Stahl durchsuchte die Taschen Palms und nahm ihm die Schlüssel ab. Der Italiener zog Palm mit sich in den Bambus. Palms Leiche würde verschwinden. Hürlimann konnte ihn gut als lebenden flüchtigen Täter gebrauchen.

Trotz des Zwischenspiels mit Palm war Stahl zehn Minuten früher am Platzspitz als verabredet. Er mochte es nicht, auf den letzten Drücker zu kommen. In Italien belächelte man ihn für seine Schweizer Pünktlichkeit. Er sass auf der Parkbank, bei der er mit Regine, Josef und Konrad Boule gespielt hatte, und beobachtete zwei Teams, die sich mit dem Massband um Millimeter stritten.

«Geht im Rundungsfehler unter», sagte ein Mann, der sich neben Stahl auf die Bank setzte. «Es lohnt sich nie, um die Stellen hinter dem Komma zu streiten.» Er lächelte und steckte sich eine Zigarette an.

«Auch eine?» Er hielt Stahl das Päckchen hin. Stahl nahm sich eine. Der Fremde gab ihm Feuer, dann sich selbst. Sie rauchten und beobachteten die Spieler.

«Meinen Sie, es macht Sinn, eine Partie verloren zu geben, in Hoffnung auf den grossen Sieg?», fragte der Mann.

«Was ist der grosse Sieg?»

«Überleben.»

«Irgendwann stirbt jeder.»

«Und dann? Was kommt dann? Sie sind Katholik, für Sie müsste die Antwort klar sein.»

«Ich bin Gardist, nicht Priester.»

«Jeder katholische Priester ist auch Gardist. Er trägt immer Uniform.»

«Ich trage keine Uniform.»

«Die bewusste Nicht-Uniform ist die gefährlichste Uniform. Nur so konnten die Jesuiten die Gegenreformation zugunsten des Vatikans gestalten.»

«Wollen Sie mir Geschichtsunterricht erteilen?»

«Nein. Ich bin mir sicher, da hatten Sie bereits bessere Lehrer. Ich möchte Ihnen einen Vorschlag machen.»

«Ich höre.»

«Tauschen Sie Ihre Nicht-Uniform gegen eine andere Nicht-Uniform. Wir können Leute wie Sie gebrauchen. Wenn man expandiert, braucht man immer Leute, die Geschichtsbewusstsein haben.»

«Danke. Aber ich fühle mich bei meinem jetzigen Arbeitgeber sehr wohl.»

«Glauben Sie, dass er sich auch sehr wohl mit Ihnen fühlt?»

Der Mann blies den Rauch durch die Nase und wartete Stahls Reaktion ab. Er wusste, was für eine Farbe er ins Spiel gebracht hatte. Stahl antwortete nicht. Er hatte keine Antwort.

«Was glauben Sie? Wie konnte Albin die zusätzlichen Münzsätze prägen, ohne Mitwisser? Sie kennen doch das Prinzip des Wegschauens. Die Generation danach fragt sich immer: Wie konnte so etwas geschehen? Hat das denn keiner gemerkt? Man hat einfach weggesehen. Und wir wollen nicht darüber diskutieren, warum die Schweiz wirtschaftlich so gut dasteht und noch immer ihre Neutralität wahrt. Hier leben die Meister im Wegsehen. Hier lebt man davon, hier trägt das Wegsehen Zinsen. Und im Vatikan leben auch nur Menschen.»

«Was wollen Sie konkret von mir?»

«Die Schlüssel.»

«Sagen Sie mir dann, wo die Münzen sind?»

Der Mann warf die Kippe in den Kies und drückte sie mit der Fussspitze aus.

«Wenn ich hinschauen würde, wüsste ich, wo sie sind. Aber ich bin auch Schweizer, ich trage auch Nicht-Uniform, ich habe im Wegschauen promoviert. Glauben Sie mir, so lebt es sich sehr angenehm.»

Stahl kippte seine Asche weg. Er hatte nicht so hastig geraucht wie der Fremde. Die Boule-Spieler stritten sich wieder um Millimeter. Sie sahen genau hin.

«Wie sind Sie an Albin gekommen? Über meinen Vater?», fragte Stahl. Er wollte auf einige Punkte mit der Lupe brennen, ehe er sich vielleicht entschied wegzuschauen.

«Nein. Ihren Vater hatten wir gar nicht auf dem Zettel.»

«Summ?»

«Auch nicht. Wir kennen Summ, aber wir wussten nicht, dass er auch mitmischen würde. Er muss die Information aus einer Quelle des Vatikans bekommen haben. Und dann hat er Bachler beauftragt. Den wiederum hat er von Nino kontrollieren lassen.»

«Und Weiss?»

«Weiss war verrückt. Er wollte Summ übers Ohr hauen. Er hatte Spielschulden und schien ohnehin nicht der hellste Kopf zu sein. Sonst hätte er aus dem, was ihm alles gebeichtet wurde, mehr Kapital geschlagen.»

«Vielleicht glaubte er an das, worauf er geschworen hatte?»

Stahl erwartete einen Zynismus des Fremden, doch der blieb aus.

«Ja, das soll es geben», sagte er. «Ich hatte auch einmal an etwas geglaubt. Als Zürich noch brannte. Ich glaubte an Selbstbestimmung,

Anarchie in Reinkultur. Ans genaue Hingucken: Freier Blick aufs Mittelmeer – sprengt die Alpen! Ich hatte darauf geschworen.»

«Und was ist dann passiert?»

«Ich bin aufgewacht und habe gemerkt, dass drei meiner besten Freunde bei einer wichtigen Schlacht vor dem Opernhaus unter die Räder gekommen waren. Weil zwei andere plötzlich mit der Stadt zusammengearbeitet hatten. Ich selbst sollte auch bei der kleinen Terroraktion dabei sein, aber ich hatte in der Nacht ein Rendezvous im Niederdorf.»

«Bei Hedwig Fetz.»

«Richtig.»

«Sie sind Glenn? Sie hatten Palm beauftragt.»

«Weil wir an Sie wollten.»

«Wegen der Münzen? Wenn Sie wissen, wo sie sind, dann bin ich doch überflüssig.»

«Wir handeln mit Rohstoffen. Nicht mit Fertigprodukten. Ein Münzensatz ist nur ein einmaliges Geschäft. Ein Mann mit einer Schlüsselposition im Vatikan hingegen ist ein Multiplikator.»

Stahl sah auf die Boule-Spieler. Es dämmerte bereits, aber sie versammelten sich noch auf eine weitere Runde.

«Haben Sie deswegen Albin umgebracht, um an mich zu kommen?», fragte Stahl ungläubig.

«Nein. Wir hatten gehofft, dass Albin mit uns zusammenarbeiten würde. Sein Tod war ein Unfall. Der war nicht geplant. Aber im Rohstoffhandel wimmelt es nur so von unvorhergesehenen Zwischenfällen. Da muss man schnell reagieren. Und manchmal ist die Notlösung eine viel bessere Lösung als die geplante. Da bin ich dann wieder Anarchist. Aus dem Chaos wächst das Neue.»

Die Kugeln klackten aneinander. Kies spritzte.

«Wer hat Albin getötet?», fragte Stahl und zog die Schlüssel aus der Tasche.

«Ist das Ihr Preis?»

Stahl schwieg und wartete.

«Er ist hoch. Ich bin Geschäftsmann. Aber ich hatte auch mal Ideale. Wenn ich Ihnen den Mörder verrate, verrate ich die letzte Erinnerung daran.»

Stahl gab ihm die Schlüssel. «Danke. Sie verstehen es gut, nichts zu sagen und doch alles zu verraten.»

«Das Rotwelsch der Weltmächte. Da jagen die Leute ein ganzes Buch und verstehen es nicht, zwischen den Zeilen zu lesen.»

Glenn steckte die Schlüssel ein und erhob sich von der Bank. «Sie haben es gelernt, und deswegen wären Sie für uns ein wichtiger Mann. Auch bei uns wechseln die Generationen. Das Werk ist auch bei uns grösser als der Einzelne.»

«Aber ich habe schon auf eine Fahne geschworen.»

«Das ehrt Sie, sollte aber kein Hindernis sein. Vielleicht sehen wir uns ja schon bald wieder? Ich bin öfters in Rom.»

Glenn drehte sich ab und wollte gehen. Dann blieb er stehen und wandte sich noch mal zu Stahl um. «Seien Sie nicht zu streng mit ihr.»

Dann entfernte er sich in die Richtung und passierte die Boule-Spieler, die sich von ihm nicht stören liessen.

Cecilia wunderte sich, dass im Antiquariat noch Licht brannte. Es war bereits nach neun Uhr, Hedwig hatte immer nur bis sechs Uhr geöffnet. Cecilia drückte gegen die Ladentür. Sie war unverschlossen. Cecilia trat ein.

«Hedwig?»

Eine Rauchschwade dampfte hinter dem Schreibtisch hervor. Cecilia ging darauf zu. Hedwig hockte hinter dem Eichentisch in der Ecke. Neben ihr eine leere Rotweinflasche. Aus einer anderen goss sie gerade die letzten Tropfen in ein Kristallglas. Ihre Lippen schimmerten dunkelrot, das Blau ihrer Augen war trübe. Sie blies erneut eine dicke Rauchwolke in den Raum.

«Hedwig. Was machst du?»

«Ich besaufe mich. Das siehst du doch. Meinst du, Linus ist der Einzige in der Familie, der dazu fähig ist?»

«Komm, steh auf.» Cecilia ging hinter den Schreibtisch, um Hedwig aufzuhelfen. Hedwig stiess sie weg. «Lass mich und jag deiner Story nach. Elende Schnüfflerin.»

«Was ist denn mit dir los?»

«Nichts. Lass mich einfach in Ruhe.»

«Hast du überteuert Bücher gekauft?»

«Dumme Ziege. Als ob es mir immer nur ums Geld ginge. Was weisst du schon von mir. Ihr alle, ihr wisst doch gar nichts.»

Hedwig trank das Glas aus.

«In der Küche steht noch eine Flasche. Bring sie her. Und ein Glas kannst du auch mitbringen. Das ist das Mindeste, was du für deine Tante tun kannst.»

«Ich glaube, du hast bereits genug.»

Hedwig holte aus und schleuderte die Flasche nach Cecilia. Sie hätte die Stirn getroffen, wenn Hedwig besser gezielt hätte. So krachte die Flasche gegen die Wand und barst in Scherben.

«Sag du mir nicht, wann ich genug habe!» Hedwig fauchte und spie den Satz, als wäre sie besessen. «Was weisst du denn schon? Du kleine Schnüfflerin. Dein Detektivspiel ist doch lächerlich. Und dabei geht es dir nicht einmal um etwas. Eine Story willst du, das ist alles.»

«Das stimmt nicht. Es geht mir nicht um die Story. Es geht mir um die Wahrheit.»

Hedwig versuchte zu lachen, verschluckte sich aber. Sie hustete, bis sie wieder einen freien Hals zum Keifen hatte. «Welche Wahrheit? Sieben Milliarden Menschen, sieben Milliarden Wahrheiten! So sieht es aus. Wir haben damals an etwas geglaubt. Wir dachten, es wäre die Wahrheit. Und vielleicht war es auch die Wahrheit. Aber sie war zu schwach. Die Lüge ist immer stärker als die Wahrheit. Denn die Lüge hat das Geld.»

«Also geht es doch wieder ums Geld?»

«Nein, zum Teufel. Es geht um die Liebe!» Hedwig versuchte sich aufzurappeln, kam aber nicht hoch. «Verschwinde. Ich will dich heut nicht mehr sehen. Morgen ist ein neuer Tag.»

Cecilia rührte sich nicht vom Fleck.

«Ich habe gesagt, du sollst verschwinden.»

«Erst will ich wissen, was mit dir los ist.»

«Ich habe eine Schlacht gewonnen. Das ist los. Eine dreckige Schlacht. Napoleon hat sich auch immer besoffen, wenn er eine dreckige Schlacht gewonnen hat. Es ist manchmal beschissen zu gewinnen.»

«Und welche Schlacht? Gegen wen?»

«Gegen den Papst höchstpersönlich.» Hedwig lachte. Diesmal gelang es ihr, ohne sich zu verschlucken.

«Da wäre ich mir nicht so sicher», sagte Stahl, der unbemerkt den Laden betreten hatte.

Hedwig riss die Augen auf und starrte Stahl an.

«Er hat mich verraten? Diese Sau. Ist es tatsächlich so weit gekommen, dass gar nichts mehr zählt. Ist die Vergangenheit so wenig wert?»

«Er ist Rohstoffhändler. Da ist der Markt sehr volatil», sagte Stahl.

«Hat er sie gekauft? Natürlich hat er sie gekauft. Sonst hätte er mich nicht verpfiffen. Ein Handel. Scheiss drauf. Es gibt keine Anarchisten mehr. Nur noch Händler. Er hat also die Schlüssel?»

Cecilia blickte zwischen Hedwig und Stahl hin und her. Sie begriff überhaupt nichts.

«Cecilia, würdest du bitte noch die Flasche Wein aus der Küche holen. Und zwei Gläser. Diesen letzten Wunsch wird mir doch niemand abschlagen, oder? Ein Tropfen mit meinen Henkern. Das ist grosses Rebellen-Pathos. Das habe ich mir verdient. Nicht wahr, Kurier des Papstes?» Sie lachte wieder, dann zischte sie Cecilia an. «Mach schon!»

Cecilia blickte irritiert zu Stahl. Der nickte, und Cecilia folgte Hedwigs Aufforderung. Hedwig wartete, bis Cecilia ausser Hörweite war, dann begann sie zu sprechen.

«Ja, ich habe Albin umgebracht. Aber ich habe es nicht gewollt. Es war ein Unfall.» Sie lauschte dem Nachhall ihrer eigenen Worte und schüttelte den Kopf. «Das hört sich beschissen an. Und ich wünschte, ich könnte etwas anderes sagen. Etwas Frischeres, verstehen Sie? Ich will mich nicht rausreden, aber Albin war der Letzte, den ich hätte umbringen wollen.» Sie sah zu Stahl auf. «Sie haben doch auch schon Menschen getötet. Fühlen Sie sich schuldig? Oder geht man bei euch einfach mal kurz zur Beichte und alles ist vergeben? Kann das Gewissen vergeben? Oder ist das Gewissen doch so manipulierbar, dass es sich hinbiegen lässt, wie es gebraucht wird? Wie sieht es bei Ihnen aus?»

«Es geht jetzt nicht um mich», sagte Stahl.

Cecilia kam mit dem Wein und den Gläsern zurück. Hedwig war es nun egal, ob sie dabei war. Sie streckte Cecilia das leere Glas entgegen und wartete, bis es gefüllt war. Dann nippte sie und tat so, als würde sie den Tropfen abschmecken. «Doch. Es geht um Sie. Es ging immer nur um Sie. Ich weiss nicht, auf wen ich eifersüchtiger gewesen bin. Auf diese Kunstgewerblerin oder auf Sie.» Sie sah Stahl eindringlich an. «Roger hier, Roger da. Immer nur Roger. Wenn wir Roger erst einmal auf unserer Seite haben, dann wird alles anders. Dann haben wir ausgesorgt. Man muss es ihm nur plausibel beibringen und so weiter und so fort. Trinken Sie nichts? Schenk ihm was ein, dem grossen Roger, damit er sich an etwas festhalten kann. Er wirkt dann nicht so steif.» Sie lachte.

Cecilia reichte Roger ein gefülltes Glas hin. Er nahm keine Notiz davon, sondern hielt den Blick auf Hedwig gerichtet.

«Er weigert sich? Das habe ich gewusst. Und das habe ich Albin auch gesagt. Ich habe ihm gesagt, dass der edle Roger niemals mitmachen würde. Wo war er denn all die fünf Jahre gewesen, warum war er nicht mal vorbeigekommen?»

«Ich habe geschrieben, aber Albin hatte nie geantwortet», sagte Stahl.

«Das war Teil des Plans. Es sollte so aussehen, als gäbe es keinen Kontakt mehr zwischen euch. Damit niemand draufkommt, dass ihr zusammenarbeitet.»

«Wessen Plan war das? Albins oder der meines Vaters?»

«Noch so ein Streitpunkt. Ekel Alfred. Ohne den ging gar nichts. Ich hatte Albin gesagt, dass es Alfred nicht braucht. Er sagte, solange wir dich nicht haben, brauchen wir Alfred. Alfred sei der Kopf, und er hätte die Kontakte.»

«Und dann haben Sie Ihre Kontakte mit ins Spiel gebracht?»

«Richtig. Ich wollte Albin zeigen, dass es auch ohne die Stahls geht. Dass auch ich einen Kopf habe.»

«Und als er davon nichts wissen wollte, haben Sie ihn erschlagen?»

Hedwig nippte wieder am Glas. «Nein. Ich hätte es sogar akzeptiert. Es war sein Coup. Mir hätte es genügt, ihn an seiner Seite zu Ende zu führen. Ich bin da sehr romantisch veranlagt. Als ich jung war, starben Bonnie und Clyde im Kino.» Sie trank.

«Regine?», fragte Stahl in die Stille. Der Name knallte wie ein Schuss in Hedwigs Ohren. Sie warf das Glas in Richtung Stahl. Es verfehlte ihn um Haaresbreite.

«Zweimal nicht getroffen. Werfen scheint nicht meine Stärke zu sein. Aber vielleicht treffe ich damit besser?» Sie hatte eine SIG aus ihrer Jacke gezogen und zielte damit auf Stahl.

«Das ist Albins Waffe. Er hat mir das Schiessen beigebracht. Und er war ein guter Lehrer, das wissen Sie ja.» Sie stand auf, ohne Anzeichen von Trunkenheit.

«Es war mir egal, dass er mit dieser Schlange Boule spielte. Es war mir auch egal, dass er mit ihr hin und wieder vögelte. Meine Hüfte ist nun mal nicht mehr die beweglichste. Und er war eben ein Mann, der seinen Sex brauchte. So etwas verkraftet man.»

«Und was verkraftet man nicht?»

«Verrat. Ein Romantiker verkraftet keinen Verrat. Und ich wurde schon oft verraten. Sehen Sie sich Zürich doch an. Die hohe Lebensqualität an allen Ecken. Sauber geputzt, dass ich das Kotzen kriege. Wissen Sie, dass in dieser Stadt noch nicht einmal Strassenmusiker eine Spielerlaubnis bekommen? Am See, da dürfen sie, aber in der Stadt nicht. Die muss sauber sein. Die Musikanten könnten Kunden vertreiben oder sich ein paar Rappen verdienen, die dem Geschäft abhandengingen. Am Ende würden sie noch eigene Texte singen, die gegen die Lebensqualität der Stadt rebellieren. Ich sterbe vor Lebensqualität. Alles, wofür wir damals gekämpft haben, es ist verraten oder darf in Kultur-Gettos ein wenig Dampf ablassen. Kontrolliertes Chill-out und Vorzeigeaffen, die in der Gummizelle der Kulturzentren geistige Freiheit am Simulator spielen dürfen. Sobald Substanz keimt, wird sie niedergeschlagen.» Hedwig hatte sich in Rage geredet. Ihre Finger umklammerten entschlossen die SIG. «Mit dem Geld hätten wir einen alten Geist heraufbeschwören können. In der Stadt eine Guerilla starten können. Zürich hätte wieder gebrannt. Das war unser Plan. Und auf einmal sagte Albin, dass diese Zeiten vorbei seien. Ich würde meinen Anteil kriegen, und er würde mit der anderen Frau nach Sardinien ziehen. Sie hätte dort gutes Licht, um zu malen. Und er würde seinen Lebensabend geniessen.» Hedwig wechselte ihren Blick von Stahl zu Cecilia. «Wo bleibt da die Wahrheit, die du suchst, wenn dich immer wieder Menschen verraten, weil ihnen Ruhe und individueller Wohlstand wichtiger sind als die Anstrengung eines kollektiven Weges?»

Cecilia antwortete nicht. Sie kämpfte mit den Tränen. Der Anblick der verlorenen Hedwig rührte sie. «Irgendwann hat das Warten ein Ende. Irgendwann muss man auch handeln. Ich habe gehandelt. Ich habe ihn erschlagen. Den Mann, den ich liebte, weil er mir ein paar Jahre die Hoffnung gegeben hatte, meinen Traum von einst leben zu dürfen. Dabei hatte er mich nur benutzt, weil er wusste, dass ich Kontakt zu Glenn hatte. Und für seinen Coup brauchte er jemanden in Glenns Grössenordnung, um die Münzen in Umlauf zu bringen.» Sie atmete tief durch und griff mit der freien Hand nach ihrer Krücke. «Lasst mich durch.»

«Wohin willst du?», fragte Cecilia.

«Ich gehe mich jetzt tatsächlich besaufen. Mit Linus. Und dann hoffe ich, dass Hürlimann mit einer Sondereinheit die Kneipe stürmt und mich mit vierzig Kugeln durchlöchert. So wie Bonnie und Clyde. Der letzte Trost einer romantischen Revoluzzerin.» Sie lächelte müde und hinkte auf Stahl und Cecilia zu. Die SIG im Anschlag.

«Wo sind die Münzen jetzt?», fragte Stahl.

Hedwig lachte. «Richtig. Die Münzen. Um die geht es ja. Es geht nicht um Menschen, es geht um Münzen. Sie werden nicht glauben, wo sie sind.» Sie machte eine Pause und genoss die erwartungsvolle Stille. Dann lachte sie wieder. «Die Münzen sind wieder dort, wo sie herkommen. Im Vatikan.»

«Was?» Stahl wollte sich verhört haben.

«Überrascht? Glenn weiss, wie und mit wem er Geschäfte macht. Der Vatikan war sein erster Ansprechpartner. Wer kann grösseres Interesse daran haben, dass es diese Münzen nie gegeben hat?»

«Und die Schlüssel?»

«Der grosse Scheck. Nicht ganz das, was der freie Markt hergegeben hätte, aber bei Hehlerware verliert man immer.»

«Und Albin sollte ihn abholen?»

«Das war am unauffälligsten. Und es war ursprünglich sein Coup. Aber dann hatte er eben andere Pläne.» Sie zuckte mit den Schultern und forderte mit der SIG Stahl auf, beiseitezutreten. Er gehorchte und liess sie passieren.

Hedwig humpelte aus dem Antiquariat und stieg in einen Wagen, der bereits auf sie gewartet hatte. Cecilia stand noch immer gerührt und verloren im Raum, während es in Stahls Kopf ratterte.

«Sie hat noch nicht zu Ende gespielt», sagte er.

«Was? Glaubst du, sie hat uns alles nur vorgespielt? Sie hat Albin gar nicht umgebracht?»

«Dass sie Albin erschlagen hat, davon bin ich überzeugt. Das kaufe ich ihr jederzeit ab. Aber dass sie sich jetzt mit Linus besaufen geht und darauf wartet, dass Hürlimann sie schnappt, bezweifle ich.»

«Aber was hat sie vor?»
«Die letzte Rechnung begleichen.»
«Glenn? Sie hat keine Chance gegen ihn.»
«Da wäre ich mir nicht so sicher.»

16

«Und? Wie gefällt dir mein Artikel?», fragte Cecilia.

Stahl gab ihr die Blätter zurück. «Das wird niemand drucken.»

«Warum nicht? Es ist die Wahrheit.»

«Die will keiner wissen.»

«Aber ich will sie sagen.»

«Wenn du schreibst, wirst du niemals die Wahrheit sagen können, weil es durch zu viele Hände geht, ehe es gedruckt wird. Es sei denn, du bloggst im Internet. Und das Netz ist mittlerweile gestopft mit Wahrheiten, die keiner wissen will.»

«Ich werde den Artikel trotzdem so verkauft kriegen, wie ich ihn geschrieben habe.»

Stahl lachte. «Wirst du nicht.»

«Wer will mich daran hindern?»

«Ich.» Sein Lachen verschwand. Cecilia fühlte sich mit einem Mal eingeengt an ihrem Fensterplatz. Durch eine Schicht Wolken brachen Sonnenstrahlen und erhellten Stahls grünbraune Augen, die es ernst meinten.

«Was hast du mit mir vor?», fragte Cecilia. Und die Worte kamen ihr nur langsam über die Lippen.

«Ich möchte dir Rom zeigen.»

«Warum?»

«Damit du mich verstehst.»

Sie lächelte unsicher. «Was hast du Albin ins Grab geworfen?»

«Eine kleine rote Holzkugel.»

Er näherte sich ihren Lippen. Sie küssten sich. Eine Turbulenz unterbrach ihr Liebesspiel. Stahl war kreidebleich. Er setzte sich aufrecht und schloss die Augen. Cecilia unterdrückte ein Grinsen und griff nach einer Zeitung.

«Rohstoffhändler in Badezimmer ausgerutscht. Tot.» Cecilia starrte auf die fetten Lettern, dann sah sie zu Stahl hinüber, der noch immer die Augen geschlossen hielt und jegliche Gesichtsfarbe verloren hatte. Hatte Hedwig am Ende Glenn getötet? Wo war Stahl gestern Nacht gewesen, als er sagte, er hätte noch einen Termin?

Sie stopfte die Zeitung in das Netz des Vordersitzes und sah aus dem Fenster. Gleich würden sie in Rom landen. Sie würde alle Fragen hintenanstellen und sich von Stahl die Stadt zeigen lassen. Und sie wünschte sich, dass sie ihn dann vielleicht verstehen konnte.

Das Flugzeug setzte sanft auf der Landebahn auf. Stahl bekreuzigte sich.

Michael Moritz
ROTER REGEN
Broschur, 224 Seiten
ISBN 978-3-89705-758-6

»Plot und Figuren merkt man an, dass der Freiburger Autor im Kaiserstuhl aufgewachsen ist. Das soll ein Kompliment sein, denn Michael Moritz spielt gekonnt mit Klischees und Dialekten in einer spannenden Geschichte voller gut gezeichneter Figuren.« Chilli – das Freiburger Stadtmagazin

»Ein facettenreicher, spannend und flott erzählter Kriminalfall.« Badische Zeitung

www.emons-verlag.de